Gil Ribeiro
Dunkle Verbindungen
Lost in Fuseta

Gil Ribeiro

Dunkle Verbindungen

Lost in Fuseta

Ein Portugal-Krimi

Kiepenheuer
& Witsch

Der Verlag Kiepenheuer & Witsch hat sich zu einer nachhaltigen Buchproduktion verpflichtet. Gemeinsam mit unseren Partnern und Lieferanten setzen wir uns für eine klimaneutrale Buchproduktion ein, die den Erwerb von Klimazertifikaten zur Kompensation des CO_2-Ausstoßes einschließt. Weitere Informationen finden Sie unter www.klimaneutralerverlag.de

MIX
Papier | Fördert gute Waldnutzung
FSC® C083411

1. Auflage 2023

Covergestaltung: Rudolf Linn, Köln
Covermotiv: © imageBROKER / Alamy Stock Photo/Daniel Kreher
Karte: Oliver Wetterauer
Gesetzt aus der Berkeley
Satz: Buch-Werkstatt GmbH, Bad Aibling
Druck und Bindung: CPI books GmbH, Leck
ISBN 978-3-462-00407-6

Die Vergangenheit ist ein Prolog.

DAN B. TUCKER

TAG EINS

1.

Der Tod von Karen Riemann löste weder Bestürzung noch Genugtuung aus. Er geschah von der Öffentlichkeit unbemerkt, und ihr Mörder empfand weder das eine noch das andere.

Am Tag darauf, dem 23. September, drehte der Wind und sorgte für die Entdeckung ihrer Leiche.

Er kam aus Südost, zum Teil also aus dem benachbarten Spanien. Und da die Geschichte die Portugiesen gelehrt hatte, alles, was von dort kam, mit einer gewissen Vorsicht zu genießen, zogen sie ein wenig die Köpfe ein und warteten ab. Die kleinen Fischerboote, verwitterte Nussschalen, liefen nicht aus. Die Fischer setzten sich in die Cafés in Meeresnähe und tauschten bei einer kräftigen Bica Neuigkeiten aus oder sezierten genüsslich die Spielzüge des gestrigen Matches zwischen Benfica Lissabon und dem FC Porto.

Themen wie Nachbarn, Schwangerschaften, Hochzeiten und Todesfälle überließen sie meist ihren Frauen, über Fußball konnten sie aber nie genug reden. Dabei drehten sie ihre filterlosen Zigaretten und sogen den Rauch so tief ein, dass man den Stich in der Lunge ahnte.

Die gut vier und fünf Meter hohen Atlantikwellen, die der Wind Richtung Ufer vor sich hertrieb, brachen wegen der Ebbe besonders früh. Ihr dumpfes, massives Dröhnen klang, als würden schwere Holzstämme mit großer Wucht in den Boden gerammt. Die Erde vibrierte. Dieses Phänomen trat nur sehr selten auf an der Ria Formosa, einem aus mehreren vorgelagerten Inseln bestehenden Naturschutzgebiet, das sich schützend vor die Küste gelegt hatte, wodurch eine kilometerlange Lagunenwelt entstanden war.

Der Wind jedenfalls – wie die Fischer mutmaßten: der verflixte spanische Anteil daran – brachte heftige Regenschauer mit sich. Aber es gab auch Menschen in der Gegend, die das nicht melancholisch stimmte, sondern die sich darüber freuten. Genau genommen: drei.

Der Erste war Leander Lost. Er stand auf der Veranda seines neuen Zuhauses und lauschte dem regelmäßigen Trommeln auf dem Vordach. Das Geräusch wirkte ungemein beruhigend auf ihn. Und das war nicht nur so eine Vermutung, sondern eine Tatsache: Er hatte sich selbstverständlich längst durch das Messen seiner Pulsfrequenz von dieser Kausalität überzeugt.

Es fühlte sich an wie zwei Gläser Vinho verde, jener sanft moussierende junge Weißwein, der einem nicht gleich zu Kopf stieg, sondern entspannend wirkte. Und Entspannung konnte Lost dringend gebrauchen. Seit zwei Wochen renovierten Soraia und er in jeder freien Minute die Villa *Canto das Baleias*.

Wobei »Villa« ein Begriff war, dem man in dieser Gegend von Portugal misstrauen musste, wie er festgestellt hatte. Selbst eine Ruine mit drei Brettern als Dach wurde mit dieser Bezeichnung geadelt. Das kleine Anwesen, an das sie ihr Herz verloren hatten, Soraia und er, war zwar keine Ruine, aber es war sichtlich in die Jahre gekommen. Und doch war es wunderschön. Und die Lage erwie sich als exzellent: Das Haupthaus war etwas kleiner als die Villa Elias, wo Leander sein erstes Zuhause in Fuseta gefunden hatte, aber der Grundriss war praktischer, da er über keine Durchgangszimmer verfügte. Und die Lage war exzellent: am Rand Fusetas in zweiter Uferlinie, idyllisch ruhig und doch nahe genug am Ort, um alles Notwendige gut zu Fuß erreichen zu können.

In den letzten Wochen hatten sie das Kleinod mit der Hilfe

von Freunden und Bekannten und von Handwerkern, die ihnen zu Losts Verwunderung allesamt unbezahlt halfen, renoviert. Als er fragte, woher die Leute kamen, sagte Soraia bloß: »Es sind Freunde meines Vaters.«

Der Umzug war erledigt, die Kartons waren schon beinahe vollständig ausgepackt und der Inhalt fein säuberlich eingeräumt – Leander hatte in wenigen Tagen einen exakten Plan entworfen, wo was unterzubringen war. Welches Zimmer, welche Kommode, welche Schublade. Er benötigte Ordnung und Vorhersehbarkeit in seinem Privatleben. Lud die Nachbarin oder ein Bekannter sie spontan zum Essen oder zu einer Bootsfahrt ein, verunsicherte ihn die Störung seiner festen Abläufe nachhaltig. Es verursachte ein Gefühl der Lähmung, das erst allmählich wieder verschwand.

Regeln gaben ihm Sicherheit. Termine bildeten verlässliche Bojen in einem Ozean, in dem die Strömung ständig wechseln konnte und nie vorhersehbar war, wohin sie einen trieb.

Alleine zu leben bedeutete, leichter Ordnung halten zu können. Deshalb war es für Lost eine echte Herausforderung gewesen, als Soraia zu ihm in die Villa Elias zog, denn mit ihrer Anwesenheit veränderte sich auch die Ordnung im Haus. Da standen plötzlich Schuhe, die nicht in einer Linie angeordnet waren, Bücher, die nach der Lektüre nicht an ihren angestammten Platz zurückgestellt oder nicht korrekt einsortiert wurden (Alphabet, Erscheinungsjahr) und vieles mehr.

»Ich bin mir sicher, Sie würden trotzdem für Soraia durch die Sahara laufen«, hatte sein Kollege Sub-Inspektor Carlos Esteves in diesem Zusammenhang gesagt. Was die Frage aufwarf, weshalb er Grund dazu haben sollte. Ob es um die kürzeste Route (1.500 Kilometer) oder die längste (5.000 Kilometer) ging. Was er eigentlich in der Sahara zu suchen hatte, und ob es diese spezielle Wüste sein musste oder es auch die Wüste Gobi tat oder auch eine Eiswüste (war eine hohe Temperatur Teil dieses seltsamen Gleichnisses)?

Der Vergleich sollte wohl etwas Nettes veranschaulichen – das entnahm er Senhor Esteves' Mimik –, aber er ergab unterm Strich keinen Sinn. Trotzdem hätte er diese Entbehrung sicherlich für Soraia auf sich genommen, wenn es erforderlich gewesen wäre. Zum Glück war das momentan nicht der Fall.

Und trotzdem war er froh, darauf gedrängt zu haben, diesen Schritt zu tun und sich gemeinsam ein eigenes Zuhause zu schaffen. Wie sehr Soraia den Ort mochte, hatte er schon gemerkt, als sie die Villa zum ersten Mal besichtigten. Kaum war die Schwelle der Eingangstür überschritten, strahlten ihre Augen, sie lächelte und ihre Grübchen traten hervor, für die Leander ein besonderes Faible hegte.

Nun trat sie zu ihm auf die Veranda und legte den Arm um seine Hüfte. Und genau in diesem Moment schwebte ein Dutzend Flamingos über die Ria Formosa und landete keine zweihundert Meter entfernt in einer der Salinen, in der sich das Meerwasser zu Tümpeln staute. Dort staksten die Vögel ein paar Meter auf und ab, um zum Stillstand zu kommen, ein Bein einzuziehen und in dem anderen ihr Gelenk einrasten zu lassen. Die Ruhe war perfekt, das Trommeln des Regens auch.

Lost hätte hier die nächsten 400 Jahre so stehen können und schauen und hören, ohne dass ihm langweilig geworden wäre – und über die Absurdität musste er lächeln. Denn statistisch betrachtet blieben ihm ja lediglich 41.

Die anderen beiden, die sich über den Regen freuten, waren Zara und Toninho.

Zara war mit dem ersten Verbrechen, das Leander hier in Fuseta zusammen mit seinen portugiesischen Kollegen aufgeklärt hatte, in sein Leben getreten. Eine Vollwaise aus einem Heim, die wie ein getretener Hund nach allem geschnappt hatte, was sich ihr näherte. Als bedrohte Zeugin in einem Mordfall hatte Lost sie geschützt und auf seine besondere Art ihr Vertrauen gewonnen. Mehr noch: Ihm war es zu verdanken, dass aus dem widerborstigen Mädchen eine selbstsichere junge Frau wurde, die ihr Abi nachholte und von seiner Seite nicht mehr wegzudenken war. Und so wurde das Besucherhäuschen, das zu Leanders eigenem Haus gehörte und das sie zunächst provisorisch bewohnt hatte, zu ihrer festen Bleibe. Es war so gekommen, wie Soraia es vorausgesagt hatte: Zwei Außenseiter hatten sich gefunden.

Und Toninho war ihr Freund.

Die beiden hatten sich um die Renovierung der Casinhas gekümmert, der beiden kleinen Besucherhäuschen, die sich auf dem Grundstück der neuen Villa befanden. Ein schmaler Pfad aus Pflastersteinen gabelte sich im Garten auf – einer führte zu den beiden Casinhas, der andere zum Pool.

Zara hatte bereits das rechte Casinha bezogen, während ihr Freund Toninho hoffte, sie würde früher oder später zu ihm in den Nachbarort Olhão ziehen, wo er zur Miete wohnte.

Die beiden freuten sich über den Regen, weil er Auswirkungen auf den nahe gelegenen Golfplatz hatte: Sobald die ersten Tropfen fielen, verließen die Golfer zügig das Green, um im Clubhaus ein paar Bahnen im Innenpool zu ziehen oder zu einer Shoppingtour nach Tavira oder Vilamoura aufzubrechen.

Und ein menschenleeres Green war die Voraussetzung für Toninhos neues Geschäftsmodell, das er von einem Freund übernommen hatte.

Sobald es anfing zu regnen, rief Tiago bei ihnen an. So auch heute: »Ihr könnt kommen.«

Toninhos Roller war an gut zwei Dutzend Stellen geflickt, aber er funktionierte. Der Anlasser gab beim dritten Mal den Widerstand auf, und die beiden fuhren zügig zum *Monte Rainha*. Das Golfresort nordwestlich von Moncarapacho befand sich im Hinterland der Algarve mit seinen sanft geschwungenen Hügeln. Die Fläche, die er einnahm, war enorm: groß angelegte, immergrüne Golfstrecken neben künstlichen Seen, dazu geschmackvolle Residenzen, die sich architektonisch in die

Umgebung einpassten. Für die Sterblichen unter den Gästen gab es ein »Bistro«, für den Rest das *O Céu*, ein Sternerestaurant. Das Resort war ein Ort, der sich alle Mühe gab, internationale Standards zu erfüllen.

Toninho Santos steuerte seinen Roller an dem imposanten Haupthaus mit der Rezeption vorbei und erreichte die Driving Range, wo die Spieler ihren Abschlag üben konnten. Das Gelände war wie leer gefegt, nur Tiago begrüßte sie. Er schien immer schüchtern zu lächeln, selbst wenn sein Mund sich gar nicht bewegte. Aber dann, war Zara dahintergekommen, erledigten das seine Augen.

»Olá«, begrüßte er die beiden.

»Olá«, gab Toninho zurück, während sie sich die Helme vom Kopf zogen, »como vai?«

Tiago nickte nur und reichte ihm den Schlüssel für das Golfcart.

»*Obrigada.*«

Tiago war etwas jünger als die beiden und arbeitete als Küchenhilfe im Bistro. Er stammte aus Marokko. Seine Eltern waren noch illegal mit einem Schlauchboot über den Atlantik gekommen. Später hatte die Familie eine Aufenthaltserlaubnis erhalten und Papiere. Anfangs kümmerte Tiago sich hauptsächlich darum, dass die Müllbehälter im *Monte Rainha* stets geleert waren. Mittlerweile war er zur Küchenhilfe aufgestiegen.

Toninho stoppte das Cart am dritten Abschlagspunkt direkt am *Lago Numero Três*. Der »See Nummer drei«, wie sie ihn nannten, war neben der Nummer vierzehn der ertragreichste. Hier hatten sie vor vier Tagen überstürzt abbrechen müssen, weil sich die Sonne plötzlich gegen den Regen durchgesetzt hatte und einige Golfer zurück aufs Green kamen. Das junge Paar im See hätte sie beim nächsten Abschlag mit Sicherheit irritiert.

Zara und Toninho zogen sich aus. Unter ihrer Kleidung trugen sie Badesachen. Aus einer Tasche holten sie zwei gekürzte

Kescher, Taucherbrillen und ein Paar starke wasserdichte Stabtaschenlampen, dann stiegen sie vorsichtig in den See.

Toninho deutete ans Ende des Gewässers: »Ich fang hinten an, du hier?«

Zara nickte. Er schmunzelte, beugte sich vor und gab ihr einen Kuss, was wegen der beiden Taucherbrillen gar nicht so einfach war. Dann kraulte er davon.

Der See war künstlich angelegt, und eine starke Pumpe wälzte das Wasser um, damit sich keine Algen bildeten, aber schon in anderthalb Meter Tiefe wurde es trotzdem recht dunkel.

Zara leuchtete den Boden ab, und zahlreiche helle Punkte reflektierten das Licht durch all die Wasserpflanzen hindurch – die Dimples, die kleinen Krater auf den Oberflächen der Golfbälle, die hier zu Dutzenden, ja Hunderten auf dem Grund des Sees lagen.

Zara sammelte ein Fünfergestirn an Bällen direkt vor ihr mit dem Kescher ein und verstaute sie in einem Netz, das sie sich umgeschnallt hatte.

Durch den Einsatz des Keschers hatte Zara etwas von dem matschigen Grund aufgewirbelt, sodass sich die Sichtweite schlagartig verkürzte. Im gräulichen Dunst sah sie etwas Bläuliches glitzern. Ein Golfball war das definitiv nicht.

Zara näherte sich mit einem kräftigen Schwimmzug, und tatsächlich: Was da den Strahl ihrer Taschenlampe reflektierte, war ein geschliffener Stein. Er erwiderte das Licht in sanftem Violett. Ein Ring mit einem Edelstein! Und obwohl die Luft schon knapp war und sie ein Brennen in der Lunge spürte, machte sie noch einen weiteren Schwimmzug darauf zu.

Als sie danach griff, spürte sie einen Widerstand. Der Ring lag nicht im Schlick, wie sie gedacht hatte. Er steckte auf etwas fest. Und obwohl sie kaum etwas sehen konnte, begriff sie schlagartig, was sie da anhob: eine Hand.

2.

»Bitte gehen Sie weiter – einer unserer Gäste hatte einen Schwächeanfall«, log Marcos Serra.

Er trug einen feinen Anzug aus Sevilla und winkte ein britisches Ehepaar mit einem einstudierten Lächeln und manikürten Fingern weiter. Er war für die Öffentlichkeitsarbeit des Golfresorts zuständig. Und er stand vor einem GAU. Denn der Schwächeanfall der Frau, die man aus dem See geborgen hatte, würde ziemlich dauerhafter Natur sein – was zum Glück niemand sah, denn zwei Angestellte schirmten mögliche Blicke auf sie mit einer Decke ab. Er war so geistesgegenwärtig gewesen, ein Absperrband zwischen einer Pinie und einer Sockelleuchte zu spannen, wo der Weg weiter vorne zum See abzweigte. Alle hatten sich daran gehalten, bis auf das britische Paar, dem es irgendwie gelungen war, es zu übersehen.

Nun ja, dachte Serra, Briten hielten gerne an gewohnten Wegen fest. Wie am Pfund oder am Linksverkehr.

Immerhin hatte es zu regnen aufgehört.

Zu seiner Erleichterung näherte sich nun von einem der Restaurants eine Gestalt, die sich im Gehen mit einem Kamm den Scheitel nachzog. Sie trug einen italienischen Maßanzug in Mittelgrau, dazu ein weißes Hemd und schwarze Oxford-Schuhe von Santoni. Das schwarze Haar und der schmale Oberlippenbart, aufs Feinste gestutzt, rundeten das Bild ab: Miguel Duarte, Sub-Inspektor der Kripo, der *Polícia Judiciária*.

Er war im Resort seit einiger Zeit häufiger zu Gast, denn er beriet die Geschäftsführung in seiner Freizeit in Sicherheitsfragen. Im Gegenzug durfte er hier seine Fertigkeit als Golfer vervollkommnen oder im Restaurant speisen.

Miguel Duarte stammte wie Serra eigentlich aus Sevilla, und sie waren sich in ihrem Bedauern über die portugiesische Begrenztheit sofort einig gewesen. Intellektuell, ästhetisch, wirtschaftlich, kulturell – die Reihe war endlos, wie sie bei einem Gläschen an der Bar festgestellt hatten (natürlich bei einem aus Andalusien). Im Grunde, stellten sie fest, waren die Portugiesen ein wandelnder Mangel.

Duarte arbeitete aber trotzdem bei der örtlichen Kriminalpolizei, und er ließ gegenüber Serra bei ihrem ersten Gespräch durchblicken, dass er in nachrichtendienstlicher Mission unterwegs sei, quasi ein spanischer Señor Bond. Ein Umstand, über den er nicht viele Worte verlieren durfte, versteht sich – was ihn in Serras Wertschätzung enorm steigen ließ, der ihm seitdem gebannt an den Lippen klebte.

Serra selbst war hier, weil er den Chef des Resorts kannte – seinen Schwager nämlich, natürlich ebenfalls Spanier.

Duarte jedenfalls erreichte ihn jetzt, trat neben ihn und warf einen Blick auf die Leiche.

»Kennst du sie?«

»Ja. Eine Deutsche. Karen Riemann.«

»Hat sie in der Gegend gearbeitet?«

»Ich glaube, sie ist – *war* Hausverwalterin«, antwortete Serra und zeigte auf ein Haus, das keine hundert Meter entfernt lag, eine Villa in einem satten Beigeton. »Die da. Gehört ebenfalls einem Deutschen. Sie kümmert sich darum. Villa Ria.«

»Verstehe. *Villa Ria* – wie einfallsreich. Ihr habt sie aus dem See gezogen?«

»Ja. Das junge Pärchen dort hat sie entdeckt. Sie säubern die Teiche von Golfbällen.«

Er deutete mit dem Kopf hinüber zu einer Parkbank, auf der Toninho neben Zara saß und beruhigend auf sie einsprach. Zara wirkte sichtlich mitgenommen. Duarte erkannte sie und ihren Freund sofort.

Es war diese Vollwaise, die man auf Rat von Soraia Rosado vor zwei Jahren bei dem *Alemão* einquartiert hatte. Und irgendwie hatte der es fertiggebracht, dass sie ihr aggressives Verhalten nach und nach ablegte, ihre Widerspenstigkeit und ihren grenzenlosen Zorn auf die Welt. Vermutlich hatte sie in ihm einen Verwandten im Geiste entdeckt oder so, schließlich war der Deutsche auch plemplem, er trug etwa bei hohen Temperaturen einen schwarzen Anzug. Ganz offensichtlich hatte er jedenfalls einen gehörigen Sprung in der Schüssel.

Und Toninho?

Von dem wusste Miguel nicht viel. Nur, dass er ständig irgendwelchen Gelegenheitsjobs nachging. Allerdings hatte er sich für ein Praktikum bei der GNR gemeldet. Daran war Carlos Esteves, Losts Kollege bei der Kripo, nicht ganz unschuldig.

Als Toninho ihn vor ein paar Wochen gefragt hatte, ob er den Job als Bulle allen Ernstes mochte, sagte er: »Weißt du, ich kann überall so schnell fahren, wie ich möchte. Wenn ich geblitzt werde, sortier ich das Foto einfach aus. Jeder möchte mein Freund sein, man isst und trinkt sich durch ganz Olhão, und es kostet dich keinen Cent, weil alle dir was ausgeben möchten. Und das Großartigste daran – sozusagen die Kirsche auf der Torte – ist: Du hast die Marke. Du gehörst zu den Guten.«

Da war Toninho das Lachen vergangen.

Was von Esteves als Spaß gedacht war, fiel bei Toninho auf fruchtbaren Boden: Morgen war sein erster Tag.

»Olá Senhor Duarte«, sagte Toninho. Zara schwieg.

»Olá, ihr beiden. Ihr habt sie also gefunden. Irgendeine Ahnung, wie die Frau in den Teich gekommen ist?«

Kopfschütteln.

Duarte musterte sie kurz und beschloss dann, dass hier nichts weiter zu holen war.

»Gut, dann könnt ihr gehen. Und morgen …« Weiter kam er nicht, denn Zara sprang auf und lief an ihm vorbei. Duarte blickte ihr nach, um zu sehen, wie sie auf Leander Lost zueilte und ihn umarmte.

»Wir haben eine tote Frau entdeckt!«

Leander trug wie immer seinen Anzug, eine schwarze Lederkrawatte und – als kleines Zugeständnis an dieses Land – schwarze Espadrilles.

Zara schmiegte sich Schutz suchend an ihn. Er ließ es geschehen, obwohl er auf Berührungen äußerst empfindlich reagierte. Sie waren ihm unangenehm, und er stand deshalb so lässig da wie ein Laternenmast. Aber ihm war klar, dass sie ihn jetzt brauchte. Und so strich er ihr mechanisch über den Rücken.

Soraia, die Leander hierher begleitet hatte, winkte Toninho mit einer mitfühlenden Miene zu sich.

»Zara hat schon ganz blaue Lippen«, sagte sie. »Geht rüber ins Clubhaus, zieht euch um, trocknet euch ab. Und dann bringe ich euch nach Hause.«

Toninho nahm Zara sanft an der Hand, die sich jetzt von Lost löste und von ihm und Soraia flankiert den Weg zum Hauptgebäude antrat.

Kaum waren sie weg, trafen auch die Kollegen ein: Graciana Rosado, Soraias ältere Schwester und Losts Vorgesetzte, sowie Carlos Esteves, ebenfalls Sub-Inspektor bei der Kripo und vom gleichen Dienstrang wie Duarte und Leander Lost. Der Mann, der Toninho unbeabsichtigt zu dem Praktikum bei der GNR animiert hatte.

Esteves trug eine kurze Hose, dazu Espadrilles und ein gebügeltes, offenes, hellblaues Hemd. In Spanien, wusste Duarte, hätte ein Vorgesetzter mit Sinn und Verstand ihn niemals so auf die Straße gelassen. Noch dazu kaute er gerade etwas.

Er hatte halblange, schwarze Haare und einen gepflegten Vollbart. Große, kräftige Hände.

Graciana Rosado dagegen trug eine enge Hose und eine taillierte Bluse. Die Haare offen. Sie bewegte sich mit jener gewissen Dynamik, die Temperament verriet. Ihr Blick war offen und klar.

Kurz hinter ihnen folgte auch die Rechtsmedizinerin Oliveira mit ihrem kleinen Koffer. Hose und Shirt in Kaki, eine Farbe, die ihren schönen Teint unterstrich. Die langen, zum Teil ergrauten Haare waren zu einem Pferdeschwanz gebunden. Ihr war anzusehen, dass sie viel Sport trieb und sich gesund ernährte.

Nach der kurzen Begrüßung hockte sich die Doutora neben die Leiche und untersuchte sie.

»Ihr Name ist offenbar Karen Riemann«, sagte Duarte betont beiläufig, »das hab ich schon ermittelt. Und das ist Senhor Serra. Er ist für uns der offizielle Ansprechpartner von *Monte Rainha*. Senhora Graciana und die Senhores Esteves und Lost von der PJ.«

Esteves nickte ihm zu und sah hinüber zum Restaurant, von dem er schon viel Gutes gehört hatte. Und obwohl er gerade ein köstliches Bifana auf dem Weg hierher gegessen hatte, regte sich bei dem Anblick bereits wieder sein Appetit.

»*Boa tarde*«, sagte Graciana und schüttelte dem Mann die Hand, der ihren Gruß erwiderte und Leander und Carlos zunickte. »War die Frau bei Ihnen angestellt?«

»Nein«, sagte Serra. »Einige Häuser konnten vor der Bauphase vom *Monte Rainha* erworben und noch individuell gestaltet werden. Unser Resort besitzt etwa die Hälfte. Alle anderen Häuser und Apartments sind in privatem Besitz. Frau Riemann hat das da betreut«, er deutete zu der Villa, die er auch schon Duarte gezeigt hatte, »die *Villa Ria*. Sie war eine *Alema*. Der Hausbesitzer ist es auch. Er vermietet es an Touristen, und Senhora Riemann hat sich um die Abwicklung gekümmert. Auch darum, dass alles sauber und mit frischer Bettwäsche ausgestattet war.«

»Ich muss bei der Staatsanwaltschaft eine Autopsie beantragen«, stellte die Doutora ruhig fest und verharrte neben dem Opfer in der Hocke. Sie hatte sich Einweghandschuhe über die Hände gestreift und tastete jetzt den Kopf der Toten ab.

»Ist sie ertrunken?«, fragte Carlos.

»Kann ich noch nicht bestätigen, Senhor Esteves«, gab die Doutora zurück, »wenn ich bei der Obduktion feststelle, dass ihre Lungen voller Wasser sind, ist sie ertrunken. Wenn nicht, nicht.«

»Da ist etwas in ihrer Tasche«, sagte Leander und hockte sich hin. Er streifte sich einen Handschuh über, bevor er in die Außentasche der Jacke griff, die die Tote trug.

Er holte einen Stein hervor, dann einen weiteren und noch einen. Keine Kiesel, sondern richtige Brocken.

Marcos Serra hatte eine recht genaue Vorstellung davon, was passieren würde, wenn sich das hier als ein Mord herausstellte: *Golfresort des Todes, Mord im Urlaubsparadies* und so weiter.

Es würden jede Menge Stornierungen folgen, massive Umsatzeinbußen, und am Ende müsste man dichtmachen, und er wäre seinen Job los – gegenüber Duarte hatte er verschwiegen, dass er sich in Sevilla als Flamenco-Tänzer durchgeschlagen und die Anstellung im *Monte Rainha* ausschließlich seinem Schwager zu verdanken hatte.

Innerhalb der Familie wäre gelinde gesagt die Hölle los (gab es eine Steigerung von »Hölle«? – falls ja, wäre die los).

»Ich denke, sie war depressiv«, sagte Serra schnell, »es gibt viele Berichte von Selbstmördern, die das Wasser wählen und sich dafür Gewichte mitnehmen.«

»Was für Berichte sind das?«, fragte Leander.

»Na, in Zeitungen, man liest ständig davon. Steine hier, Steine da. Alle depressiv. Vielleicht ist ihr die Arbeit zu viel geworden, oder sie hatte Schulden. Oder war alkoholabhängig. Oder alles zusammen. Und dann ist sie in den See gegangen. So wird's gewesen sein.«

Graciana tauschte nur einen kurzen Blick mit der Doutora, um zu erfassen, dass sie an so eine Geschichte ebenso wenig glaubte wie sie selbst. Dann rief sie im Kommissariat an.

»Marisa, ich bin's. Ich brauche bitte über das Einwohnermeldeamt die Information, wo eine Karen Riemann gewohnt hat. Und alles, was es sonst noch offiziell über sie gibt. *Obrigada.*«

»Hier ist eine Verletzung«, sagte Oliveira und vermied dabei jede Wertung. Sie zeigte den Kollegen ein Hämatom an der Schläfe, das sich erst jetzt offenbarte, als sie die Haare der Toten sanft beiseitegestrichen hatte. Im Zentrum der Verletzung war der Schädel kreisförmig nach innen gewölbt – und knallrot. Die Schwellungen drumherum hatten eine violette Färbung angenommen.

»Eine Schussverletzung?«, fragte Carlos.

»Ganz gewiss nicht«, sagte Serra schnell, »hier ist kein Schuss gefallen.«

»Nein«, gab Oliveira ihm recht, »ich tippe auf einen stumpfen Gegenstand. Vielleicht vier bis fünf Zentimeter im Durchmesser. Und wohl rund, wie es aussieht. Zumindest gewölbt.«

»Die Maße entsprechen einem Golfball«, sagte Leander, »42,67 Millimeter Mindestmaß.«

Serra wurde schlecht.

»Das dürfte aber höchst unwahrscheinlich sein. Nicht wahr, Senhor Duarte?«, drängte der Public-Relations-Manager den Sub-Inspektor zu einer Aussage.

»Ja.«

»Was macht dich so sicher?«, fragte Carlos.

Duarte seufzte. Er freute sich über die Gelegenheit, den portugiesischen Kollegen als begriffsstutzig vorzuführen: »Carlos, mein Lieber, wie viele Tote hatten wir denn in den letzten Jahren auf Golfplätzen, hm?«

»Bisher keine«, kam Graciana Carlos zuvor, damit die Sache zwischen den beiden Sub-Inspektoren nicht hochkochte.

»Golfen ist ein absolut sicherer Sport«, fügte Serra mit einem freundlichen Lächeln hinzu.

»Golfen gehört zu den Top Ten der gefährlichsten Sportarten«, stellte Leander ruhig fest, »weltweit kamen allein vergangenes Jahr gut 4.500 Menschen auf Golfplätzen ums Leben.«

»Sie belieben zu scherzen«, sagte Serra, der noch eine Spur blasser wurde.

»Nicht die Bohne«, erwiderte Leander.

Leander kam in der Regel gerne schnell zur Sache. Kommunikation diente der Informationsvermittlung. Der Sinn von Small Talk war ihm fremd. Wenn man bei vergeudeter Lebenszeit überhaupt von etwas wie Sinn sprechen konnte. Sein ständiges Außenseitertum hatte ihm nicht viele Freunde beschert, vielmehr hatten abstrakte Begriffe wie menschliche Niedertracht oder Bosheit während seiner Jahre im Waisenhaus sinnlich erfahrbare Formen für ihn angenommen. Trotz allem war der Mensch ein Herdentier, das die Gesellschaft anderer suchte. Leander hatte allerdings häufig erfahren, dass man ihn dabei nicht einbezog, sondern mied. Das war als Kind so gewesen und änderte sich auch nicht, als er erwachsen wurde und bei der Polizei anfing. Seine Kollegen verdrehten hinter seinem Rücken die Augen, wenn sie sich unbeobachtet fühlten. Aber Lost entging das nicht.

So liebend gerne wäre er nicht aufgefallen, wäre nicht von der Norm abgewichen, wäre er einfach nur ein Teil der Gruppe gewesen.

Also arbeitete er hart an sich. Doch die Freude, die andere dabei empfanden, wenn jemand etwa auf dem Eis ausrutschte oder ihm ein anderes Missgeschick widerfuhr, empfand er einfach nicht. Dafür konnten die anderen nicht Tränen lachen über Begriffe wie *Windhose* oder *Sprungbrett* so wie er.

Er erinnerte sich, wie er einmal mit anderen Waisenkindern im Supermarkt war und vor einem Schild in Lachen ausbrach, so sehr, dass Dr. Winterberg, der Heimleiter, ihn kaum beruhigen konnte. Und als Leander endlich wieder Luft bekam und auf das Schild deutete, das ihn so sehr amüsierte, starrten die anderen ihn völlig entgeistert an. Wie einen Irren. Auf dem Schild stand: *Vorteilspackung sichern!*

Nur Dr. Winterberg lächelte ihn an. Ganz warm und sanft. Er hatte die Komik begriffen: Eine Packung voller Vorteile!

»Leander«, hatte eine ebenfalls anwesende Lehrerin gesagt, »komm doch mal aus dir raus.« Das Bild, dessen Entstehung sie damit in seinem Kopf auslöste, beherrschte die nächsten Jahre seine Albträume.

Dr. Winterberg hatte immer auf alles eine Antwort. Auch auf Leanders Frage nach dem Sinn von Small Talk.

»Es schafft eine entspannte Atmosphäre, über relativ Belangloses zu plaudern, Leander. Man kann nicht viel falsch machen. Man hat die Gelegenheit, die nonverbalen Signale zu deuten und sein Gegenüber besser kennenzulernen. Man fällt auch nicht gleich mit der Tür ins Haus – das ist, ähm, eine Redewendung für überstürztes Handeln. Für Überrumpelung.«

»Hab ich schon mal gelesen.«

»Small Talk«, hatte Winterberg gesagt und den Jungen mit den dunklen Augen, die frei waren von Arglist und Berechnung, angelächelt, »ist der Kitt zwischen den Menschen, Leander. Es ist ein Sich-Einfühlen, ein Herantasten, um dann schließlich auf das zu sprechen zu kommen, was einen wirklich bewegt – oder auch nicht.«

»Das verstehe ich nicht«, hatte Leander geantwortet.

Tja, wer konnte das dieser kleinen Intelligenzbestie mit dem fotografischen Gedächtnis verdenken, dem nie ein Augenblick seines Lebens verloren ging, keine Hänselei, kein Hohn und kein Spott wurde vom sanften Nebel des Vergessens für ihn verschluckt.

Der Humor der anderen blieb ihm ein Buch mit sieben Siegeln. Und es gab noch etwas, was er einfach nicht konnte: lügen.

Menschen lernten wie Tiere zunächst durch Nachahmung, das wusste Leander.

Wie froh war er also, als er »Das Kompendium der sinnlosen Sätze« in einem Antiquariat entdeckte und erstand. Eine Art Leitfaden für sinnentleerte Plauderei.

Ein teigiger, leicht übergewichtiger Misanthrop mit dem klingenden Namen Dan B. Tucker hatte diesen Schatz verfasst, und Leander Lost damit den Alltag enorm erleichtert. Nach der Lektüre des Werkes verfügte er über ein reiches Repertoire an Gesprächs- und insbesondere Small-Talk-Optionen. Bei dem Äußern solcher Phrasen (»So ein Tag aber auch!«) mangelte es ihm zwar an jener Beiläufigkeit, mit der sie ausgesprochen werden mussten, um ihre Wirkung zu entfalten (wie etwas Überflüssiges nämlich). Aber das bemerkten nur die anderen.

Zu seiner Freude hatte Dan B. Tucker sogar einen Appendix herausgegeben. Natürlich als Book on demand, denn kein Verlag setzte auf diesen zweiten Ladenhüter aus der Feder von Christian Busz (wie Dan B. Tucker mit bürgerlichem Namen hieß).

Für Leander war diese verlegerische Totgeburt mit dem Titel *Alte Schweden und blinde Hühner* allerdings ein Glücksfall. Denn es erweiterte seine Optionen um Redewendungen und Metaphern. Ihre situationsbedingte Anwendung war aber mitunter noch ein Minenfeld.

Statt »überhaupt nicht« oder »keineswegs« sagte der lässige Small Talker: »Nicht die Bohne.«

»Nicht die Bohne«, sagte Leander also auf dem Golfplatz des *Monte Rainha*, »4.500 Menschen. Wissen Sie, was die häufigste Ursache ist?«

»Herzstillstand?«

»Fast. Herzinfarkt ist die zweithäufigste Ursache.«

»Unfälle?«, fragte die Doutora.

»Unfälle mit den Karts sind die Nummert drei.«

»Doch nicht etwa Golfbälle, oder?«, fragte Graciana.

»Nein«, antwortete Lost. »Tod durch Golfbälle tauchen in der Statistik gar nicht auf, obwohl sie vorkommen. Die Liste wird angeführt von Tod durch Blitzschlag.«

Serra atmete erleichtert aus. Wenigstens eine gute Nachricht an diesem Tag.

»Golfer sind dabei mit zurzeit fünf Prozent an der Gesamtzahl aller Unfälle beteiligt«, führte Leander aus, weil er in den Mienen Interesse zu sehen meinte, »also mit rund 225 Toten pro Jahr.«

»Das ist ja wahnsinnig interessant«, sagte Duarte und unterdrückte ein Gähnen.

»Aber Golfbälle können dennoch töten, oder?«, hakte Graciana nach.

»Der Rekord bei Fluggeschwindigkeiten eines Golfballs liegt bei 339,56 Stundenkilometern. Das entspräche einer Aufprallenergie von knapp über 200 Joule.«

»Was heißt das?«, erkundigte Marcos Serra sich besorgt. Wenn sich herausstellen sollte, dass Karen Riemann von einem Golfball getroffen und … *erlegt* worden war, wäre *Monte Rainha* dort, wo Serra sie seit Monaten platzieren wollte: In den Abendnachrichten. Allerdings unter anderen Vorzeichen.

»Ein abgeschossenes 9-mm-Projektil gibt abhängig von seiner Geschwindigkeit mindestens 350 Joule Energie beim Auftreffen auf sein Ziel ab«, erklärte Leander.

Kurz blieb die Zeit stehen, und Graciana warf dem Mann, der vielleicht in diesem Jahr noch ihr Schwager sein würde, einen anerkennenden Blick zu, in dem eine Spur Zärtlichkeit lag. *Senhor Léxico.*

Diese gradlinige Unbedarftheit entwaffnete sie manchmal immer noch, obwohl Lost bereits seit nunmehr zwei Jahren seinen Dienst hier an der Ostalgarve verrichtete.

»Senhor Lost«, wandte die Doutora sich an ihn, »wie viel Joule werden bei einem durchschnittlichen Golfschlag frei?«

»69,44.«

»Kann ich sie in die Rechtsmedizin überführen?«

Die Frage der Doutora war an Graciana gerichtet, die nickte.

»Äh, wie wollen Sie das machen, bitte?«, schaltete Serra sich sofort ein.

»Mit einem Rettungswagen«, erwiderte Oliveira, während sie in einer geschmeidigen Bewegung aufstand.

»Das ähm … geht das nicht diskreter?«, fragte Serra und wandte sich dabei auch an Miguel Duarte.

»Wir können sie abgedeckt in einem Anhänger zu dem Ferienhaus bringen lassen, das sie betreut hat. Und der Rettungswagen kann sie dort abholen. Weniger Aufsehen nützt doch bestimmt auch der weiteren Ermittlung!«

Er sah an Carlos vorbei zu Graciana, die nickte: »So machen wir das.«

»*Muito obrigado*«, sagte Serra, »*muito, muito.*«

»Ja, ist gut jetzt«, erwiderte Carlos.

»Senhor Serra?«, wandte Graciana sich an ihn.

»*Sim?*«

»Das Gelände ist doch sicherlich mit Überwachungskameras ausgestattet?«, fragte die Inspetora.

»Natürlich. Da oben an den Wegen, also an allen Wegen. Und quasi sternförmig um das Hauptgebäude und …«

Sie unterbrach ihn mit einem Räuspern: »Ich benötige einen Plan des Geländes samt der Gebäude mit den Standorten der Kameras plus deren Aufzeichnungswinkel.«

»Besorge ich Ihnen.«

»Und den Namen und die Kontaktdaten des Besitzers der Villa Ria, por favor.«

Serra nickte und zückte sein Handy.

Während der Leichnam von Karen Riemann auf einen Anhänger geladen und abgedeckt wurde, marschierte Serra mit steifen Schritten auf und ab und gestikulierte beim Sprechen mit der freien Hand.

Die Bewegungen folgten keinem einheitlichen Muster, wie Lost analysierte.

Marcos Serra beendete sein Telefonat und trat diensteifrig an Graciana heran: »Der deutsche Besitzer heißt Winfried Jensen.«

»Gut, ich brauche seine Kontaktdaten. Gehen wir rüber zu der Villa Ria – Senhor Serra, kommen Sie bitte mit«, sagte Graciana.

»Ich besitze keine Schlüssel für das Haus.«

»Das kriegen wir hin«, beruhigte Carlos Esteves ihn.

Während sie an dem künstlichen See und den »Bunkern«, den ausgehobenen und mit Sand gefüllten Hindernissen, vorbeigingen, nahm Graciana den Kollegen Miguel Duarte beiseite.

»Ich hab da eine Kopie eines Schreibens von dir bekommen.«

Duarte nahm Haltung an, Schultern gerade, Kreuz durchgedrückt, Körperspannung. Eine der ersten Lektionen seines Vaters, des großen Toreros, der seine Söhne mit Unerbittlichkeit erzogen hatte.

»Und?«

»Und?«

Graciana war relativ klein. Große Augen, ein symmetrisches Gesicht mit weichen Zügen, das sich sehr energisch und unnachgiebig zeigen konnte – so wie jetzt.

»Spiel kein Spielchen mit mir, Miguel.«

Sie war nun stehen geblieben und er notgedrungen auch.

»Dein Schreiben nach Lissabon – ans Innenministerium.«

»Ach, das.«

»Ja, das.«

»Das ist natürlich ein heikles Kapitel.«

»Nein, heikel ist das eigentlich nur für dich, Miguel.«

Sie bedachte ihn mit einem durchdringenden Blick. Ihr Gesicht wirkte wie eingefroren. Duarte zögerte nur einen kurzen Moment, dann schenkte er ihr ein überlegenes Lächeln, das er bis zur Perfektion vor dem heimischen Spiegel eingeübt hatte.

»Es ist nichts gegen Senhor Lost persönlich, nur, damit du das weißt, Graciana. Ich will mich gar nicht darüber auslassen, dass er für den Polizeidienst nicht geeignet ist.«

»Das heißt, sein fotografisches Gedächtnis und seine analytischen Fähigkeiten waren bei der Lösung unserer Fälle nicht dienlich? Er war da ungeeignet?«

Duarte seufzte.

»Was ist, wenn er einen Schwerverbrecher über den Verbleib einer Zeugin nicht professionell anlügt, sondern deren Aufenthaltsort preisgibt? Was ist, wenn er eine subtile Warnung nicht korrekt versteht? Was ist, wenn ein Krimineller sein Aussehen so verändert, dass du und ich ihn zwar erkennen würden, aber Senhor Lost nicht, weil er dessen Gesichtsmerkmale nicht mehr eindeutig dechiffrieren kann, hm? Das sind lauter Risiken, die nicht nur ihn allein gefährden, sondern auch uns, seine Kollegen. Und unbeteiligte Dritte. Ich weiß, ich weiß, ich mache mich unbeliebt ...«– zumindest in diesem Punkt stimmte Graciana ihm stumm zu – »... aber ich habe das Innenministerium darauf hingewiesen, dass Losts weitere Verwendung als Polizist vielleicht einmal Menschenleben kosten kann.«

Graciana Rosado nickte. »Deine Umsicht und Sorge um deine Mitmenschen ist löblich, Miguel«, sagte sie, und es kostete sie viel Willenskraft, diese Worte auszusprechen, »aber in Zukunft hältst du bitte den Dienstweg ein. Du kommst mit deinem Anliegen zu mir. Und schreibst nicht Beschwerden an mir vorbei.«

»Das hätte ich natürlich getan, wenn du nicht befangen wärst.«

»Ich bin befangen?«

»Ich bitte dich. Er ist mit deiner Schwester zusammen. Es heißt, sie wollen noch dieses Jahr heiraten. Natürlich bist du befangen. Der Umstand, dass du das nicht siehst, beweist eigentlich nur, wie sehr es zutrifft. Und wie richtig es von mir war, mich deshalb mit dem Wunsch direkt ans Innenministerium zu wenden, diesen Gestörten aus der Truppe zu entfernen.«

Im Hause Rosado, ihrem Elternhaus in Fuseta, wurde großen Wert auf Gerechtigkeit gelegt. Ihre Mutter hatte ihr das auf vielerlei Art in die Wiege gelegt, etwa, indem sie die Nachbarskinder alle gleich behandelte: sowohl die, die sie mochte, wie die, die sie weniger leiden konnte.

Und ihr Vater, ehemals Chef der GNR in Moncarapacho, bevor eine Kugel seine Wirbelsäule durchschlug und ihn in den Rollstuhl zwang, war ein Mann, dessen Rat die Leute suchten. Dabei war er kein Intellektueller, kein Bücherwurm, nur ein Mann, der gut zuhörte und sich Gedanken machte. Und dem ein untrüglicher Sinn für Gerechtigkeit innewohnte, ganz so, als habe sich bei ihm im Gegensatz zu anderen Menschen noch ein weiteres, unsichtbares Organ entwickelt.

»Pai, was ist Gerechtigkeit?«, hatte sie ihn als Kind gefragt, als sie ihn mit ihrer Mutter und ihrer Schwester auf dem Polizeiposten abholte. Sie erinnerte sich noch genau daran. An sein kleines Büro mit den knarzenden Holzdielen und dem Kühlschrank, in dem es immer eine Süßigkeit für die Töchter gab. Es roch nach Putzmitteln und Holz. Je länger die Sonne auf die Dielen geschienen hatte, desto intensiver der Geruch.

»Ja!«, hatte die kleine Soraia mit ihren Grübchen gesagt und hoffnungsvoll gegrinst: »Wenn wir beide ein gleich großes Stück Pastel de Nata bekommen oder jede eines.«

Die Uniform imponierte Graciana und seine riesigen starken Hände, die so behutsam und sanft sein konnten, wenn sie ein Kätzchen aufhoben. Sie kannte das Wort damals dafür noch nicht, aber sie hatte ein gutes Gespür dafür, wie die Leute ihm begegneten: *mit Respekt*.

Er ging vor ihr in die Hocke und musterte sie mit einem liebevollen Lächeln.

»Gerechtigkeit«, sagte er, »ist das Recht des Schwächeren, Grace.«

So klein sie damals noch war, so gut erfasste sie doch, dass dies eine tiefe Überzeugung ihres Vaters war, durch die er die Welt und sein Leben ordnete. Er hatte sich dafür entschieden, dass die Stärkeren die Schwächeren nicht herumschubsen durften. Das war einer seiner Grundsätze. Und das war wiederum einer der Gründe, warum so viele Menschen in Fuseta ihm vertrauten und seinen Rat suchten. Wenn es ein Problem zwischen zwei Nachbarn gab, einen Streit in einer Kneipe oder gar eine Familienfehde, rief man ihn, damit er vermittelte. Er tat das mit kühlem Kopf, ruhiger Stimme und einem verständigen Blick. Es gab wenige Streitigkeiten, die von Antonio Rosado nicht mittels eines Gesprächs gelöst werden konnten.

Während jemand wie Carlos Esteves einem Streit eher nicht aus dem Weg ging, focht Antonio Rosado es nur aus, wenn es darauf ankam.

Am 23. Juni 2011 kam es darauf an. Nach einem Überfall auf einen Werttransporter stellte er sich fünf Kriminellen entgegen, die ihm rieten, lieber nach Hause zu gehen. Was er nicht tat.

Gracia dachte an Leander Lost und musste lächeln. Er bemühte sich – und das mit großem Erfolg – Tag für Tag, ein wertvolles verlässliches Mitglied der Polícia Judiciária in Faro zu sein. Und sicher: Es gab immer noch ein paar kleine Defizite. Aber die stufte sie mit Blick auf seine Ermittlungserfolge als unerheblich ein. Ganz abgesehen davon: Jedem von ihnen unterliefen schließlich Fehler.

Sich hinter Leanders und ihrem Rücken um dessen Suspendierung aus dem Team beim Innenministerium zu bemühen, erschien ihr als eine massive Ungerechtigkeit, die ihr die Tränen in die Augen trieb. Vor allem, weil Lost sich nicht mal dagegen zur Wehr setzen konnte.

Duarte, der ihre Reaktion erfasste, blinzelte kurz und bestrich unbewusst mit der Zunge seine Unterlippe.

»Lost ist nicht *gestört*«, sagte sie entschieden.

»Nein? Ist das nicht etwa eine Störung, sein Hau?«

»Du weißt, was ich meine – als deine Vorgesetzte sage ich dir: Du redest in Zukunft nicht mehr so abfällig über deinen Kollegen. Das ist eine dienstliche Anweisung, Miguel.«

»Aber wenn ...«

»Leg dich nicht mit mir an.«

Kurz maßen sich ihre Blicke, dann lächelte Miguel Duarte plötzlich und nickte: »Natürlich nicht.«

Damit ließ er sie stehen und folgte den anderen zur Villa Ria.

Graciana war vollkommen klar, dass es ihm am Ende überhaupt nicht um Leander Lost ging. Für Duarte war die Algarve einfach zu provinziell. Er hatte sich mehrfach bemüht, zur Kripo nach Lissabon versetzt zu werden. In die Hauptstadt, oder wie er es ausdrückte: *in die Zivilisation*. Und als schließlich bei ihnen hier in der Polícia Judiciária eine Beförderung anstand, die sein Leid wenigstens ein kleines bisschen geschmälert hätte, beförderte man nicht ihn, sondern stattdessen jemanden, den er für inkompetent hielt: sie.

Sein Ersuchen, Leander aus dem Polizeidienst entfernen zu lassen, richtete sich nicht in erster Linie gegen den *Alemão*. Es richtete sich gegen sie. Es sollte die zuständige Stelle im Innenministerium dazu animieren, sich Gedanken um die Eignung von Inspetora Graciana Rosado für ihren Posten zu machen.

3.

Der Löwe im Winter.

Das gefiel ihm. Das passte. Passte und war ihm ein Trost.

Es war ein Film, der zusammen mit anderen DVDs im Bücherregal des Ferienhauses stand und sich ihm eingeprägt hatte.

Ulisses Cruz lächelte die Decke an. Er lag splitternackt im Bett, gleichermaßen erhitzt wie ermattet von dem Schäferstündchen mit Sol, die warm und weich neben ihm lag und deren Brustkorb sich noch in schneller Frequenz hob und senkte.

Vom Haus aus konnte man den Berg hinab über ein zersiedeltes Gebiet bis zum Atlantik blicken, in dessen tiefem Blau sich das Sonnenlicht reflektierte. Er liebte den Ausblick, und kurz kam ihm der Gedanke, wie es wohl gewesen wäre, wenn Sol und er sich so ein Haus gekauft und dort ein relaxtes Leben geführt hätten.

Um dann sofort den Kopf zu schütteln.

Nein. Stillstand lag ihm nicht, er entsprach nicht seinem Naturell. Er wäre vor Langeweile in seinem Ohrensessel gestorben. 49 war noch kein Alter für so einen Lebensstil. Wahrscheinlich würde er nie alt genug werden dafür.

Sol schwang sich aus dem Bett und ging rüber zu der Küchenzeile. Ihr Gang war geschmeidig und federnd. Nächstes Jahr würde sie vierzig werden. Ulisses hatte sie schon oft so gesehen, unzählige Male an unzähligen Orten. Und doch weckte es immer wieder seine Lust, sie nackt zu sehen. Sie trug die

Haare kurz und struppig, am linken Arm zog sich ein heller, tiefer Strich. Die Narbe stammte von einem Streifschuss. Salamanca, 2018.

Sie kam mit einer roten Tonschale voll Nachos und ziemlich scharfer Soße zurück und begann, ihn damit zu füttern.

»Ich hab die Pille abgesetzt«, sagte sie und grinste breit, als habe sie ihm einen Streich gespielt.

Ulisses lächelte nicht. Vielmehr erstarrte er. Und mit jeder Sekunde, die er nicht lächelte, verschwand Sols eigenes Lächeln.

Er stand auf. Rieb sich die kräftigen Schultern und den Bauchansatz.

»Es ist die falsche Zeit.«

Sol setzte sich aufs Bett und legte die Tagesdecke über ihre Schultern, als wäre ihr kalt.

»Ich hab nicht mehr viel Zeit – wir.«

»Ja.«

Sie las das *Aber* in seiner Miene.

»Aber?«

Wenigstens wich er ihrem Blick nicht aus. Und in seinem lag so was wie Wehmut.

»Vielleicht ist es besser, wir gehen danach getrennte Wege«, sagte er ruhig. Mit dem typischen Bass in seiner Stimme, bei dem sich manchmal immer noch ihre Nackenhaare aufrichteten.

Ihr stiegen Tränen in die Augen. Sol biss sich auf die Unterlippe, damit sie ihr nicht über die Wangen liefen.

»Du hast es nie gesagt …«

»Nein«, bestätigte er und zündete sich eine Zigarette an.

»Aber du weißt doch, dass ich es mir so wünsche …«

Er nickte, setzte sich neben sie und fuhr ihr zärtlich mit der Hand über den Nacken, gab ihr einen Kuss auf den Hals. Dann schaute er ihr fest in die Augen.

»Ich bin nicht dafür gemacht, Sol. Ich wollte, ich wäre es. Für dich. Ein Mann, der sesshaft werden kann. Ein kleines Häuschen, so wie das hier, baden gehen und sich nur überlegen müssen, was man abends isst und … ja … all das eben, du weißt schon.«

Ja, wusste sie. Sol nickte.

»Was ist so schlimm daran?«, fragte sie leise, es war ein Flüstern.

Er schenkte ihr ein ebenso trauriges wie entwaffnendes Lächeln: »Nichts, Sol. Nichts daran ist falsch. Aber es ist nicht mein Weg. Ich bin nicht der Mann dafür. Ich werde nicht sesshaft. Ich werde nie Tomaten züchten oder sonntags den Wagen waschen. Ich hab geglaubt, ich könnte das für dich sein, aber es … es wär eine Lüge.«

»Aber … wir können doch anders leben. Die Orte wechseln«, sie lachte jetzt, »uns wird doch nicht langweilig.«

Ulisses Cruz nickte wie jemand, den es schmerzte, jemanden verletzen zu müssen: »Ich will kein Kind, das irgendwann ohne Vater aufwachsen muss. Gleichzeitig möchte ich, dass du glücklich bist. Dein Kind braucht einen anderen Vater.«

Seine Worte trafen Sol Pinho tief und zerstörten unwiderruflich etwas in ihr.

Sie machten all die wertvollen Momente zwischen ihnen in einem Sekundenbruchteil zunichte. Jeder zärtlichen Geste wohnte von nun an eine Berechnung inne. Ulisses' Zurückweisung war wie eine Betäubung für sie. Alles erreichte sie nur noch dumpf und von weither.

Doch sie riss sich zusammen und bewahrte Haltung.

»Gut, wenn es nicht passt, passt es nicht. Du hast recht, und … ich hätte es wissen müssen.«

Er nickte dankbar und griff nach ihrer Schulter, doch sie entzog sich der Berührung wie eine Katze, die einfach darunter wegtauchte.

Ulisses Cruz ließ die Hand sinken.

Ihre Reaktion beeindruckte ihn.

»Wir machen diese Sache gemeinsam, danach gehe ich.«

Sol Pinho stand auf und sammelte mit ein paar Handgriffen ihre Kleider auf.

»Ich nehme das freie Schlafzimmer im ersten Stock«, sagte sie kühl. Dann ging sie hinaus und quer durch das große Wohnzimmer, in dem Ulisses' jüngerer Bruder César gerade die Sturmgewehre reinigte und ölte.

Sol verdeckte mit ihren Kleidern zwar das Nötigste, als sie wortlos die Treppe hinaufging, aber César Cruz konnte den Blick trotzdem nicht von ihr lösen.

Von den Frauen, die Ulisses ein Stück auf seinem Weg begleitet hatten, war sie zweifellos die betörendste.

4.

Als der Rettungswagen mit der toten Deutschen ohne Blaulicht und – noch wichtiger – ohne Sirene das Gelände des *Monte Rainha* verließ, bekreuzigte sich Marcos Serra.

Weil das Innere des Hauses ein möglicher Tatort war, musste er draußen bei offener Tür auf der Terrasse warten. Drinnen sahen sich Graciana Rosado, Carlos Esteves, der Deutsche im schwarzen Anzug und Miguel Duarte näher um.

Das Interieur war recht übersichtlich und verriet nichts über seinen Besitzer, denn es wirkte unpersönlich.

Doch auch von der Toten fand sich nichts: Kein Handy, keine Handtasche, nicht mal ein Schlüsselbund.

Carlos' Magen knurrte, und er warf einen Blick in den Kühlschrank. Nur mal so. Es gab ein paar Aufmerksamkeiten in Form von Wasser, Wein und zwei Bieren. Aber nichts zu essen.

»Ich möchte, dass Sie sich jeden Raum genau ansehen, Senhor Lost«, sagte Graciana zu Leander. Mittlerweile war das ihr Standardvorgehen an Tatorten, denn egal, was später verändert oder gar vernichtet wurde – über Losts fotografisches Gedächtnis hatten sie stets Zugriff auf den ursprünglichen Zustand.

Carlos' Blick wanderte durch das Fenster hinüber zu dem Hauptkomplex mit dem Restaurant. Dann wandte er sich an Duarte, der vor einem Gemälde stand, das einen Stierkampf zeigte. Natürlich.

»Du kennst das hier, Miguel?«

Der gebürtige Spanier wurde durch die Frage des Kollegen aus seinen Gedanken gerissen. »Wie bitte?«

»Das Gelände. Du kennst es.«

»Ja. Ich spiele hier manchmal.«

Carlos nickte, weil das ins Bild passte.

»Das Restaurant da, kannst du das empfehlen? Haben die was zum Mitnehmen?«

»Das *O Céu* hat einen Michelin, Esteves. Und«, schob er mit einem larmoyanten Lächeln hinterher, »damit ist kein Reifen gemeint. Die haben nichts zum Mitnehmen. Und außerdem ...«

»Ich störe nur ungerne«, unterbrach Graciana ihn und trat dabei an die beiden heran: »Riemann. Wann war sie hier? Gestern? Heute? Arbeitet sie alleine? Für eine Agentur? Wenn ja, welche? Wird sie vermisst? Wo wohnte sie?«

»Ich telefonier mal rum«, antwortete Duarte, zückte das neueste iPhone-Modell und ging hinaus zum Pool.

»Die Agentur, die das Haus betreut, heißt Heavenly Places«, sagte Leander, der in der Tür zur Küche stand. Er hatte sich Einweghandschuhe übergezogen und hielt einen Ordner in den Händen, der Hinweise für die Besucher enthielt: Telefonnummern, Restaurants, Sehenswürdigkeiten, die nächste Klinik und vieles mehr.

»Sie befindet sich in der Rua 25 de Abril, in Cabanas.«

Cabanas. Das war ein Vorort von Tavira in Richtung Osten. Am Wasser gelegen. Mit Neubaugebieten und Ferienresorts. Und fest in britischer Hand.

»Da ist noch ein Name«, fuhr Lost fort, »Karen Riemann und Maja Witt.«

»Wir drei fahren hin«, entschied Graciana. »Miguel bleibt hier und wartet auf die Spurensicherung.«

In dem Augenblick knisterte der Funk an Carlos' Gürtel.

»Carlos?«

Das war Toninhos Stimme. Während Carlos Esteves das Funkgerät in die Hand nahm, schaute Graciana auf ihre Armbanduhr: Stimmt, er hatte gerade seine Probeschicht bei der GNR in Moncarapacho begonnen. Es war 18:04 Uhr.

»Ja? Was gibt's? Warum bist du nicht bei …«

»Hier ist gerade ein Notruf reingekommen«, unterbrach Toninho ihn hastig. »Von einem Sicherheitsunternehmen: *Bilt*. Die haben von ihrem Werttransporter ein Notsignal reinbekommen, aber die Fahrer melden sich nicht.«

»Wo?«, fragte Carlos knapp und folgte Graciana, die schon losgerannt war, hinaus zu den beiden Männern.

»Senhor Serra, Sie warten hier, bis die Spurensicherung eintrifft, und rühren nichts an und lassen niemanden rein – Miguel, komm mit.«

5.

Es war exakt 17:48 Uhr, als César mit dem Lieferwagen von der Nationalstraße 125, kurz: N 125, in Höhe eines Supermercados nach rechts Richtung Norden abbog und dem Werttransporter der Firma *Frederic Bilt* folgte.

Gepanzert, mit Sehschlitzen, kugelsichere Scheiben.

César trug wie Ulisses eine Sonnenbrille, was gerade jetzt, da die Sonne tief im Westen stand und die Autofahrer blendete, ganz natürlich wirkte.

Links von ihnen zogen ein paar typische, einstöckige Häuser mit roten Tonziegeldächern vorbei, danach folgten auf beiden Seiten Felder mit Oliven- und Feigenbäumen im Wechsel mit Orangen- und Zitronenplantagen. Auf einigen wurde gerade geerntet.

César blickte zu den Plantagenarbeitern hinüber, musterte ihre dürren Gestalten und die Schweißflecken auf der Rückseite ihrer T-Shirts und Hemden. Er schüttelte den Kopf: »Trottel.«

Ulisses brummte Zustimmung. Er wählte über sein Handy Sols Nummer, die ungefähr einen Kilometer weiter nördlich in einem Kombi in einer Seitenstraße auf sie wartete.

»*Sim?*«

»Noch achthundert Meter. Ist kein Wagen vor ihm.«

Klack.

Sie antwortete nicht einmal, sondern unterbrach einfach die Verbindung.

Da sie mit dem Lieferwagen jetzt in eine lang gezogene Kurve fuhren, konnte César an dem Bilt-Fahrzeug vorbei auf den weiteren Straßenverlauf schauen. Tatsächlich bog rund dreihundert Meter weiter der Kombi von rechts auf die Straße und setzte sich so vor den Werttransporter, der sich nun zwischen ihnen befand.

Ulisses Cruz zündete sich eine Zigarette an und inhalierte den Rauch. Er sah auf die Landschaft, die rechts an ihm vorbeizog. Bäume, Einmündungen, Häuser, Palmen, ein paar Wolken am Himmel, alles verwischte zu horizontalen Streifen. Die Formen lösten sich auf und zerflossen. Alles verlor seine Gestalt. Wie ein Leben, das zu schnell vorbeizog.

Er riss sich davon los und kontrollierte die Uhrzeit. Dann wählte er die Nummer des »*Boten*«.

Der wiederum wartete weiter nördlich an der Ausfallstraße, die von der nächsten Ortschaft hoch zum Autobahnanschluss führte, über den man in null Komma nichts an der spanischen Grenze war.

Er saß in einem Fahrzeug von Hermes, das der Kurierdienst eigentlich ausgemustert hatte. Es war frisch lackiert, und der *Bote* steckte in einer passenden Uniform. Von hier führte ein Weg an einer karminroten Mauer entlang zu einem offiziellen Gebäude. Ganz so, als hätte er dort gerade etwas abgeliefert. Niemandem würde das Fahrzeug zu dieser Zeit und in dieser Zufahrt in irgendeiner Weise auffallen.

»Fahr los«, wies Ulisses ihn lediglich an, um die Verbindung auch schon wieder zu beenden und nun den dritten Akteur ins Spiel zu bringen: den *Monteur.*

Ein Polizeiwagen der GNR kam ihnen mit hoher Geschwindigkeit entgegen – mit Blaulicht und Sirene. Am Steuer ein auffallend attraktiver Beamter und daneben eine GNR-Polizistin, die ihre Fingernägel überprüfte.

Der *Monteur.* befand sich bereits an einer Kreuzung in dem Ort, den sie bald durchqueren würden, unbemerkt von den Leuten, unten in der Kanalisation. Über ihm rauschte der Verkehr entlang und so spürte er nur das Vibrieren des Smartphones, denn er hatte es stumm geschaltet.

»*Sim.*«

»Zwei Minuten.«

»*Claro.*«

Nach dem Passieren des Ortsschildes machte die Straße noch einen letzten Schlenker, vorbei an einer mannshohen, weiß gekalkten Mauer, die oben abgerundet war. Dann folgte ein gerader Abschnitt – und eine Kreuzung mit einer Ampel. Es war die einzige im ganzen Ort. Und sie war grün.

Sol Pinho steuerte darauf zu. Ihr kam der Transporter von Hermes entgegen, der die Kreuzung überquerte und recht genau fünf Meter nach der Ampel stoppte. Warnblinker. Der Fahrer sprang mit einem Paket heraus und ging damit zu einem der Hauseingänge.

Die Ampel sprang auf Rot.

Sol bremste ab und stoppte den Wagen haargenau so, wie sie es mit Ulisses geprobt hatte. Der rechte Außenspiegel musste sich auf einer Höhe mit einer Türklinke der Nummer 61 befinden. Wie jetzt.

Sie blickte in dem Innenspiegel auf den Werttransporter, der nun mit etwa einem Meter Abstand hinter ihrem Kombi ebenfalls anhielt.

Ideal.

Ulisses hatte dafür gesorgt, dass aus einer Menge Variablen in dem Plan Konstanten geworden waren, die die Unwägbarkeiten seines Plans minimierten.

Der Abstand, mit dem der Transporter von Bilt hinter ihr zum Stehen kam, gehörte zu den Faktoren, die sich nicht beeinflussen ließen.

Aber der eine Meter spielte ihnen in die Hände – und konkret nun dem *Monteur*, dessen Smartphone in genau dem Moment vibrierte, in dem der Transporter zum Stehen kam.

»Jetzt«, gab Ulisses durch.

Der *Monteur* stemmte sich mit den Armen von unten gegen den sicher 40 Kilo schweren Gullydeckel und wuchtete ihn hoch.

Ein unterdrückter Seufzer, dann hatte der ihn heraus gewuchtet und vorsichtig zur Seite geschoben. Es war, als stünde Nuno, so sein richtiger Name, unter einer fahrbaren Schildkröte, die an allen Seiten gepanzert war.

Er musste sich beeilen und griff zu der Apparatur: einem elektrischen »Zerstäuber«, nichts weiter als eine schmale Metallflasche mit Spühverschluss, kombiniert mit einem Empfänger samt kleiner Antenne. Er legte sie unter dem Transporter auf dem heißen Asphalt ab, dazu zwei halbe Rohrschellen, an denen schon das Gaffertape befestigt war, das über ihre Enden hinausragte.

Die Ampel sprang auf Grün.

Sol Pinho drückte den Knopf der Warnblinkanlage.

Sie beobachtete, wie der Fahrer des Werttransporters hinter ihr auf die Gegenfahrbahn blickte, um an ihrem Kombi, der offenbar eine Panne hatte, vorbeizufahren. Die beiden Wachmänner hinter der Windschutzscheibe wirkten relativ jung. Sie trugen dunkelblaue Uniformen mit dem Logo von Bilt.

Aber der Hermes-Transporter blockierte die andere Seite, sodass für sie kein Vorbeikommen war. Der Fahrer ließ die Seitenscheibe herunterfahren und rief zu dem *Boten* hinüber – zu Ricardo, der ihm mit einem lässigen »*Paciença, paciença*« antwortete, aber gleichzeitig mit einer alten Frau sprach, die ihm die Tür geöffnet hatte.

Sol musste schmunzeln – Ricardo würde erst seinen Wagen wegfahren und damit die Spur wieder freigeben, wenn Nuno, der *Monteur*, unter ihnen seinen Job erledigt hatte.

Der schickte wiederum eine vorbereitete Textnachricht an Ulisses, der das *Jetzt* auf dem Display las und daraufhin César zunickte.

Der presste seine Handfläche auf die Mitte des Lenkrads, und während die Hupe kurz alle anderen Geräusche übertönte, bohrte Nuno mit einem Akkubohrer mit Diamantaufsatz ein Loch in die Lüftungsanlage. Er flanschte den Anschluss des Druckbehälters daran und presste ihn dann mithilfe der Rohrschellen und des Klebebands an die Unterseite.

Sofort schickte er Ulisses das zweite Signal – woraufhin das Hupen endete.

Obwohl er mit Handschuhen gearbeitet hatte, besprühte Nuno alles mit Desinfektionsmittel und wischte noch mal eilig mit einem Tuch darüber.

Parallel dazu hatte Ulisses dem *Boten* via Smartphone Entwarnung signalisiert.

Nuno tauchte wieder unter der Straße ab und zog den Gullydeckel mit einem Metallhaken über sich zurück in die Öffnung.

Der *Bote* stieg in den Kurierwagen und fuhr weiter in Richtung Küste.

Der Werttransporter scherte daraufhin ebenso wie der Lieferwagen mit den Brüdern Cruz dahinter aus und passierte den liegen gebliebenen Kombi vor ihnen.

Ulisses kontrollierte mit einem Blick den Sitz des Gullydeckels im Vorbeifahren, falls Nuno noch nachjustieren musste – aber alles war perfekt.

Sie passierten die Kreuzung und folgten Bilts Leuten nach Norden.

César, der vor der nächsten Kurve über den Außenspiegel noch einmal nach dem Kombi hinter ihnen schaute, sah, wie der sich in Bewegung setzte, der Warnblinker erlosch und Sol Pinho abbog und aus seinem Blickfeld verschwand.

Nach dem Ort schlängelte sich die Straße weiter Richtung Autobahn. Links erhob sich eine mit Pinien bewaldete Bergkette, die im 400 Meter hohen São Miguel gipfelte. Von dort konnte man die ganze Ostalgarve samt der Ria Formosa überblicken, von Faro bis über Tavira hinaus zur spanischen Grenze. Und über den Atlantik bis an jene feine Linie, an der das Meer und der Himmel sich berührten.

Funk- und Radioantennen bildeten dort oben auf dem Berg eine kleine Gruppe, die wie eine eng beieinanderliegende Ansammlung metallischer Bäume wirkte.

Sie passierten streunende Hunde und zwei Esel, die im Schatten dösten und ihnen träge nachblickten.

Tatsächlich bog der Bilt-Transporter nach links ab und ächzte die immer schmaler werdende Straße in Richtung Gipfel hinauf.

Rechter Hand erhob sich der Berg. Links gingen immer wieder schmale Sandpfade ab, übersät mit Steinen, flankiert von Pinien und Sträuchern – Abfahrten für besonders waghalsige Mountainbiker.

Eine weitere Kurve. Sie befanden sich sicherlich schon 100 Meter über dem Meeresspiegel.

Ulisses griff hinter sich und zog eine große Sporttasche nach vorne, die er auf seinen Oberschenkeln absetzte. Er zog zwei Sturmgewehre deutschen Fabrikats heraus. Ein Geruch von Plastik, Metall und Öl hing in der Luft.

César öffnete seine Jacke – und mit Ulisses' Hilfe streifte er sie ab. Darunter kam eine kugelsichere Weste zum Vorschein.

Nachdem Ulisses zweimal mit den Fingerknöcheln gegen die Zwischenwand zum Laderaum geklopft hatte, öffnete sich ein kleines Schiebefenster und das Augenpaar von Gonçalves Amado erschien.

»Zwei Minuten«, sagte Ulisses.

Amado deutete ein Nicken an. Und hielt den Blick, als wolle er noch etwas hinzufügen.

»Und Schalldämpfer«, fügte Ulisses Cruz hinzu.

»*Sim* – wegen Braga damals, Ulisses …«

»Damals ist damals, Gonça, heute ist heute.«

Mit diesen Worten nickte er ihm zu und schloss das Sichtfenster, um sich ebenfalls der Jacke zu entledigen. Dann sah er seinen Bruder an. Sie waren beide etwa gleich groß, aber César war sehniger. Und mit einem Geduldsfaden, der sich in Millimetern bemaß. Ein echter Hitzkopf.

Aber eben sein Bruder.

»Was ist?«, fragte César, der Ulisses' Blick aus den Augenwinkeln bemerkte.

»Nichts«, antwortete der. Nichts zumindest, was er in Worte fassen konnte.

Er zog den kleinen Sender mit der noch winzigeren Antenne hervor, richtete ihn auf den Werttransporter gut 20 Meter vor ihnen und löste aus.

Unter dem Wagen öffnete sich das Ventil und der kleine Elektromotor sprühte das Sevofluran über den Druckbehälter in das Lüftungssystem des Werttransporters. Es war ein farbloses, nahezu geruchsloses Anästhetikum, das sehr zügig seine Wirkung entfaltete.

Keine 300 Meter weiter verlor der Transporter der Firma Bilt rapide an Tempo, schlingerte kurz und fuhr dann über den Seitenstreifen, um erst mit den rechten Reifen in den flachen Graben zu geraten, an ein paar Felsblöcken entlangzuschleifen, durch die diese Straße einst gesprengt worden war, und schließlich mit laufendem Motor zum Stillstand zu kommen.

César stoppte direkt dahinter. Er und Ulisses streiften sich Motorradmasken über die Köpfe und stiegen mit den Sturmgewehren aus. Ulisses zog eine Pistole, die in seinem Gürtel steckte. Für den engen Raum zwischen dem Werttransporter und der Felsformation rechts war die kleine Waffe besser geeignet als das G36K. Er vergewisserte sich durch einen Blick über den Außenspiegel, dass die beiden Männer ohnmächtig waren. Erst dann ging er nach vorne und sah in die Fahrerkabine.

Der Beifahrer war nach vorne gesackt und seine linke Hand ruhte auf den Armaturen, recht nahe an einem extra gesicherten Knopf, von dem Ulisses Cruz wusste, dass es sich um eine Direktleitung zu der Zentrale von Bilt in Lissabon handelte.

Zwei Autos, die vermutlich von einem Ausflug auf dem Gipfel zurückkehrten, näherten sich, und die beiden maskierten Männer duckten sich weg. Aber die Fahrer konzentrierten sich offenbar sowieso mehr auf die steile Straße und den Ausblick Richtung Küste und nahmen keinerlei Notiz von ihnen. Als sie fort waren, steckte Ulisses Cruz die Pistole wieder weg und unterbrach die weitere Zufuhr des Betäubungsmittels mithilfe des kleinen Senders. Die beiden Fahrer würden so schon für Stunden außer Gefecht sein.

César hatte mit ein paar präzisen Handgriffen die Türen zum Laderaum ihres Wagens geöffnet und Gonçalves Amado dabei geholfen, die beiden Motorräder auszuladen.

Amado würde bei ihm als Sozius mitfahren. Wenn es Ärger gab, würde er ihre Verfolger unter Beschuss nehmen. Dafür trug er einen speziellen Gurt, mit dem er sich bei César einklinken und sicher umdrehen konnte.

»Tempo«, verlangte Ulisses, der mit den anderen dreien über sein kleines Knopfmikro in Funkkontakt stand. Die eine war Sol. Die anderen beiden der *Bote* im Hermes-Transporter und schließlich Nuno, der *Monteur*, der den Polizeifunk abhörte und inzwischen in einer Airbnb-Wohnung in dem Gebiet von Bias do Sul unten an der Küste saß. Ihre Antworten hörte er über einen winzigen Empfänger in der rechten Ohrmuschel.

Ulisses Cruz hatte sich diese Stelle hier ausgesucht. Nur vierhundert Meter weiter befand sich ihr Ferienhaus.

Es gab keine Abzweigung: die Straße führte hinauf oder hinab. Die Polizei würde also aus maximal zwei Richtungen kommen. Die Beamten aus Olhão, Tavira und São Brás de Alportel kämen auf jeden Fall zu spät, weil ihre Anfahrtstrecke zu weit war. Blieben noch die GNR aus Moncarapacho und Polizeieinheiten, die gerade zufällig in der Gegend unterwegs waren.

Und die kämen allesamt höchstwahrscheinlich von unten.

Wer auch immer diesen Streckenabschnitt erreichen wollte, musste unten im Tal Sol passieren – die dort erneut eine Panne vortäuschte – oder den *Boten* in seinem Kurierfahrzeug, der etwa zwei Kilometer oberhalb seine Position bei den Funkmasten bezogen hatte, die man von hier aus sehen konnte.

Die Vorwarnzeit war in beiden Fällen überschaubar, das war Ulisses klar. Aber so war das eben mit Plänen. Den perfekten gab es nicht, aber die Unwägbarkeiten ließen sich reduzieren, wenn man blitzschnell umdenken und eine gute Alternative generieren konnte.

Und das konnte er.

Das war auch der Grund, aus dem Ulisses Cruz so lange kein Gefängnis mehr von innen gesehen hatte. Er war ein kluger Planer. Er konnte sich in den Kopf anderer Leute versetzen und ihr Verhalten meist im Vornherein antizipieren. Er wusste, wie sie reagieren würden, bevor sie es taten. Meist jedenfalls.

Dazu kam noch ein gewisses Maß an Kaltblütigkeit. Er hatte seinem Bruder und sich oben in Braga ohne zu zögern den Weg freigeschossen und dabei einen Beamten verletzt. Und bei der Sache in Salamanca hatten sie eine Polizeisperre durchbrochen.

Gonçalvo Amado brachte an der Rückwand des Werttransporters zwei Päckchen Plastiksprengstoff an, während César sehr routiniert den Innenraum ihres eignen Lieferwagens mit Schaum aus einem Feuerlöscher bestrich.

Wieder näherte sich ein Wagen, aber diesmal verlangsamte er. Ein junges Pärchen beobachtete interessiert das Geschehen aus dem offenen Fenster. Die Frau auf dem Beifahrersitz hatte ihr Handy gezückt, bereit, etwas aufzunehmen. Ulisses kannte diese Reaktion bereits aus der Sache in Salamanca – die Leute freuten sich, weil sie glaubten, sie wären auf Dreharbeiten gestoßen. Vielleicht für einen Hollywood-Blockbuster? Wer wusste das schon? Man konnte ja auch mal Glück haben im Leben.

Sie hielten Ausschau nach bekannten Darstellern. George Clooney irgendwo?

César stellte den Feuerlöscher ab und griff nach dem Sturmgewehr, aber sein älterer Bruder deutete kaum merklich ein Kopfschütteln an und trat stattdessen näher an den Wagen.

Er streckte die Hand aus. Die junge Frau schaute darauf – sie verstand nicht, was er wollte. Und wozu der Hüne bei diesen sommerlichen Temperaturen Handschuhe trug.

»Handy.«

Nach einer minimalen Verzögerung, nur eine Sekunde vielleicht, verschwand das Lächeln aus dem Gesicht der jungen Frau und Angst trat zusammen mit der Erkenntnis in den Blick: *Das hier ist alles echt!*

Sie ließ vor Schreck das Handy fallen, das klappernd auf den Asphalt fiel. Zweimal trat Ulisses mit der Hacke seines Springerstiefels darauf, bis nur noch Elektroschrott übrig war.

»Desaparece«, sagte er dann ruhig.

Das ließ sich der junge Mann am Steuer nicht zweimal sagen: Er schluckte aufgeregt, schaltete runter und gab Vollgas. Der Wagen jagte davon.

»Die Bilt-Fahrer müssen ein Notsignal abgesetzt haben«, meldete der *Monteur* sich per Funk bei Ulisses, »die Zentrale hat die GNR in Moncarapacho angefunkt.«

»Aber da dürfte niemand sein«, widersprach Ulisses, denn sie hatten extra dafür einen Wagen in Brand gesetzt, der unten in Höhe von Quelfes, also zwischen Fuseta und Olhão, an der N 125 stand. Und der Wagen der GNR mit dem Polizistenpärchen, der ihnen auf dem Weg hierher entgegengekommen war, sprach dafür, dass dieses Ablenkungsmanöver gelungen war.

»Wenn ich das richtig verstehe, ist da wohl ein unerfahrener Posten im Revier, der den Funk bedient. Junge Stimme. Die GNR ist gerade aus Quelfes zurückbeordert worden, aber die kommen nicht rechtzeitig, wenn ihr in zwei Minuten weg seid. Da kommen aber welche, die oben bei Rainha sind. Scheint PJ zu sein. Die werden zuerst da sein.«

Sol und der *Bote* schalteten sich ein und bestätigten, dass bisher kein Polizeifahrzeug ihre jeweilige Position passiert hatte.

»In drei«, meldete Gonçalves, der nun Ohrenschützer trug.

César warf Ulisses einen kurzen Blick zu. Er musste die Frage nicht artikulieren. Sie wussten jede Geste des anderen nahezu fehlerlos zu deuten.

»Du vorne«, ließ der Ältere ihn wissen, woraufhin César sich schnell einen Platz zwischen dem Werttransporter und den Felsen suchte, von wo aus er die Straße in Richtung Gipfel im Blick hatte.

»In zwei.«

Sie setzten sich Gehörschützer auf.

Ulisses Cruz stand neben den Motorrädern. Er sicherte die Straße bergab. Von dort also, wo die Polizeikräfte vermutlich zuerst eintreffen würden.

»In eins.«

Ulisses ist ein vorbildlicher großer Bruder, dachte César in diesem Augenblick. Der nahm die Position ein, an der es ungemütlich werden würde, und schickte seinen jüngeren Bruder an die andere, sicherere. So war das sein ganzes Leben lang gewesen. Ulisses suchte nie Ärger oder Streit. Anders als César, der erst aus Prinzip und später aus der Lust, jemanden zu besiegen, keinem Kampf aus dem Weg ging. Ulisses maß sich nur mit anderen, wenn es wirklich nötig war. Zum Beispiel, weil er seinen jüngeren Bruder aus irgendeinem Schlamassel herausboxen musste.

Gonçalves Amado hatte Deckung auf der gegenüberliegenden Straßenseite gesucht. Er zündete die Sprengladung elektrisch. Es gab einen ohrenbetäubenden Knall, die Erde vibrierte und die Druckwelle glitt in unterschiedlicher Intensität über sie hinweg und an ihnen vorbei. Für Ulisses kam sie als herber Stoß, während César sie als kurzen Windstoß wahrnahm.

Sie setzten die Gehörschützer ab und verstauten sie. Wie von Amado errechnet, hatte der C4–Sprengstoff ein rund 10 Zentimeter großes Loch in die hintere Tür gesprengt und den Schließmechanismus zerstört. Eine der beiden Türen war bereits aufgeflogen. Ulisses, der sich eine Gasmaske übergestreift hatte, war sofort am Heck, lehnte das Sturmgewehr an den Transporter und sprang in den Laderaum.

Gonçalves und César sicherten die Straße zu beiden Seiten. Hinten aus dem Laderaum hörten sie zwei Schüsse, dann das Aufklappen eines Wertfachs.

Ulisses hatte den Rucksack am Boden abgesetzt und schüttete den Schmuck aus einer Metallkassette hinein, die er soeben gewaltsam geöffnet hatte. Dann brach er mit einem Schuss das nächste Fach auf.

Die Gasmaske verengte seinen Blickwinkel. Es war brütend heiß hier drinnen – kein Wunder: Wertsachen benötigten keine Klimaanlage. Fast sofort lief ihm der Schweiß die Wirbelsäule hinab, perlte ihm auch von der Stirn und benetzte das Gesicht unter dem Gummi.

»Ich höre eine Sirene«, gab Sol durch.

»Kannst du was sehen?«

»Nein. Nur die Sirene. Kommt näher.«

César lief zu ihrem Lieferwagen und fuhr ihn quer auf die Straße, um sie zu blockieren. Zudem verstellte er so den Blick auf die für die Flucht bestimmten Motorräder für die Polizeieinheiten, die von unten anrückten.

César bemühte noch einmal den Feuerlöscher, mit dem er nun auch den Fahrersitz und das Lenkrad von Spuren befreite.

Gerade rechtzeitig, denn jetzt kam eine Limousine den Berg hinaufgerast. Ohne Blaulicht. Ohne Sirene. Aber die pure Geschwindigkeit ließ keinerlei Zweifel.

6.

»Da sind Kollegen aus Portimão«, gab Toninho über Funk durch, »die haben den São Miguel schon erreicht.«

»Dann sind sie vor uns«, antwortete Carlos, während Graciana den Mustang in Montanagrün abbremste. Sie schaltete runter, gab Gas und zirkelte die 460 Pferdestärken an den Grenzen der Fliehkraft um die nächste Kurve.

Ganz leicht meinte Carlos Esteves zu spüren, wie die Hinterräder den Bodenkontakt verloren. Dieser letzte, klitzekleine Moment vor dem Ausbrechen des Hecks. Und wie Graciana intuitiv minimal einlenkte und es ihr gelang, sie in einem Stück durch die Kurve zu bringen.

Dann trat sie das Gaspedal wieder voll durch, und der V8 dröhnte auf.

»Das ist keine acht Minuten von hier«, sagte Toninho, »ich könnte …«

»Du bleibst, wo du bist«, befahl Carlos.

»Wie bitte? Was hast du gesagt …« Sie hörten, wie er mit Papier an der Sprechermuschel raschelte und das Funkgerät dann leicht an die Tischkante klopfte. »Carlos? Ich hör dich nicht.«

»Mach keinen Scheiß und bleib wo du bist.«

»Was? … *rschhhhh* … braucht Unterstützung … *rschhhh*?«

Graciana blickte in den Rückspiegel, wo Leander Lost auf der gelben Ducati Scrambler auftauchte. Eine leichte Maschine im Retro-Look. Der Fahrtwind ließ seine Lederkrawatte tanzen. Über dem weißen Hemd trug er nur eine Schutzweste mit der weißen Aufschrift *Polícia*.

Noch bevor sie das Golfresort *Monte Rainha* verlassen hatten, waren die anderen von Graciana angewiesen worden, die Schutzwesten anzuziehen. Bei einem Werttransporter, der möglicherweise überfallen wurde, war im Zweifelsfall mit robusten Tätern zu rechnen.

Hinter Lost folgte Duarte in seinem weißen Jaguar-Cabrio, der sich sichtlich mühte, den Anschluss nicht zu verlieren.

Carlos lächelte ein wenig in sich hinein. Sicher wäre er in seiner männlichen Ehre gekränkt, wenn es Graciana gelänge, den Abstand noch weiter zu vergrößern.

Sie bogen nach links ab, und der São Miguel zeigte sich in seiner ganzen Pracht.

In der ersten Kurve hörten sie das trockene *Tak-Tak* eines Schnellfeuergewehrs. Carlos zog seine Glock, die Standardwaffe der portugiesischen Polizei, und entsicherte sie mit einem routinierten Griff.

Hinter der vierten Kurve, wo sich die Straße relativ steil hinaufwand, parkte ein Lieferwagen quer auf der Straße, der Werttransporter mit dem Firmenlogo Bilt stand am rechten Fahrbahnrand an ein paar Felsblöcken.

Rund dreißig Meer davor war eine Limousine schräg auf der Mitte der Fahrbahn zum Stehen gekommen. Eine Frau in zivil kauerte in ihrem Schutz und schoss auf eine Gestalt mit einer Motorradmaske, die sich hinter dem Lieferwagen verschanzt hatte. Und die offenbar auf die Frau und ihren Begleiter aus einem Sturmgewehr feuerte.

Jedenfalls wurde gerade die offene Beifahrertür zweifach durchschlagen und die Heckscheibe splitterte.

Graciana stoppte den Mustang links neben der Limousine, wodurch sie die Straße weitestgehend blockierte.

»Raus und Deckung«, zischte sie Carlos zu und warf sich

selbst gegen die Tür. Er huschte rechts hinaus und lief die wenigen Meter zu der Limousine.

Graciana hastete geduckt um den Mustang herum und erreichte den Mann, neben dem Carlos bereits kniete. Sie erkannte ihn und seine Begleiterin sofort. Wie Toninho angekündigt hatte, handelte es sich um Kollegen aus Portimão, die in der Polícia Judiciária der westlichen Algarve ihren Dienst versahen.

Gabriel Alves hielt sich die linke Schulter und keuchte vor Schmerz. Sein grauer Schnurrbart erzitterte bei jedem Keuchen.

»Geht«, presste er hervor. »Tut nur höllisch weh.«

Es schien, als wolle er damit weniger seine Begleiterin Rafaela Romão oder Carlos Esteves beruhigen als vielmehr sich selbst. Er presste die Kiefer aufeinander.

Rafaela kauerte hinter dem rechten Vorderreifen und hob kurz die Waffe, um ein paar Schüsse auf den Mann am Lieferwagen abzugeben.

Wie Graciana jetzt erst bemerkte, lag hinter dem Lieferwagen einer der Täter. Sie sah nur seine Schuhsohlen, das Knie, einen angewinkelten Arm. Eine Blutlache unter seinem Körper, die in der abendlichen Sonne tiefrot glänzte.

Hinter ihnen stoppten nun Leander Lost und Duarte, der seinen Wagen geistesgegenwärtig rechts abstellte, sodass die drei Fahrzeuge nebeneinander nun eine lückenlose Barrikade bildeten.

Er und Leander verschanzten sich hinter dem Jaguar.

»Kollegen aus Portimão«, rief Graciana Leander zu. Der nickte.

»Wie viele sind es?«, fragte Carlos.

»Noch zwei, glaube ich«, gab Romão zurück. Sie hatte dunkles Haar und einen langen, geflochtenen Zopf, der ihr den halben Rücken hinabreichte. Sie war Mitte vierzig, eine kräftige, entschlossen wirkende Frau, die Jeans, Boots und eine hellgraue Bluse trug.

»Der Rettungswagen ist angefordert«, sagte Graciana Rosado.

Hinter ihnen kroch ein rostiger, alter R4 die Straße hoch, der zweite Gang heulte erbärmlich im roten Drehzahlbereich.

Sie sahen, wie gleichzeitig eine Gestalt weiter oben aus dem Werttransporter sprang und auf den Lieferwagen zulief. Eine Gestalt mit einer Motorradmaske.

»Deckung«, rief Romão, und bevor jemand etwas erwidern konnte, kam sie hinter dem Auto hoch und schritt mit vorgehaltener Waffe auf den Lieferwagen zu. Graciana, Duarte und Carlos tauschten einen verblüfften Blick. Ganz schön mutig.

Prompt legte der Mann, der aus dem Werttransporter gekommen war, über das offene Fahrerhaus des Lieferwagens auf sie an und feuerte.

Das Sturmgewehr hatte eine Kadenz von 750 Schuss in der Minute – Romão feuerte noch in dem Augenblick zurück, in dem sie sich auf den Boden fallen ließ.

Die Projektile durchschlugen die Limousine und den Jaguar, und wenn Carlos richtig sah, verzog Duarte bei jedem Treffer in seinen Jaguar kurz das Gesicht, als sei er selbst verletzt worden.

Graciana schoss zurück. Leander, der sich flach auf den Boden gelegt hatte, visierte unter dem Wagen hindurch die Beine des Schützen an.

Laufschritte näherten sich von hinten.

Sie sahen sich über die Schultern.

»Idiota!«, rief Carlos Toninho wütend zu, der den R4 verlassen hatte und geduckt zu ihnen lief. Er hatte einen Leinensack dabei, in dem sich schwere, sperrige Gegenstände befanden.

Romão kam wieder auf die Füße hoch.

Das Röhren eines Motorrads.

»Runter«, bellte Duarte in Richtung Toninho, der nur noch wenige Meter entfernt war.

Ein Motorrad jagte davon – sie sahen es nicht, sie konnten es nur hören, weil der Lieferwagen ihnen nach wie vor die Sicht auf die dahinter liegende Straße versperrte.

Toninho lief weiter, er hatte sie nun fast erreicht.

Ein zweites Motorrad fuhr vor und der Mann darauf verschoss sein ganzes Magazin auf die Autos leer. Blech wurde durchschlagen, ein Reifen platzte.

Duarte federte etwas unelegant in die Höhe, packte Toninho an der Schulter und drückte ihn vehement nach unten.

»Runter!«, zischte er wütend.

Vier, fünf Kugeln schlugen auf der Kühlerhaube seines Cabrios ein, die sechste und siebte hinterließen zwei Geschosskränze in der Windschutzscheibe. Und die letzte Kugel – traf Duarte am Kopf.

Er wurde von der Wucht zurückgerissen, stolperte, wollte noch einen Stützschritt machen, aber schlug schon hart mit Rücken und Kopf auf dem Asphalt auf.

Als habe sich eine riesige Glocke über sie alle gelegt, die nur noch Bewegungen in einer extrem gedehnten Zeit zuließ, erstarrten alle in Fassungslosigkeit. Und mitten in diesem nahezu statischen Zustand schien Leander Lost der Einzige zu sein, der dieser Verlangsamung nicht unterworfen war. Denn er griff umgehend zu seinem Smartphone: »Hey Siri, ruf Doutora Oliveira an.«

7.

Das Handy lag neben Duartes Kopf auf dem heißen Asphalt. Er blutete stark aus seiner Stirnwunde. Aber er lebte.

»Ist die Kugel eingedrungen?«

»Ich weiß nicht. Die Wunde sieht schlimm aus.«

Leander kniete neben ihm.

Bis auf Gabriel Alves, der sich mittlerweile hingesetzt und gegen die Limousine gelehnt hatte, standen die anderen um den verletzten Kollegen herum. Alves war es auch gewesen, der trotz seiner Schulterwunde eine Ringfahndung nach den Tätern eingeleitet hatte.

Toninho war aschfahl, er wirkte um Jahre gealtert.

»Blutung stillen, umgehend«, zitierte Leander etwas aus seinem Gedächtnis.

»Verband«, übersetzte Graciana.

Toninho – froh, etwas tun zu können – und Graciana liefen zu ihren Autos.

»Merda.«

Das war Rafaela Romão.

Sie stand mit ehrlicher Bestürzung daneben. Überfordert.

Von weit, weit her drangen noch die heulenden Motoren der beiden Motorräder zu ihnen, mit denen sich die zwei Kriminellen davongemacht hatten.

Carlos ging in die Hocke, um Miguels Puls zu fühlen.

»Er ist noch da.«

»Natürlich, er liegt ja vor uns.«

»Ich meine: sein Puls. Der ist noch da. Meinen Sie, man sollte ihm einen Druckverband anlegen?«

»Ich habe keine Erfahrung mit der Erstversorgung bei solchen Verletzungen«, gab Leander zurück.

»Ich auch nicht, ich weiß bloß nicht, ob es zu seinem Nachteil sein kann. Hirnschäden und so ...«

»Nun: wenn die Blutung nicht umgehend gestoppt wird, verblutet Senhor Duarte. Dann ist es unerheblich, ob Sie eine Hirnschädigung verursacht haben, da er dann nie wieder denken muss.«

Schon war Toninho zurück.

»Leg einen Druckverband an.«

Toninho sah ihn aus großen Augen an.

»Gib her«, sagte Graciana, die ebenfalls mit einem Verbandskasten zurückgekehrt war. Sie riss den Kasten auf und fand Mull und eine Kompresse. Rafaela ging ihr zur Hand.

»Oliveira?«, fragte eine Stimme aus dem Smartphone neben Duarte. Endlich.

Leander meldete sich und schilderte der Ärztin ebenso präzise wie zügig die Situation.

»Wie viel Blut hat er verloren?«

»Vielleicht anderthalb Liter.«

»Puls?«

»Schwach. Wird schwächer.«

»Die Wunde ist an der Stirn?«

»Ja.«

»Austritt?«

»Schwer zu sagen. Vielleicht auch ein massiver Streifschuss. Oder das Projektil ist in seinem Kopf.«

»Ich bin unterwegs, bleiben Sie dran.«

»Ein Rettungswagen ist schon auf dem Weg«, sagte Carlos.

»Das reicht möglicherweise nicht. Ich habe gerade den Helikopter angefordert. Wir brauchen einen Rendezvouspunkt, um seine Transportzeit zu verkürzen. Er muss nach Faro. Gehen Sie mit ihm auf die A 22. Besorgen Sie sich einen Schlauch. *Jetzt.*«

Man hörte, wie die Doutora lief und eine Tür zuschlug. Im Hintergrund fuhr ein Auto vorbei, Kinder spielten. Sie lief.

»Können Sie das bitte präzisieren?«, fragte Leander.

»So was wie einen Gartenschlauch, Senhor Lost. Sie müssen ihn intubieren. Bei Schädelverletzungen bekommen wir es immer mit Atemwegsproblemen zu tun. Wir müssen eine Hypoxie vermeiden.«

»Eine Sauerstoffmangelsituation«, sagte Leander.

»Exakt. Wie sehen seine Lippen aus?«

»Bläulich.«

»Da haben wir es schon. Massiv eingeschränkte Atemwege – den Schlauch. Schnell, sonst erstickt er uns!«

»Länge, Durchmesser?«, fragte Carlos.

»Es muss in seinen Mund passen und bis zur Lunge reichen. Machen Sie, Senhor Esteves. Aber machen Sie schnell, wenn es noch einen Sinn haben soll.«

Senhor Queirós ging schon auf Mitte achtzig zu, und der Herrgott, zu dem er täglich betete, sollte ihm noch exakt 18 weitere Jahre schenken, bei eingeschränkter Gesundheit und wachem Geist, sodass er von diesem Tag also noch weitere 6.570 Tage erzählen konnte. Vorzugsweise seinen Enkeln, die mit eiserner Disziplin zuhörten und lächelten, denn wenn der Alte es sich auf den letzten Metern nicht noch anders überlegte, würden sie natürlich erben.

Wie dieser große Mann also die Böschung runterkam, mehr rutschte als lief, wie er – warum trat so jemand nicht bei den Olympischen Spielen für Portugal an? – sich über den Zaun schwang und ein Springmesser zückte.

Er hat es noch im Flug gezückt, Opa? Wie so ein Superheld?

Wisch dir das Grinsen aus dem Gesicht, João, oder ich enterbe dich. Und noch was: Eine Steigerung von Held gibt es nicht.

Die Klinge also hervorschnellen ließ, dass Senhor Queirós

dachte, also die Stunde seines Todes. Und dass der Tag dafür vielleicht ein guter war. Nicht, dass er das war, ganz im Gegenteil, er war nachts mit dem kleinen Zeh an der Bettkante hängen geblieben, und dann war ihm am Morgen auch noch der Kaffee ausgegangen. Aber welcher Tag war schon gut zum Sterben?

Also hatte Senhor Queirós beschlossen, seinem Tod mit Optimismus zu begegnen.

Aber der Sensenmann stieß nicht zu, sondern kappte ein Stück seines Gartenschlauchs und rannte wie ein Besessener wieder hoch, und als Queirós rief: »Hey, mein Schlauch!«, rief der Tod zurück »Klappe!«.

»Unvorstellbar, oder? Habt ihr so was schon mal gehört?«, fragte er seine Enkel.

»Erst viertausendmal.«

»Pass auf, dass du nicht enterbt wirst.«

»Graciana!«

Sie und Rafaela Romão hatten den Druckverband gerade fertiggestellt. Sie sah zum Straßenrand, wo Carlos' roter Kopf auftauchte. Er schleuderte ihnen den Schlauch zu, den Graciana fing und an Lost reichte.

Der führte Duarte das eine Ende sanft in den Mund ein.

Aus dem Handy, das die Verbindung zu der Doutora aufrechterhielt, waren nun Rotoren zu hören.

»Ich führe den Schlauch ein«, rapportierte Leander.

»Achten Sie auf Geräusche aus seinem Körper, legen Sie das Ohr ans andere Ende.«

Das tat er.

»Und dann?«

»Wenn der Atem am lautesten ist, sind Sie am Ziel: in der Lunge.«

Stück für Stück schob er den Schlauch tiefer in Duartes Rachen.

»Ist der Nacken stabilisiert?«

»Nein.«

»Jemand muss den Nacken umfassen …«

Carlos war schon zur Stelle.

»… und den Kopf leicht anheben. Und so halten.«

Carlos Esteves hielt den Hals von Miguel fest gestützt.

»Die Atemgeräusche sind jetzt sehr laut«, berichtete Lost, während die Rotorengeräusche am anderen Ende die Verständigung fast unmöglich machten.

»Das ist gut – Sie sind in der Luftröhre angekommen! Sie können jetzt stoppen. Aber fixieren Sie den Schlauch mit Klebeband.«

Toninho griff in den Verbandskasten und reichte ihnen das Klebeband. Graciana und Leander sahen, dass seine Hand zitterte.

»Toninho, geh rüber und schau nach, wo der Rettungswagen bleibt, und sag uns, wenn du ihn siehst.«

»Wir werden ihn hören«, schaltete Leander sich ein.

Graciana seufzte: »Geh, Toninho. Vielleicht hat er die Sirene nicht an.«

Toninho nickte und stakste ein paar Meter bergab und dann zur Seite. Graciana blickte ihm nach und bemerkte Carlos' Blick nicht, der sie erfasste. Ihr Profil. Die Linien tausendmal nachgefahren. Frisch erblindet hätte er es auf den Millimeter genau nachzeichnen können.

Er lag hier und roch das Eisen von Duartes Blut, er hielt den Mann eng umfasst, aus dem das Leben strömte, er wünschte, er hätte sich nicht mit ihm gestritten, und er begriff mit einer Vehemenz, die ihm den Atem raubte, die absurde Nichtigkeit ihrer Differenzen.

Und im gleichen Augenblick erkannte Graciana schon viel mehr als Toninho selbst, welch schlaflosen Nächte, welche Albträume ihn erwarteten, und schickte ihn deshalb fort, damit er den Anblick nicht länger in sich aufnahm. Den Anblick, den er verursacht hatte.

Ihre Umsicht wärmte ihn.

»Ich bin jetzt in dem Helikopter. Hören Sie mich?«

Mit einem Mal war die Verbindung nahezu frei von Nebengeräuschen.

»Praktisch einwandfrei.«

»Wie ist der Puls?«

Graciana, die mithörte, legte ihre Finger sanft auf Duartes Halsschlagader. Seine Haut war kalt.

»Der Rettungswagen kommt!«, rief Toninho.

»Flach. Flach und schnell.«

»Er hat zu viel Blut verloren«, schloss Oliveira, »geben Sie ihm Blut – legen Sie die Beine hoch!«

Als sie es taten, sprangen die Sanitäter aus dem Rettungswagen.

In diesem Augenblick öffnete Duarte die Augen. Er sah Leander über sich gebeugt. Und musterte ihn mit vorsichtiger Neugier wie einen Fremden. Für einen Moment nur. Dann begannen die Lider zu flattern, die Pupillen drehten hoch und verschwanden, und dann schloss Miguel Duarte die Augen.

8.

Der Atlantik lag weit und ruhig. Der Himmel über der Ostalgarve spannte sein wolkenloses Blau. Nichts schien sie in ihrer Ruhe stören zu können. Nicht die Sirenen, nicht das hektische Treiben auf der gesperrten Autobahn, wo der Helikopter landete und dann mit Duarte wieder abhob – all das ging an ihnen vorbei. Die Angelegenheiten der Menschen interessierten sie nicht. Sie würden all das überdauern.

Toninho saß auf einer Holzbank, wo das Grundstück der Villa *Canto das Baleias* endete und er aufs Meer blicken konnte. Eng neben ihm Zara, den Arm um seine Hüfte gelegt. Sie schwiegen.

»Stell ihm keine Fragen, es sei denn, er will – du wirst es spüren«, hatte Soraia Rosado ihr mit auf den Weg gegeben. Graciana hatte ihr am Telefon knapp berichtet, was passiert war. Dass die Not-OP schon eine Stunde dauerte und Duartes Leben wohl am seidenen Faden hing. Und Toninho sich dafür die Verantwortung gab.

»Es war mein Fehler«, hatte er tatsächlich als Erstes nach seiner Ankunft gesagt, »mein Fehler allein.«

Soraia hatte ihn in den Arm genommen und sanft über den Rücken gestrichen. Noch konnte er sich beherrschen, aber sie spürte, lange würde ihm das nicht mehr gelingen.

»Geh ins Casinha zu Zara. Schlaf ein wenig, wenn du kannst.«

Er konnte nicht.

Und jetzt saß er mit ihr auf der Bank, während Soraia auf dem Gaskocher den Eintopf aufwärmte, den ihre Mutter ihr vorbeigebracht hatte: *Favas com carne e chouriço*. Weiße Bohnen mit Schweinefleisch und Chorizo. Soraia und Graciana hatten es als Kinder oft gegessen. Als Elias noch da war, ihr großer Bruder.

Die Schüsse oben am São Miguel waren bis zur Küste zu hören gewesen. Ganz Fuseta sorgte sich, es gab in den Restaurants und Bars an diesem Abend kein anderes Gesprächsthema.

Informationen sickerten über Ana Gomes und Rui Aviola durch, die beiden GNR-Beamten aus Moncarapacho, die zu dem brennenden Fahrzeug in Quelfes gefahren waren.

Wie ein Lauffeuer verbreitete sich selbst die allerkleinste Information und trieb in Form von Vermutungen und Gerüchten bunte Blüten. Wer an diesem Abend durch Fuseta oder Moncarapacho schlenderte, schnappte ausschließlich Gesprächsfetzen auf, die mit dem Überfall zu tun hatten:

»Duarte.«

»Kann böse ausgehen.«

»Vielleicht eine Millionenbeute.«

»Bestimmt waren es Spanier.«

»Einen von denen hat es auch erwischt.«

Nachdem Gabriel Alves in der Notaufnahme in Faro versorgt worden war, setzte Rafaela Romão sich zu ihnen auf den Flur. Das Licht war kühl, und es roch nach Desinfektionsmitteln.

»Wie geht es Senhor Duarte?«

Carlos deutete ein Achselzucken an. Romão verstand.

»Und Ihrem Mann?«

»Die Wunde ist versorgt. Er wird jetzt nach Portimão überführt. Ich wollte mich verabschieden und bedanken, dass Sie alle zur Stelle gewesen sind.«

»Sie ja auch«, sagte Carlos.

»Stimmt. Jedenfalls … der Raub fällt in Ihr Hoheitsgebiet,

aber … es wäre uns Anliegen und Bedürfnis, Sie in den Ermittlungen zu unterstützen. Ich bin der Meinung und auch Gabriel lässt es Ihnen ausrichten.«

»*Obrigada*«, gab Graciana zurück. Sie hatte eine feine Antenne dafür, wenn etwas nicht aus Höflichkeit, sondern aus Anstand und echter Teilnahme geschah: »Wir kommen gerne darauf zurück.«

»Das werden wir«, bestätigte Carlos Esteves.

Kaum war die Kollegin gegangen, wandte Leander Lost sich an die beiden: »Auf der gegenüberliegenden Straßenseite gibt es ein Bistro. Ich habe Kunden beobachtet, die dort etwas zum Mitnehmen gekauft haben. Ich könnte uns eine Kleinigkeit zu essen besorgen.«

»Kein Hunger, Senhor Lost, danke«, sagte Graciana und sah zu Carlos. Der schüttelte den Kopf.

Leander schloss kurz die Augen und bewegte sich in seinem Gedächtnis rückwärts, den Tag entlang zurück, die verschiedenen Situationen, bis er sich im Geist wieder auf dem Green des *Rainha*-Resorts befand. Dort hatte Senhor Esteves das letzte Mal gegessen. In Anbetracht des Umstands, dass der Sub-Inspektor im Dienst statistisch gesehen spätestens alle 50 Minuten etwas zu sich nahm, war das hier heute ein Ausreißer.

Als sie vorhin Carlos' Privatwagen – ein altersschwacher, aber sehr gemütlicher Mercedes – abgeholt und Toninho in der Casa *Canto das Baleias* abgesetzt hatten, war Lost ebenfalls ausgestiegen.

»Wollen Sie nicht mit?«, hatte Carlos Esteves irritiert, aber ohne jeden Vorwurf in der Stimme gefragt.

»Lass«, hatte Graciana sanft gesagt.

»Mit wohin?«

»Ähm, in die Klinik.«

»Wozu?«

»*Wozu?*«, fragte Carlos verdutzt.

»Ja.«

Leander hatte Erstaunen in ihrer Mimik gelesen. Erstaunen gehörte zur Unterfamilie der Basisemotion Überraschung. Ihre mimischen Merkmale: hochgezogene Augenbrauen (wobei sie ihre natürliche Bogenform erhalten im Gegensatz zu ihrem noch zusätzlich zusammengezogenen Status bei Angst), hochgezogenes Augenlid, geöffneter, aber entspannter Mund.

Auch für die Unterscheidung von echter und gespielter Überraschung gab es ein Kriterium: Zeit. Die authentische Überraschung dauerte etwa eine Sekunde. Alles darüber hinaus war vorgetäuscht.

Die Überraschung der beiden war echt, hatte Leander erfasst.

»Aus Sorge um Senhor Duarte«, hatte Graciana gesagt.

Leander war irritiert. »Muss man dazu im Krankenhaus sein?« Das entbehrte jeder Logik. Ganz gleich, was die nähere Zukunft von Miguel Duarte betraf, sie waren zur Passivität verurteilt. Ob sie sich um ihn sorgten, beeinflusste den Ausgang der Notoperation nicht. Und noch viel weniger, von wo aus sie sich sorgten: von einem Gang in der Klinik oder von hier aus, in Fuseta. Oder den Bahamas.

Trotz der Schwere, die auf Graciana und ihm lastete, hatte Carlos doch etwas schmunzeln müssen, weil er begriff, wo das Problem lag. Und als er zu Graciana blickte, sah er, dass sie dasselbe dachte.

»Nein«, sagte sie, »das kann man von überall. Es gibt dafür keine logische Erklärung, aber ich empfinde den Wunsch, so nahe wie möglich bei ihm zu sein und so schnell wie möglich zu erfahren, ob … wie das Ergebnis sein wird.«

»Ich auch, Senhor Lost«, ergänzte Esteves und legte den ersten Gang ein, »aber es ist völlig in Ordnung, wenn Sie sich von hier aus sorgen.«

Dank seiner eidetischen Fähigkeiten war Leander Lost in der Lage zu erkennen, wenn ein Mensch log. Weil er jene

Mikroexpressionen analysieren konnte, die für ein paar Nanosekunden bei jedem Menschen zu sehen waren und die wahre Emotion abbildeten, bevor das Bewusstsein die Mimik übernahm – und verfälschte.

Carlos Esteves jedenfalls log nicht.

Und trotzdem hatte Leander beschlossen, die beiden Kollegen in die Klinik nach Faro zu begleiten.

Hätte ihn jemand um eine logische Herleitung dafür gebeten, er hätte passen müssen. Es gab keine. Er hatte nur begriffen, wie wichtig es ihnen war, und manchmal brauchte es in einem Team nicht mehr.

Nun saßen sie also zu dritt im Flur der Klinik und warteten.

Esteves spazierte auf und ab und kam nur zur Ruhe, wenn er am offenen Fenster eine rauchte. Graciana Rosado hingegen saß bewegungslos auf ihrem Stuhl.

Lost setzte sich neben sie, um ihr ein Beistand zu sein, aber sie schwieg. Er schien ihr keine Hilfe zu sein. Also stellte er sich neben Carlos ans Fenster.

»Das ist aber auch eine Nacht, was?«

Da Esteves nur nickte, schlussfolgerte Leander, dass ihm nicht nach Small Talk zumute was – dabei hätte Leander einen gut gefüllten Köcher an Onelinern parat gehabt.

Stattdessen rauchte Carlos Esteves eine nach der anderen.

Um 4:37 Uhr erreichte Graciana Rosado ein Anruf aus Sevilla – Duartes Vater, der sich nach dem Zustand seines Sohnes erkundigte. Eine sonore, tiefe Stimme, in der ein Schmerz mitschwang, der über den fragilen Zustand des ältesten Sohnes hinausging. Ein Bedauern an die Welt.

»Halten Sie mich auf dem Laufenden, Señora.«

Graciana verstand es nicht falsch: Das war ein Befehl.

»Das werde ich t…«

Da hatte der Vater schon aufgelegt.

»Wundert's einen da noch?«, frage Carlos, der genug von dem Gespräch aufgefangen hatte.

Gegen 6:15 Uhr war Graciana eingenickt.

Carlos und Leander standen nur wenige Meter von ihr entfernt an dem Fenster, an dem Esteves seine zwölfte Zigarette rauchte (Leander hatte mitgezählt).

»Darf ich Sie etwas Persönliches fragen?«

»Versuchen Sie's«, sagte Carlos müde.

»Erzählen Sie mir, warum Sie Polizist geworden sind?«

Carlos sah überrascht auf – es kam selten vor, dass Lost sich nach persönlichen Dingen erkundigte. Andererseits war der Beruf natürlich ein Feld, das sich mit dem des *Alemão* überschnitt.

Losts Motivation sah jedoch noch etwas anders aus, als sein Kollege vermutete. Er hatte eine Studie gelesen, die zu dem Ergebnis kam, dass ein Gespräch umso befriedigender empfunden wurde, desto mehr der Befragte dabei zu Wort kam. Sprich: ein hoher eigener Redeanteil ließ einen ein Gespräch im Nachhinein positiver bewerten. Deshalb hatte er Carlos diese Frage gestellt. Die Antwort war ihm gleichgültig, Carlos sollte sich nur besser fühlen.

Doch bevor der anfangen konnte, seine Geschichte zu erzählen, öffnete sich die Tür zum OP-Raum, und die Ärztin kam heraus. Sie nahm den Mundschutz ab, die Ränder hatten sich tiefrot in ihre Haut gegraben. Sie wirkte ermattet.

Graciana war bei dem Geräusch der Tür aus ihrem leichten Schlaf erwacht und sofort aufgestanden: »Ja?«

»Ihr Kollege ist knapp über den Berg. Er hat unfassbares Glück gehabt: Das Projektil ist nicht in den Kopf eingedrungen. Es muss sich um einen Querschläger gehandelt haben, wenn man den Winkel und die Wucht berücksichtigt. Es gab einen Knochenabriss, und eine Ader an der Stirn wurde aufgerissen, daher auch die starke Blutung. Mindestens genauso schlimm war aber wohl der Schock. Wir hatten Schwierigkeiten, den

Blutdruck und die Herzfrequenz unter Kontrolle zu bringen. Wir können aktuell noch nicht ausschließen, dass das Gehirn bis zum Behandlungsbeginn unterversorgt war. Aber wir rechnen nicht mit einer massiveren Hirnschädigung.«

Ein Schub ging durch Graciana Rosado. Ging hindurch und brach sich an ihren Wimpern.

TAG ZWEI

9.

Ein riesiger Schwarm kleiner Vögel, kaum mehr als geflügelte Punkte, zeichnete irrwitzige Formen über dem Meer. Ganz so, als folgten sie in einem Himmelsballett einer für Menschen nicht wahrnehmbaren Melodie.

Carlos steuerte den Mercedes über die N 125 nach Hause. Er befand sich in jener hellwachen Phase absoluter Übermüdung. Die Müllabfuhr leerte die Sammelcontainer, die letzten Barbesucher schlichen nach Hause. Die Fischer lieferten ihren Fang an den Markthallen ab: Fische Krebse, Oktopusse, Garnelen und Muscheln landeten auf Eis. Die Männer gingen müde nach Hause, ein paar sprangen noch unter die Dusche, die anderen fielen gleich ins Bett.

Möwen stiegen auf und besetzten kreischend Laternen und die Holzpflöcke der Kais in den Marinas. Von dort aus hielten sie Ausschau nach Frühstück: Fischschwärme, die zu nahe an der Wasseroberfläche schwammen, oder unvorsichtige Einsiedlerkrebse.

Die Bedienungen stellten Stühle und Tische raus auf die Plätze und Gehsteige, wischten nass über die Schiefertafeln und kritzelten mit weißer Kreide die Angebote des Tages darauf.

Die Flamingos, die in den Salinen übernachtet hatten, erwachten aus ihren einbeinigen Träumen, setzten das andere Bein ab, reckten die Hälse, streckten sich und öffneten majestätisch die Flügel.

Antonio Rosado erwachte neben seiner Frau und küsste sie sanft auf den Bauch. Sie öffnete die Augen, als gerade eine leichte Brise den weißen Vorhang vor dem Fenster nach innen bauschte und den Blick auf den blauen Himmel freigab. Sie setzte sich auf, küsste seine Schulter und genoss die Wärme seiner Haut. Er lächelte auf diese Art, die sie so liebte.

Zara erwachte neben Toninho, der irgendwann doch noch eingeschlafen war. Sie schaute ihn an, prägte sich seine Konturen ein. Dann schlüpfte sie aus dem Bett des Casinhas, schloss leise die Tür hinter sich und setzte Kaffee auf. Sie sah, wie sicherlich zwei Dutzend Flamingos aufstiegen und die Salinen verließen.

Die Markthallen in Tavira, Fuseta und Olhão füllten sich allmählich mit Käufern. Verschlafene Köche, die die Fänge der Nacht sicherten. Sie betasteten die Fische, ihre Finger fuhren sachkundig über die Haut und drückten sie ein, um zu sehen, wie schnell sie wieder in ihre ursprüngliche Form fand.

Erste Gäste betraten die Cafés. Auf den Breitwandfernsehern knapp unterhalb der Decke liefen stumm die Nachrichten oder ebenso lautlos die Höhepunkte des gestrigen Fußballspiels. Bauarbeiter und Rechtsanwältinnen, Lehrer und Friseurinnen standen an der Theke nebeneinander, tranken die obligatorische Bica und hielten ein Schwätzchen, bevor sie sich allesamt in den neuen Tag aufmachten.

Und die Katzen, natürlich, reckten sich noch mal ausgiebig und legten sich schlafen.

Carlos befand sich in einer halb liegenden Position auf seinem Autositz, die Augen rotgerändert. Er steuerte den Mercedes mit traumwandlerischer Sicherheit aus Olhão hinaus. Vorbei an der verstaubten Tankstelle und dem Hähnchengrill am Kreisverkehr. Und dann rechts ab Richtung Fuseta. Man konnte das Meer sehen. Und riechen!

Carlos Esteves atmete den Geruch tief ein.

Er hatte den Sender auf der Frequenz 93.4 eingestellt, *O Repetição*, der zwischen 7 und 8 Uhr morgens stets drei Stücke in Schleife spielte. Im Augenblick lief *Private Investigations* von den Dire Straits.

Graciana saß neben ihm und zog an einer Selbstgedrehten, obwohl sie eigentlich nicht rauchte. Sie ließ den Blick über die Küste und die vorgelagerte Insel schweifen. Man konnte auf der dem Atlantik zugewandten Seite der Ilha da Armona, so ihr Name, im Sand laufen, ohne jemandem zu begegnen. Außer vielleicht ein paar Fischreihern.

Carlos spürte etwas Dunkles, das von ihr ausging, und das er nicht benennen konnte. Etwas, was er bei Graciana noch nie empfunden hatte.

Leander Lost saß auf der Rückbank. Seine Gedanken kreisten nicht um diffuse Gefühle oder seltsame Atmosphären, er war dicht am Fall: Wer war der Mann, den Rafaela Romão oben bei dem Schusswechsel hatte ausschalten können? Woher kannten die Räuber die Route des Transporters? Und was hatten sie erbeutet?

Womit waren die Fahrer betäubt worden und wie? Und was war so wertvoll, um sich auf die Schießerei einzulassen, statt sofort die Flucht auf den Motorrädern zu ergreifen?

Die GNR-Kollegen der umliegenden Gemeinden hatten den Tatort abgesperrt und den Werttransporter ebenso abgeschleppt wie die zerschossenen Einsatzwagen, von denen keiner mehr fahrbereit war.

Die beiden Bilt-Männer aus dem Werttransporter waren mit zwei Rettungswagen ebenfalls in die Klinik nach Faro gebracht worden, wo sie über Nacht unter Beobachtung bleiben sollten. Aber ihr Zustand war stabil.

Der Tote ohne Papiere wurde auf Anweisung der Doutora Oliveira, die Duarte im Helikopter notversorgte, in die Rechtsmedizin überstellt. Noch in der Nacht gab die Staatsanwaltschaft den Unbekannten für die von ihr beantragte Autopsie frei.

In Isadora Jordãos Kleidung hing noch der Geruch des Joints, den sie zum Frühstück geraucht hatte, als sie mit ihren klobigen Boots und kurz geschorenen Haaren oben am São Miguel ankam. Große Scheinwerfer tauchten den Straßenabschnitt in grelles Licht und ließen die Schatten der Polizisten auf der Bergflanke tanzen. Alles war gut ausgeleuchtet. Keine Patronenhülse, kein Blutfleck, keine Zigarettenkippe blieb unbemerkt.

Jordão trug während der Spurensicherung Airpods, denn sie arbeitete gerne mit Musikuntermalung. Manchmal war es Punk, manchmal Klassik. Aber nie ließ sie sich aus der Ruhe bringen.

Über dem Tatort herrschte eine schwer greifbare, andächtige Atmosphäre. Die Beamten der GNR sprachen leise und diskret. Alle bemühten sich, nicht unnötig Lärm zu verursachen.

Isadora erinnerte es an das Verhalten von Menschen in einer Kirche.

Ein Kollege war schwer verletzt worden. Rang um sein Leben.

Das Risiko, einer Gewalttat zum Opfer zu fallen, war an der Ostalgarve gering, sogar für Angehörige der Polizei. So gering, dass man es erst in Gedanken beiseiteschob und schließlich ganz vergaß. Und doch lebten diese Männer und Frauen hier alle mit jenem Risiko. Und die aktuellen Ereignisse riefen ihnen das schlagartig in Erinnerung. Sie alle hätten an Duartes Stelle sein können, und was wäre dann passiert? Wie hatten sie sich zu Hause verabschiedet, bevor sie zum Dienst aufbrachen? Um welche Belanglosigkeit hatte sich noch gleich der letzte Streit gedreht? Hatten sie vorgesorgt für ihre Familien? Und warum genau schoben sie die ganzen schönen Dinge seit Jahren auf?

Und ganz egal, wie sie sich verabschiedet hatten, ihnen allen war klar, es wäre um Welten anders gewesen, hätten sie gewusst, dass es das letzte Mal war.

Um 4:38 Uhr in der Nacht hatte Isadora den Tatort schließlich freigegeben. Die Scheinwerfer wurden abgeschaltet, die Absperrbänder zusammengerollt. Im Osten kündigte sich schon eine diffuse Helligkeit an. Das konnte man von hier oben, schon gut 300 Meter über dem Meeresspiegel, früher sehen.

Es würde ein heißer Tag werden.

»Mãe, ich …«

Weiter kam Graciana nicht. Raquel Rosado hatte sie schon in die Arme geschlossen. Fest.

Mitten auf der Virgílio Inglês, wo sich das Haus ihrer Eltern befand. Die Virgílio erstreckte sich vom Zentrum, dem Platz der Republik, bis hinüber zum Kanal, wo die Fischer- und Ausflugsboote vertäut lagen. Eine enge Gasse, deren linker Bürgersteig so schmal war, dass man unmöglich auf ihm laufen konnte. Außer vielleicht auf einem Bein.

Wer hier aus seiner Haustür trat, musste achtgeben, nicht bereits beim ersten Schritt überfahren zu werden.

Das Haus der Rosados war Teil einer Wand aus Reihenhäusern, die sich ohne Unterbrechung von der Einmündung bis zur nächsten Querstraße zog. Keines sah aus wie das andere, sie waren in unterschiedlichen Farben gestrichen oder mit Kacheln versehen (die landestypischen Azulejos, eine Kunst für sich). Wenige hatten Balkone, aber alle Dachterrassen. Die ersten Wäschestücke wiegten sich hier schon in der sanften Morgenbrise, die salzige Luft vom Meer mitbrachte. Gegen Mittag waren selbst schwere Kleidungsstücke innerhalb einer Stunde trocken.

Die Fensterläden waren gelb oder blau oder grün. Die Fenster selbst traditionell mit der gleichen Farbe umrandet – wegen der Geister, wie es hieß.

Die Rosados hatten einen Tisch rausgestellt und ein paar Stühle, womit die Straße praktisch blockiert war. Aber das kümmerte hier niemanden. Antonio hatte den Tisch gedeckt und sie ein paar Leckereien vorbereitet. Unruhig hatten sie gemeinsam auf die Ankunft der drei gewartet.

Niemandem hier war der laute Schusswechsel oben am São Miguel entgangen.

Von ihren Dachterrassen hatten sie die Hälse gereckt und zu spekulieren begonnen. Und dann in der Dämmerung der Rettungshubschrauber, der auf der Autobahn landete. Zwei Einwohner hatten ihn mit eigenen Augen gesehen, sie hatten im Stau gestanden. Jemand war abtransportiert worden, aber sie hatten nicht sagen können, wer.

Abends erzählten sie es im Farol, der alten Bar oben am Hafen. Und von dort ging es wie ein Lauffeuer durch den Ort.

Um schnell an relevante Nachrichten zu kommen und sie nicht erst morgen in der Zeitung aus zweiter oder dritter Hand zu lesen (meist ohne die vielen kleinen Details, die das Salz in der Suppe ausmachen), begab man sich hier in Fuseta gerne direkt an die Quelle. Und die saß in der Virgílio Inglês.

Alle paar Minuten tauchte also jemand auf und erkundigte sich bei Raquel besorgt nach Graciana und Carlos. Und dann, man höre und staune, auch nach dem *Alemão* Leander Lost.

Denn sein maßgeblicher Anteil an der Lösung einiger komplizierter Fälle hatte sich mittlerweile überall im Ort herumgesprochen.

Die Erleichterung darüber, dass keiner der drei mit einem Rettungshubschrauber abtransportiert werden musste, war groß in Fuseta.

Jetzt, am Morgen, hatten alle ein paar Stunden Schlaf hinter sich.

»Wir könnten rauf auf die Dachterrasse, da wären wir unter uns«, schlug Raquel vor.

Graciana zögerte und sah zu Carlos, der gerade ihren Vater Antonio begrüßte und nun den Kopf schüttelte.

»Es spricht sich sowieso herum«, meinte er dann.

Und außerdem war es schon fast zu einem Ritual geworden, den Leuten, die vorbeikamen und neugierig fragten, was vorgefallen war, Auskunft zu geben. Und wer weiß – die Bewohner waren auf ihre Art kleine Beobachter. Vielleicht war einem von ihnen eine Gruppe Motorradfahrer aufgefallen oder Männer, die im Hinterland ein paar Schussübungen absolviert hatten? Oder andere Details des Überfalls – die Art der Betäubung der Fahrer etwa –, die bei den vor ihnen liegenden Ermittlungen zutage träten und jemanden aufhorchen ließen.

»Leander!«

Etwas huschte aus dem Haus und auf ihn zu. So schnell, dass er kurz unter Zeitdruck stand, die Details ihres Gesichts einer Person zuzuordnen. Sie schloss ihn fest in die Arme und ließ ihn nicht mehr los – Soraia.

Soraia, die sich zusammenreißen wollte, aber der doch ein paar Tränen von den Wimpern tropften.

»Mein Hemd wird nass«, wollte Leander sagen. Aber wenn Menschen weinten, geschah das aus Trauer, Freude oder Rührung. Oder Erleichterung. Oder Zorn.

Trauer erschien ihm unwahrscheinlich, da Duartes Zustand zwar immer noch brenzlig war, aber für heute Nacht hatte das Leben die Oberhand gewonnen. Zorn war statistisch zu vernachlässigen, denn bisher war Soraia noch nie zornig auf ihn gewesen (oder hatte es ihm gegenüber noch nie gezeigt). Erleichterung wäre grundsätzlich plausibel, aber der Zeitpunkt stimmte nicht. Sie wusste ja seit heute Nacht, dass ihm nichts zugestoßen war. Der angemessene Zeitpunkt für Erleichterung lag gute zehn Stunden zurück.

Blieben Freude oder Rührung.

Und deshalb sagte er nichts über sein Hemd, erwiderte die Umarmung und versenkte seine Nase in ihrem Haar. Er spürte sich ihr in diesem Augenblick so nah und so eins wie in noch keiner Nacht, in noch keinem der bisherigen, gemeinsamen Momente.

Kurz blieb die Zeit stehen, und alle sahen sie auf dieses Paar, auch die Nachbarn. Da Portugiesen meist ans Schicksal glaubten, glaubten sie auch an Bestimmung. Nun, hier offenbarte sich nichts weniger als das und nahm in Form dieses Paares Gestalt an.

Dann löste Soraia sich etwas von Leander, und der Moment reihte sich ein in die Abermillionen, die vergangen waren.

»Ich bin so froh, dass dir nichts passiert ist«, sagte sie.

»Das wusstest du doch bereits.«

»Aber ich bin immer noch froh.«

Und plötzlich, noch während sie sich über die Augen wischte, grinste sie mit einer Intensität, die ihre Grübchen ganz besonders hervorhob. Sie liebte es, wenn sie ihn auf dem Feld der Logik verblüffen konnte. Es bereitete ihr eine diebische Freude. Ja, das zärtliche Necken hatte Leander zuallererst auf diese Art erfahren.

Dann gab sie ihm einen Kuss und umarmte Graciana und Carlos. Dieses Mal etwas länger als sonst, etwas fester.

Leander stand noch immer an derselben Stelle, Soraias Geruch in der Nase. Er musste lächeln vor Wohlbefinden.

Antonio und Raquel tauschten ein Schmunzeln. Böse Zungen behaupteten, sie seien ein klein wenig vernarrt in den Alemão. (Aber böse Zungen gab es hier bekanntlich nicht.)

»Senhor Lost«, wandte Raquel sich an ihn, »möchten Sie eine Bica?«

Diese verbale Brücke führte ihn zurück: »Ja. Und ein Glas Wasser, zimmerwarm, ohne Kohlensäure. Ein Ei, sechs Minuten, haben Sie Croissants?«

»Nur Torrada.«

»Dann nicht.«

»Wir holen Ihnen ein Croissant.«

Natürlich hätte er höflich *Nein, danke* sagen können, aber ihm fiel eine elegantere Verneinungsform ein, wenn auch bei identischer Informationsvermittlung geschwätziger: »Oh, bitte – keine Umstände. Nur keine Umstände!«

Er lächelte immer noch.

»Senhor Lost, guten Morgen«, sagte Antonio Rosado, der an

seinen Rollstuhl gefesselt war und trotzdem auf eine Weise *auftrat*, die das Gegenüber sein Handicap im Nu vergessen ließ.

»*Bom dia*«, erwiderte Lost in der Landessprache.

Sie beließen es bei einem Nicken, denn Antonio wusste, wie unangenehm Leander Lost körperliche Berührungen wie das Händeschütteln waren.

»Meine Frau macht ein wunderbares Omelett«, sagte Antonio Rosado, während Carlos und Graciana noch zwei Tische und ein paar Stühle von drinnen auf die Straße schafften.

Leander hatte keinerlei Zweifel: Was auch immer Raquel Rosado auftischte, würde großartig schmecken.

»Ich habe ein paar Lebensmittelallergien …«

»Mach dir keine Sorgen. Keiner der Stoffe ist im Essen enthalten«, sagte Soraia, die sich neben ihn setzte und ihm nicht mehr von der Seite wich. »*Ovos mexidos com farinheira.*«

»Ich habe gelesen, eine Farinheira ist nur schwer zu – ergattern«, sagte Lost.

»Meinem Mann ist es gelungen«, erwiderte Raquel nonchalant. »Und er isst auf jeden Fall ein Omelett. Und ob ich nun eins oder zwei mache …«

Leander schaute sie fragend an, und sie verstand, dass er auf das Ende des Satzes wartete. Das ausgesparte Ende erschloss sich ihm nicht.

»… ist unerheblich«, erlöste sie ihn. »Wie ich das sehe, koche ich am Ende sowieso ein Dutzend Omeletts.«

Leander stimmte zu, und Raquel verschwand in ihrer kleinen Küche und begann zu zaubern. Schon beim ersten Anbraten nahmen zwei herrenlose Hunde und eine gähnende Katze an der Türschwelle Platz.

Graciana und Carlos hatten sich an den Tisch gesetzt.

Es dauerte keine zwei Minuten, da tauchte der alte Jorge mit seinem Spazierstock auf, wobei er stets Wert darauf legte, dass es sich um ein modisches Accessoire handelte und nicht etwa um eine Gehhilfe.

»Willkommen, Jorge. Setz dich doch zu uns«, sagte Graciana.

Er ließ sich nicht zweimal bitten. »Ich will nicht stören, aber es riecht sehr verlockend!«

Antonio bedachte Carlos mit einem warmen zugewandten Blick.

»Bica?«, fragte er.

»Ich möchte nicht unverschämt wirken – aber ein doppelter Medronho würde jetzt hervorragend passen. Übrigens ist der Stock hier keine Gehhilfe.«

»Wissen wir doch.«

Antonio Rosado zog nur kurz die Augenbrauen hoch, dann schenkte er dem Mann von dem Schnaps ein, der aus den Früchten des Erdbeerbaums gewonnen wurde. *Águardente de Medronhos* – das flammende Wasser des Erdbeerbaums.

Da er früher traditionell von Bauern im Hinterland privat gebrannt wurde, gab es ihn in vielerlei Geschmacksrichtungen. Und als die EU die privaten Destillerien verbot, machten die Bauern traditionell einfach heimlich weiter. Inzwischen gab es viele mit einer offiziellen Lizenz. Aber auch noch jede Menge, die sich nach Jahrzehnten der ungestörten Brennerei nicht von irgendwelchen studierten und gescheitelten Beamten mit weißen Hemden etwas sagen ließen. Das war nichts gegen die EU, diese Männer ließen sich ohnehin von niemandem etwas sagen. Gescheitelt oder nicht.

Von hier aus gesehen war Brüssel nämlich ungefähr so weit entfernt wie ein Mondkrater.

»Cerveja?«, hakte Antonio Rosado nach.

Carlos schüttelte den Kopf und trank den ersten Medronho. Er verzog wegen der Schärfe etwas das Gesicht und nickte Antonio dann zu, der ihm nachgoss.

»Rieche ich da einen Dom Ambrosio?«

Das war Dona Maria von nebenan, die in die Runde nickte und mit einem *»Bom dia«* Platz nahm.

Dom Ambrosio war einer jener alten Schwarzbrenner, der auf einem Gehöft nördlich von São Brás de Alportel lebte und dessen Medronho als der beste unter den Illegalen galt.

Glücklich, wer sich ein Fläschchen sichern konnte.

»Nein«, sagte Antonio Rosado, »Raquel hat ihn von einem Bauern aus dem Alentejo mitgebracht.«

»Ich probier ihn trotzdem«, sagte Dona Maria entschieden, woraufhin er ihr ebenfalls einschenkte.

»Da du die Flasche schon in der Hand hast«, sagte Jorge und schob ihm ein Schnapsglas über den Tisch entgegen.

»Wir haben die Schüsse gehört, ihr seid unverletzt, hieß es gestern im *Farol*?«, wandte Dona Maria sich an Carlos und Graciana.

»Ja, alles gut.«

Sie schlug erleichtert das Kreuz.

»Ich hab die halbe Nacht nicht geschlafen deswegen.«

Soraia nickte in einer Art, die vermuten ließ, dass Dona Maria damit nicht alleine war.

Jetzt öffnete sich die Tür gegenüber, und Fatima de Figo kam zu ihnen. Sie hatte einen hübschen Leberfleck über ihrer Oberlippe – ein Wunder, dass sie noch nicht von dem Scout einer Modelagentur entdeckt worden war.

»Wir sind alle in Sorge – bist du verletzt, Carlos?«

Sie fuhr ihm im Vorbeigehen mit der Hand von der Brust über den Hals in den Nacken. Ganz beiläufig.

»Nein«, sagte er mit einem Lächeln, das ihre Berührung quittierte und Fatima nicht verborgen blieb.

»Wir auch nicht«, schob Graciana nach und meinte damit Leander und sich.

»Danach hätte ich mich doch gleich erkundigt!«, versicherte Fatima.

»Natürlich«, sagte Graciana und deutete auf einen Stuhl, »setz dich doch, Fatima.«

Was sie umgehend tat.

Raquel Rosado stellte ein paar Tonschalen auf den Tisch: frisch aufgewärmtes Weißbrot, angeritzte Oliven, in Essig eingelegte Karottenscheiben in Knoblauch mit Koriander garniert, eine Thunfischcreme, deren Geheimnis neben den zerkleinerten Sardellen in einem Teelöffel Dijonsenf bestand. Den Thunfisch nicht zu stark püriert, nur ansatzweise, damit etwas Struktur blieb. Aber eben doch genug, damit er die Konsistenz einer Creme annahm.

»Köstlich«, lobte Dona Maria.

»Du hast noch gar nicht probiert«, lachte Raquel.

Dona Maria musste schmunzeln: »Ich *weiß*, dass es gut schmeckt. Ich riech's ja schon – Riechen gehört zum Essen.«

Raquel stellte noch etwas ab, und Graciana sah, dass ihr die Hand leicht zitterte. Ihre Mutter kehrte ins Haus zurück.

Dona Maria verzog unwillkürlich beim ersten Bissen das Gesicht. Und dann ging es auch den anderen so, sogar Antonio Rosado.

»Das ist angebrannt. Komisch. Und das hier … das auch.«

»Das ist ihr noch nie passiert.«

»Der Essig ist zu viel.«

»Ich traue mich kaum, es zu sagen, aber: Die Creme ist versalzen.«

Die Gäste warfen sich ratlose, besorgte Blicke zu. So etwas hatte sich in der Virgílio Inglês noch nie ereignet.

»Das war zu viel für sie, die Arme ist völlig mitgenommen«, sagte Dona Maria, und die anderen nickten.

»*Bom dia!* Ich hab gehört, den Spanier hat's erwischt?«

Senhor Rossi, der attraktive Halbitaliener, kam des Weges. Er zog im Anzug und einer Zigarette seine Morgenrunde, bevor er seine Weinhandlung aufschloss. Er nahm zwischen Carlos und Jorge Platz.

»Er ist über den Berg«, sagte Carlos.

»Meine Tante lebt oben am Fuß des Miguel«, sagte Fatima und strich sich das Haar aus dem Gesicht, damit Carlos einen freien Blick auf sie hatte, »und sie hat am Telefon gesagt, dass mehrere Minuten lang geschossen worden ist.«

Graciana ging nicht aus dem Kopf, wie die Hand ihrer Mutter gezittert hatte. Also folgte sie ihr nach drinnen.

Der schmale Flur. Die Gerüche der verschiedenen Gerichte, die hölzerne Bank in der Küche, auf der sie als Kind neben Soraia gesessen hatte. Neben Soraia und Elias.

»Mãe, alles in Ordnung?«

Ihre Mutter hatte regungslos mit dem Rücken zu ihr am Herd gestanden. Jetzt ergriff sie schnell den Kochlöffel und rührte etwas um.

»*Sim*«, sagte Raquel.

Graciana stutzte. Ihre Mutter wandte ihr immer das Gesicht zu, wenn sie mit ihr sprach. Die milden Züge, der sanfte und kluge Blick. In ihrer Mutter wohnte ein großes Wohlwollen für die Menschen in ihrem Leben – außer, jemand übertrat ihren Kindern gegenüber eine rote Linie. Da gab es kein Pardon.

Graciana stutzte, als sie sah, was ihre Mutter da umrührte: Wasser.

Sie konnte sich keinen Reim auf das alles machen. Intuitiv lehnte sie sich von hinten an sie und nahm sie in den Arm. Raquel ließ den Kochlöffel los und drehte sich zu Graciana um. Sie hielt ihre Tränen im Zaum, aber ihre Augen glänzten feucht.

»Ich möchte nicht noch ein Kind verlieren, Grace«, sagte sie leise. Dann schenkte sie ihr ein trauriges Lächeln, küsste sie sanft auf die Stirn und wandte sich wieder dem Herd zu. Das Gespräch war beendet, und Graciana hatte verstanden.

Draußen hatte sich eine bunte Traube an Gästen und Zuhörern versammelt, der Carlos Esteves schilderte, was vorgefallen war.

»Wir sind oben am São auf sie getroffen …«

»Bei Kilometer 4,6«, ergänzte Leander.

»Genau. Und die Kollegen lagen schon im Schusswechsel mit denen.«

Antonio Rosado hörte mit nahezu unbewegter Miene zu. Er saß da in seinem Rollstuhl, wie er in ihrer Familie saß, ja, im ganzen Ort: wie ein Fels.

»Die Kollegen aus Portimão«, mischte Jorge sich ein, während er zwei Kroketten mit Bacalhau auf einmal zu essen versuchte, »die sind dann abgaue, nehm-an?«

»Was? Gott, Jorge…«

»Ob abgaue sin …«

»Ob die abgehauen sind?«

Jorge nickte. Es gab noch Verständnis unter den Menschen.

»Nein. Der eine Kollege ist angeschossen worden«, berichtete Graciana, »und seine Kollegin hat einen der Täter … ausgeschaltet.«

Stille.

Alle Blicke ruhten auf ihr.

»Ausgeschaltet? Wie?«, brachte Senhor Rossi die Frage, die sie alle bewegte, auf den Punkt.

»Sie hat ihn erschossen«, sagte Carlos.

Er war pappsatt. Aber als hätte eine außerirdische Macht die Kontrolle über seinen rechten Arm und die Hand übernommen, musste er das frisch duftende Brot trotzdem in die Thunfischcreme eintunken – und essen.

»Es heißt, der Spanier ist am Kopf getroffen worden.«

Leander merkte auf: »Woher haben Sie das?«

»Was man so hört.«

Leander wollte gerade zu einer Nachfrage ansetzen, aber Graciana kam ihm zuvor.

»Sein Name ist Duarte«, sagte sie ruhig, aber unter den vier Worten lag eine gewisse Entschlossenheit.

»Aber er ist Spanier«, setzte Jorge nach.

Soraia warf ihm einen langen Blick zu. Dann begriff Jorge und räusperte sich: »Aber er ist Spanier der … Senhor Duarte.«

»Er gehört zu unserem Team«, sagte Carlos ruhig und sein Blick war klar und unverbrüchlich.

»Ich dachte, weil er eben Spanier ist …«, versuchte Jorge zu erklären.

»Es gibt auch nette Spanier«, warf Soraia ein.

Kurz senkte sich Stille über die Gruppe, und alle überlegten, wer das wohl sein könnte. Aber ihnen fiel niemand ein.

»Ist er nett?«, wollte Dona Maria wissen.

Carlos blies die Wangen auf.

»Er wird jedenfalls durchkommen«, sagte Graciana rasch, um das Thema zu beenden.

»Aber mit einer Kugel im Kopf«, gab Jorge zu bedenken, »da ist er doch dann mindestens plemplem.«

»Er hat keine Kugel im Kopf.«

»Ach so.«

»Er hat nur viel Blut verloren. Vielleicht war das Gehirn unterversorgt. Wir wissen noch nicht, was mit ihm wird.«

»Bestimmt plemplem.«

»Wie gesagt: Wir wissen es nicht.«

»Wo genau am Kopf hat es den armen Mann denn getroffen?«, hakte Dona Maria nach.

»An der Stirn«, antwortete Leander.

Sie schlug wieder das Kreuz und schien ehrlich bestürzt.

»Das kann man wohl kaum ohne Schaden überleben …«

»Doch, durchaus.«

Alle Augen richteten sich auf Leander Lost: »Das menschliche Gehirn liegt nicht direkt hinter der Stirn. Zudem ist die Kugel nicht eingedrungen. Eine massive Hirnschädigung ist eher unwahrscheinlich.«

Alle nickten, aber kaum jemand glaubte ihm ein Wort. Raquel, die sich zwar beruhigt hatte, aber auf ihre Tochter immer noch dünnhäutig wirkte, stellte ein paar Schalen mit einer hellbraunen Creme auf dem Tisch ab.

»Großartig«, sagte Leander. »Kamelspucke.«

Baba de Camelho sah wirklich nicht sehr appetitlich aus, schmeckte aber umso besser.

Mitten in der Virgílio Inglês stand ein riesiger Elefant, den niemand anzusprechen wagte.

Bis auf den, der den Elefanten nicht sah: Lost.

»Senhor Rosado, sehen Sie Parallelen zu dem Überfall auf den Werttransporter am 23. Juni 2011?«

Die Absolutheit der Stille, die auf Leanders Frage folgte, war von einer fast unwirklichen Reinheit. Als sei die Welt von einem Moment in den anderen in einen lautlosen Zustand gekippt.

»Code 249« rangierte im Funkverkehr der portugiesischen Polizeieinheiten auf Platz 3 der Dringlichkeitsstufe. Es kam direkt nach nationalen Notfällen und bedeutete: *Polizeibeamter in Not*.

Ein gepanzerter Geldtransporter war am 23. Juni 2011 keine drei Kilometer von hier bei Luz de Tavira in einen Hinterhalt geraten. Eine Bande Schwerbewaffneter hatte ihm die Reifen zerschossen und die Fahrer mit einer Panzerfaust bedroht, die deren Kabine zerfetzt und sie sofort getötet hätte – also ergaben sie sich und verschafften den Tätern so Zugang zu dem Geld.

Doch dann war Antonio Rosado aufgetaucht, er war auf einer Routinefahrt und wollte in Luz im *Chic Zé* eine Kleinigkeit essen.

Als er sich mit dem Einsatzwagen dem Überfall näherte, erfasste er die Situation umgehend und setzte den Code 249 ab.

Das bedeutete, dass jeder Polizeibeamte, der sich in einem Umkreis von 20 Kilometern befand, sofort alles stehen und liegen ließ und ins nächste Einsatzfahrzeug sprang, um mit Blaulicht und Sirene und Höchstgeschwindigkeit dem Kollegen in Not zur Hilfe zu eilen.

Es war eine Art Notruf unter Polizisten.

Und der Kollege, der dieser Position am nächsten war, hieß Elias Rosado.

Sein Vater Antonio leitete das GNR-Revier in Moncarapacho, in dem Elias seit drei Jahren seinen Dienst versah. Für die Beamten hier und in den Nachbarorten war es keine Frage, dass der junge Mann eines Tages in die Fußstapfen seines Vaters treten und dieses Revier übernehmen würde.

Elias war die ideale Mischung der Persönlichkeiten seiner Eltern. Ihm war sowohl die Durchsetzungskraft und natürliche Autorität seines Vaters gegeben als auch die Empathie und Sensibilität seiner Mutter. Obendrein war er noch klug.

Und er war ein Mann, auf dem die Blicke der Frauen länger verharrten als bei anderen Männern.

Sein Vater Antonio lud beim Aussteigen die Schrotflinte durch, legte aus der Hüfte auf die Kriminellen an und sagte: »Ich bin Antonio Rosado von der GNR. Sie sind hiermit vorläufig festgenommen. Legen Sie die Waffen ab und sich selbst bäuchlings auf die Straße.«

Noch bevor er die letzten Worte ausgesprochen hatte, eröffneten sie das Feuer, das er erwiderte.

Als Elias nur vier Minuten später eintraf, fand er seinen Vater schwer verwundet auf dem Boden. Unfähig aufzustehen und mit Beinen, die sich seiner Kontrolle für immer entzogen hatten.

Zwei der Männer lagen ebenfalls auf dem Asphalt. Drei wollten sich gerade auf Motorrädern absetzen. Elias schoss, und sie schossen zurück.

Eine der Kugeln traf ihn mitten ins Herz.

Elias Rosado war schon tot, als er neben seinem Vater auf dem Asphalt aufschlug.

Zur Beisetzung oben an der Igreja Matriz in Fuseta, von wo aus man den ganzen Ort überblicken konnte, waren Hunderte gekommen, während Antonio Rosado in der Klinik in Faro den Kampf seines Lebens ausfocht – und ihn nach zwei Wochen gewann.

All das lief binnen einiger Sekunden vor seinem inneren Auge ab, während er Jahre später in der Virgílio Inglês vor seinem Haus saß und die Frage von Leander Lost diesen Film ausgelöst hatte. Ihm war, als presse eine Faust seine mächtige Brust zusammen.

»Nein«, antwortete er leise und blickte dabei absichtlich zu Boden, damit Leander die Lüge nicht durchschauen konnte, »nein, ich sehe keine Parallelen.«

Es war die einzige strategisch richtige Antwort. Ansonsten hätte die Sub-Inspetora Graciana Rosado wegen Befangenheit in dem jetzigen Fall nicht ermitteln dürfen. Das wusste er natürlich, der alte Fuchs.

10.

Das Zauberwort lautete *Ringfahndung*.

Ulisses kannte zwar diese Standardmaßnahme der Polizei nach Raubüberfällen, wenn Tätern die Flucht gelungen war, nur zu genau. Ausfallstraßen wurden abgesperrt, Autos und deren Insassen genauestens kontrolliert. GNR-Polizisten mit Schutzwesten und Maschinenpistolen sicherten diese Kontrollen. Hubschrauber stiegen auf und überflogen das Suchgebiet, um den Polizisten am Boden Hinweise auf verdächtige Fahrzeuge, etwa auf Feldwegen, zu geben.

»Der Hase, der wegläuft, wird zu Tode gehetzt«, hatte ein älterer Insasse im Knast von Porto Ulisses einmal gesagt, »der Hase, der sich versteckt, überlebt.«

Das Geheimnis, einer Ringfahndung zu entkommen, bestand darin, den Ring überhaupt nicht zu verlassen. Dazu hatten sie im Vorfeld alle notwendigen Vorbereitungen getroffen.

Sie hatten in nur einem Kilometer Umkreis um den Tatort herum zwei Ferienhäuser mit falschen Pässen angemietet und sie bereits vor über zwei Wochen bezogen, sodass bei den Ermittlungen keine akute zeitliche Nähe zwischen Einzug und Überfall für die Polizei ersichtlich wäre.

In dem einen Haus waren Ulisses, sein Bruder und Sol untergekommen. In dem anderen die restlichen drei: Nuno Vieira, der *Monteur*, Ricardo Cabral, der *Bote*, und schließlich Gonçalves Amado, den es erwischt hatte.

César und er hatten nach ihrer Flucht mit den schnellen Motorrädern etwa zwei Kilometer vom Tatort entfernt eine von Pinien beschattete Ausbuchtung angesteuert. Hier wartete das Kurierfahrzeug. Cabral, der *Bote,* schob eilig eine Rampe heraus, über die die Brüder Cruz mit den Maschinen direkt in den Laderaum fuhren, der sofort wieder verschlossen wurde.

Sie wechselten die Kleidung und verließen den Transporter keine zwei Minuten später in Sportkleidung, mit Fahrradhelmen und auf E-Bikes.

Während Cabral zum nur 500 Meter entfernten zweiten Haus fuhr und den Wagen dort in einer Garage abstellte, um sich danach seelenruhig in den Pool zu legen, radelten Ulisses und César zurück.

Am Tatort winkte sie jemand genervt an der Seite durch.

Amado lag noch dort, mausetot, dazu ein halbes Dutzend GNR-Beamte, die nervös wirkten und sich kopfschüttelnd die zerschossenen Autos ansahen.

Jetzt, da die Brüder Cruz sich nicht mehr mit Adrenalin bis zum Haaransatz im Feuergefecht befanden, konnten sie einen ruhigeren Blick auf das werfen, was sie hier veranstaltet hatten. Und ja, es sah aus wie ein Kriegsschauplatz.

Was sie nicht erschütterte, sondern lächeln ließ.

Portugiesen fuhren grundsätzlich kein Fahrrad. Wenn sie von Zweirädern sprachen, handelte es sich fast ausschließlich um welche mit Motor.

Nur Irre kamen auf die Idee, bei mittäglicher Bruthitze eine heiße Asphaltstraße hochzustrampeln, wo man das doch bequem auf einer Vespa oder in einem klimatisierten Auto erledigen konnte.

Touristen waren hier sehr willkommen, sie bildeten die Haupteinnahmequelle der Algarve. Man behandelte sie zuvorkommend und brachte ihnen echte Gastfreundschaft entgegen.

Was niemanden davon abhielt, hinter ihrem Rücken über ihre Eigenarten und Marotten den Kopf zu schütteln.

Ulisses wusste das und spekulierte genau darauf.

Niemand würde zwei Männer mit Fahrradhelm am São Miguel ernst nehmen, sondern sie für Trottel halten. Und genau deshalb kamen sie unbehelligt in ihrem Feriendomizil an.

Sol Pinho, die die Straße zum Berg mit dem Kombi nahm, mit dem sie den Werttransporter an der Ampel zum Anhalten gezwungen hatte, wurde kontrolliert. Aber ihre frisierten Papiere waren überzeugend.

Und der *Monteur*?

Der hieß mit vollem Namen Nuno Vieira und blieb einfach in der Airbnb-Wohnung unten an der Küste.

Zum Abendessen trafen sie sich in Olhão im El Torito, einem Mexikaner an der Promenade. Sol war im Haus geblieben, sie hatte Kopfschmerzen.

Sie stießen auf Gonçalves an.

Das war der Preis. Ein Schicksal, das jeden von ihnen ereilen konnte. Und von dem jeder von ihnen glaubte und hoffte, es würde nicht ihn treffen, sondern wenn einen der anderen.

Gonçalves Amado war der Mann für Sprengstoffe und Computer, eine Kombination, die auf den ersten Blick kaum durch Überschneidungen auffiel, und doch brauchte es für beide Bereiche einen passionierten Tüftler. Das war Amado gewesen. Sie hatten ihn alle respektiert. Er beherrschte sein Handwerk. Aber Gonçalves, die Brüder Cruz, Cabral und Vieira verband keine Freundschaft. Sie deckten einander bei Schusswechseln, sie warnten einander später, wenn Ermittler an sie herantraten, aber abseits der Jobs gingen sie getrennte Wege. Ein Verhältnis ohne Sentimentalitäten.

Amado war tot. Das war bedauerlich, aber – um es auf den Punkt zu bringen – kein unersetzlicher Verlust. Und schon gar keiner, der ihnen gefährlich werden konnte, denn Gonçalves war erkennungsdienstlich nie behandelt worden. Natürlich hatte er auch keine Papiere bei sich gehabt. Die Beamten würden erst mal eine Weile damit beschäftigt sein, herauszubekommen, wer er überhaupt war. Und selbst dann hätten sie nicht mehr als eine Postanschrift in den Händen.

»Was ist mit Sol und dir?«, fragte César seinen älteren Bruder, als sie nach dem Essen eine kleine Runde an der Promenade drehten. Nuno und Cabral waren bei ihren Getränken geblieben. Sie hatten verstanden, dass die Brüder kurz allein sein wollten.

Kleinkünstler hatten vor den Lokalen Stellung bezogen, zeigten Tricks, sangen oder musizierten. Anschließend gingen sie mit einem Hut herum und sammelten an den Tischen Geld ein, und nicht wenige Touristen zahlten dafür, dass es endlich vorbei war wie eine Heimsuchung durch einen Mückenschwarm, der weiterzog.

Restaurant neben Restaurant reihte sich hier aneinander, überwiegend portugiesische Küche, aber eben auch Mexikaner, zwei Sushi-Restaurants und ein Italiener. Auf der einzigen Pflasterstraße schoben sich die Autokolonnen in beide Richtungen. Arbeitslose standen neben freien Parkplätzen und winkten Autofahrer hinein.

Gegenüber zog sich eine lange, unverbaute Promenade, auf der es nur zwei große Gebäude in rotem Klinker mit vier Türmchen gab – die Markthallen von Olhão.

Hierher waren die Brüder spaziert und lehnten sich an das Geländer mit Blick auf das Meer und den Leuchtturm von Culatra, der sein Licht ins Dunkel jagte. So unermüdlich, als sei ihm bewusst, dass dieser Lichtstrahl für so manchen Fischer in der Nacht da draußen die einzige Verbindung zu seinem Zuhause darstellte.

»Sol und du – stimmt was nicht?« César zündete zwei Zigaretten an und gab Ulisses eine davon.

»Warum fragst du?«

»Na, ist doch offensichtlich, dass da was im Busch ist.«

Ulisses Cruz nickte. Er genoss es, hier mit seinem Bruder zu stehen, den Sternenhimmel über sich, den bitteren Tabak auf den Lippen. Er schenkte ihm ein Lächeln.

»Sie will ein Kind, ich nicht. Wir erledigen die Sache noch zusammen, dann gehen wir getrennte Wege. Sie ist frei, César.«

»Was ist das wohl wert, der Schmuck«, fragte Nuno leise, als die Brüder Cruz zurück am Tisch waren und eine nächste Runde bestellt hatten.

»Zwanzig Prozent für Mariana« – ihre Stammhehlerin – »bleiben vielleicht 60.000. Ohne Gonçalves sind das 12.000 pro Kopf.«

Die beiden nippten an einem Corona, in dessen Flaschenhals ein Stück Limette steckte. Ulisses hatte ihre Unzufriedenheit vorausgesehen. Er beugte sich konspirativ vor und senkte die Stimme.

»Die müssen einen Juwelier ausgelassen haben – die Info war, dass da eine Viertelmillion transportiert wird.«

»Kann man nichts machen«, meinte Cabral mit gespielter Gleichgültigkeit, »ich fahre morgen zurück nach Nazaré. Wenn ihr mich braucht ...«

Er wollte aufstehen, aber César legte ihm die Hand auf den Unterarm und zwang ihn mit einem kurzen Druck zurück auf seinen Platz.

»Ich musste abwarten«, sagte Ulisses ruhig, »ich musste wissen, ob der Tipp stimmt.«

»Jetzt weißt du, dass er nicht gestimmt hat«, stellte Nuno fest, der *Monteur*. Seine lockigen Haare trug er lang, sie fielen ihm auf die Schultern. Marokkanische Wurzeln, starker Bartwuchs, immer eine Spur Belustigung im Blick.

»Die Menge hat nicht gestimmt. Alles andere ja«, entgegnete Ulisses sachlich. Es war wichtig, selbst kleinsten Zurückweisungen die persönliche Note zu nehmen. Es durfte immer nur um die Sache gehen. »Es war der richtige Transporter, der Tipp hat gestimmt. Aber ich hätte da gerne die angekündigte Viertelmillion rausgeholt. So war es fast ein Nullsummenspiel. Das hätte nicht passieren dürfen.«

Er registrierte sehr genau, wie nun auch Ricardo Cabral, der *Bote,* anerkennend nickte.

Ulisses hatte das ausgesprochen, was die beiden dachten, aber in seiner oder Césars Gegenwart nicht auszusprechen wagten.

»Ein Mensch, der keine Fehler einräumen kann, ist nicht souverän und unglaubwürdig«, hatte der Mann in Porto ihn gelehrt, »du kriegst die Reihen hinter dir nur geschlossen, wenn deine Jungs dir blind vertrauen. Das ist dein größtes Kapital. Die Bullen müssen nämlich schon wirklich eine Menge aufwenden gegen eine Truppe, die bereit ist, aufs Ganze zu gehen.«

So eine Truppe hatte er. Das hatten sie heute unter Beweis gestellt.

»Ich habe noch zwei weitere Tipps – von derselben Quelle.«

Nuno und Ricardo hoben sehr aufmerksam die Blicke.

»Um wie viel geht's da?«, hakte Ricardo Cabral nach.

»Um eine Million.«

»Durch fünf.«

»Nein. Pro Nase.«

11.

Graciana Rosado hatte dem Team für den restlichen Tag freigegeben. Sie hatten alle noch die Nacht in den Knochen, sie waren erschöpft. Vor allem aber mussten sie etwas Abstand vom Erlebten gewinnen.

Nur sie selbst hatte sich am frühen Nachmittag nach Faro in die Rua do Municipio No. 15 begeben, dem Sitz der Polícia Judiciária. Sie befand sich als unscheinbares, weißes Gebäude mit einer dunkelgrünen Holztür in einer kleinen Gasse, die vom Kirchplatz abzweigte. Mit zwei winzigen Balkonen für die Raucher unter ihnen. Die Marina mit ihren Booten und Jachten und dem Gewimmel an Masten war nur einen Steinwurf entfernt.

Im Eingangsflur war es still. Und auch in dem Empfangsraum, der als erster von dem Gang abzweigte, befand sich niemand mehr. Die gute Seele des Hauses, Marisa, hatte heute frei, ihr komplett mit Pflanzen gefülltes Büro war leer.

Der Gang war ungewöhnlich hoch und luftig, ungewöhnlich für eine portugiesische Behörde. Auf dem Boden befanden sich abgewetzte Fliesen mit maritimen Motiven. Sie wollte über die Treppe zu ihrem Büro im ersten Stock, als sie die *mala magica* entdeckte, die im Eingangsbereich des Labors lag: die Tasche von Isadora Jordão. Dieser schwarze, klobige Koffer, der an eine Arzttasche erinnerte, war ihr ein ewiges Rätsel. Er musste über einen heimlichen Keller oder etwas in der Art verfügen, so viele Dinge zauberte Isadora daraus hervor.

Kurz bedauerte Graciana, sich doch nicht alleine im Haus zu befinden. Aber das Bedauern wich einem warmen Gefühl für die Kriminaltechnikerin, der die Sache offenbar ebenso wenig Ruhe ließ wie ihr. Sie vermutete, dass die Kollegin auch noch kein Auge zugetan hatte.

Graciana hatte ihr Labor schon immer fasziniert. Vor allem der hintere Bereich, in dem man sogar Geschosse abfeuern und deren Wirkung auf unterschiedliche Materialien prüfen konnte. Und überall waren Bücher. Neben einschlägigen wissenschaftlichen Werken auf Englisch bis Hebräisch hatte Isadora alles zusammengesammelt, was sie brauchte oder vielleicht mal brauchen würde. Wenn es hier so etwas wie ein Ordnungsprinzip gab, war es nur Isadora selbst bekannt. Überall stand und lag etwas herum: Ein Elektronenmikroskop teilte sich eine geflieste Arbeitsfläche mit einer Batterie an Reagenzgläsern samt Bunsenbrenner. Geräte für diverse Messverfahren, Kabelgewirr, ein paar Rechner und Monitore, ein Regal mit Weinen und stärkeren Getränken – für die Überstunden –, Souvenirs von Tatorten, aufgeschlagene Bücher, Objektive, das Periodensystem und vieles mehr bildeten ein geschäftig wirkendes Tohuwabohu. Und mit Sicherheit lag irgendwo auch noch Doc, Isadoras Hund, in seinem Körbchen und hatte alle viere im Schlaf von sich gestreckt. Der Name war an Doc Holliday angelehnt, ihrem Faible für amerikanische Revolverhelden geschuldet.

Als Graciana den Raum betrat, hustete sie ein wenig, damit Isadora nicht erschrak. Die empfing sie mit einem Lächeln – und war zu Gracianas Überraschung nicht allein: Leander Lost stand neben ihr.

Die beiden begutachteten gerade einen Gurt.

»*Boa tarde*«, sagte Leander.

»*Boa tarde*«, gab Graciana tonlos zurück, »was machen Sie denn hier?«

»Ich rekonstruiere mit Senhora Isadora den Sinn dieses Gurtes.«

»Nein, ich meine, ich hatte Ihnen doch freigegeben.«

»Ich hatte es als Empfehlung klassifiziert, nicht als dienstliche Weisung.«

»Aber, ja … natürlich. Sie hatten alle eine harte, lange Nacht. Ich wollte, dass Sie sich ausruhen können und Ihnen Gelegenheit dazu geben.«

Leander quittierte die Klarstellung mit einem Nicken: »Ich habe mich gefragt, ob es eine Auflistung der Gegenstände gibt, die transportiert worden sind. Und was davon gestohlen wurde.«

»Und?«

»Bislang existiert keine. Ich habe sie bei Bilt angefordert, dem Sicherheitsunternehmen. Sie haben sie schon gemailt.«

»*Bom*«, lobte sie.

»Und dann habe ich Senhor Lost aufgehalten«, räumte Isadora ein. Die Kriminaltechnikerin mit den kurzen Haaren wedelte mit dem Gurt, der sich in einer Hülle befand, die ihn vor den Fingerabdrücken der Ermittler schützte.

»Was ist das für ein Gurt?«

»Der lag neben der Leiche«, erklärte Isadora, »er hat vier Karabinerhaken an der Rückseite. Und ich konnte mir darauf keinen Reim machen – Senhor Lost schon.«

Obwohl der logische Schluss sich gar nicht reimte, dachte Leander.

»Und? Wofür war er?«

»Zwei Motorräder«, sagte Isadora, »aber drei Männer.«

»Einer von ihnen wäre als Sozius mitgefahren«, antwortete Graciana nach einem Augenblick, »und wenn … wenn er sich beim Vordermann einhakt, dann macht er das, um die Hände frei zu haben, und …«

Sie sah sich den Gurt genauer an. Die Schnalle befand sich logischerweise vorne – die Karabiner aber hinten.

»Verkehrt herum. Er hätte mit dem Rücken zum Fahrer gesessen.«

Leander nickte: »Damit er die Hände frei hat, um das Sturmgewehr zu bedienen.«

»Und auf seine Verfolger zu schießen«, schloss Graciana.

»Ja«, sagte Isadora, »die haben sich einige Gedanken gemacht.«

»Keine Anfänger, sondern routinierte Profis, meinst du das?«

Isadora Jordão nickte: »Das ist natürlich Spekulation. Können ja auch hochtalentierte Anfänger sein.«

»Glaubst du aber nicht.«

»Nein, glaube ich nicht.«

»Ich auch nicht«, sagte Graciana. »Die Vorgehensweise, der Schusswechsel, die Flucht. Schon was zu dem eingesetzten Betäubungsmittel?«

»Mãe sagt, es ist Sevorane.« *Mãe* war ihr Computer, den sie in Eigenarbeit aufgerüstet und zu Höchstleistungen getuned hatte. Mãe hatte wahrlich beeindruckende Fähigkeiten und Zugriff auf eine riesige Menge von kriminalistischen Informationen über diverse Datenbanken, die synchron durchsucht werden konnten.

»Das ist ein Kinder-Anästhetikum«, ergänzte Leander. *Senhor Léxico.*

»Genau«, sagte Isadora, »farblos, kaum Eigengeruch. Schnell wirksam. Über die Lüftung eingeleitet.«

»Heißt?«

»Dass die in drei, maximal vier Sekunden weg waren.«

»Ich habe kurz mit den Bilt-Leuten in Faro gesprochen. Die Fahrer haben noch ein Notrufsignal an die Zentrale von Bilt an der Algarve abgesetzt.«

»Respekt«, sagte Isadora, »dann hatten sie schnelle Reflexe.«

»Ist das Mittel schwer zu besorgen?«

»Nein, wird massenhaft verwendet, unter anderem auch in der Tiermedizin, das heißt, du findest das bei jedem Veterinär. Keine Chance, die Täter auf diese Art einzukreisen.«

»Was ist mit den Waffen?«

»Schon eher. Wir haben ein G36, Sturmgewehr, deutsches Fabrikat«, sie deutete auf den Tisch neben sich. »Sehr verlässlich. Mittellanger Lauf, hohe Präzision auf über 300 Meter, falls erforderlich, hohe Kadenz, über 750 Schuss die Minute. Drei Männer mit ausreichender Munition könnten damit das Revier hier locker über eine Stunde halten, egal gegen was.«

»Die gibt's nicht auf dem Wochenmarkt von Olhão.«

»Ganz sicher nicht. Schwarzmarkt oder Armeebestände. Aber … du musst Geld haben und genau wissen, was du willst, was du brauchst. Die, die das da oben getan haben, wussten, was sie wollten. Zumindest deren Kopf.«

»Haben wir eine Seriennummer?«

»Ist sehr gründlich entfernt worden. Aber ich lasse Mãe drüberlaufen. Eine Stanze, die Nummern in Metall presst, verändert damit auch die Struktur tiefer liegender Bereiche. Optisch mag die Nummer an der Oberfläche weggefräst worden sein. Aber sie lässt sich meist aus Verdichtungen tief im Metall wieder sichtbar machen. Dauert bloß etwas.«

Natürlich, das war keine hochkomplexe Antwort, und doch: In keinem ihrer Felder konnte man Isadora Jordão auf dem linken Fuß erwischen. Und darüber hinaus vermittelte sie einem das Gefühl, dass es ihr gleichgültig gewesen wäre, wenn.

Sie brauchte all das hier nicht, sie war ein freier Geist, der auf einem Hausboot in Olhão lebte, sie und ihr Vierbeiner Doc und ein paar Joints, die sie aus der Asservatenkammer mitgehen ließ.

Eines Tages, war Graciana sich sicher, würde Isadora ablegen und einfach verschwinden.

Aber noch war sie hier.

»Die Liste von Bilt mit den Wertgegenständen, die transportiert worden sind …«

»Hat Carlos«, kürzte Isadora ab, »er macht den Abgleich.« Es gab also noch jemanden aus dem Team, der arbeitete, obwohl er frei hatte.

»Wo?«, fragte Graciana.

»In der Oase.«

Die »Oase«, so bezeichneten sie den Innenhof der Polícia Judiciária. Er war links und rechts durch die beiden benachbarten Gebäude begrenzt, die zu dieser Seite keine Fenster hatten. Auf der Rückseite befand sich eine ungefähr drei Meter hohe Mauer, hinter der eine Fußgängerzone lag. Eine kleine, hölzerne Tür führte dort hinaus. Ein Doppeltor aus grün lackiertem Holz diente als Zufahrt.

Durch diese Abgeschlossenheit hatte der Hof das Wesen eines uneinsehbaren Atriums. Er vermittelte Geborgenheit. In den Ecken vor der Mauer standen eine ausladende Palme und ein Jacaranda-Baum. Von der Palme erstreckten sich zwei vorwitzige Wedel über die Mauer hinweg in die Gasse nebenan hinein. Der Jacaranda erhob sich mit zwei majestätischen, ausladenden Ästen. Die Blätter waren klein und grün. Im Frühjahr blühte er violett und war eine Pracht.

Unter der Palme stand ein länglicher, robuster Tisch aus Holz. Darauf zwei Windlichter, deren Einfassung nicht nur aus Glas, sondern aus marokkanischen Mustern bestand, sodass das Kerzenlicht darin bei Abend hübsche Schatten an die Wände warf.

Irgendwann hatte Isadora Jordão sie mitgebracht. Der Grill war ihnen von Carlos spendiert worden.

Neben dem Tisch gab es eine winzige Küchenzeile an der Wand mit einem Waschbecken, einem Gasherd mit zwei Kochstellen und einem Regal. Manchmal kochten sie hier zusammen, wenn der aktuelle Fall ihre Anwesenheit rund um die Uhr erforderte. Nun stand der große Wagen mitten im Hof, und Carlos saß in einem Klappstuhl neben der geöffneten hinteren Tür. Seine Konzentration richtete sich allerdings auf den Holzkohlegrill, auf dessen Rost sechs Hähnchenschenkel lagen.

Der Duft stieg Graciana sofort in die Nase, als sie zu ihm trat.

»Hmmm …«

Er sah auf und lächelte: »Hunger?«

»Eigentlich nicht, aber jetzt schon. *Coxa de frango do Pai?*«, erkundigte sie sich nach dem Ursprung des Rezeptes.

Carlos nickte: »Ja, nach Art meines Vaters.« Also mit Öl, Knoblauch und Weißwein, Paprikapulver und Piri Piri. Carlos' Vater hatte außerdem immer noch Koriander dazugegeben und die Schenkel mit einem Messer mehrfach eingeritzt, damit die Marinade besser durch die Haut ins Fleisch drang. Die Marinade wurde mehrmals aufgetragen, immer wenn man die Schenkel wendete.

»Ganz genau. Braucht aber noch etwas. Gibt es schon Neuigkeiten von Miguel?«

»Ja – sein Zustand ist jetzt stabil.«

Graciana lächelte. Wie sie alle aus eigenem Antrieb hier eingetrudelt waren. Wie sie keine große Sache daraus machten und auch nicht die anderen informiert hatten, um sie nicht unter Druck zu setzen. Es erfüllte sie mit Dankbarkeit und berührte sie, und weil ihr keine Worte dafür einfielen, trat sie an ihn heran, legte ihre Hand auf seine Schulter, gab ihm einen Kuss auf die Wange.

Er sah auf, ihre Gesichter waren plötzlich ganz nah. Mit einem Blick in ihre Augen verstand er, spürte, was sie fühlte, und da auch Carlos Sprache manchmal als ein viel zu grobes Instrument empfand, legte er seine Hand auf ihre und drückte sie. Das Feuer im Grill loderte auf, weil etwas von der Marinade in die Glut tropfte, und Carlos löschte sie mit einem Schwenk aus der Wasserflasche. Dann war der Moment zwischen ihnen verflogen.

Nun betrat auch Leander den Innenhof und gesellte sich zu ihnen. »Senhora Graciana«, sprach er sie an, »haben Sie Senhora Cristina informiert?«

Inzwischen hatte er sich an die portugiesische Tradition gewöhnt, die Frauen mit ihren Vor- und die Männer bei ihrem Nachnamen zu nennen.

»Nein, ich … sie dürfte jetzt seit drei Tagen in Christchurch sein. Sie hat noch fast sechs Wochen Urlaub mit ihrem Freund vor sich – soll sie wegen des Falls jetzt um die halbe Welt zurückfliegen?«

»Sie ist unsere Chefin«, stellte Leander sachlich fest.

»Ganz recht. Und ich bin ihre Stellvertreterin und habe beschlossen, dass sie – Stand heute – bis zu ihrer Rückkehr nicht zu informieren ist.«

Leander nickte. Für ihn war die Sache damit erledigt. Das war das Schöne an einem durchdachten Regelwerk: Es sorgte für Ordnung und hatte für jeden eine Antwort parat. Selbst Menschen, die meinten, dass ohnehin alles vorbestimmt sei, schauten schließlich trotzdem nach links, bevor sie die Straße überquerten. Es gab Richtig und es gab Falsch, 0 und 1, Yin und Yang. Und dazwischen gähnende Leere: Nichts. Leander wäre der größte Freund von Bürokratie gewesen, wäre sie nicht das Gegenteil von dem, was er am meisten schätzte: *Effizienz*.

Die Chefin Sobral war im Urlaub, ihre Stellvertreterin Graciana Rosado führte praktisch treuhänderisch bis zu ihrer Rückkehr die Amtsgeschäfte. Ihr oblag es damit, die Chefin in ihrer privaten Zeit zu kontaktieren oder nicht. Paragraf 17–4, Absatz f und f' *und* Fußnote 2 und 2a. Sie hatte sich dagegen entschieden – und müsste sich im Zweifelsfall dafür verantworten. In der Befehlskette unterstanden Carlos Esteves und er ihren Weisungen.

»Der Geruch raubt mir den Verstand«, bekannte Isadora, als sie in den Innenhof trat.

Carlos klatschte die Hand gegen die Stirn: »Ich hab vergessen, das Brot und die Pinienkerne anzurösten.«

Zu den Hähnchenschenkeln gab es ein Glas Weißwein und Wasser. Rucolasalat mit Parmesansplittern und, ja, gerösteten Pinienkernen (Isadora war kurzerhand mit dem Bunsenbrenner drübergegangen, ebenso wie über die Brotscheiben; gut, sie schmeckten ein wenig nach Gas, aber kross waren sie).

Sie saßen hinten am Tisch, die Palme spendete ihnen Schatten.

»Lecker, Carlos«, sagte Isadora und warf Doc ein Stück zu, der es noch in der Luft fing und verschlang. Nach dem dritten Bissen trank Doc den halben Wassernapf leer.

»Was sagt Mãe zu den Fingerabdrücken des getöteten Schützen?«, fragte Carlos. »Haben wir eine Identität?«

Isadora zog eine Grimasse: »Keine Übereinstimmung. Und abgesehen davon haben wir übrigens keinerlei Fingerabdrücke im Lieferwagen selbst. Die haben saubere Arbeit geleistet.«

»Ja. Mit Löschschaum«, sagte Graciana. »Die machen so was nicht zum ersten Mal.«

»Bleibt die Identität des Toten«, sagte Leander Lost, »ist die ermittelt, können wir vielleicht Hinweise auf sein kriminelles Umfeld erhalten. Im besten Fall auf seine Komplizen. Was ist mit seiner DNA?«

»Ich habe die Doutora um eine DNA-Probe gebeten«, sagte Graciana. »Die Rechtsmedizin klärt das selbstständig ab.« Falls also der unbekannte Tote im Zusammenhang mit einer anderen Straftat etwas zurückgelassen hatte, aus dem sich eine DNA-Sequenz gewinnen ließ – ein Blutstropfen, ein Haar oder Ähnliches –, würde das Computersystem der portugiesischen Polizei das melden. Noch war die Sequenzierung der DNA des Toten aber nicht abgeschlossen.

»Hast du schon die Liste gesichtet, Carlos?«

Carlos wischte sich die Hände ab und nahm den Stapel Ausdrucke, den er neben seinem Stuhl abgelegt hatte.

»Ich habe angefangen, die Sendungsliste mit dem abzugleichen, was noch im Wagen gefunden wurde. So lässt sich bestimmen, was fehlt. Und wie es aussieht«, er wischte sich eine Strähne aus der Stirn, »wurde hauptsächlich Schmuck entwendet. Versicherungswert: 80.000 Euro. Ich bin mit dem Abgleich noch nicht ganz durch, aber auf jeden Fall fehlt der Schmuck schon mal komplett. Ein Laden in Vila Real de Santo António hat ihn verkauft. Und es gibt ein Juweliergeschäft hier in Faro, das den Schmuck angekauft hat. Der Werttransporter war aber eine Sammelfahrt. Ich habe hier«, er blätterte um, »gut 64 Auftraggeber, Dokumente, Gegenstände, Wertsachen und so weiter. Letzte Station wäre Portimão gewesen.«

»Dann schau dir mal die beiden Juweliere genauer an. Und Sie, Senhor Lost, begleiten mich zu Bilt. Einverstanden?«

»Ist Wasser nass?«

Hin und wieder vergriff er sich noch in dem Arsenal der Redewendungen aus Dan B. Tuckers *Appendix*.

Die Filiale der Frederic Bilt Lda. befand sich nordwestlich von Faro auf der Ausfallstraße IC 4. Sie garantierte einen schnellen Anschluss an die Autobahn. Das unscheinbare Gebäude mit einer breiten Durchfahrt lag zwischen einem *Kentucky Fried Chicken* und einer *BP*-Tankstelle.

Aurelio Da Costa war ein Mann, der sich ungerne bewegte. Deshalb saß er in seinem Büro auf einem Stuhl mit Rollen, mit denen er den Weg von hier zum Regal oder zum Tresor quasi gleitend zurücklegen konnte. Er trug die Arbeitskleidung des Sicherheitsunternehmens, dessen Filiale in Faro er leitete. Dunkelgraue Hose, dunkelgraues Hemd, das knallrote Logo der Firma prangte auf der Brusttasche.

Leander und Graciana Rosado saßen ihm gegenüber in einem schmucklosen Büro, das Minimalisten als gemütlich empfunden hätten. Mit einer ausschweifenden Geste deutete Da Costa durch das rückwärtige Fenster auf den Innenhof, wo sich der Fahrzeugpark von Bilt befand. Dort waren mehrere Werttransporter abgestellt. Einer von ihnen wurde gerade gewaschen.

»Vor Abfahrt wird jeder Transporter sorgsam überprüft«, erklärte er mit sonorer Stimme, »dazu gehört auch der Unterboden, die Bremsen, die Reifen, die Schlösser, all das. Erst wenn der Prüfer grünes Licht gibt, setzt sich der Transporter in Bewegung.«

Es irritierte Da Costa ein wenig, dass der Mann in Anzug und

Espadrilles ihn so aufmerksam anstarrte, aber es gab in jeder Branche schräge Vögel. Die PJ war da sicher keine Ausnahme.

»Wer arbeitet die jeweilige Fahrtroute aus?«, fragte Graciana.

»Ich.«

Sie musterte ihn daraufhin eine Spur genauer.

»Nach welchen Kriterien tun Sie das, por favor?«

Da Costa atmete tief ein: »Das Wichtigste besteht darin, keine Routine aufkommen zu lassen. Keine einzige Fahrtroute, die ich entworfen habe, gleicht komplett einer anderen. Ich tendiere zwar zu Nebenstraßen, aber ich achte immer darauf, dass sie durch bewohntes Gebiet führen. Oder es sich um eine viel befahrene Straße handelt. Also: wo Vorbereitungen für einen Überfall auffallen würden oder wo es zumindest Zeugen gibt.«

»Die Strecke hoch zum São Miguel ist nicht gerade stark bebaut«, sagte Leander.

»Das stimmt. Aber es gilt nur für einen kurzen Teil der Strecke, und darüber hinaus ist der Gipfel ein beliebtes Ausflugsziel. Man kann davon ausgehen, dass die Straße relativ stark frequentiert ist. Noch dazu gibt es jede Menge Pisten für Mountainbiker da oben. Die können von jetzt auf gleich aus dem Nichts auftauchen.«

»Gleich auf jetzt?«, fragte Leander.

»Unmittelbar«, übersetzte Graciana. »Gibt es Zwischenstopps?«, fragte sie weiter.

»Nur bei Kunden. Sendung abliefern oder in Empfang nehmen. Ansonsten gibt es keinen Halt.«

»Das heißt, der Werttransporter stoppt nicht – höchstens verkehrsbedingt«, schlussfolgerte Lost.

Aurelio Da Costa nickte.

»Halten Sie die Fahrt per GPS fest?«

»Ja. Wir haben in jedem Fahrzeug verplombte Tracker. Wir verfolgen sie stichprobenartig live. Und wir archivieren sie ausnahmslos. Ich nehme an, Sie möchten den aktuellen haben?«

»Bingo«, bestätigte Lost.

Der Mann griff in seine Schublade, zog einen USB-Stick hervor und reichte ihn Graciana.

»*Obrigada* – Senhor Da Costa, wer kennt die Route noch? Die Fahrer doch ganz sicher.«

»Die Fahrer bekommen die Route relativ kurzfristig mitgeteilt, bevor sie mit dem Transporter das Firmengelände verlassen. Aber Zeit für einen oder zwei Anrufe, eine SMS oder einen Plausch im Bistro nebenan bleibt immer.«

»Denken Sie, einer von denen oder beide sind in finanziellen Schwierigkeiten?«

»Das weiß ich nicht. Wir zahlen gut, um solchen Sachen vorzubeugen. Aber man steckt natürlich nie drin – wenn Menschen von irgendwem das Angebot bekommen, mit ein paar 10.000 Euro an einer Beute beteiligt zu werden, wenn sie eine Route preisgeben, lässt sich mit einer Risikozulage von 200 Euro im Monat nicht vorbeugen. Man muss seinen Leuten vertrauen.«

Graciana nickte und räusperte sich – das war das verabredete Zeichen, damit Leander sich ganz besonders auf ihr beider Gegenüber konzentrierte. Auf seine Mimik.

»Es ist nicht besonders höflich«, setzte Graciana zur entscheidenden Lüge an, »aber ich bin dazu verpflichtet, Ihnen diese Frage zu stellen, Senhor Costa: Sind Sie in irgendeiner Form in diesen Überfall involviert?«

Da Costa warf ihr einen langen Blick zu: »Ja. Als Geschädigter.«

Auf dem Weg zurück nach Fuseta bestätigte Leander Lost ihr, was Graciana intuitiv bereits meinte, erfasst zu haben: Da Costa hatte die Wahrheit gesagt – er hatte mit dem Überfall nichts zu tun.

Leander Lost hatte seit seiner Ankunft an der Algarve drei Spitznamen verpasst bekommen. Der *Alemão* war recht naheliegend. Als sie begriffen, dass er ein fotografisches Gedächtnis hatte und es ihm eher Probleme bereitete, etwas zu vergessen, als sich daran zu erinnern, nannten sie ihn gerne heimlich »*Senhor Léxico*«. Das war wie ein Kosename.

Aber er war auch ein »*Detector de mentiras*«, ein menschlicher Lügendetektor.

Das klang überragender, als es war, denn Leander konnte sich »nur« darauf festlegen, *ob* ein Mensch log oder nicht. Aus welchem Motiv, das erschloss sich ihm nicht. Menschen logen aus Höflichkeit, Rücksicht, ja, Empathie und Zuneigung. Es gab eine Menge hehre Gründe für die Lüge.

Dennoch: Senhor Aurelio Da Costa hatte nicht gelogen. Und schied damit aus der Gruppe möglicher Verdächtiger aus.

Sie betrachtete Leander kurz von der Seite, während sie den Dienstwagen auf die Überholspur dirigierte und drei Autos am Stück überholte. Bei nur 150 PS. Da der Mustang wegen der vielen Ein- und Durchschüsse beim Überfall nicht mehr zu fahren war, musste sie sich dringend um einen neuen zivilen Dienstwagen kümmern. Am besten, bevor Cristina Sobral aus Neuseeland zurückkam.

Leander schaute mit reglosem Gesichtsausdruck nach vorn. Graciana war immer wieder erstaunt, wie stark der sinnliche Schwung seines Mundes und die langen, feinen Wimpern im Kontrast standen zu seinem nahezu faltenlosen Gesicht. Denn Leander bediente sich seiner Gesichtsmuskulatur nur im überschaubaren Maß. Meist wirkte seine Miene etwas eingefroren. Es sei denn, man hatte gelernt, sie zu lesen, so wie sie selbst und Carlos und natürlich Soraia. Denn sie war wie Da Costas Büro: von minimalistischer Überschaubarkeit.

»Also«, sagte Leander plötzlich, »ist der Behälter mit dem Anästhetikum unterwegs angebracht worden. Dazu muss er irgendwo gehalten haben.«

»So ist es. Doutora Oliveira hat vorhin am Telefon signalisiert, dass die beiden Fahrer morgen vernehmungsfähig sein werden. Ich würde da gerne mit Ihnen zusammen hin, Senhor Lost.«

Stille.

Mit kurzer Verzögerung begriff Graciana, dass sie ihre eigentliche Frage, nämlich, ob das für ihn in Ordnung war und wann sie ihn abholen konnte, überhaupt nicht artikuliert hatte. Denn die war im Subtext mit auf den Weg geschickt worden.

Aus seiner Sicht hatte sie aber lediglich eine Aussage getroffen. Aussagen erforderten in der Regel keine Antworten.

Daher: »Spricht etwas dagegen, wenn ich Sie gegen zehn vormittags hier abhole?«, fragte Graciana, während sie in der Abenddämmerung vor der *Villa Canto das Baleias* hielt.

»Nein«, antwortete Leander und stieg aus. Dann beugte er sich doch noch mal vor: »Der Fall Riemann, was ist mit dem?«

Sie überlegte kurz, wog die Vor- und Nachteile der Entscheidung ab, dann sagte sie: »Das ist ab morgen Mittag Ihr Fall, Senhor Lost. Ich konzentriere mich auf den Werttransporter-Überfall. Und Senhor Esteves springt je nach Bedarf zwischen uns beiden.«

»Verstehe. Bis morgen.«

»Ja. Grüßen Sie Soraia von mir.«

Leander nickte und schloss die Tür.

Graciana fuhr los und beobachtete im Rückspiegel, wie Leander die Gartenpforte öffnete und sich auf dem schmalen Weg dem neuen Zuhause von Soraia und ihm näherte.

Zwei Kurven später fuhr sie rechts ran, stoppte auf einem schmalen Feldweg und stieg aus.

Hier, hinter einer Begrenzung aus Steinen und Kakteen, grasten zwei Pferde. Über der Ria Formosa war der Mond aufgegangen, und es war nahezu windstill. Graciana setzte sich auf einen Felsblock und sog den Anblick in sich auf.

Es roch nach Meer, und die Zikaden gaben ein gedämpftes Konzert.

Sanft strich sie mit den Fingern über den Stein, der die gespeicherte Wärme der Sonne immer noch abstrahlte.

Das hier war Elias' Lieblingsplatz gewesen.

Und einer der Männer von gestern vermutlich sein Mörder.

Endlich ein Anhaltspunkt.

TAG DREI

12.

Die Wiederauferstehung des Miguel Duarte fand zwei Tage nach dem Überfall statt.

Einige böse Zungen behaupteten, sein Ehrgeiz habe nicht zugelassen, dass der Tod das Rennen machte. Niederlagen waren im Hause Duarte in Sevilla nicht erwünscht. Mehr noch: Miguels Vater, Don Pablo Esteban Duarte, gestattete sie nicht. Der Matador, der in Spanien und Portugal die Arenen gefüllt hatte und wegen seiner Kaltblütigkeit bis heute berühmt war, duldete sie nur so lange, bis ein Mann sie ins Gegenteil verkehrte: den Sieg.

Die eiserne Disziplin, sich wieder zu erheben, wenn man zu Boden gegangen war. Den Biss, nicht aufzugeben. Niemals.

»Aber es waren drei«, jammerte Miguel einmal, als ihn andere Schulkinder auf dem Heimweg verprügelt hatten.

»Wenn dir die Übermacht zu schaffen macht, benutze deinen Kopf und knöpf dir einen nach dem andern vor, Miguel. Man beginnt mit dem Stärksten. Wenn du dazu allerdings zu feige bist, kann ich dir nicht helfen, mein Sohn.« Und die letzten beiden Silben, so empfand Miguel es damals, waren schon von Raureif überzogen. Diese Kälte bekam er fortan immer zu spüren, wenn er nicht genau das tat, was sein Vater verlangte.

Erst später, als junger Mann, der sein eigenes Geld verdiente, gelang die Abnabelung, wie er gerne erzählte. Den Geruch des Stalles, aus dem er stammte, wurde er dabei aber nicht los. Die Prinzipien seiner Erziehung hatten sich in seine DNA gebrannt.

Und drinnen, ganz tief drinnen, wusste Miguel Duarte nur zu genau, dass er immer noch um die Anerkennung seines Vaters buhlte, während er gleichzeitig Distanz zu ihm suchte. Denn im Schatten des Vaters wurde es allen auf Dauer zu eisig.

In der Klinik in Faro jedenfalls öffnete er am Vormittag des 25. Septembers die Augen und war von den Toten auferstanden. Damit hatte er sogar Jesus Christus um einen Tag unterboten, und das sollte schon was heißen. Sein Ehrgeiz war, wie gesagt, beachtlich.

Graciana befand sich gerade mit Leander Lost nur eine Etage tiefer im Zimmer des Fahrers des Werttransporters. Der Mann war auf Gracianas Weisung hin in einem Einzelzimmer untergebracht worden, das er ebenso wenig verlassen durfte wie der Beifahrer, der in einem anderen Trakt des Klinikums lag. Bei Überfällen auf Geldtransporter war häufig wenigstens einer der Sicherheitsleute in den Überfall verwickelt. Graciana wollte verhindern, dass die beiden Gelegenheit fanden, sich abzusprechen, falls sie gemeinsame Sache gemacht hatten. Selbstverständlich war den beiden auch Besuch untersagt, bis Graciana mit ihnen gesprochen hatte.

Noch am Morgen hatte sie die Bestätigung des Chefarztes über deren Vernehmungsfähigkeit erreicht. Kaum hatte Graciana mit der Befragung des Mannes begonnen, klopfte es an der breiten Tür, und Doutora Oliveira bat sie zu sich hinaus.

»Senhor Duarte ist bei Bewusstsein«, sagte sie. »Es geht ihm gut.«

Graciana spürte eine enorme Erleichterung, die sie fast ein wenig überraschte.

»Er hat wirklich einen Schutzengel gehabt. Die Blutungen konnten wir in der Not-OP dauerhaft stoppen, die Schwellung um die Wunde ist ebenfalls im Griff, im Schädel selbst scheint kein Gewebe verletzt worden zu sein, das MRT sieht gut aus. Wir sind alle sehr erleichtert. Es gibt aber noch einen Punkt, der ihn gerettet hat und nicht unerwähnt bleiben soll«, sagte die

Ärztin zum Schluss. »Ihre koordinierten Maßnahmen vor Ort haben Miguel Duarte das Leben gerettet. Ohne die wäre er noch auf dem Weg zum Rettungshubschrauber verblutet.«

»Wie lange wird Senhor Duarte in der Klinik bleiben müssen?«, fragte Graciana.

»Wir sehen aktuell keine Veranlassung, ihn für länger hierzubehalten. Sollte er heftige Kopfschmerzen bekommen, müsste er noch einmal ins MRT. Aber wenn garantiert ist, dass er nicht allein bleibt in der ersten Nacht, spricht nichts dagegen, dass er das Krankenhaus verlässt, sofern er sich das wünscht. Ich habe übrigens seinen Vater informiert, er ist in zehn Minuten hier.«

»Dann wird er nicht in Sevilla sein«, schlussfolgerte Lost. Die Distanz zwischen den beiden Städten betrug gute 200 Kilometer. Mit v = s/t ergab das eine dafür notwendige Geschwindigkeit von exakt 1.200 Stundenkilometern.

Die Doutora deutete ein Nicken an: »Er hatte einige Formalitäten zu erledigen für den Fall, dass … dass sein Sohn ins Wachkoma fällt. Deshalb ist er vor Ort. Ich habe auch Senhor Esteves Bescheid gesagt, er ist auch schon unterwegs.«

»Danke, Doutora. Können wir zu ihm?«, wollte Graciana wissen.

»Sicher. Der behandelnde Neurologe wird auch noch mit Ihnen sprechen wollen. Ich würde allerdings vorschlagen, dass Sie seinem Vater den Vortritt lassen. Vielleicht gibt Senhor Duarte das Orientierung.«

»Natürlich. *Obrigada.*«

Zurück im Krankenzimmer wandte sich Graciana an den Fahrer, der mit hochgestelltem Rückenteil im Bett saß. »Senhor Martins, ich habe uns ja schon vorgestellt. Ich muss Sie darauf hinweisen, dass Senhor Lost in der Lage ist zu sehen, ob ein Mensch lügt oder nicht.«

Martins musterte Leander in einer Mischung aus Neugier und Vorsicht.

»Und wie soll das gehen?«

»Ich bin im Gegensatz zu den meisten anderen Menschen dazu in der Lage, Ihre Mikroexpression zu sehen. Und sie zu analysieren.«

»Eine Mikroexpression?«

»Ja. So wird die erste, unverfälschte mimische Reaktion auf etwas bezeichnet. Die, die Ihr Bewusstsein nicht beeinflussen kann, weil die Mimik in den ersten 200 Millisekunden vom limbischen System gesteuert wird.«

»Ich verstehe kein Wort.«

»Jetzt haben Sie die Wahrheit gesagt«, ließ Lost ihn wissen und bedachte ihn mit einem aufmunternden Lächeln. Lächeln war im Übrigen die erste »Verstellung«, die Menschen sich aneigneten. Ein gestelltes Lächeln lernte jedes Kind noch vor Vollendung seines ersten Lebensjahres.

Bevor Leander sein breites Wissen diesbezüglich mit dem Mann teilen konnte, ergriff Graciana das Wort und kürzte die Sache ab: »Senhor Lost kann abgleichen, ob Ihre Mimik zu dem passt, was Sie sagen. Passt es nicht, lügen Sie. Passt es, sagen Sie die Wahrheit.«

»Mimik und Körpersprache – aber hauptsächlich Mimik«, ergänzte Leander, »beides geschieht in einem Zusammenspiel.«

»Ich liege, meine Hände sind unter der Decke, da werden Sie nicht viel sehen.«

»Das ist korrekt. Aber das wenige kann reichen. Ich habe mal in einem Fall in einem Kinderheim ermitteln müssen, in dem der Hausmeister unter Verdacht stand, die Kinder körperlich zu züchtigen. Ich habe beobachtet, wie sie bei seinem Auftreten reagiert haben – entspannt. Als die Frau des Hausmeisters zufällig dazukam, haben die Kinder die Arme eng angelegt und die Köpfe gesenkt. Wissen Sie warum?«

»Nein.«

»Weil sie versucht haben, sich unsichtbar zu machen. So klein wie möglich. Aus Angst vor dieser Frau. Im limbischen System, das auch Ihre Mimik in den ersten Millisekunden steuert, sind drei evolutionäre Reaktionen auf Bedrohung hinterlegt: Schockstarre, Flucht, Kampf. Und zwar in dieser Reihenfolge. Ich kann durchaus beurteilen, Senhor Martins, ob Sie plötzlich völlig reglos werden und unseren Blicken ausweichen. Auch dann, wenn Sie sich im Bett befinden. So wie jetzt.«

Martins schluckte. Er sah von Leander zu Graciana. In seinen Augen lag unübersehbar die Frage, ob das, was der Mann im schwarzen Anzug da erzählte, wirklich der Wahrheit entsprach.

Graciana Rosado lächelte nur und gab ihm so zu verstehen, dass es genauso war.

Wie sich jedoch herausstellte, sagte Martins in allen Punkten die Wahrheit. Sie hatten sich streng an die vorgegebene Route gehalten und waren keinen Meter von ihr abgewichen. Verdächtige Fahrzeuge oder Personen seien Ihnen nicht aufgefallen. Lediglich ein größerer Transporter, weiß lackiert, sei eine Weile hinter ihnen gefahren.

»Auch unmittelbar, bevor Sie beide das Bewusstsein verloren haben?«, fragte Graciana.

Martins nickte.

»Die Firmenzentrale in Faro sagt, sie hätte das Notsignal noch von Ihnen erhalten.«

»Ja, José hat den Knopf gedrückt.«

»Ihr Beifahrer«, sagte Leander.

»*Sim.*«

»Der Kollege, der in der Zentrale saß, hat gesagt, er habe noch versucht, mit Ihnen Funkkontakt aufzunehmen.«

»Davon weiß ich nichts«, erwiderte Martins.

Keine 15 Minuten später erfuhren Graciana und Leander im Nebentrakt, dass auch José Ventura, der Beifahrer, sich nicht erinnerte, noch einen Funkspruch wahrgenommen zu haben.

Seine übrigen Aussagen deckten sich eins zu eins mit denen des Kollegen. Und auch er log nicht.

Also, schloss Leander, hatten die beiden die Fahrtroute nicht preisgegeben.

»Die man aber auch nicht unbedingt kennen muss, wenn man über den Tag der Lieferung Bescheid weiß«, wie er hinzufügte.

»Weil?«

»Weil man nur vor der Firmenzentrale von Bilt warten muss, bis das Fahrzeug seine Route aufnimmt, um ihm dann zu folgen.«

Auf dem Weg zu Duartes Zimmer begegneten sie im Treppenhaus Carlos Esteves, der gerade von einer Sardinenkrokette abbiss, die in eine Serviette gewickelt war.

»Miguel ist aufgewacht?«

Graciana musste schmunzeln – unter sich nannten sie Duarte wegen dessen ausgeprägter Eitelkeit *O Pavão*, den Pfau. Aber Carlos hatte sich für dessen regulären Vornamen entschieden.

»Ja, sein Vater müsste jetzt schon bei ihm sein. Wir wollten gerade hin und warten, bis er geht. Miguel hat unglaubliches Glück gehabt.«

Carlos schloss sich ihnen mit einem Nicken an und zog eine kleine Kladde hervor, in der er blätterte. Ein dunkelbrauner, abgegriffener Ledereinband. Er sah aus, als hätte er diverse Generationen und eine Sturmflut überlebt. Leander warf einen interessierten Blick darauf.

»Der Laden in Faro hat den Schmuck für 80.000 Euro angekauft. Wenn der den Überfall organisiert hat, hätte er jetzt das doppelte an Wert eingestrichen: den Schmuck *und* die Versicherungssumme. Dasselbe gilt für den Verkäufer. Aber …«

Er klappte die Kladde zu.

»Ja?«

»Der Verkäufer ist 83 Jahre alt. Muss nichts heißen, ich weiß, aber ich glaube nicht, dass er die Aktion ausgeheckt hat.«

»Sonst fehlt nichts, keine einzige Sendung?«, vergewisserte Graciana sich.

»Keine einzige«, bestätigte Esteves. »Ein paar weitere Sendungen sind zwar auch aufgerissen, wurden aber zurückgelassen.«

»Gut, ich gebe Senhor Costa von Bilt Bescheid, dass er den Transporter samt Sendungen abholen kann. Marisa kann die Abwicklung organisieren.«

Als sie in den Trakt einbogen, in dem Duarte untergebracht war, sahen sie zwei Männer. Einer war der behandelnde Neurologe, Doutor Gaspar, ein schlanker, extrem hochgewachsener Typ mit Halbglatze und kleiner runder Brille. Die andere Person war unwesentlich kleiner, wirkte aber dennoch so, als würde sie den Arzt überragen.

Oder als ducke er sich vor ihm, während auf ihn eingeredet wurde.

Er war dünn, schmale Beine, eine hagere Gestalt. Ein sehniger, grauer Mann mit silberner Mähne und dunklen Augen. Die Bewegungen seiner Arme, seiner Gesten, wirkten wie eine präzise Choreografie. Bloß: Dieser Mann konzentrierte sich gar nicht darauf, es geschah einfach nebenbei. Es war ihm in Fleisch und Blut übergegangen.

Graciana wusste sofort, wer der Mann war. Und dass alles plötzlich Sinn ergab: Das also war Miguels Vater.

»Gemüse.«

»Bitte?«

»Sein Verstand«, sagte Don Pablo Esteban Duarte. In seiner Stimme hielten sich Bestürzung und Vorwurf die Waage. »Ist doch nur noch Gemüse. Er erkennt mich nicht mal mehr.«

»Bitte, beruhigen Sie sich.«

»Ich *bin* ruhig. Er verlangt nach dem *Schwarzen Mann* – wer soll das sein?«

»Ich weiß nicht.«

»Tja … ich auch nicht. Der Mann da drinnen ist …« – der Kopf des Mannes senkte sich, ein tiefes Seufzen – »… ist nicht mehr mein Sohn.«

Ohne eine Reaktion oder Antwort abzuwarten, drehte Miguels Vater sich weg und verließ die Klinik.

Graciana und Carlos tauschten einen ernsten, bestürzten Blick.

Sie traten zu Doutor Gaspar und begrüßten ihn.

»Der Mann eben, das war sein Vater, oder?«, fragte Carlos.

»Gut geraten«, sagte der Arzt. »Ein eindrücklicher Charakter.«

»Er hat etwas von ›Gemüse‹ gesagt.«

Der Doutor seufzte und wandte kurz den Blick ab, um sich auf die richtigen Worte zu fokussieren.

»Senhor Duarte erkennt seinen Vater nicht mehr. Wir gehen von einer partiellen Amnesie aus.«

Sie schauten ihn fragend an.

»Er hat keinerlei Probleme zu sagen, was das Ergebnis von zwei plus zwei ist«, präzisierte der Arzt, »wer er selbst ist und wie er heißt, kann er aber nicht sagen. Das hat seinen äußerst sensiblen Vater zu der charmanten Umschreibung ›Gemüse‹ gebracht.«

»Er … kennt seinen eigenen Namen nicht mehr?«, fragte Carlos erstaunt.

»Nein. Seinen Namen nicht, seinen Geburtsort nicht. Die Bezeichnungen für die Gegenstände im Raum konnte er abrufen – Stuhl, Fenster, Bett und so weiter. Auch war er in der Lage zu benennen, wo er sich befindet – in einer Klinik. Er weiß, dass es den Fußballverein namens Real Madrid gibt – aber nicht, dass er ein Fan des Clubs ist.«

»Dann ist es wirklich heftig«, folgerte Carlos, der sich der unfreiwilligen Komik seiner Feststellung nicht bewusst war.

»Das heißt, er verfügt über sein Allgemeinwissen«, sagte Lost.

»Das ist korrekt. Ebenso wie über sein prozedurales Gedächtnis – Lesen, Greifen, Sprechen und Laufen. Alles da.«

»Zu dem Allgemeinwissen gehört aber auch, dass das eben sein Vater war«, warf Graciana ein.

»Nein, leider nicht«, widersprach Doutor Gaspar, »sonst

wüsste es jeder Mensch. Rom ist die Hauptstadt von Italien. Das gehört zum Allgemeinwissen. Und Senhor Duarte weiß das. Was momentan wie gelöscht erscheint, ist sein episodisches Gedächtnis.«

»Das heißt?«, fragte Carlos.

»Alles Autobiografische – sämtliche persönlichen Erlebnisse. Der erste Schultag, der erste Kuss, das erste Bad im Meer. All das wird, davon müssen wir zum jetzigen Zeitpunkt ausgehen, aktuell wie gelöscht sein.«

»Aber nicht für immer, oder?« Graciana schauderte bei der Vorstellung, solche Erinnerungen unwiederbringlich zu verlieren.

»Wir *hoffen* es«, sagte Doutor Gaspar und wog den Kopf hin und her. »Bei einer Amnesie ist häufig nur der Zugang zu diesem Teil des Gedächtnisses blockiert – aber die Erinnerungen müssen nicht zwangsläufig verloren sein. Möglicherweise findet Senhor Duarte diesen Zugang. Möglicherweise aber auch nicht. Die Verbindungen zu seinen Erinnerungen liegen für ihn im Dunkeln.«

»Und wenn er den Zugang nicht findet?«

»Dann wird er ein neues Leben beginnen müssen.«

»Konnte er sich denn daran erinnern, was geschehen ist?«, fragte Carlos.

»Nein. Aktuell weiß er weder, dass er bei der Polícia Judiciária in Faro arbeitet, noch wo er wohnt, noch was zu seiner Verletzung geführt hat. Was er aber mehrfach gesagt hat, ist: ›Ich muss den *Schwarzen Mann* sehen.‹ Haben Sie eine Idee, wer das sein könnte?«

Carlos und Graciana schauten sich an und dann simultan hinüber zu Leander Lost. Der Arzt verstand.

»Wegen des schwarzen Anzugs?«

»Vielleicht. Senhor Lost, Sie haben Senhor Duarte erstversorgt, richtig? Ist er noch mal aus seiner Bewusstlosigkeit erwacht, während Sie bei ihm waren?«

»Kurz, ja.«

»Und was hat er gesehen?«

»Die Menschen, die über ihn gebeugt waren, nehme ich an. Und zu denen zählte ich.«

Duartes Kopf war rund um die Wunde verbunden und die Schwellung an seiner Stirn bereits sichtlich zurückgegangen. Er trug das gepunktete Hemdchen des Krankenhauses und wurde über einen Tropf, der an einem Infusionsständer hing, mit einer Kochsalzlösung versorgt.

Aus dem dritten Stock hatte er durch das große Fenster freien Blick über die Dächer der Stadt. Weiter hinten erstreckte sich das Blau des Atlantiks.

In seinen Augen, die auf den Doutor und seine Begleiter gerichtet waren, lag Neugierde und … ein wenig Angst.

»Miguel, wie geht es dir?«, fragte Graciana mit einem Lächeln, aber Duarte sah sie nur hoch konzentriert an, als versuchte er sich mit aller Kraft zu erinnern, wer diese Frau war, die ihn offenbar kannte. Vergeblich, wie es schien, denn er schwieg. Dann wanderte sein unruhiger Blick zu Carlos.

»Hey, Miguel, Real Madrid führt 3:1 gegen Bayern München.«

Duarte quittierte das mit einem unbeteiligten Nicken. Doch mit einem Mal öffneten sich seine Augen, sein Mund, seine Lippen spannten sich zu einem dankbaren Lächeln. Und sein Blick galt Lost.

Den anderen war Duartes Reaktion auf den *Alemão* nicht entgangen.

»Bitte, Senhor, können Sie mir helfen?«

»Ich vermute nicht, nein.«

Miguels Miene bekam etwas Flehendes: »Aber Sie waren da im … im …«

»Gestern?«, fragte der Arzt.

»Ja«, sagte Duarte sofort und hielt den Blick weiter auf Leander gerichtet: »Wie ist Ihr Name?«

»Leander Lost.«

Duarte schien bekümmert, weil der Name offensichtlich nichts in ihm auslöste.

»Man sagt mir, also: die Doutora, ich habe mein Gedächtnis verloren.«

»Das hat sie mir auch gesagt.«

Graciana trat dicht an Leander heran.

»Setzen Sie sich doch zu ihm, Senhor Lost.«

Leander zögerte kurz, als sei die Verringerung von Distanz kein plausibles Mittel, um Duartes Erinnerung auf die Sprünge zu helfen – aber wer wusste das schon? Mit Sicherheit auszuschließen war es nicht. Schließlich befanden sie sich praktisch auf einem Gebiet, das noch niemand betreten hatte.

Also zog sich Leander einen Stuhl ran und nahm neben dem Bett Platz. Duartes Gesichtsmuskulatur erschlaffte, der Unterkiefer senkte sich so weit ab, dass der Mund sich leicht öffnete – Leander decodierte Entspannung. Seine Nähe sorgte also vermutlich für Entspannung.

Das, worauf Graciana mit ihrer Aufforderung an Leander offenbar gehofft hatte.

Einmal mehr bewunderte er das, was Carlos und sie *Intuition* nannten. Am Verstand vorbei aus dem Bauch eine Situation und ihre Erfordernisse zu erfassen. Etwas, was ihm in dieser Vollendung immer verwehrt bleiben würde. Denn es befand sich jenseits der Grenzen des Intellekts.

»Sie haben mich versorgt nach meiner Verletzung, richtig?«

»Ja.«

»Daran kann ich mich erinnern. Wer … in welchem Verhältnis stehen wir zueinander?«

»Wir sind Kollegen.«

»Sind wir Freunde, Sie und ich?«

»Nein, wir sind Kollegen bei der Kriminalpolizei. Wir haben zusammen schon einige Fälle erfolgreich gelöst. Übrigens auch mit Ihrer Vorgesetzten Senhora Graciana Rosado hier und Ihrem Kollegen Carlos Esteves.«

»Und du hast ein echt tolles Jaguar-Cabrio, Miguel!«, rief Carlos.

»Aha.«

Ganz offensichtlich löste diese Bemerkung nichts bei ihm aus. Weder Freude noch Enttäuschung. Es schien ihm einerlei zu sein.

»Hatte«, flüsterte Graciana Carlos zu.

»Das *weiß* er ja nicht«, sagte der ebenso leise.

»Ich bin in Sevilla geboren, das weiß ich auch schon, aber ich arbeite in Portugal?«

»Ja, es hat dich hierher verschlagen«, sagte Graciana, weil Lost das nicht hätte beantworten können, denn das war lange vor seiner Ankunft in Fuseta geschehen.

»Ich glaube, es hat Ihnen hier besser gefallen als in Spanien.«

»Ah ja«, sagte Duarte, und man konnte ihm ansehen, dass er auch diese Information über sich abspeicherte.

»Habe ich Geschwister?«

»Einen Bruder«, antwortete Graciana, »er ist Geistlicher oben in Bilbao.«

»Und meine Eltern? Leben sie?«

»In Sevilla«, sagte Carlos.

Duarte dachte nach, dann wandte er sich erneut an Leander: »Wann besuchen sie mich?«

»Ihr Vater war schon da«, antwortete Leander, »aber …«

»Der Mann vorhin?«

»Ja.«

»Das war mein Vater?«

»Ja.«

»Nein«, entschied Miguel Duarte, »nein, nein, nein.«

»Wie können Sie sich so sicher sein?«, fragte Leander interessiert. Er hatte noch nie direkt mit einem Menschen zu tun gehabt, der an einer Amnesie litt. Er spürte ein aufrichtiges Interesse an diesem Syndrom. Vielleicht wurde ja ein echtes Steckenpferd daraus?

»Ich habe es gespürt«, antwortete Miguel.

»Hast du dich schon mal im Spiegel angeschaut?«, fragte Graciana.

Duarte überlegte.

»Gute Idee«, sagte der Arzt. »Ich bin gleich wieder da.«

»Bin ich verheiratet?«, fragte Duarte unbeirrt weiter.

»Nein.«

»Und … habe ich eine Freundin?«

»Das entzieht sich meiner Kenntnis.«

»Kinder?«

Leander schaute fragend zu den anderen.

Graciana verstand: »Soweit wir wissen, nein.«

»Aha.«

Kurz grübelte er wieder mit Blick auf seine Bettdecke, bevor er erneut Leander Lost ansah: »Ich erinnere mich einfach an nichts. Die erste Erinnerung, die ich habe – *sind Sie*.«

Doutor Gaspar kam mit einem Handspiegel zurück und reichte ihn Duarte.

»Schauen Sie sich mal an. Und keinen Schreck bekommen: der Verband ist beeindruckend, aber Sie sind gut versorgt und nicht in Gefahr.«

Der zögerte kurz, warf dann aber einen Blick hinein.

Seine Miene zeigte wie schon bei der Erwähnung seines Cabrios kaum ein Gefühl.

»Das bin also ich?«, fragte er mit leiser Stimme, und es war mehr Feststellung als eine Frage.

»Ja, das sind Sie«, bestätigte Leander.

Duarte atmete tief durch: »Ich kann mich nicht erinnern.«

Damit gab er Doutor Gaspar den Spiegel zurück. Und fügte hinzu: »Ich glaube, ich wäre jetzt gerne allein.«

»Aber natürlich. Klingeln Sie einfach, wenn Sie was brauchen.«

»Die wenigsten Totalamnesien sind von Dauer«, erklärte Doutor Gaspar den dreien auf deren Weg zurück zum Parkplatz, »irgendwann kommen kleine Fetzen zurück, wir nennen sie *Flashs*. Kurze Blitze aus dem alten Gedächtnis. Es ist noch nicht ganz klar, wodurch sie ausgelöst werden. Ob es bekannte Menschen sind, ein Lied, der Aufenthalt an einem Platz, der einem vielleicht viel bedeutet hat … Alles ist denkbar und liegt nahe. Aber es gibt keinen Universalschlüssel. Die Situation mit Ihnen oben am Schauplatz des Überfalls«, sagte er an Lost gewandt, »oder Sie als Person sind das Einzige aus dem alten Gedächtnis, an das Senhor Duarte sich erinnert. Ich glaube, es wäre von Vorteil für den Genesungsprozess, wenn Sie sich nach seiner Entlassung in seiner Nähe aufhalten könnten. Zumindest als Ansprechpartner. Ich kann mir vorstellen, dass Ihre Anwesenheit weitere Erinnerungen auslöst. Im besten Fall. Meinen Sie, Sie könnten das in irgendeiner Form einrichten?«

»Ja, selbstverständlich«, antwortete Lost ohne zu zögern, »wenn ich irgendwas tun kann, damit Senhor Duarte in seine alte Identität zurückfindet, werde ich das gerne tun. Wir haben in unserem neuen Haus in Bias do Sul zwei *Casinhas*. Eines bewohnt Zara Pinto. Aber das andere ist für andere Gäste vorgesehen. Ich könnte mir gut vorstellen, dass wir Senhor Duarte vorerst dort unterbringen. Bis wir sehen, ob er ein eigenständiges Leben führen kann.«

Kurz war Stille, weil alle drei – Graciana, Carlos und Gaspar – zu überrascht oder zu verwundert oder beides waren, um sofort darauf zu reagieren.

Leander dagegen nahm ihr Schweigen als jene berüchtigte Pause in einem Small Talk wahr, in der niemand etwas zu sagen wusste und dieser Umstand allen ebenso bewusst wie unangenehm war. Und zwar je länger dieser Moment andauerte.

Leander dagegen war ein großer Freund des Schweigens. Keine Stille war so absolut (und ein Genuss!) wie die, in der Menschen schwiegen. Außer natürlich, es drehte sich um eines seiner Spezialinteressen.

Damit seinen drei Begleitern die Situation nicht zusehends unangenehm wurde, spielte er den Weißen Ritter des Small Talks: »Was glauben Sie, wie wird wohl das Wetter morgen?«

TAG VIER

13.

Der Tote hatte keinen Namen. Und damit keine Identität.

Wie eine Überprüfung seiner Fingerabdrücke in der zentralen Datenbank der portugiesischen Polizei ergab, war er erkennungsdienstlich noch nicht in Erscheinung getreten – weil er bisher noch nie straffällig geworden war oder man ihn noch nicht erwischt hatte. Die Datenbank-Abfrage seiner DNA-Sequenz war ebenso ergebnislos geblieben.

»Die Kugel hat ihn im Bauch getroffen«, berichtete Doutora Oliveira nach der Autopsie, »er ist innerhalb von ein oder zwei Minuten verblutet, es ging schnell.«

Das Projektil stammte, wie die ballistische Überprüfung bei Isadora ergab, aus dem Lauf der Dienstwaffe von Rafaela Romão. Die Kugel wiederum, die ihren Kollegen Gabriel Alves verletzt hatte, war aus einem der G36-Sturmgewehre verschossen worden. Die Waffe war allerdings bislang, ebenso wie der namenlose Tote, nie in Erscheinung getreten.

Es gab, wie Carlos ins Feld führte, die Möglichkeit einer Öffentlichkeitsfahndung. Man konnte das Gesicht des Toten in den Nachrichten und im Internet zeigen. Irgendjemand musste ihn schließlich kennen.

Graciana hatte dieses Vorgehen aber bereits verworfen: Ihre Strategie war es, die anderen Täter über jeden noch so kleinen Schritt der Polícia Judiciária im Unklaren zu lassen.

Sie sollten nicht mal wissen, welche Spur sie gerade verfolgten.

Graciana wollte noch einmal mit dem Chef des Sicherheitsunternehmens Frederic Bilt sprechen und bat Carlos, Leander Lost im Fall Riemann zum Golfresort zu begleiten.

»Ich will gar nicht in der Wunde stochern«, sagte Isadora, als sie Graciana auf dem Gang abpasste, nachdem die beiden Männer das Gebäude verlassen hatten, »aber damals sind auch Sturmgewehre verwendet worden. Und Motorräder.«

Graciana war stehen geblieben und hatte die Kriminaltechnikerin kurz gemustert, um dann zu nicken: »Ist mir bekannt. Aber alles andere stimmt nicht überein. Hat Mãe denn was über die Seriennummern herausgefunden?«

Isadora nickte: »Ja, sie lautet 12/08/09OZ.«

Graciana tippte die Ziffern- und Buchstabenfolge in eine Notiz auf ihrem Smartphone.

»Der Hersteller ist Heckler & Koch.«

»Ja, das wusste ich schon.«

»Ich könnte mal nachfragen, wohin und an wen die das Gewehr geliefert haben«, bot Isadora an, aber Graciana schüttelte den Kopf.

»Ich danke dir, aber das übernehm ich selbst.«

Damit hatte sie sie stehen gelassen und war in ihrem Büro im ersten Stock verschwunden. Sie hatte die Tür hinter sich geschlossen und sich vor den Rechner gesetzt. Dann zögerte sie. Ihr Vater hatte das Konvolut aus Berichten der Rechtsmedizin, Zeugenaussagen und vielerlei mehr ganz sicher dutzendfach aufgerufen, studiert, analysiert – sie hatten nie darüber gesprochen. Aber in ihrer Vorstellung hatte er das getan. Und jetzt saß sie davor, vor dieser familiären Büchse der Pandora. Und öffnete sie.

Der 23.06.

Graciana wollte nichts übersehen, nichts überlesen, weil ihr möglicherweise die Tränen kamen, weil sie emotional mitgenommen war statt nüchtern und unbeteiligt, und so bemühte sie sich, Antonio und Elias Rosado zu zwei GNR-Männern zu machen, die sie nicht kannte.

Es waren Personen, und zufällig trugen sie den gleichen Nachnamen wie sie und … es funktionierte nicht. Sie musste über sich selbst den Kopf schütteln: Was hatte sie denn bloß geglaubt? Also atmete Graciana tief durch und begann zu lesen. Es waren ihr Vater und ihr Bruder. Aber es würde nichts bringen, wenn sie nicht analytisch las. Mit gebührendem Abstand. Nur dann hatte es einen Sinn. Auch für die beiden. Und jetzt … jetzt klappte es, zumindest auf den ersten Metern.

Auch was Karen Riemann anging hatte die Doutora ihnen neue Informationen mit an die Hand gegeben. Die Kopfverletzung, die eine tödliche Blutung im Gehirn ausgelöst hatte, war nicht durch einen Golfball entstanden. Dagegen sprachen mikroskopisch feine Metallsplitter im Hautgewebe des Hämatoms. Bei der Tatwaffe handelte es sich also um einen metallischen Gegenstand. Vielleicht ein Werkzeug, vielleicht ein Utensil aus der Küche.

Wichtiger aber: Auf ihrem linken Unterarm hatte sie zwei vermeintliche Blutergüsse als Brandwunden identifiziert. Die mikroskopische Untersuchung der Wunden selbst bestätigte Oliveiras Vermutung. Es waren glühende Zigarettenspitzen gewesen, mit denen jemand sie malträtiert hatte.

Wozu?

»Ihr Mörder wollte eine Information von ihr erzwingen«, kombinierte Lost, »die freiwillig herauszugeben sie nicht bereit war. Wir können davon ausgehen, dass er sie ermordet hat, nachdem sie unter Folter preisgegeben hatte, was er wissen wollte.« Er dachte nach. »Was war also so wertvoll – und geheim –, dass sie aus Sicht des Täters keinesfalls weiterleben durfte?«

Isadora Jordão hatte auch ein paar Details beizusteuern, was den Tod der *Alemã* betraf.

»Sie kam am 22. September gegen halb elf ins Büro in Cabanas. Um halb eins hat sie es verlassen und war in der *Pizzeria Atlantis* essen, das ist direkt an der Promenade.«

»Die haben gute Pizza«, sagte Carlos.

»Um zwei war sie zurück im Büro«, ignorierte Isadora den Einwurf, »um drei ist sie in die Villa Ria im *Monte Rainha* gefahren. Um halb fünf war sie zurück in Cabanas. Um halb fünf dann dasselbe Spiel – zurück ins *Monte Rainha*. In der Villa Ria ist sie um Punkt 17 Uhr angekommen. Um 17:14 Uhr bricht das Signal des Smartphones ab.« Die Kriminaltechnikerin sah zu den beiden auf: »Jemand hat es abgeschaltet.«

»Ihr Mörder«, folgerte Leander, »denn wir haben bei ihr keines gefunden.«

»Und in der Villa Ria war auch keines«, ergänzte Isadora, »ebenso wenig wie in ihrem Auto.«

Das Azur in dieser Gegend um Fuseta war – nun ja, das war hinreichend bekannt – unvergleichlich. Trotzdem musste das hin und wieder erwähnt werden, damit es nicht zur unbeachteten Selbstverständlichkeit verkam. Dieses Azur also gab es nur hier, und an diesem Vormittag, an dem Carlos Esteves und Leander Lost sich auf den Weg machten, zeigte es sich in seiner ganzen Pracht. Intensiv und satt.

Die Sonne war schon jetzt um halb elf angenehm kräftig. Sie lag wie ein warmer Film auf Carlos' linkem Unterarm, den er bei offenem Fenster auf die Fahrertür gelegt hatte, während er seinen alten Mercedes über die N 125 dirigierte. Die Sonnenbrille im Haar, im Radio *Riders on the Storm*, den intensiven Geschmack von Tabak und Rauch auf den Lippen – brauchte es mehr?

Er musste unwillkürlich lächeln.

Sie passierten die Kreuzung, die die zweite Möglichkeit bereithielt, nach Fuseta abzubiegen. Links die Repsol-Tankstelle, rechts der Laden, in dem man alles bekam: Madeira & Madeira.

Lost neben ihm hatte sich zumindest seines Jacketts entledigt und auch die weißen Hemdsärmel hochgekrempelt. Er machte ebenfalls einen entspannten Eindruck.

»Kennen Sie schon das *Invisível?*«

»*Não.*«

»Es ist schon bald elf, meinen Sie, wir könnten dort für ein kurzes Frühstück halten?«

»Sicher«, antwortete Leander, »das ist physikalisch möglich.«

Carlos blies die Wangen auf: »Ich meinte, ob es okay für Sie ist, wenn wir das tun.«

»Das ist *okay* für mich.«

»Bingo.«

Kurz hinter der Kreuzung gab es in Höhe einer Abzweigung ein Möbelgeschäft, dahinter eine Ruine, vor der ein Mann um die sechzig Orangen und anderes Obst verkaufte.

Auf die Ruine hinter ihm hatte jemand einen Kopf mit Hut gemalt und drüber auf der ganzen Gebäudebreite *Far West Style* geschrieben.

Hier jedenfalls ging es nach links Richtung Poço da Areia ins Landesinnere ab. Umgehend wurde die Straße wesentlich schmaler und verfügte über keine Leitlinie mehr. Links und rechts wurde sie von einem schmalen Band kleiner Pflastersteine flankiert. Es folgten auf die nächsten zwei Kilometer zu beiden Seiten vereinzelt Häuser, dann wieder Felder mit Anpflanzungen, abgewechselt durch von der Sonne versengte Äcker und Wiesen. Die Masten der Stromleitungen wechselten einmal von links nach rechts und zurück, um dann unvermittelt ganz von der Straße in die Landschaft abzuzweigen.

Nach zwei Kilometern bog Carlos rechts in eine kaum einsehbare Einfahrt ab und landete auf einem Sandparkplatz. Dahinter das *Invisível.* Ein echter Geheimtipp, der sich weigerte, im Netz aufzutauchen. Ein kleines Haus mit einer umso größeren Terrasse, gesäumt von Schatten spendenden Palmen. Massive Holztische und Stühle, hier und da ein Sonnenschirm.

Das Gebäude bot seinen Gästen an der einen Stirnseite einen Arkadengang, der offenbarte, mit welch wuchtigen Mauern das Haus ausgestattet war. Hier setzten sie sich und mussten keine Minute warten, bis eine Frau Ende zwanzig erschien, deren hellgraue Augen vor Lebensfreude strahlten. Ein Strahlen, das nirgends ohne Wirkung blieb. Egal, an welchen Tisch sie trat, hob sich mit ihrem Erscheinen die Laune der Gäste. Das dunkelblonde Haar hatte sie zu einem Zopf gebunden, ein Halsband aus Leder, ein paar Armbänder, die leise klimperten, wenn sie Getränke auf dem Tisch abstellte. Schwarzes Shirt, weiße Schürze über der Bluejeans: Raica.

»*Bom dia, Senhores*. Was möchtet ihr trinken?«

»Eine Bica für mich, *por favor*«, antwortete Leander.

»Für mich auch, und ein Imperial dazu.«

»Ein Imperial?«, fragte Leander. »Sie sind im Dienst, Senhor Esteves.«

Raica merkte sichtlich auf.

»Aber das weiß das Imperial ja nicht«, erwiderte Carlos vergnügt.

»Im Dienst? Sind Sie bei der GNR?«

»Wäre das von Nachteil?«

Er warf ihr einen offenen Blick zu und lächelte dabei ganz unschuldig. Man sah Raica an, dass so etwas bei ihr nicht verfangen sollte und es trotzdem ein wenig tat und sie über ihn schmunzeln musste, weil ihm das gelungen war.

»Wir arbeiten für die Polícia Judiciária«, stellte Leander klar.

»Ach, sogar für die PJ, wow, ich habe nämlich ein Problem«, ließ sie Carlos wissen, »ich *liebe* das Gesetz, ehrlich, aber neulich Nacht kam von links ein Reh auf die Straße gelaufen, und da dachte ich, ich schaff es nicht mehr zu bremsen, aber ich wollte das Tier ja nicht umfahren, da hab ich Vollgas gegeben. Und da …«

»Sind Sie geblitzt worden«, vollendete Carlos.

»Ja. Ich heiße übrigens Raica«, stellte sie sich vor.

»Carlos. Es ist mir eine Freude.«

Sie wandte sich an Lost: »Und du bist?«

»Leander Lost.«

Sie musterte ihn kurz: Der schwarze Anzug, die Lederkrawatte, PJ … »Sie sind der *Alemão,* richtig?« Sie lächelte. »Ich hab von Ihnen gehört.«

»Einer von 83,16 Millionen.«

Jetzt musste Raica lachen: »Sie sind ja witzig – und verziehen dabei nicht mal eine Miene. Cool. Ja, also, jedenfalls bin ich geblitzt worden, weil ich das Reh retten wollte.«

»Aaaah, das ist ja zu blöd«, sagte Carlos, »da rettet man ein Leben und soll bestraft werden.«

»Ich hätt's nicht schöner sagen können.«

»Die ganze Geschichte ist von vorne bis hinten gelogen«, stellte Leander sachlich fest.

»Ach. Wie kommen Sie darauf?«

»Ich kann es Ihnen ansehen.«

Raica sah zu Carlos, der nun seufzte und nickte.

»Im Ernst?«, fragte sie Esteves. »Ihr Kollege *sieht* das?«

»Ja.«

Als Carlos fünf Minuten später mit Losts Bica und seinem Imperial in den Händen zum Tisch zurückkam, saß Raica auf seinem Platz. Ihre Augen leuchteten, sie sah Leander an wie einen seltenen Schatz, den sie gerade an Tisch 12 gehoben hatte.

»Meine Mutter heißt Matilda.«

»Nein.«

»Apolonia.«

»Nein.«

»Isabel.«

»Ja.«

»Das ist ja irre. Ich wohne in der Rua Teófila Braga 12.«

»Nein.«

»In Olhão.«

»Nein.«

»In der Henrique Galvão 5.«

»Das ist wahr.«

»Und meine Handynummer ist 01512306249.«

»Ja.«

»Ich habe einen Freund.«

»Nein.«

Carlos stellte die Tasse und das Glas auf dem Tisch ab. Raica blickte auf wie jemand, der gerade aus einem Traum erwacht war und nun realisierte, wo sie sich befand.

»Ah, Sie haben die Getränke geholt, ich … danke, ist mir etwas peinlich«, sagte sie und stand schnell auf, um den Platz zu räumen.

»Kein Problem, gerne«, sagte Carlos.

»Möchtet ihr auch was essen?«

Carlos entschied sich für ein Schnitzel mit Spiegelei, Lost – nach der Empfehlung von Raica – für *Atum do Invisível*: rohe Thunfischstreifen in Sushi-Qualität, mariniert in einer speziellen Soße aus Olivenöl, darin karamellisierten roten Zwiebeln plus einer Schalotte, einem Schuss Essig, Knoblauch und Orangenschale.

Währenddessen – und im Zuge eines zweiten Imperials – schaute Carlos bei Gelegenheit Raica hinterher, und zweimal ertappte sie ihn dabei.

»Wo wohnt sie noch gleich?«

»Sie meinen die Kellnerin?«

»Nein, Jennifer Aniston. Natürlich meine ich Rai … die Kellnerin. Sie hat Ihnen doch gerade ihre Adresse genannt.«

»Das stimmt. Das hätte ich assoziieren können. Die Adresse kann ich Ihnen nicht geben, Senhor Esteves, die ist für unsere Ermittlungen nicht zwingend und fällt damit unter die Datenschutzrichtlinie Paragraf 11, Absatz 4 und 5.«

»Ich könnte die doch gehört haben.«

»Haben Sie aber nicht, sonst würden Sie sich ja nicht bei mir erkundigen.«

Carlos legte die Gabel mit dem Stück Schnitzel, das er sich gerade in den Mund schieben wollte, wieder auf dem Teller ab. Leander hatte per Empirie herausgefunden, dass es nur wenige Dinge gab, denen Carlos Esteves den Vorzug vor dem Essen gab.

Carlos beugte sich konspirativ vor: »Ich würde sie gerne mal privat treffen, verstehen Sie? Einfach nur so.«

»Sie wissen doch, wo Senhora Raica arbeitet. Sie können Sie hier treffen. *Einfach nur so.*«

Carlos streckte die Waffen.

Und das tat auch Graciana im Büro der PJ. Sie schloss die Datei mit den Berichten und Aussagen und öffnete das Fenster. Unten flanierten Passanten und Touristen vorbei, aus einer nicht allzu weit entfernten Bar wehte Fadomusik herüber.

Nein, es gab keine Hinweise auf die Täter. Damals ebenso wenig wie heute. Bis jetzt jedenfalls.

Und natürlich hatte ihr Vater Antonio Rosado beim x-fachen Studium der Berichte mit Sicherheit nichts übersehen. Aber er hatte es eben nicht besser gewusst. Im Gegensatz zu ihr. Gerade hatte eine deutsche Dienststelle ihrem Ersuchen um Amtshilfe entsprochen und sie darüber informiert, dass eine Produktionsserie der G36-Sturmgewehre im Zuge der deutschen Beteiligung an der *Operation Oqab* in Afghanistan abhandengekommen war. Dazu zählte auch das Gewehr mit der Seriennummer 12/08/09OZ. Die in Afghanistan verschwundene Marge, deren Einzelstücke in den Folgejahren rund um den Globus auf dem internationalen Markt des illegalen Waffenhandels auftauchten, reichte von 01OZ bis 21OZ. Es handelte sich also um 21 Exemplare des Sturmgewehres.

Und jetzt hatte Graciana in den alten Berichten die Exemplare 13OZ und 17OZ entdeckt. Diejenigen, die neben den Schwerkriminellen gefunden worden waren, die den Geldtransporter 2011 überfallen hatten. Diejenigen, die Elias Rosado erschossen hatten. Ein winzig kleiner Zufall konnte natürlich dafür gesorgt haben, dass das Gewehr des gestrigen Überfalls nichts mit dem von 2011 zu tun hatte. Vielleicht. Aber es sprach in Gracianas

Augen viel mehr dafür, dass die überlebenden Flüchtigen von gestern auch die von damals waren.

Was allerdings immer noch keinen Hinweis auf deren Identität lieferte.

Also ging sie zu ihrem Schreibtisch und nahm das Foto des Toten an sich, bevor sie das Gebäude verließ.

»Wir können gerne mal wieder ins *Invisível*«, sagte Leander, als sie mit dem Mercedes vom Parkplatz fuhren.

Carlos brummte etwas, was »ja«, »nein«, »vielleicht«, »nie im Leben«, »nicht mit Ihnen« und einiges mehr bedeuten konnte. Leander war stets aufs Neue verblüfft, mit welcher intuitiven Präzision Graciana jedes Brummen ihres Kollegen korrekt zu deuten fähig war. Für ihn war das schlichtweg unmöglich.

»Was wollen Sie damit ausdrücken?«, fragte er deshalb interessiert.

»Ja, sicher. Können wir. Irgendwann mal.«

Sie nahmen auf der N 125 wieder Kurs nach Osten. Sie ließen Luz de Tavira hinter sich, dessen Häuser sich mehr oder minder um die Durchgangsstraße gruppiert hatten.

Zwischen dort und Tavira erkundigte Carlos sich nach Toninho.

»Soraia hat ihm gesagt, dass der Schuldige an Senhor Duartes Zustand der Mann ist, der auf uns alle geschossen und ihn getroffen hat, sonst niemand. Aber Toninho fühlt sich trotzdem immer noch mitschuldig, wie sie sagt. Wenn sich die Erkenntnis bei ihm durchsetzt, dass die Schuld eigentlich woanders liegt, wird ihm das viel von der Last nehmen.«

Carlos musste schmunzeln. Es war so schön zu sehen, wie es einfach passte zwischen den beiden, zwischen Leander Lost und Soraia. Die Art und Weise, wie Lost Soraias Einschätzungen wiedergab, ließ keinen Zweifel daran, dass er ihr jedes Wort glaubte. Er vertraute ihr vollkommen.

Und das wärmte ihn mitten im Kreisverkehr nach Cabanas das Herz.

»Außerdem haben wir ihm und Zara eine Beschäftigung gegeben«, sagte Lost. »Wir haben ihnen die Inneneinrichtung des zweiten Casinhas überlassen. Sie wissen, dass es für Senhor Duarte bestimmt ist und er sich dort wohlfühlen soll. Damit haben sie den ganzen Tag zu tun.«

Kurz bevor Carlos einige Kilometer weiter nach Cabanas zur Küste abbog, erreichte ihn der Anruf von Maja Witt, der Kollegin von Karen Riemann.

»Senhor Esteves?«

»*Sim*. Wir sind in fünf Minuten bei Ihnen.«

»Ah, tut mir leid, ich musste kurz raus. Ich hab eine Besichtigung in einem Haus. Können wir uns da treffen?«

»Wo ist das?«

»Hinter Manta Rota, vor Altura, schwer zu erklären …«

»Gibt es da eine Bar oder ein Restaurant?«

»Oh ja, das *Pangaio*.«

»Ist mir bekannt.« Es gab keine Bar oder Restaurant oder Bistro an der Algarve, das er nicht von innen gesehen hatte.

»Danach links abbiegen …«

»Richtung Portela.«

»Genau. Sie kennen sich aus. Dann auf der rechten Seite nach etwa hundert Metern. Da steht ein roter Porsche Macan, das ist meiner. Wenn ich nicht da bin, bin ich gerade mit den Kunden im Haus Nummer 4. Wenn es Ihnen zu heiß ist, können Sie in die Nummer 3 und da warten. Da lassen wir gerade renovieren.«

Manta Rota war ein ehemaliges Fischerdorf, in dem im Sommer Massen an Touristen einfielen. Denn hier endete die Ria Formosa, und der Strand grenzte direkt am Atlantik. Ein langer, breiter Sandstreifen, der auch Kite-Surfer anlockte und Partygänger. Vorgelagerte Inseln gab es hier nicht.

Rings um den alten Ortskern waren viele neue Häuser und ganze Straßenzüge entstanden, die sich alle ähnlich sahen und über dieselben grünen Rasenflächen und Auffahrten und Carports und Minipools verfügten. Und bei genauerem Hinsehen ähnelten sich auch ihre Besitzer. Auch jetzt noch, im späten September, bildeten sich kleine Blechlawinen aus den Mietautos der Touristen. Es kamen auch viele Spanier, die mit Kind und Kegel übers Wochenende vorbeischauten – die Grenze lag nur einen Katzensprung entfernt. Auf den Autos waren Surfbretter und Kajaks montiert, manche hatten sogar Anhänger mit Jet-Skis.

Hinter dem *Pangaio,* einem Restaurant, das mit seiner Außenwand direkt an der N 125 angrenzte, bog Carlos ab und erreichte tatsächlich gut 100 Meter weiter den knallroten Macan. Er parkte seinen alten Mercedes direkt daneben, und sie stiegen aus.

Sie befanden sich an einer losen Ansammlung von Häusern, sechs, sieben, acht vielleicht. Manchmal war schwer auseinanderzuhalten, was eine Behausung und was ein Unterstand oder Schuppen war. Die Hälfte davon wirkte ziemlich in die Jahre gekommen, Farbe und Putz bröckelten ab, die Wäschespinnen hatten Rost angesetzt, Unkraut wucherte zwischen den Bodenplatten der Auffahrten. Was ein paar Kinder nicht daran hinderte, jauchzend mit einen Plastikball zu bolzen.

Ein Jugendlicher reparierte sein Moped und drehte immer mal wieder den Gashahn auf, woraufhin eine bläulich-blasse Wolke vom Auspuff aufstieg. Nebenan stand ein Hund auf der Dachterrasse neben der Satellitenschüssel und beobachtete sie misstrauisch.

Die Nummer 3 und Nummer 4 befanden sich recht eng beieinander. Offensichtlich hatte man aus einem Haus auf einem Grundstück jeweils zwei gemacht. Die so entstandenen Grundstücke waren klein, aber das war vielen nur recht, denn man musste sich nur noch um die Hälfte der Quadratmeter kümmern.

Leander und Carlos sahen im Garten von Nummer 4 eine Frau um die fünfzig, vollschlank, ein rot-schwarzes Sommerkleid, die Haare auch in einem dezenten Rot gefärbt. Sonnenbrille, modische, kleine Handtasche und in der einen Hand eine schmale Mappe mit Unterlagen.

Sie deutete auf die Landschaft.

Ein paar Wortfetzen trug ihnen der Wind zu: »... *naturbelassen ... verkehrsgünstig gelegen.*«

Das konnte man wohl sagen. Das Rauschen der N 125 war hier definitiv Tag und Nacht zu hören.

Das Paar, mit dem sie sprach, machte einen britischen Eindruck. Beide blässlich. Sie dürr, er ein wenig aufgedunsen.

»*Hunde? Nein ... hören Sie welche?*«

Maja Witt lachte, es klang aufgekratzt.

»*Feuchtigkeit, nein ...* «

Sie schüttelte vehement den Kopf.

»... *die trockenste Gegend ...* «

Dann verschwand das Trio in Nummer 4.

Als sie im Haus Nummer 3 vorbeischauten, trafen sie auf einen älteren Portugiesen, dem ein paar Zähne fehlten und der eine Schirmmütze trug, damit ihm die weiße Farbe, mit der er die Wand strich, nicht in die krausen, grauen Haare tropfte.

Er trug eine graue Leinenhose, an der eine Hintertasche fehlte, und ein blau-weißes Shirt mit langen Ärmeln. Carlos schätzte ihn auf Anfang siebzig, aber tatsächlich war Juan gerade 63 geworden. Die Haut war wettergegerbt, der ganze Mann mager. Er lächelte freundlich, als er sie bemerkte.

»*Bom dia,* Dona Maja hat uns angeboten, dass wir hier auf sie warten können«, sagte Carlos und zündete sich eine Zigarette an.

»Ich bin gleich fertig«, sagte Juan, »dann haben Sie hier alles für sich.«

Die klapprige Gestalt des Mannes, seine Art, sich für seine Anwesenheit bei ihnen zu entschuldigen, sein Bemühen, ihnen nicht zu lange in die Augen zu schauen, all das erinnerte Carlos an einen getretenen Hund, der alles tat, um dem nächsten Tritt zu entgehen.

Leander trat näher, um die Wand zu inspizieren, die Juan überpinselte.

Er entdeckte daumengroße, schwarze Flecken.

»Das ist Schimmel«, stellte er fest.

»Genau«, bestätigte Juan, »den muss ich übermalen.«

»Aber … dann sieht der Kaufinteressent den Mangel ja nicht.«

»Genau«, sagte Juan und deutete hinüber zu Nummer 4, »da oben ist im Bad an der Decke die Farbe noch nicht trocken.«

»Ah, die Herren von der Polizei«, begrüßte Maja Witt sie freundlich und dabei knetete eine Hand die andere, »ich verabschiede nur schnell die Kundschaft, dann bin ich bei Ihnen.«

Damit trat sie wieder hinaus.

»Schimmel ist gefährlich. Sie müssen Handschuhe tragen und eine Atemmaske und natürlich eine Schutzbrille«, erklärte Leander.

»Kommen Sie, Senhor Lost«, forderte Carlos ihn auf, denn er wusste, dass Juan in den nächsten Häusern weiterpinseln würde. Und der Mann sich nicht die Tortur antun würde, sich bei den Temperaturen eine Atemschutzmaske aufzusetzen.

»Aber das ist gegen die Vorschriften«, wandte Leander Lost ein, als er Carlos draußen einholte.

Maja Witt winkte dem Paar hinterher, das mit einem Cabrio in Richtung N 125 davonfuhr und ebenfalls winkte.

»Ich bin sicher«, entgegnete Carlos Esteves, »dass Juan ohnehin schwarz arbeitet und daher nicht versichert ist.«

»Ganz so ist das nicht«, erklärte Witt, die sich jetzt zu ihnen umdrehte und jemand in ihrem Rücken zu sich winkte, »Juan ist nicht versichert, denn er ist ein guter Freund. Er macht das unentgeltlich.«

Sie schenkte ihnen ein verbindliches Lächeln und zog einen 20-Euro-Schein aus ihrer Handtasche sowie zwei 1-Euro-Münzen.

»Maja Witt«, stellte sie sich vor und reichte ihnen die Hand, die sie schüttelten.

»Sub-Inspektor Lost.«

»Carlos Esteves.«

»Ah, wir hatten telefoniert«, merkte sie an und stutzte kurz wegen Losts Espadrilles.

Ein Junge und ein Mädchen kamen zu ihnen gelaufen – zwei von der Meute, die mit dem Plastikball gespielt hatten – und sahen Witt erwartungsvoll an. Die reichte ihnen erst den 20-Euro-Schein: »Für euren Papa«, und dann jeweils die 1-Euro-Münze, »für João und für Josefina.«

»*Obrigado*«, sagte der Junge und schoss los.

»Die machen mich arm«, sagte die Frau mit einem Seufzen, aber sie hatte ein nachgiebiges Lächeln aufgesetzt. »Ich könnte eine Kleinigkeit zu essen vertragen …«

»Für eine Kleinigkeit ist immer irgendwo Platz«, sagte Carlos.

»Eigentlich haben wir nur ein paar Fragen«, wandte Leander ein.

»Stellen Sie die mir doch im *Pangaio*«, schlug Maja Witt vor. Sie wartete keine Reaktion ab, sondern machte sich auf den Weg zu ihrem Porsche.

Leander warf noch einen Blick über die Schulter, während er Carlos zu dessen Auto folgte.

Der Junge gab die 20 Euro seinem Vater, der daraufhin eine Tür öffnete. An die acht Hunde unterschiedlicher Größe rannten hinaus und tollten herum. Ein vielstimmiges Gebell erhob sich.

Das *Pangaio* warb auf einem Schild hoch über dem eigentlichen Gebäude mit *Grelhados no carvão*. Und tatsächlich befand sich im überdachten, gemütlichen Innenhof ein stattlicher Grill, auf dem ein kräftig gebauter Mann mit Glatze, dem der Schweiß auf der Stirn stand, Fisch und Fleisch grillte. Seine Bewegungen waren routiniert und geschmeidig – offenbar seit Jahren. Ein paar Stellen an seinen Unterarmen, an denen keine Haare mehr wuchsen, sondern sich kleine, längliche Brandnarben gebildet hatten, erzählten von seinen ungelenken Anfängen.

Sein Name war Roberto. Er stammte aus Pisa und war wegen der Liebe hierhergekommen und wegen des Surfens geblieben. Er trug ein Muskelshirt und eine knallenge grüne Hose, über der eine fleckige Schürze hing, auf der mal etwas gestanden hatte, was man lesen konnte.

Im Gegensatz zu anderen Lokalen an der N 125 bestanden die Stühle und Tische im Pangaio nicht aus Plastik. Die Tische waren eingedeckt. Eine halbhohe Mauer und ein paar Pflanzen in Kübeln hielten die Nationalstraße, die keine zwei Meter weiter verlief, zumindest optisch auf Distanz.

Frau Witt, die die Kellnerin offensichtlich kannte – auch Roberto am Grill nickte ihr kurz zu –, nahm mit ihren beiden Begleitern an einem Tisch weiter hinten Platz, wo sie ungestört waren. Und während sie am Couvert aus Käse, eingelegten Karotten mit Koriander und Oliven knabberten, sprachen sie über Karen Riemann.

»Schlimm ist das«, sagte Witt, »ganz schlimm. Ich hab an dem Morgen noch mit ihr gesprochen, und dann …«

Die menschliche Schwierigkeit, den plötzlichen Einbruch des Todes ins Leben rational zu fassen, rief meist Sprachlosigkeit hervor.

»Ich versteh das auch gar nicht mit dem See. Ist sie denn ertrunken?«

»Wir arbeiten noch an der Klärung«, ließ Carlos Esteves sie abperlen, und Leander beobachtete recht genau seine Miene beim Lügen. »Erzählen Sie mal ein bisschen was über Frau Riemann. Und was es mit der Villa Ria auf sich hat. Sie beide haben sich Heavenly Homes geteilt?«

»Ja, das kann man so sagen, wir haben uns vor einem halben Jahr im *Kingsman* in Quelfes getroffen, dieser hübschen Bar.«

Carlos nickte.

»Ich bin Immobilienmaklerin, Karen verwaltet Ferienhäuser. Ich meine: *hat* verwaltet … jedenfalls dachten wir, dass sich das ganz gut ergänzt. Wenn ein Besitzer sein Ferienhaus verkaufen wollte, bekam sie das zuerst mit. Und dann habe ich Kontakt mit ihm aufgenommen und ihn exklusiv vertreten. Und andersrum, wenn Kunden sich bei mir für den Kauf eines Hauses entschieden haben, dann sind es zu fünfzig Prozent Ausländer, die das Haus an Gäste vermieten wollen, wenn sie es selbst nicht nutzen. Da kam dann wiederum Karen ins Spiel. Sie hat ihnen alles abgenommen, die Buchung, die Reinigung, die Abrechnung, Beschwerdebriefe, wenn nötig – die Dusche funktioniert nicht, der Pool ist zu klein, huch, hier gibt es ja abends Mücken –, all das hat sie denen abgenommen. Es war eine Win-win-Situation. Der einzige Haken: Es kam nicht besonders oft dazu. In letzter Zeit wollten nur wenige Leute ihre Ferienhäuser verkaufen, und ich habe die letzten drei an Portugiesen und einen Spanier verkauft, die nicht vorhatten, ihr Haus zu vermieten.«

»Ihr Geschäftskonzept ging nicht auf?«, fragte Leander.

»Ich würde eher von einer Flaute sprechen. Es hat fürs Leben gereicht, aber eben nicht für große Sprünge. Wir haben auf bessere Zeiten gehofft.«

Sie bestellte eine Bica mit Schuss und einen Salat. Carlos Esteves schloss sich mit einem Imperial und einer Dorade vom Grill an, während Leander mit einem Glas Wasser vorliebnahm.

»Was ist mit der Familie von Frau Riemann? Ist die hier? In Deutschland? Wir wissen, dass sie nicht verheiratet war. Aber hatte sie einen Freund? Eine Freundin?«

»Mir hat sie erzählt, dass in Deutschland niemand mehr auf sie wartet. Ihre Eltern sind bereits vor Jahren verstorben, und sie war Einzelkind. Und einen Freund … nein, soweit ich weiß, nicht.«

»Was hat Frau Riemann am 22. September in der Villa Ria im *Monte Rainha* gemacht?«, fragte Leander.

»Die Wäsche gewechselt, die Betten frisch bezogen, Handtücher getauscht. Was so anfällt. Bei normalen Ferienhäusern passiert es eigentlich nur einmal wöchentlich. Aber die Kundschaft im Golfresort ist etwas anspruchsvoller. Bei der Ankunft können die Gäste wählen, ob sie den Service alle drei Tage oder einmal die Woche in Anspruch nehmen möchten. Bei der Villa Ria hat Karen das schon mehrfach vergessen und ist sicherheitshalber dann alle drei Tage hingefahren. Das war auch am 23. September so.«

»Und dann hatten Sie beide keinen Kontakt mehr?«, fragte Leander. Über ihm verirrte sich ein Fliegenpärchen in eine elektrische Insektenfalle und wurde gebritzelt.

»Doch, doch, sie hatte nämlich ihren Schlüssel liegen gelassen. Man soll nichts Schlechtes sagen über Tote, aber Karen hatte ein Gedächtnis wie ein Sieb.«

»Langsam, bitte«, sagte Carlos. »Sie hatte die Schlüssel liegen lassen. Das hat sie Ihnen gesagt? Sie haben noch mal telefoniert?«

Maja Witt deutete ein Kopfschütteln an: »Nein, sie hat es natürlich erst gemerkt, als sie wieder zurück im Büro war. Zu ihrer Entschuldigung muss ich sagen, dass sie etwas durcheinander war wegen der Ameisen.«

»Krümel«, vermutete Leander, und Carlos nickte.

Es war gewissermaßen ein Naturgesetz: Wenn man an der Algarve ein paar Krümel auf dem Tisch oder dem Boden liegen ließ, markierte man damit den Endpunkt einer Ameisenstraße und konnte sich auf eine lange Freundschaft einrichten. Die kleinen Kundschafter der Ameisenvölker schienen überall zu sein, keine Winzigkeit blieb ihnen verborgen.

»Ja, ganz genau«, bestätigte Witt. »Man kann es den Gästen hundert Mal sagen, sie achten nicht darauf, nach dem Essen alles abzuwischen. Ist ja auch schwer, wenn Kinder mit dabei sind. Aber hinterher beschweren sie sich eben über all die Ameisen im Haus. Sie hat sie fotografiert und ein paar Ameisenfallen aufgestellt.«

»Sie hat sie fotografiert?«, hakte Leander Lost nach.

»Ja.«

»Aus Interesse? Hat Senhora Riemann sich für Ameisenvölker interessiert?«

Die Immobilienmaklerin sah ihn an, als hätte Leander ihr ein unmoralisches Angebot gemacht.

»Natürlich nicht, sie hatte vielleicht ein schlechtes Gedächtnis, aber sie war nicht pervers«, ließ Witt ihn wissen. »Als Beweis natürlich. Samt Krümel. Die hat sie natürlich weggewischt. Aber die Gäste sagen später immer, sie haben nichts hinterlassen an Essbarem. Und dann kann man ihnen ganz freundlich das Foto zeigen.«

»Um welche Uhrzeit war das, bitte?«, fragte Leander.

»Das kann ich Ihnen ziemlich genau sagen, ich war nämlich auf dem Sprung, sie sollte eigentlich mitkommen, wir hatten einen Besichtigungstermin oben in Castro Marim. Das hätte auf keinen Fall gereicht. Sie hätte ja bis zum *Monte Rainha* und von dort wieder bis fast an die Grenze gemusst. Jedenfalls, das war genau um halb fünf am Nachmittag.«

»Dann haben Sie Senhora Riemann da das letzte Mal gesehen?«, sagte Carlos.

Sie wollte nicken, hielt aber mittendrin inne und schüttelte leicht den Kopf, weil genau dieser Umstand nach wie vor irrational anmutete.

»Ja«, sagte sie, »das muss genau da gewesen sein.«

»Wer war der Mieter?«

»Von der Villa Ria?«

Carlos Esteves nickte.

Sie zückte ihr Smartphone und sah nach: »Villa Ria, Villa Ria … da.«

Maja Witt streckte den beiden Männern das Handy entgegen, damit sie den Eintrag mit eigenen Augen sahen.

»Senhor Mario Guerra aus Tomar«, las Carlos, während Leander die Zeilen aus den Kontakten bereits abgespeichert hatte.

Endlich kam das Essen.

14.

Schwer zu sagen, für wen es der Gang nach Canossa war an diesem späten Nachmittag. Vermutlich für beide.

Das *Estabelecimento Prisional de Faro* war eine Strafvollzugsanstalt an der Ausfallstraße von Faro, keine 200 Meter von der Ria Formosa entfernt. Ein mit weißen Mauern umgebenes Areal, aus denen an den Eckpunkten geduckte Wachtürme mit Fenstern aus Panzerglas wuchsen. Zur Straßenseite hin war ein hohes, bordeauxrotes Tor in den Komplex eingelassen. Eine Miniaturausgabe in Form einer normalen Tür befand sich rechts daneben. Über einen kleinen Sehschlitz konnten Besucher hier Verbindung mit den Wachhabenden im Inneren des Gebäudes aufnehmen. Das war das einheitliche Prozedere. Auch für Angehörige der Polizei.

Graciana klingelte also zuerst am Tor, gab durch den Sehschlitz Auskunft über ihr Anliegen, wurde zur Anmeldung eingelassen, musste sich ausweisen und wie jede andere ein Formular ausfüllen und unterschreiben. Nur ihre Wartezeit verkürzte sich auf nicht mal zwei Minuten. Dann ließen die Kollegen sie eintreten, ihre Dienstwaffe wurde in einem abschließbaren Fach verwahrt.

Ein Schließer führte sie einen langen Flur entlang. Es roch nach Reinigungsmitteln und Schuhcreme, ein ganz leichter Essensgeruch hing auch noch in der Luft und erzählte von dem Eintopf, der den Insassen zum Mittagessen serviert worden war.

Der Hall, den die schweren Stiefelschritte des Mannes erzeugten, war enorm. Für jemanden, der hier das erste Mal eingeliefert wurde, musste das durchaus einschüchternd wirken.

Im Flur gab es ebenso wenig natürliches Tageslicht wie im Besucherraum, in den sie geführt wurde. Vier mal sechs Meter, mehr nicht. Eine durch ein Metallgitter geschützte Neonlampe an der Decke, dazu vier Plastikstühle, an denen sich kein Metall befand, nicht mal eine Schraube. Keine scharfe Kante. Der Raum wurde durch einen großen, massiven Holztisch geteilt – eine Seite für Besucher, die andere für die Gefangenen. Berührungen waren streng verboten, und durch die Maße und Anordnung des Tisches konnte auch keiner von beiden etwas heimlich unter der Tischplatte durchreichen, denn der Tisch reichte wie ein großer Klotz bis hinab zum Boden. In zwei Ecken direkt unter der Zimmerdecke befanden sich kleine Überwachungskameras.

Ihr Begleiter war mit eingetreten, hatte die Tür hinter ihnen geschlossen und sich daneben postiert.

»Nehmen Sie gerne Platz, Senhora«, sagte er. Sie nickte und setzte sich.

Würde er heute kommen?

Sie schloss die Augen, um sich auf ihren Gehörsinn zu konzentrieren. Kein Geräusch. Keine Schritte auf dem Gang, die sich näherten. Keine schweren Stiefel, die durch den Flur hallten.

»Wissen Sie, ob er kommt?«, fragte sie den Schließer an der Tür.

»Tut mir leid, nein. Ich habe nur Weisung, Sie in diesen Raum zu bringen.«

Bevor Graciana ihm eine weitere Frage stellen konnte, wurde ein Schlüssel im Schloss der Tür gegenüber gedreht. Ein älterer Schließer mit einem grauen Vollbart und einem tätowierten Unterarm trat ein. Auf seinem Namensschild konnte Graciana den Namen *T. Pena* lesen.

Und dann kam er herein.

Er war um mehr Jahre gealtert als vergangen waren. Der Gang ein wenig schleppend, die Schultern gerade, sein Blick ernst, gelassen und von einer unbestimmten Traurigkeit. Raul da Silva setzte sich ihr gegenüber hin, und der Schließer nahm ihm die Handschellen ab. Dann schloss er die Tür und postierte sich wie sein Kollege daneben.

»Von mir aus können Sie auch gerne den Raum verlassen«, sagte Graciana zu den Schließern. Der Mann, der sie hergebracht hatte, machte dankend von dem Angebot Gebrauch und verwies auf die Klingel an der Tür, über die sie jederzeit jemanden rufen konnte, wenn sie den Raum wieder verlassen wollte.

T. Pena blieb.

Von da Silvas linkem Ohr bis hinab zum Hals zog sich eine Narbe. Sie stammte von einer Messerattacke vor zweieinhalb Jahren. Als ehemaliger Polizist stand er nach seiner Einlieferung in der internen Knasthierarchie nicht viel höher als ein Kinderschänder.

Raul da Silva war ihr Vorgesetzter gewesen. Mehr noch: ein väterlicher Mentor. Wohlwollend, weise und überlegt. Geldsorgen hatten ihn Dinge machen lassen, die sie nicht für möglich gehalten hatte. Und er selbst vielleicht auch nicht. Er hatte einen Mann im Zorn erschlagen und einen anderen getötet, um das erste Verbrechen zu vertuschen. Graciana, seine berufliche Ziehtochter, hatte all das aufgedeckt und ihn schweren Herzens hinter Gitter gebracht. Seitdem ließ sie sich in regelmäßigen Abständen von der Gefängnisleitung darüber informieren, wie es ihm ging. So hatte sie auch von der Sache mit dem Messer erfahren. Einige Male hatte Graciana Rosado den Versuch unternommen, ihn zu besuchen. Immer war die gegenüberliegende Tür verschlossen geblieben. Bis heute.

»*Boa tarde*«, sagte er.

»Ich freue mich, dass du gekommen bist, Raul«, antwortete sie mit einem warmherzigen Lächeln.

Seine Mundwinkel zuckten ein wenig, konnten sich aber

doch nicht zu einem Lächeln durchringen. Stattdessen nickte er.

Es entstand ein Augenblick der Stille. Wie sollte es auch anders sein nach all der Zeit, in der sie nicht miteinander gesprochen hatten?

Graciana beschloss, sachlich zu bleiben und über etwas zu reden, was nicht auf persönlicher Ebene zwischen ihnen verhandelt werden musste: den Grund ihres Besuches.

»Es gab vor ein paar Tagen einen Überfall auf einen Werttransporter«, sagte sie.

Raul da Silva nickte in seiner in sich ruhenden Art: »Ich habe davon gehört. Auch von der Sache mit Miguel. Nur was erbeutet wurde, weiß ich nicht.« Er schaute sie direkt an.

Erstaunlich, dachte Graciana, so dicke Mauern und doch keine Barriere für Informationen von draußen.

Sie dachte nach. Was geklaut worden war, gehörte zum Täterwissen. Aber wenn sie Raul für ihr Anliegen gewinnen wollte, durfte sie ihn nicht von diesen Informationen aussperren, das spürte sie. Es hätte ihn beleidigt. Der implizite Verdacht, er könne wichtige Informationen an die Täter weitergeben. Also ging sie ins Risiko.

»Die Täter haben Schmuck erbeutet im Wert von 60.000 bis 80.000 Euro«, sagte sie. »Alles andere haben sie nicht angerührt.«

Da Silva nickte. Er hatte die Geste verstanden. »Wie geht es Miguel?«

»Er hat überlebt. Aber er hat das Gedächtnis verloren.«

»Vielleicht nicht das Schlechteste«, sagte da Silva, und es war klar, dass er dabei nicht nur an Duarte dachte. Vergessen, was man getan hatte, konnte auch ein Privileg sein. Das Wissen, zwei Menschen getötet zu haben, zwei Biografien ausradiert zu haben plus der möglichen Kinder und Kindeskinder. Raul da Silva war genau der Typ Mensch, der solche Gedanken nicht abschalten konnte und von ihnen in den Wahnsinn getrieben wurde.

»Was kann ich für dich tun?«, fragte er schließlich.

Wortlos schob sie ihm das Foto des unbekannten Toten über den Tisch zu. T. Pena trat nur kurz heran, um zu sehen, um was es sich handelte, dann nahm er wieder seine Position an der Tür ein.

Da Silva genügte ein kurzer Blick auf die Fotografie, bevor er ihn wieder hob: »Der Mann ist tot.«

»Ja.«

»Einer der Täter.«

»Genau. Kennst du ihn?«

»Nein.«

Sofort registrierte er das Bedauern in ihrer Miene. Und damit war klar, weshalb sie ihn heute aufsuchte.

»Ihr wisst nicht, wer das ist«, sagte er.

»So ist es. Fingerabdrücke und DNA sind nicht in der Datenbank hinterlegt. Papiere hatte er natürlich keine dabei.«

»Wenn du möchtest und ich das Foto haben kann, kann ich mich umhören.«

»Ich hatte gehofft, dass du das anbietest, Raul.«

Er gab nur ein leises Brummen von sich, das sie von Carlos her kannte und als Zustimmung deutete. Dann stand er auf und nahm das Foto an sich.

Pena öffnete die Tür, und da Silva ging zu ihm, ließ sich die Handschellen wieder anlegen. Bevor er hinausging schauten sie sich noch einmal an.

»Danke«, sagte Graciana. »Darf ich doch noch etwas fragen?«

»Natürlich«, sagte da Silva.

»Warum bist du heute gekommen und all die anderen Male nicht?«

»Weil ich wusste, dass du heute kommst, um mich um Hilfe zu bitten.«

15.

Ein Sonnenstrahl, der durch das Fenster auf ihre Hand fiel, ließ sie aufwachen, noch bevor der Wecker des Smartphones klingelte. Es lag neben der Matratze auf dem Boden, auf der sie miteinander geschlafen hatten.

Sol schaute zur Seite auf den breiten Rücken von César. Er schnarchte leise. Sie fühlte – nichts. Dass sie keine Reue oder gar Schuld empfinden würde, das war ihr vorher klar gewesen. Aber sie hatte sich das Gefühl von Triumph erhofft, zumindest ein klein wenig von jener Befriedigung, die man empfand, wenn man erfolgreich Rache geübt hatte. Beides war ausgeblieben. Vielleicht, weil sie damit rechnete, dass es Ulisses wenig ausmachen würde, wenn er davon erfahren sollte. Der Gedanke daran versetzte Sol Pinho nun doch einen Stich. Und gab der Wut auf ihn Nahrung. Dem Zorn.

Es wäre für sie beide der perfekte Moment gewesen, und er warf all das einfach hin. Was glaubte er denn, wie oft er sein Glück noch herausfordern konnte?

Sol stellte sich unter die Dusche. Sie musste ein bisschen mit dem Regler für die Temperatur experimentieren, bis sie das richtige Maß gefunden hatte. Erst gestern war sie in die kleine Wohnung im ersten Stock eingezogen. Hellgrüne Läden vor den Fenstern, den Blick frei auf die São Pedro, die Petruskirche, die Fischer einst für ihren Heiligen errichtet hatten.

Ulisses hatte sich zum Einzug nicht blicken lassen. Er war der Meinung, keiner von ihnen außer Sol sollte sich hier länger als nötig sehen lassen. Also schickte er César. Der Gedanke daran, er könne César aus Kalkül gesandt haben, als Trostpflaster, machte sie noch wütender. Vielleicht war das tatsächlich ein missglückter Versuch, ihr einen Gefallen zu tun. Nachdem er von einem Tag auf den anderen ihre Pläne zunichtegemacht hatte. Mit seiner plötzlichen Erkenntnis, er sei nicht der Mann für »so was«.

Sol trocknete sich ab, putzte die Zähne, schlüpfte in einen kurzen Rock – nicht zu kurz –, dazu eine Bluse und kein BH. Etwas Schmuck, die Haare, ganz dezent. Etwas Schminke. Dann hielt sie inne und betrachtete sich. Da waren kleine Fältchen um den Mund. Es war höchste Zeit, wenn sie in diesem Leben noch Mutter werden wollte.

Als sie die Tür öffnete, um César zu wecken, schlug ihr Kaffeeduft entgegen. César saß frisch gekämmt am kleinen Küchentisch. Irgendwie war es ihm gelungen, zwei Croissants zu besorgen und Kaffeebohnen für die Bicas aufzutreiben.

Damit hatte Sol nicht gerechnet. Und sie merkte zu ihrem Erstaunen, dass es ihr gefiel.

»Komm«, sagte er.

Sie setzte sich ihm gegenüber hin und nahm sich eins der Croissants. Noch warm.

»Sind das etwa …?«

»Sim.«

Er beugte sich nicht vor, er gab ihr keinen Kuss, er tätschelte nicht ihre Hand, er überhäufte sie nicht mit Fragen, sondern er zündete sich eine Zigarette an, er machte alles richtig.

Sol biss in das Croissant, in dem sich Schinken und zerlaufener Käse befand. Der Tag begann ziemlich vielversprechend.

César nippte an seiner Bica. Und lächelte zufrieden.

Vielleicht war das doch gar keine so schlechte Idee gewesen

mit César. Vielleicht hatte sie einfach immer auf den falschen Bruder gesetzt. Und wenn Ulisses mit einem ganz bestimmt nicht rechnete, dann, dass die beiden eine ernste Sache aus einem One-Night-Stand machen würden.

Sie stellte sich vor, was passieren würde. Erst würde Ulisses die Sache nicht an sich heranlassen. Aber die Eifersucht war ein Ding, das sich stetig weiterfraß, Tag für Tag, tiefer und tiefer. An irgendeinem bitteren Morgen würde er aufwachen und begreifen, was er verloren hatte. Sol war sich der Übersichtlichkeit ihrer Idee bewusst, sie war ein profaner Klassiker. Aber eben deshalb, weil sie seit Menschengedenken zuverlässig aufging.

Sie lächelte.

»Ich mag's, wenn du lächelst.«

Es rührte sie, dass Ulisses' Trostpflaster nicht den Hauch einer Ahnung vom Plan seines Bruders hatte. Und offenbar auch keine von ihrem.

César ging voraus, er hatte sich einen dieser Fischerhüte aufgesetzt, die meist von Touristen getragen wurden, die auch mit Socken in Sandalen herumliefen. Außerdem eine Sonnenbrille mit großen Gläsern, sodass praktisch die Hälfte seines Gesichts verdeckt war. Er ging hinüber zum Jardim Manuel Bivar, einem kleinen Stadtgarten, oval angelegt, gepflastert und mit Blumenbeeten, Sträuchern und verschiedenen Bäumen gesäumt, in deren Schatten Einheimische wie Besucher gerne eine Pause einlegten, die Zeitung lasen oder ein Buch, ein Eis aßen und auf die Marina schauten. Der Platz befand sich unmittelbar zwischen dem Jachthafen und der Altstadt.

César setzte sich in den Schatten einer Palme auf eine der grünen Parkbänke und gab vor, die *Público* zu lesen. Tatsächlich galt seine Aufmerksamkeit aber dem Gebäude gegenüber. Dem Hauptsitz der Banco de Portugal in Faro und an der Algarve. Ein anmutiger Bau, der traditionell und trotzdem modern wirkte, weil er verschiedene Baustile mixte. Die Säulen der Römerzeit, die den Eingang flankierten, der sich bald sieben Meter hoch erhob, um dann in einem maurischen Halbkreis zu enden. Wappen und Azulejos fanden sich darüber. Die Fenster waren mit Ornamenten verziert, und sogar ein Nachwehen der manuelischen Phase – eine Architektur, die in der Blütezeit des Landes unter König Manuel I. entstanden war und auf Portugal beschränkt blieb –, nämlich die steinernen Schiffstaue, die unter den Fenstern des ersten Stocks kleine Schlaufen bildeten.

Sol ging nun die Stufen zum Eingang hinauf. Sie hatte eine Brille aufgesetzt. Und sie machte, das musste man ihr lassen, eine ziemlich gute Figur.

César warf einen Blick auf seine Armbanduhr: halb elf.

»*Bom dia, Senhora,* mein Name ist Sol Pinho, und ich möchte mich erkundigen, ob ich bei Ihnen ein Schließfach eröffnen kann«, sagte Sol und dachte schon, ihr ganzer Aufzug sei für die Katz gewesen. Doch dem war nicht so. Die Frau am Schalter, ein junges Ding Mitte zwanzig, winkte – *um momento, Senhora* – einen etwas beleibten Mann mit Stirnglatze an den Schalter, der eine behäbige Gutmütigkeit ausstrahlte.

Zunächst kniff er die Augen etwas zusammen und machte das Gesicht eines Mannes, der jetzt nicht gestört werden wollte, während er etwas Wichtiges tat (die Geldzählmaschine überwachen). Bis sein Blick von der Angestellten zu Sol fand. Die ihm ein knappes Lächeln schenkte.

Daraufhin schaltete er die Maschine mit einem lässigen Klaps aus und kam zum Schalter.

»Senhor Pontes«, sagte die junge Frau, »die Senhora würde gern ein Schließfa…«

»Gut, ich mach das«, unterbrach er sie. »Starten Sie währenddessen die Maschine neu, ja?« Als sie gegangen war, schenkte er Sol Pinho ein Lächeln: »Ein Schließfach, sagen Sie?«

»Genau.«

»Wir haben drei Größen anzubieten, Senhora –«

»Pinho.«

»Ah, Ihr Nachname beginnt auch mit ›P‹, vielleicht ein Zeichen?«, fragte er und lachte ein wenig über seine Bemerkung.

»Ja, wer weiß«, gab sie mit undurchsichtiger Miene zurück. Sie beugte sich vor, sodass er einen besseren Blick auf ihr Dekolleté hatte, was Senhor Pontes zu einem Räuspern veranlasste, aber nicht dazu, den Blick abzuwenden.

»Was denn für Größen, bitte? Ich habe etwas Familienschmuck geerbt und möchte ihn nicht in meiner Wohnung aufbewahren, dazu ist er zu wertvoll.«

»Verstehe. Da passt vermutlich die kleinste Größe: pequena. Wieder ein ›p‹«, sagte Pontes und lächelte noch breiter.

»Das ist dann wohl wirklich kein Zufall mehr!«, antwortete sie und lachte herzerfrischend, sodass ein Kunde am Nachbarschalter einen Blick auf sie warf und auch lächeln musste, weil ihre Heiterkeit so ansteckend war.

»Gut. Das Schließfach in der Pequena-Klasse kostet allerdings 139 Euro Miete im Monat.«

»Das ist der Schmuck mir wert, Senhor Pontes. Man kann ihn mit Geld ohnehin nicht aufwiegen.«

»Aber natürlich. Haben Sie denn schon ein Konto bei uns, Senhora Pinho?«

»Nein, ehrlich gesagt bin ich gerade erst nach Faro gezogen, bis jetzt war ich bei der CA.«

»Verstehe. Schön, dass Sie nun bei uns sind.«

»Ich zahle die erste Monatsrate gleich bar.«

»Sehr gerne. Dann benötige ich bitte einmal Ihren Personalausweis.«

Sie schob ihn über den Schalter-Tresen.

Sol hatte die Wohnung direkt neben der Kirche am Largo de São Pedro vor drei Wochen angemietet. Die Besitzerin wohnte in Lagos. Sie hatte die Wohnung aus einer Scheidung behalten und die Vermietung an Touristen mittlerweile satt. Auch wenn dabei gutes Geld für sie herumgekommen war. Nach einigen weniger guten Erfahrungen und Beschwerden der Nachbarn wegen ausschweifender, lärmender Partys hatte sie Ausschau nach etwas Verlässlichem gehalten – da kam Sol ihr gerade recht.

Pontes füllte – ganz der Gentleman – die Einträge auf dem Formular aus, die er ihr abnehmen konnte.

»Vielleicht hat Ihr Mann oder Freund ein Konto bei uns?«

»Der Mann meines Lebens hat sich aus meinem Leben verabschiedet«, sagte sie und musste sich nicht bemühen, traurig zu klingen.

»Oh, das tut mir leid, dann ...«, er schob ihr das Formular zu, »sind Sie ganz alleine in der Stadt?«

In Pontes Worte hatte sich nicht der Hauch eines Mitleids verirrt.

»Bis jetzt ja.«

Sie unterschrieb.

Über eine Treppe führte er seine neue, äußerst attraktive Kundin einen Stock tiefer zu den Schließfächern. Vom Treppenhaus ging auch eine gläserne Tür ab zu einem Parkhaus.

»Oh, wenn ich mit dem Auto komme, kann ich hier sogar parken?«

»Selbstverständlich können Sie das Parkhaus benutzen«, sagte Pontes und deutete durch die Tür hinaus. »Sie müssen aber trotzdem den Haupteingang benutzen. Hier hat nur das Personal Zugang. Die Tür ist außen gesichert.«

Der aufmerksame, unbefangene Blick, ihre Augen, die feine Nase, der Schwung ihrer Lippen – sie weiß nicht mal, wie schön sie ist, dachte er und musste schlucken.

»... besondere Karte?«

»Pardon, wie bitte?«

»Ich habe gesagt, dass ich dann als Kundin vermutlich eine besondere Karte brauche, oder?«

»Da muss ich Sie leider enttäuschen, wir dürfen die Karte nur an einen engen Kreis des Personals ausgeben.«

»Ach, dann laufe ich eben, ich bin sonst immer so faul«, erklärte sie fröhlich und ungezwungen.

»Und nun«, sagte er nicht ohne Stolz, als sie unten angekommen waren, »betreten wir das eigentliche Herzstück dieser Bank.« Er öffnete eine massive Brandschutztür. »Ich präsentiere: die uneinnehmbare Festung, die Ihren Schmuck absolut sicher aufbewahren wird.«

Und tatsächlich: der Raum war beeindruckend. Nicht wegen seiner Größe, er ähnelte mehr einem Vorraum, sondern wegen der Tresortür. Pontes deutete mit der offenen Hand darauf: eine große, kreisrunde Tür, die sich vom Boden bis knapp unter die Decke in einer Höhe von mehr als vier Metern erstreckte.

»Purer Stahl«, sagte er, »30 Zentimeter dick. Da kommt niemand rein. Außer mir.«

Sol schaute in alle Richtungen, damit die kleine Kamera im Brillenbügel alles haarklein aufzeichnete. Die Überwachungskameras entdeckte sie mit bloßem Auge.

Maximilian Pontes verdeckte ihr mit seinen Schultern die Sicht – dachte er – als er eine Zahlenkombination an der Tür eingab. Anschließend zückte er einen langen Metallschlüssel, den er oben im Schalterbereich aus einem anderen Tresor entnommen hatte. Ein langer Stiel mit einem komplexen Bart. Nach zwei Drehungen zog Pontes mit ziemlichem Kraftaufwand an dem dafür angebrachten Bügel, und die Stahltür schwang majestätisch auf. Es gab sogar ein leises Geräusch durch entweichenden Unterdruck, als hätte Pontes gerade ein überdimensionales Einweckglas geöffnet.

Hinter der Tür tat sich ein quadratischer Raum auf mit einer Unmenge an Schließfächern. Groß, mittel, klein. Allesamt mit einem Schlüsselloch und einer kleinen Tastatur für die persönliche PIN-Eingabe. Der Boden war gefliest, die Decke weiß. Die Schließfächer befanden sich links, rechts und gegenüber. Eingelassen in drei große Stahlwände, die sich vom Boden bis zur Decke erstreckten. Die Fächer selbst begannen erst auf einer Höhe von einem Meter.

»Kommen Sie, Senhora«, sagte Pontes feierlich und überschritt die Schwelle hinein. Sie folgte ihm. Der Raum erinnerte sie an einen riesigen, metallischen Adventskalender. Als Kind hatte sie es kaum abwarten können, die nächste Tür zu öffnen. Während im Adventskalender ein Stück Schokolade wartete, verbargen sich hinter diesen schlichten Schließfachklappen Millionenwerte.

»Der sicherste Ort für etwas, was du geklaut hast, ist das Schließfach einer Bank«, hatte sie Ulisses' Stimme im Ohr. Und er hatte recht.

Senhor Pontes reichte ihr einen kleinen Metallring, an dem sich zwei identische, kleine Schlüssel befanden.

»Bitte schön. Schließfach 77.«

»Und was passiert«, fragte sie, »wenn die Tür hinter uns zufällt?«

»Da gibt es einen Knopf, links neben der Tür, da können Sie draufdrücken.«

»Oder man wartet hier«, meinte Sol, während sie die 77 suchte und er sie begleitete, »bis einen jemand über die Kamera entdeckt.«

»Hier unten im Schließfachraum selbst gibt es keine Kameras, Senhora Pinho. Die Politik des Mutterhauses in Lissabon lautet, dass zwischen den Kunden und ihren Schließfächern eine Art Privatsphäre herrscht, die nicht beobachtet oder aufgezeichnet gehört.«

Sol schwenkte den Raum mit ihren Augen und damit auch mit der Kamera im Brillengehäuse sorgsam ab.

»Ja, ich glaube, das ist die richtige Entscheidung, Senhor Pontes. Hier ist der Schmuck wirklich bombensicher.«

16.

Es gab im Leben die erfreulichen Dinge und die anderen.

Marcos Serra hatte manchmal mitten unter der Dusche solche philosophischen Sternstunden. Vielleicht war es das Wasser, vielleicht die Entspannung, die er dort verspürte, oder was ganz anderes. Natürlich, diese Weisheit war von einer gewissen Überschaubarkeit, aber war das nicht allen großen Weisheiten gemein?

Am späten Nachmittag jedenfalls kreuzten die beiden Männer aus der Kategorie »und die anderen« auf. Der Mann im Anzug und der andere, kräftigere mit seinem zerknautschten Leinenjackett und dazu kurzen Hosen und Espadrilles. Als hätte ein Blinder ihn eingekleidet.

»*Boa tarde*, Senhor Serra«, begrüßte ihn Carlos Esteves.

Kein Wunder, dass Miguel Duarte seine Zeit lieber als Sicherheitsberater hier im Club verbrachte, dachte Serra und sagte: »Wie schön, Sie wiederzusehen. *Monte Rainha* begrüßt Sie.«

Er stand hinter der Rezeptionstheke des Hauptgebäudes. Hohe, spitz zulaufende Decken aus geöltem Holz in einem warmen Farbton. Parkett am Boden, die Theke der Rezeption aus Marmor. Überall standen kleine Kübel mit Pflanzen – verteilt im Raum, ohne ein bestimmtes Muster zu ergeben, wie Leander erfasste. Das Foyer verfügte über einen kleinen Steinbrunnen, der beruhigend vor sich hinplätscherte, eine Lounge mit gemütlichen Sofas und Sesseln und sogar eine kleine Bibliothek. Außerdem gab es drei frei zugängliche Computer und natürlich die Bar, in der man auch tagsüber schon Fingerfood gereicht bekam.

»Wir benötigen die Ausweiskopie des letzten Mieters der Villa Ria«, kam Leander sofort zur Sache, »außerdem die Zahlungsdaten: Kreditkartennummer, ausstellende Bank, die Mail seiner Buchungsanfrage und die Bänder der Überwachungskamera, um die Inspetora Graciana Rosado Sie ersucht hat.«

Sie ersucht hat. Wenigstens einer von beiden hatte ein wenig Schliff und Manieren.

»Kommen Sie doch bitte hier nach hinten in mein Büro«, sagte er und ging voran, überquerte einen Flur und schaffte sie so außer Sichtweite der anderen Gäste.

Ein Ventilator drehte sich an der Holzdecke, eine Reihe von drei Bonsais zierte die Fensterbank, ein Rollo war bis zur Hälfte heruntergezogen. Von hier aus schaute man zu den Löchern 12, 13 und 21. Nicht allzu weit entfernt fuhren zwei Mittvierziger in weißen Polohemden auf einem Cart vorbei. Serras Arbeitsplatz bestand aus einem kleinen Mahagonitisch mit einem schwarzen Monitor und einem Telefon. An der Wand hing eine Übersichtskarte des Geländes.

Er trat an ihn heran und zog einen USB-Stick ab, den er dem Mann mit den guten Umgangsformen reichte: »Die Überwachungsbänder aus der Nacht vor dem … Unglück, Senhor.«

»*Obrigado*. Aus welchen Kameras sehen wir darauf die Villa Ria?«

»Aus einigen.«

Er trat an die Karte und deutete auf die Positionen der Kameras.

»Ich habe Ihnen eine Folie anfertigen lassen, aus der Sie die Aufnahmewinkel entnehmen können«, sagte Serra und pinnte mithilfe von vier Heftzwecken eine Folie auf die Übersichtskarte.

Carlos und Leander traten näher. Tatsächlich ging von jeder

Kameraposition ein Kegel aus, der veranschaulichte, welchen Bereich die jeweilige Aufzeichnung abdeckte.

Serra hatte keine Mühen gescheut und alle Hebel in Bewegung gesetzt, damit der Aufenthalt der Polizei auf dem Gelände auf ein Minimum beschränkt blieb.

»Drei Kameras, zwei davon sind näher dran«, erkannte Carlos und tippte auf die Positionen.

»Aber keine«, wandte Leander ein, »die das Gebiet zwischen der Villa Ria und dem Golfteich zeigt, in dem Senhora Riemann gefunden worden ist.«

Serra räusperte sich vernehmlich und lenkte so die Blicke der beiden Kripobeamten auf sich: »Um Ihnen die Arbeit zu erleichtern, habe ich die Videos bereits im Schnelldurchlauf gesichtet. Leider existiert keine Aufnahme, auf der irgendjemand zu dem Golfteich geht und eine Person versenkt.«

»Dieser Bereich befindet sich ja auch im toten Winkel«, sagte Leander. »Darf ich mir die Bänder an Ihrem PC anschauen?«

»Ich bitte darum«, antwortete Serra und reichte Carlos Esteves den Ausdruck mit den Daten des Personalausweises von Mario Guerra.

»Kein Lichtbild?«, fragte der etwas enttäuscht, als er lediglich die erfassten Daten auf dem Papier, aber kein Passfoto sah. Serra schüttelte den Kopf. Leander öffnete derweil die Aufnahmen aller drei Kameras um die Villa Ria herum, die er gleichzeitig im schnellen Vorlauf checkte.

»Da, um 16:55 Uhr kommt eine Person von rechts zur Villa Ria. Klein, gedrungen, lange Haare – vom Phänotyp könnte das mit hoher Wahrscheinlichkeit Karen Riemann sein.«

Die an der Hotelrezeption des *Monte Rainha* erfassten Daten des Gastes entsprachen den Angaben, die Maja Witt ihnen im Pangaio gezeigt hatte: Mario Guerra aus Tomar.

Esteves schnappte sich sein Handy und rief bei Marisa in der PJ an – zum Glück war sie noch da. Er hörte im Hintergrund das Geräusch einer Sprühflasche. *Pft-pft-pft* … Sie marschierte also gerade an ihren Pflanzen entlang und benetzte die Blätter.

»Marisa, ich brauche einen Check.«

»Ich hab einen Stift.«

Er gab die Daten durch: ID-Kennung, Name, Adresse, ausstellende Behörde, Datum und Ablaufdatum. Der Zerstäuber wurde durch das Klappern der Tastatur ersetzt.

»Und die Kreditkarte?«, wandte er sich an Senhor Serra.

»Gar nicht. Er hat bar bezahlt.«

Carlos' Miene spannte sich.

»Um 19:25 Uhr verlässt jemand das Haus und bewegt sich nach …«, Lost schaute über seine Schulter und brachte seine Beobachtung in Deckung mit den Gegebenheiten auf der Übersichtskarte hinter ihm, »… Südsüdwest – also in Richtung Loch 4.«

»Er war zum Abendessen im *O Céu*, der Senhor Guerra«, kürzte Marcos Serra ab, »Sie sehen auf Kamera 5, wie er im Restaurant ankommt.«

»Und hat da auch bar bezahlt?«, hakte Lost nach.

»So ist es. Viele zahlen hier bar.«

»Die Nummer stimmt nicht«, meldete Marisa sich bei Carlos zurück. »Also die Hausnummer in Tomar.«

»Travessa do Vasco No. 11 steht hier, Marisa.«

»Und der Name auch nicht. Er ist im Einwohnermeldeamt nicht gelistet.«

Carlos gab die Info an Leander und Marcos Serra weiter, der seufzte, weil offenbar dunkle Wolken über seinen *public relations* aufzogen. Carlos Esteves stellte das Gespräch auf laut.

»Es gibt keinen Mario Guerra in der Travessa do Vasco«, sagte Marisa. »Es gibt in ganz Tomar keinen. Kann ich sonst was tun für dich?«

»Nein, danke, das wäre es vorerst. Bis morgen.«

»Ja. Aber ich bin nicht im Büro, sondern Ablage machen. Wenn du was brauchst, ruf an. Wenn nicht: até amanha.«

Damit war das Gespräch beendet.

Wie Senhor Serra gesagt hatte, konnte Leander die Ankunft des Gastes Mario Guerra im *O Céu* über Kamera 5 beobachten.

»Der Typ benutzt einen falschen Pass«, konstatierte Carlos.

»Da trifft das *Rainha* aber keine Schuld«, sagte Serra rasch, »wir sind lediglich verpflichtet, die Daten auf dem Pass zu erf…«

Carlos hob abwehrend die offene Hand und Serra schwieg.

»Das sagt doch niemand. Er hat einen falschen Pass benutzt.«

»Statistisch gesehen gibt's diesbezüglich nur zwei Varianten, die einen Sinn ergeben«, sagte Lost, während er die Mitschnitte weiter studierte. »Variante 1: Es ist jemand, der straffällig geworden ist und sich seiner Festnahme im Nachhinein entziehen will. Variante 2: Es ist jemand, der vorhat, eine strafbare Handlung zu begehen und dafür eine falsche Identität annimmt. Ich tendiere zu Variante zwei.«

»Warum?«, fragte Serra.

»Wegen der Logik.«

»Wenn Sie so freundlich wären …«

Leander sah ihn fragend an: »Könnten Sie bitte Ihren Satz vollenden oder einen neuen bilden?«

»Senhor Serra meint, er versteht's nicht, und ob Sie es … ob Sie ihm Ihren Gedankengang vollständig darlegen könnten«, erklärte Carlos. Als ihn Serras beleidigter Blick traf, schob er nach: »Und mir auch.«

Serra nickte: »Könnten Sie so freundlich sein, mir zu erklären, warum Ihnen die zweite Variante logischer erscheint?«

Geht doch, dachte Carlos.

»Gerne«, sagte Lost. »Für eine Person, die dauerhaft untertauchen will, ist es nicht vorteilhaft, einen Pass fälschen zu lassen, dessen Angaben nicht stimmen – weil man damit bei einer beliebigen Verkehrskontrolle aufzufliegen riskiert. Wer auf Dauer in den Untergrund geht, benötigt also gefälschte, aber korrekte Papiere. Das spricht für Variante 2: Die Person benötigte ihre Tarnung nur für kurze Zeit, zum Beispiel, um hier einzuchecken. Danach konnte sie den Ausweis einfach wegwerfen.«

»Klingt plausibel«, sagte Carlos. »Dann ist es gut möglich, dass der unbekannte Gast hier im *Monte Rainha* eingecheckt hat, um seine Tat zu begehen.«

»Zum Beispiel den Mord an Senhora Riemann.«

»Mord? Ist das ganz sicher? Gran dios, sagen Sie bitte, dass das ein Scherz ist.«

»Das ist ein Scherz.«

»Puha«, hauchte Serra und griff sich an die Brust: »Sie ist also nicht ermordet worden?«

»Doch.«

»Aber Sie haben gerade gesagt, das ist ein Scherz.«

»Ja. Weil sie mich gebeten haben, ich solle das sagen. Aber es war keiner. Ich scherze nicht.«

»Das stimmt«, bestätigte Carlos.

Marcos Serra musste sich setzen, ihm wurde etwas schummrig.

»Wenn das bekannt wird …«, sagte er und sprach nicht weiter. Ob aus Atemnot oder weil ihm die passenden Worte für so eine Apokalypse fehlten, war nicht klar.

»Um 20:19 Uhr verlässt er das *O Céu* wieder. Bis jetzt ist niemand sonst aus der Villa Ria aufgetaucht. Also auch Senhora Riemann nicht«, kommentierte Lost seine Beobachtung auf dem Monitor. Carlos trat hinter ihn, um auch einen Blick auf die Bänder zu werfen.

»Er hatte Tisch 6«, sagte Marcos Serra mit schwacher Stimme, »Seezungenfilet in Thymianaromen mit gegrilltem Fenchel, Limonen-Jus und weißem Pfefferschaum. Dazu ein Wasser und zwei Gläser Quinta da Pedra Alta Reserva, Handlese. Das ist ein weißer Dourowein.«

»Wie weit schätzen Sie den Fußweg zwischen der Villa Ria und dem *O Céu*, Senhor Serra?«

»Vier Minuten? Fünf?«

»Dann ergibt sich eine zeitliche Lücke von rund 35 Minuten«, stellte Leander fest.

Der Manager runzelte die Stirn und kam nun auch um den Tisch herum, um Leander über die Schulter zu schauen. Der deutete auf die Gestalt von Mario Guerra, der sich laut der im Bildausschnitt mitlaufenden Uhr exakt um 20:53 wieder in Höhe der Villa Ria einfand und um 20:54 in ihr verschwand.

Carlos blickte zu Serra.

Der sagte: »Nun ja …«

Leander Lost stand auf und warf einen intensiven Blick auf die Übersichtskarte samt der Folie der Bildwinkel aller Kameras.

»Das ist Ihnen noch nicht aufgefallen, oder?«, fragte Carlos mit leicht genervtem Unterton.

»Ich bin hier für Öffentlichkeitsarbeit angestellt, Senhor *Sub*-Inspektor Esteves, nicht als Hercule Poirot. Was weiß ich, warum er so lange gebraucht hat? Vielleicht stand er in der schönen Landschaft und hat telefoniert? Oder er hat einen kleinen Verdauungsspaziergang unternommen.«

Bevor Carlos etwas erwidern konnte, kam ihm Leander Lost zuvor: »Die Richtung, in der der Mann aus dem Restaurant hier am Bildrand verschwindet. Das müsste laut der Folie von den Kameras 18 und 9 aufgezeichnet worden sein.«

Serra trat mit mürrischer Miene an seine eigene Folie: »Ja.«

»Haben Sie die hier?«

»Nein, die geht an den Server. Wir haben nur das Backup von gestern hier im Haus. Die Aufnahmen vom 22. September, die Sie sich hier ansehen, musste ich auch anfordern.«

»Wie lange dauert das?«

Serra sah auf seine Armbanduhr, ein edles Designerstück, versteht sich.

»Na, ich denke vor morgen … da wird sich wohl schlecht was machen lassen.«

»Ich treffe heute Abend in Olhão einen guten Freund zum Essen.«

»Das freut mich für Sie.«

»Der arbeitet für die *Correio da Manhã.*«

Lost erkannte die Lüge – Serra nicht. Der hing bereits an seinem Handy, damit *Inspektor* Esteves nicht ganz versehentlich im Plausch mit seinem Freund eine Information fallen ließ und um zu ermöglichen, dass die benötigten Bänder allesamt hierher geliefert wurden. *Und zwar pronto.*

Denn die *Correio da Manhã* war nicht berühmt für ihre Recherche oder sachlichen Schlagzeilen.

»*Muito obrigado*«, sagte Esteves und meinte es so.

»Warum gehen Sie im fernen Olhão essen? Seien Sie doch Gast im *O Céu*«, schlug er vor und wandte sich hastig auch an Leander Lost: »Sie natürlich ebenfalls, Senhor Lost.«

Dessen Smartphone vibrierte in seiner rechten Brusttasche im Morsealphabet: kurz-lang-lang-lang: *J*. Lang-lang-lang: *O*. Und: kurz-lang-kurz: *R*. Seine interne Abkürzung für Isadora Jordão. Selbst wenn er in einer Situation mal nicht den Anrufer auf dem Display sehen konnte, wusste Leander doch, wer ihn gerade erreichen wollte.

»*Sim*, Senhora Isadora?«

»Sie hatten mich gebeten, den Cloud-Speicher für Fotos bei dem Provider von Senhora Riemann auslesen zu lassen. Ich sende Ihnen gerade die Fotos, die seit Monatsanfang gespeichert wurden. Eine Kopie der kompletten Mediathek geht dann noch an Sie, Graciana und Carlos.«

»Ich danke Ihnen.«

»Haben Sie es mal mit Golf versucht?«, fragte Serra Carlos.

»Nein.«

»Ich weiß, es hat mitunter einen elitären Ruf, aber es ist ein guter, echter Sport.«

Leander ignorierte das Geplauder und sah sich stattdessen die Fotos an, die Karen Riemann vor ihrem Tod geschossen hatte.

Ihn wunderte, dass die Cloud nicht gelöscht worden war.

Möglicherweise hatte Riemanns Mörder das Passwort nicht mehr von ihr erpressen können, weil er sie vorher erschlagen hatte. Schlechtes Timing, sozusagen.

»Ich glaube, ich passe nicht so recht ins Umfeld«, gab Carlos zurück. »Sehen Sie mich mal an.«

»Das Jackett ist doch lässig.«

»Ich muss zu Senhora Witt«, sagte Lost.

Marcos Serra und Carlos schauten ihn an: »Weil?«

Er zeigte Carlos zur Veranschaulichung seiner Aussagen die Rasteransicht der letzten Fotos, die Riemann gemacht hatte, auf seinem Smartphone: »Weil sie uns gegenüber ausgesagt hat, dass Frau Riemann in der Villa Ria ein Foto aufgenommen hat. Von den Ameisen, erinnern Sie sich?«

Carlos nickte.

»Dieses Foto ist hier nicht vorhanden. Wohl aber Fotos vom 22. September.«

»Sie meinen, das Foto könnte ein Indiz sein.«

»Ja.«

»Aber es ist doch gelöscht, oder etwa nicht?«

»Korrekt. Deshalb gehe ich davon aus, dass sich auf diesem Foto – oder mehreren – etwas befindet, das möglicherweise Aufschluss über die Identität des Täters gibt.«

»Aber es ist doch immer noch gelöscht, Senhor Lost. Oder?«

»Ja. In der Cloud. Und das Handy hat vermutlich der Mörder – aber vielleicht hatte Senhora Riemann auf ihrem Rechner am Arbeitsplatz ebenfalls eine Mediathek, mit der ihr Handy sich synchronisiert hat.«

17.

Fuseta lag ihr zu Füßen.

Die Umrisse der Häuser und ihrer Aufbauten zeichneten sich schwarz vor der weiten Fläche des im Mondschein silbrig glitzernden Meeres ab.

Hinter vielen Fenstern brannte Licht, auf einigen Dachterrassen standen Windlichter. Hier und dort war der Grill angeworfen worden, auch unten auf der Straße, wo die Einheimischen und Touristen Wolfsbarsch und Sardinen aßen, Herzmuscheln in einem Sud aus Weißwein und Knoblauch, dazu frisch aufgeschnittenes Weißbrot.

Die Funken des Grills am Kanal, wo die ersten Fischer bereits ihre Boote wieder startklar machten, stoben hoch in den Abendhimmel, orange aufglühend, um dann zu vergehen.

Eine milde Abendstimmung mit einem Rest an Helligkeit tief im Westen. Ein paar einsame Wolken, die sich hierher verirrt hatten, wurden noch von der untergegangenen Sonne bestrahlt und glühten in tiefem Rot auf.

Graciana lehnte am Rand der Dachterrasse in der Virgílio Inglês und genoss die Brise, die feinen Härchen in ihrem Nacken stellten sich auf, ein Kribbeln ging durch ihren Körper.

Noch war sie alleine. Sie hatte auf dem Rückweg von Faro ihre Mutter begrüßt, ihr einen Kuss gegeben und gesagt, sie müsse mit ihrem Vater sprechen. Die Art und Weise, wie Raquel Rosado daraufhin nickte, zeigte Graciana, dass sie im Geheimen damit gerechnet hatte. »Ich warte oben«, hatte Graciana gesagt. Und hier stand sie also, schaute aufs Meer und auf den aufziehenden Sternenhimmel.

Sie hätte nicht sagen können, warum gerade jetzt, aber plötzlich kam ihr ein Erlebnis aus der Kindheit in den Sinn. Ein Morgen, an dem ihr Vater sie, Soraia und Elias geschnappt hatte, um mit ihnen in seinem Schlauchboot mit dem Außenbordmotor hinaus aufs Meer zu fahren. Antonio Rosado war damals ein braun gebrannter Bär mit einem verschmitzten Lächeln. Ein Berg, eine Bastion. Die Frauen schauten ihm nach, aber die eine hatte er schon gefunden, weswegen er die Blicke der anderen nicht erwiderte.

»Schauen wir Delfine?«, hatte Soraia gefragt, denn das war das letzte Mal das Ziel der Fahrt gewesen.

»Nein, heute hören wir Musik«, hatte Antonio geantwortet und gestrahlt. Graciana meinte noch heute zu sehen, wie die Sonne in seinen Augen reflektierte.

Und was er dann sagte, begriffen ihre Schwester, ihr Bruder und sie nicht, dafür waren sie noch zu klein, nämlich acht und neun und zwölf, aber Graciana merkte sich den Satz – vielleicht sogar gerade deshalb. Er sagte: »Wir hören etwas, was euch für immer begleiten wird.«

Er stoppte den Motor, packte sie drei und sprang mit ihnen auf dem offenen Meer über Bord.

»Legt ein Ohr aufs Wasser«, sagte ihr Vater und tat es dann selbst, um ihnen zu demonstrieren, wie genau er sich das vorstellte. Er ließ sich auf dem Rücken treiben, Toter Mann, und wendete den Kopf zur Seite. Sie taten es ihm gleich.

Und was sie hörten, bohrte sich tief, tief in ihre Persönlichkeit.

Was sie hörten, war der Gesang der Wale. *O Canto das Baleias*.

Ein Dröhnen, Jauchzen, Pfeifen, dumpf durch das Wasser und dann wieder hell. Ein feines, urtümliches Gewisper, kilometerweit. Graciana wusste noch ganz genau, wie sich das anfühlte. Wie sie zu zerfließen meinte und sich zugleich aufgehoben fühlte und unendlich geborgen. Und eins auch mit den anderen. Alle miteinander verzaubert.

Das Rollen der Gummiräder auf den Fliesen der Dachterrasse hinter ihr.

Sie rührte sich nicht.

Antonio rollte neben sie und kam an der Mauer zum Stehen. Sie wechselten keinen Blick, sie schauten gemeinsam aufs Meer.

»Was gibt es?«

Stille. Der Mond. Das Meer. Die Brise.

Sie hockten ein paar Augenblicke nebeneinander. Stumm. Sie hörten dem Wind zu und beobachteten die Lichter des kleinen Ortes.

»Weißt du mehr als ich?«, fragte er schließlich.

»Nein«, log sie.

Sie sah das Nicken ihres Vaters aus den Augenwinkeln.

Dann lehnte sie den Kopf zur Seite. Musterte sein Profil. Das vorgeschobene Kinn.

»Muss ich mir Sorgen machen?«, fragte er weiter.

»Nein.«

»Was ist mit dem Toten?«

»Ich hab Raul darauf angesetzt.«

Antonio nickte: »Das ist gut.«

Wieder der Blick aufs Meer.

Sie schwiegen und waren eins in diesem Moment, das spürten sie wohl beide.

Elias gesellte sich zu ihnen, auch das war unausgesprochen klar. Manchmal hatten sie ihn vergessen, verdrängt aus ihrem Alltag, und wenn sie sich selbst dabei ertappten, empfanden sie Schuld und Scham. War es normal, dass man nach vielen Jahren einen Tag durchlebte, an dem er in Gedanken nicht ein einziges Mal auftauchte? Oder vermisste man ihn einfach nicht genug? Hatte man ihn dann überhaupt geliebt? So tief, wie man glaubte, wie es einem die Erinnerung weismachen wollte?

»Deine Schwester war heute hier.«

»Schön«, sagte Graciana mechanisch, weil die Bemerkung ihr einvernehmliches Schweigen brach. »Hast du eine Zigarette für mich?«

Er reichte ihr eine Selbstgedrehte und steckte sich auch eine in den Mund. Dann zückte Antonio Rosado sein Feuerzeug. Graciana beugte sich zu ihm. Ganz nah, sie hielten die Zigarettenspitzen in die Flamme. Die Spitzen glommen auf und erhellten ihre Gesichter.

Dann schauten sie wieder über die Schattenrisse der Häuser. Die Antennen und SAT-Schüsseln hoben sich schwarz gegen den Himmel ab, alles wirkte wie ein großer Scherenschnitt.

»Was für ein schönes Bild«, sagte sie.

Ihr Vater nickte, sie sah es aus den Augenwinkeln.

»Wirst du nicht müde, darauf zu schauen?«

»Nein«, sagte Antonio Rosado ruhig.

»Ich auch nicht.«

Ihr stiegen die Tränen in die Augen. Sie fühlte sich ihrem Vater so nahe wie als kleines Mädchen, als er Soraia und ihr abends im Bett Geschichten erzählte, in denen sie natürlich immer die Heldinnen waren, bis sie schließlich eingeschlafen waren. Behütet und beschützt.

»Denkst du, das oben am São Miguel waren die Männer von damals?«, fragte er schließlich. Und sie hatte mit der Frage gerechnet.

Ja, wollte sie sagen, *das waren sie. Natürlich.*

Denn für Graciana lag es auf der Hand. Einer von denen hatte Elias ins Herz geschossen und ihren Vater in den Rollstuhl. Was auch immer in der Zwischenzeit geschehen war, ob sie wegen anderer Taten eingesessen hatten oder woanders neue begangen hatten, spielte für Graciana auch keine Rolle. Sie waren es gewesen, und nun waren sie wieder da. Und kaltblütig genug, um genau hier erneut zuzuschlagen.

Stattdessen schwieg sie.

»Diese Frage haben mir heute auch schon zwei Menschen gestellt, Graciana. Deine Schwester und deine Mutter.«

Deshalb war Soraia hier gewesen.

»Was hast du gesagt?«

»Ja. Ich habe ›Ja‹ gesagt. Ich weiß nicht, wie du darüber denkst, aber für mich ist es klar.«

Sie schaute ihn an. Er zog an seiner Zigarette, die Glut leuchtete auf und damit sein altes, noch immer schönes Gesicht.

»Deine Mutter«, sprach er weiter, »sie hat mich gefragt, was ich tun würde, wenn der Mann, der … der auf Elias geschossen hat, hier vor mir stünde.«

»Und?«

»Ich habe geantwortet, dass er dieses Haus nicht lebend verlassen würde.«

»Ja«, sagte sie unwillkürlich. Einfach nur *ja.* Bevor ihr Verstand es stoppen konnte.

Sie sah, wie ihr Vater aufmerkte, wie zwei Gefühlsregungen aufblitzten – Stolz und Sorge.

»Und Mãe und Soraia?«

»Deine kleine Schwester hat den Kopf geschüttelt. Und Raquel …« Kurz zog ein sentimentales Lächeln über sein Gesicht, dann atmete er einmal durch. »Sie hat gesagt, ich würde für meine Rache die Zukunft von ihr und euch zerstören. Sie war … *richtig* wütend.«

Graciana nickte. Sie hatte verstanden.

»Wird frisch jetzt«, fügte er hinzu, wendete den Rollstuhl und fuhr zurück zur Terrassentür, um sich vom Treppenlift nach unten befördern zu lassen.

Graciana stand alleine.

All das galt und war wahr.

18.

Maja Witt führte Carlos und Leander zu ihrem Büro.

Heavenly Homes stand in einer pinken, verspielten Schreibschrift auf einem weißen Holzschild, das über der Tür angebracht war. In der Scheibe rechts neben dem Eingang hingen Farbfotos einiger Immobilienobjekte. Ein paar Neubauten, einige Grundstücke mit Ruinen samt Baugenehmigung, außerdem zwei Häuser und ein paar Apartments. Das Büro selbst bestand nur aus einem Raum, in dem zwei Schreibtische mit Computern und Telefonen samt Stühlen für Besucher standen. Dahinter zwei identische Holzregale mit Büchern und Aktenordnern.

»Einen kleinen Moment«, sagte Maja Witt und ging zu dem Computer auf der linken Seite, schaltete ihn ein. Nachdem er hochgefahren war, gab sie den Rechner mit dem Passwort frei.

»Bitte.«

Leander nahm Platz und öffnete die Mediathek, Kachel für Kachel wurden die einzelnen Bilder sichtbar. Und tatsächlich: Es wurden mehr Fotos angezeigt, als Isadora Jordão heruntergeladen hatte.

»Diese drei gibt es in der Cloud nicht mehr«, sagte er Carlos und klickte sie an: Innenaufnahmen eines Hauses.

»Das ist die Villa Ria, oder?«, fragte Carlos an Witt gewandt.

Sie nickte: »Das ist die Küche. Mit Blick auf den Golfplatz, hier durchs Fenster.«

Sie deutete auf das Fenster, über das man einen Ausschnitt des Greens sah.

Ein Teil des Wohnzimmers und dann Ameisen am Boden an einer Ecke der Küche.

Carlos beugte sich weit vor und schaute sich die drei Fotos genauer an. »Haben Sie schon etwas entdeckt, das im Tätersinne irgendwie auffällig erscheint?«, fragte er Leander, doch der verneinte. »Bis jetzt nicht. Aber der Täter hat nur diese drei Fotos gelöscht. Auf einem davon oder auf allen dreien muss es einen Hinweis auf das Mordmotiv geben. Wenn nicht, wäre nicht plausibel, weshalb sogar Folter angewendet wurde, um das Cloud-Passwort zu erpressen.«

»Karen ist gefoltert worden?« In Witts Blick war Entsetzen getreten.

»Ja. Haben Sie eine Idee, was sie fotografiert haben könnte und vielleicht nicht zur Villa Ria gehört?«, fragte Lost und drehte den Monitor, damit sie die Fotos besser sehen konnte.

»Gott, die Arme … hat er noch mehr … an ihr … *vorgenommen*?«

»Man hat ihr Steine in die Kleidung gepackt, um sie im See zu versenken.«

Die Maklerin sah Lost irritiert an. Carlos räusperte sich.

»Wenn Sie das meinen«, übernahm Carlos. »Nein. Sie ist nicht vergewaltigt worden.«

»Sehen Sie hier vielleicht Dinge, die nicht ins Haus gehören?«, fragte Lost.

»Das hier gehört nicht dazu«, sagte die Immobilienmaklerin. Und zählte dann in Folge auf den Fotos auf: zwei Stifte, ein Block Papier, eine Weinflasche, zwei Tageszeitungen, ein Stock. Mehr entdeckte sie nicht. Und Carlos Esteves und Leander Lost erging es nicht anders.

Sie kopierten die Fotos für eine genauere Analyse durch Mãe und verabschiedeten sich.

Marcos Serra fanden sie sehr aufgeräumt in seinem Büro wieder.

»Ich habe die Bänder«, verkündete er stolz, »und ich habe schon etwas herausbekommen.« Er hatte eine Flasche Weißwein geöffnet, an der sich auch Carlos gerne bediente.

Serra deutete auf den Monitor vor sich, auf dem ein neuer Bildausschnitt des Golfresorts zu erkennen war, der Blick Richtung Sternerestaurant. Er drückte auf Play. Aus dem Eingang trat ein Mann, der sich anschließend über den befestigten, unbeleuchteten Weg auf die Kamera zubewegte, die in einer Laterne untergebracht war. »Gestatten«, sagte Serra, »das ist unser Gast mit dem falschen Namen: Mario Guerra. Und gleich werden Sie auch sehen, warum ich mir da so sicher bin.«

Der Mann passierte zunächst ein Ferienhaus, schaute sich unauffällig um und näherte sich dem Objekt über einen durch eine Hecke geschützten Weg. Dann verschwand er hinter der Hecke. Es war nicht zu sehen, was er dort tat – doch dann erlosch das Außenlicht über der Eingangstür.

»Was ist das für ein Haus?«, fragte Esteves.

»Das ist die Nummer 22«, Serra schob den Lageplan des *Monte Rainha* über die Tischplatte in den kreisrunden Lichtkegel der Schreibtischlampe und tippte auf ein Haus, »die Villa Vinte-e-Dois«.

»Einfallsreicher Name«, stellte Carlos fest, »ganz offensichtlich weiß er, wo sich die Hauptstromleitung zu dem Haus befindet und wie man sie kappt, ohne dass der Hausalarm ausgelöst wird.«

Serra nickte: »Ja, er hat den Alarm auch stillgelegt. Anschließend passiert zehn Minuten lang nichts.«

Er spulte vor, bis wieder Bewegung in das Video kam – die Gestalt verließ das Haus über die Eingangstür, wischte mit einem Tuch über den Türknauf und machte sich auf den Weg zurück.

»Wer hatte sich an dem Abend dort eingemietet?«

Marcos Serra nickte mit einer Spur Stolz, weil er auch das bereits recherchiert hatte: »Eine Senhora Nadine Deveraux aus Vichy. Während der Mann sich an ihrem Haus zu schaffen machte, saß sie übrigens im Restaurant. Das hier sind ihre Kontaktdaten, die wir beim Check-in aufgenommen haben.«

Er reichte Carlos eine fein säuberlich beschriftete Karteikarte. Es handelte sich um ihre Anschrift in Vichy und eine Kontaktmöglichkeit via Mail oder Mobilnummer.

Carlos wählte umgehend ihr Handy an, es gab ein Klicken, dann meldete sich auf Französisch eine weibliche Stimme. Er versuchte es auf Englisch, aber die Frau am anderen Ende sprach beharrlich weiter ihre Sprache: *»Non, je ne suis pas Madame Deveraux. Je suis sa secrétaire, Madame Leroc.«*

»Ich glaube, das ist sie nicht selbst. Falsche Nummer vielleicht?«

»Monsieur?«

Carlos reichte sein Handy an Serra, der aber keine Anstalten machte, es entgegenzunehmen: »Was soll ich damit?«

»Sie können doch sicher Französisch, oder? Bei so vielen französischen Touristen hier in der Gegend.«

»Nicht bei uns! Die meisten Franzosen fahren auf die Campingplätze. Zum Ärger der Wirte, wie ich weiß, weil sie nämlich nicht in Restaurants essen, sondern sich ihr eigenes Essen auf den Plätzen brutzeln. Sogar im Winter! Um zu sparen.«

»Monsieur?«

Carlos seufzte und warf Leander einen ratlosen Blick zu.

»Sie können nicht zufällig ein wenig Französisch?«

Auf eine Fragestellung, deren Antwort man durch die Arbeit einiger Synapsen eigenständig hätte erbringen können, hatte Tucker eine passende Replik (Kap. 4-2: *Sprachökonomische Bumerange*):

»Ist Wasser nass?«

Leander nahm ihm das Gerät ab.

»Was hat sie gesagt?«, fragte Carlos, als Lost aufgelegt hatte.

»Es war tatsächlich die Sekretärin. Senhora Deveraux hat beruflich in London zu tun. Vor morgen, 11:45 Uhr, gibt es keinen freien Platz in ihrem Terminkalender. Den habe ich vorsorglich geblockt.«

»Na, fein – danke. Senhor Serra, wann ist Senhora Deveraux aus dem *Monte Rainha* wieder abgereist?«

Serra schenkte Carlos und sich nach und warf dann einen Blick in seinen Rechner.

»Am 23. September«, sagte er, »also am Morgen danach.«

»Hat sie beim Check-out irgendwas erwähnt? Dass sie irgendetwas vermisst, zum Beispiel?«

Serra scrollte hinunter und schüttelte dann den Kopf: »Wir haben hier extra einen Bereich, in dem Beschwerden und Kritik dokumentiert werden …«

»Und was steht da?«, unterbrach Carlos.

»Nichts,«, antwortete er mit einer gewissen Selbstverständlichkeit in der Stimme, »wie üblich.«

TAG FÜNF

19.

»Sie sind Leander Lost«, sagte Miguel Duarte.

»Das ist korrekt. Und das ist Soraia Rosado, meine Lebensgefährtin.«

Miguel saß – den Kopf frisch verbunden – auf der Bettkante in seinem Einzelzimmer und musterte beide mit einer Mischung aus Neugierde und Befremden. Diese distanzierte Miene sollte bis auf Weiteres zu seinem dauerhaften Gesichtsausdruck werden.

»*Bom dia, Senhor Duarte*«, sagte Soraia und lächelte ihn freundlich und aufmunternd an.

»*Bom dia*«, sagte er, »kannten wir uns … vorher?«

»Ja, viele Jahre. Ich bin die Schwester Ihrer Vorgesetzten, Graciana Rosado.«

»Und haben wir uns geduzt?«

»Ja, Miguel.«

Er nickte und betrachtete sie mit einem intensiven Blick. Er tastete ihr Gesicht ab, die Augen, ihre ganze Erscheinung. Er bemühte sich mit aller Kraft, etwas wiederzuerkennen. Aber es stellte sich nicht ein.

Er schüttelte den Kopf. »Keine Erinnerungen.«

»Der Neurologe sagt, dass Ihre persönliche Erinnerung lediglich blockiert ist«, stellte Leander fest, »wir haben ein paar Anknüpfungspunkte an Ihr Leben vor Ihrer Verletzung. Vielleicht hilft Ihnen das, einen Zugang zu finden.«

»Aha.«

Seine Reaktion gab ihnen keinerlei Anhaltspunkt dafür, wie er über diesen Plan dachte. Er sagte es, als könne er an diesem Vorhaben teilnehmen – oder es genauso gut sein lassen. Miguel Duarte wirkte unbeteiligt, als ginge ihn das alles im Grunde gar nichts an.

Er richtete seinen Blick wieder auf Leander, musterte ihn sehr genau: »Halten Sie das für den richtigen Schritt, Senhor Lost?«

»Ja, ich halte das für einen sehr sinnvollen Schritt.«

Duarte nickte. Offensichtlich gab ihm Leanders Entschiedenheit die notwendige Sicherheit, sich auf diesen Plan einzulassen.

»Wir haben dir etwas zum Anziehen mitgebracht – es ist aus deiner Wohnung.«

»Wo liegt die?«

»Hier in Faro.«

Sie reichte ihm einen hellgrauen Anzug samt Hemd und Schuhen und Unterwäsche. Duarte schaute alles an, als hätte er noch nie vergleichbare Kleidungsstücke gesehen, geschweige denn: sich selbst gekauft, weil er sie schön fand.

Sie verließen die Klinik zu Fuß. Miguel hatte bereits am Morgen ein paar beaufsichtigte Runden mit Doutora Oliveira und dem Neurologen absolviert. Im Anschluss hatte man ihn durchgecheckt. Seine Werte waren in Ordnung gewesen. Das behandelnde Team befand es für gut, dafür zu sorgen, dass er sich so schnell wie möglich wieder in sein altes Leben einfand. Zum einen, damit er seine motorischen Fähigkeiten nicht verlernte, zum anderen, weil persönliche Dinge am ehesten geeignet waren, die Erinnerungsblockade aufzubrechen – im Gegensatz zu einem sterilen Krankenzimmer, das keinen Anknüpfungspunkt an sein bisheriges Leben für ihn bereithielt.

Duarte ging dicht neben Leander, weil er selbst Unsicherheit verspürte, während der Kollege aus seinem alten Leben offensichtlich haargenau wusste, was zu tun war. Schon an der ersten

Kreuzung, wo Soraia ihren alten Renault abgestellt hatte, deutete Duarte auf einen Herrenausstatter schräg gegenüber: *Trindade e os filhos*.

»Das kenne ich.«

»Ein Herrenausstatter«, erklärte Soraia, »du legst großen Wert auf ein gepflegtes, modisches Äußeres.« Sie setzten sich in den Wagen, Lost und Duarte hinten, und schnallten sich an.

»Maßanzüge sind ganz schön teuer. Was verdiene ich denn im Monat?«, fragte Duarte, nachdem sie losgefahren waren.

»Da wir den identischen Dienstrang bekleiden«, antwortete Leander, »gehe ich davon aus, dass Sie auch mit 2.140 Euro brutto besoldet werden.«

»Du weißt, was *brutto* bedeutet, Miguel?«

»Ja. Vor Steuern.«

»Korrekt.«

Die ganze Zeit während Soraia den Wagen so behutsam wie möglich durch Faro steuerte, plötzliche Bremsungen vermied und beim Anfahren an den Ampeln nur behutsam beschleunigte, schaute Duarte hoch konzentriert aus dem Fenster. Immer auf der Suche nach einem Anhaltspunkt.

Da waren Straßen oder Restaurants, von denen er sicher war, sie zu kennen. Bloß woher? Was hatte er dort gemacht? Mit wem? Dienstlich oder privat?

»Weißt du, was das Ergebnis von 4 mal 9 ist?«

»36.«

»Der Name deines Vaters?«

Duarte senkte den Blick, er starrte auf die Fußmatte im Auto, auf seine Schuhspitzen, er kniff die Augen zusammen vor Konzentration – aber es half nichts.

»Ich weiß nicht.«

»Das ist nicht schlimm«, sagte Soraia sofort und tastete mit ihrer Hand blind nach hinten, bis sie seine berührte und umfasste und drückte. Miguel erwiderte den Druck. Er schien ihn tatsächlich ein wenig zu trösten.

Sein Apartment in der Avendia da República befand sich im ersten Stock eines größeren Mietshauses westlich der Marina, das ihm einen großen Balkon mit dem direkten Blick auf die Ria Formosa erlaubte und auf die Boote, die über die Lagune bis ins offene Meer steuerten.

Dem Miguel Duarte von »früher«, erinnerte Soraia sich, war die Formosa eher ein Ärgernis. »Bei Ebbe eine matschige Landschaft mit Zehntausenden Krebsen und Vogelgeschrei und dem Gestank von Meerboden. Und an Pflanzen nur Bodendecker und Gestrüpp, so weit das Auge reichte – ich würde den Atlantik gerne direkt sehen«, hatte sie sein Missfallen noch im Ohr. Er hatte das Apartment trotzdem genommen und nach seinen Vorstellungen umbauen lassen, denn die Lage direkt am Wasser wurde auf dem Immobilienmarkt von allen geschätzt. Für ihn war es vor allem eines gewesen: ein Statussymbol.

Er erkannte nichts wieder.

Selbst sein Namensschild neben der Klingel war für ihn neu. Die Stufen, das Treppenhaus, seine ganze Wohnung. Alles war sauber und gepflegt, was nicht schwerfiel bei der spärlichen Möblierung. Ein großes Futonbett neben einer Schrankwand, die Küche hochmodern und auch blitzblank.

Miguel begutachtete den Herd.

»Koche ich gern? Der Herd sieht so unbenutzt aus.«

»Ich weiß es nicht, Senhor Duarte«, antwortete Lost, während er sich ebenfalls umsah. Offensichtlich war auch ihm der Ort eher fremd.

Duartes Blick wanderte zu Soraia: »Habe ich euch nie eingeladen?«

Sie schüttelte den Kopf.

»Warum nicht?«

»Ich weiß nicht. Miguel«, sagte Soraia.

»Dann hatten wir kein enges Verhältnis.«

»Nein«, bestätigte Leander.

»Aha.«

Der Blick in den Kleiderschrank löste bei ihm ebenso wenig aus wie jener auf die Lagune, was Soraia betrübte. Wenn Duarte sich an etwas erinnern können sollte, dann doch wohl seine geliebten Anzüge. Doch auch diese Hoffnung war vergebens.

In dem Gebäude der Kripo verhielt es sich nicht anders. Er erkannte Marisa nicht, Tochter eines Konditormeisters, die ihn umgehend mit ein paar Plätzchen versorgte. Auch Isadora Jordão war ihm nicht bekannt. Doc, der in seinem Korb lag, knurrte nicht, als er Duarte sah. Vielmehr stand er auf, tippelte ihm entgegen und beschnüffelte seine Hand.

Isadora beobachtete das ebenso interessiert wie Leander, denn früher hatte Doc verlässlich geknurrt, sobald er Miguel Duarte erblickte.

»Mochte ich Hunde?«

»Eher nein«, bekannte Isadora.

Miguel zögerte kurz, dann streichelte er den Dobermann sanft am Kopf, was Doc sichtlich gefiel.

»Er mag's«, sagte Duarte und lächelte jetzt das erste Mal, seit sie die Klinik verlassen hatten.

»Erstaunlich«, sagte Isadora mit hochgezogener Augenbraue zu Soraia, die ihrer Verwunderung mit einem angedeuteten Achselzucken Ausdruck verlieh.

Im ersten Stock trafen sie auf Graciana und Carlos, die ihre Arbeit unterbrachen und das Trio begrüßten.

»Miguel, schön dich zu sehen.« Graciana drückte seine Hand besonders lang und herzlich, »wie geht es dir?«

»Ganz gut. Aber es ist noch alles neu für mich. Also: wirklich alles.«

»Lass dir Zeit, hetzt ja keiner«, sagte Carlos aufmunternd.

Miguel ließ den Blick durch den Raum schweifen, über die Schreibtische, die Computer, die Stühle, den großen Fernseher.

»Wofür ist der Fernseher? Werden hier Filme geschaut?«

»Manchmal«, sagte Carlos, »zum Beispiel Mitschnitte aus Überwachungskameras. Aber eigentlich wollten wir beide das Ding gerne haben für Fußballübertragungen.«

Carlos schenkte ihm ein konspiratives Grinsen.

»Ah ja. Wir … wir haben hier Fußball geguckt, du und ich?«

»Hin und wieder, ja. Weißt du, was dein Lieblingsclub ist?«

»Nein.«

»Der FC Porto«, log Carlos.

Graciana und Soraia verdrehten die Augen.

»Aha. Und welcher ist mein Tisch?«

»Ich zeig ihn dir, komm«, sagte Graciana und führte ihn über den Flur in einen anderen Raum, in dem sich nur ein einziger Tisch samt Stuhl befand.

Miguel sah sich nicht lange um, sondern stutzte jetzt sofort.

»Warum habt ihr mich abseits von euch hier arbeiten lassen?«

»Weil du das so gewollt hast«, antwortete Graciana ruhig.

Duarte blickte ihr ins Gesicht auf der Suche nach einem Scherz, aber er wurde nicht fündig. Ihre Aussage machte ihn offensichtlich nachdenklich.

In dem Augenblick näherten sich schnelle Schritte, dann stand Isadora in der Tür. »Nennt es Spielerei oder Langeweile«, begann sie ohne Umschweife. »Ich habe die Fingerabdrücke aus der Villa Ria mit denen des unbekannten Toten abgeglichen: Volltreffer.«

Duarte, der hier mit ratloser Miene und mittendrin doch ganz alleine unter ihnen stand, hätte noch vor einer Woche jede noch so kleine Erkenntnis seinerseits lautstark beweihräuchert. Isadora hingegen stellte ihr Licht gerne eher unter den Scheffel.

»Großartig«, lobte Graciana, die das nur zu gut wusste.

»Der Mann mit dem Tarnnamen Mario Guerra ist also der Tote«, stellte Carlos Esteves fest.

»Ja. Zwei Tage vor dem Überfall auf den Werttransporter hat er im Monte Rainha übernachtet«, sagte Isadora.

»Und ist dort in das Ferienhaus eingestiegen, das von Senhora Deveraux angemietet worden war«, ergänzte Lost.

»Aber wir wissen nicht, wer sich hinter dem Namen verbirgt«, sagte Graciana.

Carlos nickte.

Immerhin. Es war eine Parallele – hing der Aufenthalt im *Monte Rainha* also mit dem Überfall zusammen?

»Sagt dir das was«, wandte Soraia sich an Miguel, »der Überfall am Berg?«

Sofort waren alle still. Sie hatten in der Begeisterung über die neue Information kurz vergessen, dass Miguel vermutlich kein Wort verstand. Tatsächlich schüttelte der den Kopf. Das Gespräch der Kollegen war für ihn ein einziges Rätsel.

»Ich weiß«, sagte er in die Stille hinein, »dass *Monte Rainha* ein Golfresort ist. Aber ich weiß nicht, ob ich da war.«

Duartes Stimme klang müde und zunehmend verzweifelt.

»Kannst du tanzen, Miguel?«, fragte Soraia, und alle schauten sie verwundert an.

»Ich … ich weiß nicht.«

»Okay«, sagte Soraia, ging zum Radio und drehte es auf. Es lief ein *Mas Que Nada*.

Sie lächelte und ging auf Duarte zu, den einen Arm erhoben, den anderen angewinkelt.

»Darf ich bitten?«

»Lass es langsam angehen, So«, ermahnte Graciana sie sanft.

»Keine Sorge. Wir machen kleine Schritte.«

Für einen Moment stand Duarte nur reglos da.

Dann war es, als würde in den Tiefen seines Körpers und Gehirns ein Programm aufgerufen. Miguel ging in die Grundstellung und nahm Haltung an – hier war unverkennbar, dass er Sohn eines Vaters war, dem Grandezza über alles ging –, um dann mit Soraia in seinem sonst leeren Büro einen Samba zu tanzen.

Duarte war, das musste man ihm lassen, ein ausgezeichneter

Tänzer, der den Rhythmus im Blut hatte und Soraia hervorragend führte. Er erwiderte jetzt sogar das aufmunternde Lächeln, mit dem sie ihn bedachte.

Nach dem letzten Takt drückte Soraia noch einmal Duartes Hände fest. Er sah glücklich aus. Alle im Raum waren ergriffen und schwiegen.

Am meisten staunte Leander. Der Anblick dieses tanzenden Paares, Soraia mit Miguel, hatte spürbar seine Herzfrequenz erhöht, ohne dass ihm eine Begründung dafür eingefallen wäre. Auch war ihm wärmer geworden und der Mundraum trocken. Wie bei einem Fieberschub. Er schluckte leer. Lost empfand einen leichten Druck auf seinem Brustkorb, ein merkwürdiges Ziehen, das er noch nie gespürt hatte.

Das letzte Mal, als er wegen Herzklopfens einen Kardiologen aufgesucht hatte, war der nach wenigen Minuten zu einem belustigten Lächeln übergegangen.

»Sie sind verliebt, Senhor Lost«, diagnostizierte er, »Ihr Herz funktioniert einwandfrei. Sie sind kerngesund.«

Auf einmal hatte es Sinn ergeben, dass seine Herzfrequenz immer sprunghaft nach oben gegangen war, wenn er sich in der Nähe von Soraia befunden hatte. Und Hunger hatte er in ihrer Anwesenheit auch nie verspürt. Für den Herzspezialisten passte das alles.

Dieses Mal, während sie mit Duarte tanzte, konnte es da schon wieder Verliebtheit sein?

Der Kardiologe würde ihm in ein paar Tagen von etwas erzählen, was Leander aus der Literatur kannte, aber vermutlich noch nie empfunden hatte: Eifersucht.

»Ja«, sagte Soraia nun anerkennend, »du *kannst* tanzen, Miguel. Du konntest es früher, du kannst es immer noch ganz genauso. Du hast dich nur nicht mehr daran erinnern können.«

»Genau«, pflichtete Carlos ihr bei, »wie heißt dein Vater, Miguel?«

Das Lächeln von Miguel erstarb mit jeder Sekunde, mit der er darauf keine Antwort geben konnte. Er versuchte sich zu konzentrieren, seine Lippen bewegten sich, als murmle er irgendein geheimes Mantra, das ihm die verschlossene Tür zum Namen seines Vaters öffnen würde.

Carlos blickte zu Boden – seine Frage machte die fragile Hoffnung zunichte, die beim Anblick des Tanzes von ihnen allen Besitz ergriffen hatte.

»Ah, das war eine blöde Frage«, erkannte Carlos Esteves zerknirscht, aber es war zu spät.

Während Graciana sich von Carlos über all die Informationen in Kenntnis setzen ließ, die er am Vortag zusammen mit Leander Lost im *Monte Rainha* und *Heavenly Homes* gesammelt hatte, fuhr Lost mit Soraia und Miguel zurück in die *Casa Canto das Baleias*. Graciana hatte ihn für den Rest des Tages vom Dienst entbunden, damit er an Duartes Seite blieb und sie sich ganz auf die Ermittlung der Täter konzentrieren konnte.

Carlos dagegen hätte sie nicht einfach wegschicken können.

Da Miguel auf dem Weg über die N 125 von Faro über Olhão der Magen knurrte und auch Soraia und Leander ein wenig Hunger hatten, legten sie dort einen Zwischenstopp ein.

Die Stadt der Würfel verdankte ihren Spitznamen den kubisch wirkenden Häusern, die gleichzeitig den maurischen Einfluss symbolisierten und zwischen denen viele kleine und enge Gassen verliefen und wo Geschäfte und kleinste Restaurants so versteckt lagen, als wollten sie lieber gar nicht erst entdeckt werden.

Oben auf den Häusern, die sich meist nicht mehr als zwei oder drei Stockwerke in die Höhe reckten, gab es zahllose Dachterrassen, die *Açoteias*. Ganz so, als verfüge die Stadt noch über eine zweite Ebene, auf der sich ab dem späten Nachmittag und erst recht am Abend ein gesondertes Leben abspielte.

Auf jeden Fall gab es niemanden, den der Anblick eines Sonnenuntergangs von hier oben nicht verzauberte – mit einem Farbverlauf von gesättigtem Gelb bis zum tiefen Blau des Atlantiks.

Olhão hatte lange gut vom Fischfang gelebt und sogar Konservenfabriken unterhalten, die heutzutage leer standen.

Seinen Platz in der Geschichte sicherte Olhão sich aber 1808. In dem Geheimvertrag von Fontainebleau ein Jahr zuvor hatten das spanische und französische Königshaus eine Vereinbarung getroffen: Die napoleonischen Truppen durften Spanien für die Eroberung Portugals durchqueren. Und im Gegenzug würde Spanien die Algarve zum Dank für diesen Verrat erhalten.

Die Geschichte der beiden Staaten auf der Iberischen Halbinsel war durchsetzt von Übergriffen der Spanier auf den kleineren Nachbarn, doch diese Episode war besonders unappetitlich und den Portugiesen bis heute im kollektiven Gedächtnis.

Lissabon fiel am 30. November 1807, der portugiesische König João VI. floh ins Exil nach Rio de Janeiro.

Nachdem die Franzosen auch Faro und Teile der Algarve besetzt hatten und die Steuern in astronomische Höhen schraubten, erhoben sich die Fischer von Olhão und leisteten zusammen mit anderen Gemeinden Widerstand.

Die Sache gipfelte in einer Schlacht zwischen Moncarapacho und Olhão und führte in der Folge erst zu dem Rückzug der Franzosen an der Küste und aus dem ganzen Land, wobei die Briten die Portugiesen unterstützten.

Siebzehn Männer aus Olhão legten daraufhin – von Begeisterung über die Geschehnisse ergriffen – am 6. Juli an der Ria Formosa ab und schipperten mit einem Einmaster namens *Bom Successo*, der eigentlich eher für flache Gewässer konstruiert worden war, über den Atlantik. Ausgestattet mit einer Seekarte, die es mit den maritimen Gegebenheiten und Küstenverläufen und Distanzen im Allgemeinen etwas lax nahm, gelang ihnen das Husarenstück, Brasilien zu erreichen. Nach zweieinhalb Monaten Überfahrt, am 22. September 1808, verkündeten sie dem König höchstpersönlich die frohe Kunde – und der erhob dafür dankend Olhão zur Stadt und gab ihr den Beinamen *da Restauração*: Stadt der Wiederherstellung.

Der Ort verfügte auch heute noch über keinen eigenen Strand und lag relativ weit von den vorgelagerten Inseln Armona und Culatra entfernt. Im Gegensatz zu anderen Küstenorten an der Ostalgarve konnte man hier nicht innerhalb weniger Minuten mit der Barkasse oder dem Wassertaxi übersetzen – was Olhão das Glück bescherte, in den Ferien nicht an Touristenströmen zu ertrinken. Sicher, es gab immer ausreichend Gäste, besonders die Promenade mit ihren Restaurants war gut besucht. Aber schon hundert, zweihundert Meter stadteinwärts nahm mit jedem Schritt die Zahl der Touristen ab und das wirkliche Leben der ansässigen Portugiesen übernahm das Straßenbild, wodurch Olhão bis heute seine Authentizität bewahrt hatte.

Es war auf erfrischende Weise ungehobelt. Und eines der ungehobeltsten Lokale war zweifellos das *Escondido*.

Es befand sich in einer schmalen Gasse, der Rua Dr. Manuel Arriga, 50 Meter hinter einem kleinen Supermarkt, dessen einstufiger Eingang auf einer Hausecke lag und der mit einem bunten Schild auf einem dünnbeinigen, roten Ständer Eissorten anbot. Zwei der Fenster waren mit schönen Fotos von Gemüse und einem Rotwein verziert – drinnen sah es anders aus. Dunkel, eng, die Besitzerin hielt hier noch einen ausgiebigen Plausch mit ihren Kunden aus der Nachbarschaft.

An der zweiten Kreuzung dahinter lag das Escondido. Es sah bis auf vier Tische mit Holzstühlen und schwarzen, flachen Sitzkissen gar nicht nach einem Lokal aus. Lediglich eine Nationalflagge aus Plastik hing in der Windstille über der dunkelgrünen Doppeltür, von der nur eine Seite offen stand.

Aber es war der Geruch, der das Lokal in dem Gebäude verriet, das auf den ersten Blick wie ein Wohnhaus wirkte. Die Fenster mit dünnen, weißen Eisenstäben in Rautenform gesichert. Im ersten Stock kleine Austritte mit geschwungenen Geländern.

Das *Escondido* war ein Lokal, in dem es nur fünf oder sechs Gerichte gab, die je nach Angebot des Marktes und der Laune des Koches variierten.

Der Innenraum bestand aus einer Theke, einer Vitrine mit Fischen und drei Tischen sowie einem Fernseher. An einem der Tische hatten sich die Enkel ausgebreitet, ein Mädchen, ein Junge, zehn und elf Jahre. Sie starrten entweder auf den Fernseher (praktisch durchgängig) oder auf ihre Hausaufgaben (wenn ihre Großmutter vorbeikam), die unerledigt vor ihnen auf der Tischplatte lagen.

Ihre Großeltern betrieben das Lokal in einer Größe, die überschaubar und für sie leistbar war. Er kochte und nicht selten gab es andere Beilagen zu den Gerichten als die, die seine Frau mit dem Tablett unter dem Arm den Gästen draußen angekündigt hatte.

Bis auf ein paar Briten hatte daran nie jemand Anstoß genommen, und denen berechnete man die Hälfte – was sie sehr freute – und legte ihnen ans Herz, unbedingt noch Abstecher nach Cabanas und Alvor zu machen.

Soraia und Leander begrüßten die Frau, die sie kannte und ihnen den besten Tisch gab – im Schatten und in der Nähe der Kreuzung, wo stets eine leichte Brise vom Meer kommend durch die Gasse wehte. Sie stellte ihnen Wasser hin, Brot und Käse und Oliven.

Heute empfahl sie *Arroz de Marisco*, Reis mit Meeresfrüchten, einer *Paella* nicht unähnlich.

Die drei Männer Anfang vierzig am Nebentisch hielten es tatsächlich dafür und hatten es deshalb bestellt. Jeder patriotische Spanier genauso wie jeder Portugiese mit dem Herz am rechten Fleck hätte die Verwandtschaft der beiden Gerichte entschieden zurückgewiesen. Enttäuscht werden würden die Touristen aber nicht.

Miguel hatte Lost einmal lang und breit die Unterschiede zwischen dem spanischen und dem portugiesischen Gericht erklärt, und Lost hatte sich jedes Detail eingeprägt. Die Portugiesen servierten es im Topf, deswegen gab es mehr Brühe, und sie verzichteten auf Safran (wobei auch die Köche in Spanien, das wusste Lost, aus Kostengründen gerne mal auf das Gewürz verzichteten und dem Reis die typische Gelbfärbung durch Zugabe von Lebensmittelfarbe verliehen). Während die Spanier den Reis erst ganz zuletzt den anderen Zutaten beimischten, wurde er bei den Portugiesen gleich nach Zwiebeln, Knoblauch und Tomaten in die Mischung aus Fischsud und Portwein gegeben.

All das wusste Duarte nach wie vor, als sie ihn danach fragten. Er steuerte sogar noch das Detail bei, dass der Reis erst nach der Eroberung der Algarve durch die Mauren seinen Weg ins Land gefunden hatte. Aber ansonsten war es wie verhext: Miguel konnte sich nämlich nicht entsinnen, ob ihm Arroz de Marisco schmeckte. Mochte er überhaupt Fisch?

»Ich erinnere mich an einen Abend bei Soraias Eltern«, half Leander ihm, »da gab es verschiedene Petiscos mit Fisch. Sie haben sie alle probiert.«

»Ich danke Ihnen, Senhor Lost. Dann wird es wohl so sein.«

Daraufhin bestellte Soraia *Arroz de Marisco* für sie drei.

Im Gegensatz zu ihrer Sekretärin sprach Madame Deveraux nicht nur Englisch, sondern auch Portugiesisch.

Ihre Sekretärin hatte sie von ihrem Büro in Vichy zu ihr durchgestellt. Den Hintergrundgeräuschen nach zu urteilen, befand sie sich gerade in einem Auto. Es klang nach einer regennassen Straße.

Graciana und Carlos saßen im Gemeinschaftsbüro und hatten das Telefon auf Lautsprecher gestellt. Während sie direkt davor saß, stand Carlos am offenen Fenster und rauchte. Über ihnen rotierte der Ventilator.

»*Boa tarde*«, sagte die Geschäftsfrau. »was kann ich für Sie tun?«

»*Boa tarde, Madame Deveraux*, wir untersuchen zwei Verbrechen, die miteinander in Verbindung stehen«, sagte Graciana, »und in einem kommen Sie am Rande vor.«

»Oh. Wie das?«

»Am 22. September haben Sie in einem Haus auf dem Gelände vom *Monte Rainha* übernachtet. Das zumindest belegen die Unterlagen, die das Resort uns zur Verfügung gestellt hat.«

»Ja, das ist korrekt.«

»Ein Manager vom *Monte Rainha* hat uns gegenüber versichert, dass es von Ihrer Seite bei der Abreise keinerlei Beschwerden gab.«

»Auch das stimmt. Wieso haben Sie sich danach erkundigt?«

»Weil eine Person in der Zeit, in der Sie im *O Céu* gegessen haben, in Ihr Ferienhaus eingebrochen ist.«

»Wie bitte?«

»Sie haben richtig verstanden. Er hat die Alarmanlage ausgetrickst und sich rund zehn Minuten in Ihrem Haus aufgehalten.«

»Das ist ja was. Ich habe nichts bemerkt.«

»Es waren auch keine Einbruchspuren sichtbar. Vielleicht hatte er einen Zweitschlüssel, vielleicht konnte er ein Fenster aufhebeln.«

»Was ich mit Sicherheit sagen kann: Ich hatte das Schlafzimmerfenster in der gekippten Position, um am Abend etwas frische Luft reinzulassen. Der Raum hatte sich über den Tag ganz schön aufgeheizt.«

»Das könnte genügt haben, Madame Deveraux. Was uns allerdings irritiert: Wie kann es sein, dass jemand unbemerkt bei Ihnen eingebrochen ist, ohne etwas zu entwenden? Haben Sie bei der Abreise wirklich nichts vermisst?«

»Ich schaue gerade noch einmal nach, aber«, es raschelte kurz in der Leitung, »alle Kreditkarten sind noch da, Ausweis. Bargeld auch. Ich habe da nie den genauen Überblick«, schloss sie und lachte wegen der letzten Worte ein wenig entschuldigend, damit es nicht arrogant klang.

»Wobei«, sagte sie dann, »das war ein Denkfehler. Mein Portemonnaie hatte ich im Restaurant dabei. Ich war da verabredet und habe meinen Gast natürlich eingeladen.«

»Natürlich«, sagte Carlos leise.

»Könnte sonst etwas entwendet worden sein, das Ihnen bislang nicht aufgefallen ist?«

»Ich habe zumindest nichts vermisst … aber lassen Sie mich kurz überlegen, bitte.«

»Gehen Sie alles ganz in Ruhe durch.«

»Also: Ich war für zwei Nächte da. Am 22. September bin ich mit einer Maschine am späten Nachmittag aus Rom gekommen. Dann das Abendessen, von dem ich Ihnen gerade berichtet habe. Am nächsten Tag war ich in Faro unterwegs, und am Abend dann nicht mehr aus. Das war auch gut so, denn ich musste am Morgen darauf die erste Maschine nehmen. Ich hatte nur ein paar Kleider dabei, das Übliche für so einen kurzen Trip.«

Carlos trat näher heran.

»Pardon, Madame, ich bin Sub-Inspektor Esteves, der Kollege von Senhora Rosado. Wie sieht es aus mit Wertsachen wie Schmuck, ein Smartphone, so was?«

»Nein. Meine Ohrringe und die Halskette habe ich getragen. Das Handy hatte ich sogar tatsächlich im Haus liegen gelassen. Und es war noch da. Ich telefoniere sogar gerade damit.«

»Hatten Sie es vergessen?«

»Nein. Ich bin süchtig nach neuen Nachrichten. Ich könnte auf dem Sterbebett liegen – wenn eine neue Nachricht reinkommt, *muss* ich einfach draufschauen. Das ist geradezu verhaltensauffällig«, sie lachte verhalten. »Wie auch immer – es war ein wichtiges Treffen, ich wollte mich voll auf meinen Gesprächspartner konzentrieren. Das ging nur ohne Handy. Mein Laptop war übrigens auch im Ferienhaus. Auch den habe ich dabei.«

»Beides passwortgeschützt, nehme ich an«, fragte Graciana.

»Geht ja gar nicht mehr ohne, heutzutage.«

»Sagen Sie, haben Sie vielleicht sensible Daten auf Ihren Geräten?«

»Nun ja, das will ich meinen.«

»Nämlich?«

»Ich arbeite für Saint Rivage. Wir investieren hauptsächlich in Start-ups, bevorzugt auf dem Neuen Markt. Ich selbst leite aber eine Abteilung, die renommierte Firmen aufkauft, die ins Trudeln geraten sind.«

»Sie sanieren die Unternehmen?«

»Ja. Oder übernehmen sie.«

»Und wickeln sie ab?«

»*Non, non, non* … das machen wir nicht. Ich übernehme nur Firmen mit einer Zukunft. Das heißt, wenn mein Team und ich diese Zukunft gestalten können. Sonst ziehen wir weiter.«

Carlos schrieb etwas auf ein Stück Papier und hielt es hoch, sodass Graciana es lesen konnte: *Industriespionage?*

»Madame Deveraux«, sagte Graciana. »Was für eine Art sensibler Daten befinden sich denn auf Ihrem Laptop? Können Sie das konkretisieren?«

»Na ja, die Details von Firmenübernahmen. Zahlen, die ihren wirtschaftlichen Wert beziffern. Ganze Gigabyte.«

»Ich möchte Sie nicht beunruhigen ohne mit soliden Beweisen aufwarten zu können«, sagte Graciana vorsichtig, »aber es ist nicht ausgeschlossen, dass Ihre Daten der Grund für den Einbruch waren. Eine Datenkopie bemerkt man nicht sofort als Diebstahl. Halten Sie das für möglich?«

Kurz herrschte Stille in der Leitung. Madame Deveraux schien nachdenklich geworden zu sein.

»Ich wüsste nicht, wie ich das ausschließen könnte – vorausgesetzt, dass es spurlos vonstatten ging. Aber so ein Passwort ist doch nicht einfach zu knacken!«

»Da Sie es sofort ändern sollten«, sagte Carlos, »können Sie uns auch sagen, wie es lautet.«

Schweigen.

»Es ist eine Ziffernfolge. Das Geburtsdatum meiner Tochter.«

Carlos schlug sich mit der flachen Hand gegen die Stirn.

»Augenblick, Madame.«

Graciana googelte ihren Namen mit dem Zusatz »Tochter«.

Bei dem dritten Link wurde sie fündig. Deveraux mit Tochter bei einer Benefizveranstaltung von Saint Rivage für ein Entwicklungshilfeprojekt im Sudan.

Name der Tochter: Chloé Deveraux.

Graciana suchte jetzt gezielt nach ihr und dem Geburtstag.

Dieses Mal war es der vierte Link – *pünktlich zu ihrem 18. Geburtstag*, hieß es in einem Ausschnitt aus einem Zeitungsartikel, *hat Chloé Deveraux aus Vichy beim Halbmarathon in ihrer Altersklasse den 1. Platz erlaufen.*

Die Zeitungsmeldung war mit einem Datum versehen. Als Graciana und Carlos subtrahierten, kam die Ziffernfolge 041202 dabei heraus.

»0–4–1–2–0–2«, sagte Carlos deshalb.

Irgendwo aus dem regnerischen London drang ein tiefes Seufzen an ihre Ohren.

»Es ist mir unendlich peinlich«, sagte die Geschäftsfrau, »was für ein Anfängerfehler.«

»Könnten Sie bitte überprüfen, ob sich der Datenbestand auf Ihrem Laptop zwischen dem 21. und dem 22. September verändert hat?«

»Ich weiß nicht, wie das geht. Aber ich habe jemanden in Reichweite, der das für mich erledigen kann. Ich gebe Ihnen dann umgehend Bescheid. Und ich wäre Ihnen dankbar, wenn Sie mich auch auf dem Laufenden halten könnten, insbesondere, wenn sich von Ihrer Seite aus herausstellt, dass sich tatsächlich jemand heimlich an meinem Rechner bedient hat. Ich müsste nun langsam Schluss machen, weil ich in fünf Minuten einen wichtigen Videocall habe. Gibt es noch etwas, was im Augenblick keinen Aufschub duldet?«

»Ja«, antwortete Graciana sofort, »eine Frage habe ich noch: Mit wem, wenn ich fragen darf, haben Sie sich in dem Restaurant auf dem *Monte Rainha* Golfresort getroffen?«

»Mit Senhor João Coelho. Er ist Schmuck- und Kunstsachverständiger. Da wir gerade einen angeschlagenen Versicherungskonzern übernommen haben, hat er sich als Experte angedient, also habe ich die Gelegenheit ergriffen, weil er gerade in Faro zu tun hatte.«

»Könnten Sie uns bitte seinen Kontakt mailen?«, bat Carlos und gab ihr die Mailadresse der Polícia Judiciária durch, bevor sie ihr Gespräch beendeten.

Carlos setzte sich neben Graciana an den Tisch. »Fassen wir zusammen, was wir haben«, sagte er. »Der Mann, der an dem Raubüberfall beteiligt war und von Kollegin Romão erschossen wurde, war vorher im *Monte Rainha*«, begann Graciana. »Er ist in das Ferienhaus eingebrochen, in dem Madame Deveraux außer ihrem Smartphone und ihrem Laptop nichts Persönliches deponiert hatte. Er hat nichts gestohlen.«

»Oder das, was er gesucht hat, war nicht da«, wandte Carlos Esteves ein.

»Oder er hat gefunden, wonach er suchte, aber keine Spuren hinterlassen. Das spricht für die Theorie mit der Datenkopie«, fuhr Graciana fort. Ihr Blick hatte was Fokussiertes bekommen, es war ein wenig so, als schaue sie durch ihn hindurch und sehe dort Dinge, die ihm verborgen blieben.

»Vielleicht«, sagte sie dann leise, »ist alles noch einmal ganz anders. Und Karen Riemann hat am nächsten Morgen unbeabsichtigt das gesehen oder sogar fotografiert, was der unbekannte Mann aus dem Haus von Deveraux entwendet hat.«

Carlos nickte: »Lass uns die Fotos noch einmal ganz genau ansehen – am besten bei Isadora.«

20.

Senhor Pontes von der Banco de Portugal lächelte sie alle freundlich an – so schien es. In Wirklichkeit war das Lächeln aber an Sol gerichtet: »Einmal umdrehen, bitte.«

Sol hielt die Wiedergabe ihres heimlich gefilmten Videos an und ging auf Split-Screen, sodass sie jetzt nicht nur sehen konnten, was sich vor ihr ereignet hatte sondern gleichzeitig auch, was in ihrem Rücken passiert war. Und dort machte Pontes sich gerade an der Code-Eingabe zu schaffen.

»Vier Nummern«, kommentierte der *Bote* Ricardo Cabral, »zoom rein, Sol.«

Der Bildausschnitt wurde schnell größer, das Bild wurde zugleich unschärfer und körniger.

Pontes macht sich an die Eingabe der Kombination. Die Ausgangsposition war *2112*.

Pontes verstellte das erste Zahnrad:

»Drei hoch«, sagte Nuno, der *Monteur*.

»Ja. Und dann drei wieder runter«, sagte Cabral.

»Stimmt. Der tut vor Sol nur so, als würde er die Zahl verändern, aber er kehrt zur ursprünglichen zurück.«

»Und jetzt das zweite: vier runter«, zählte Sol.

Nuno Vieira beugte sich weit vor und kniff die Augen zusammen.

»Und vier wieder hoch. Leute, der verarscht uns.«

»Nein«, mischte Ulisses sich mit ruhiger, tiefer Stimme

ein, »die sind zu faul, um das zu ändern, weil sie sowieso den Schlüssel brauchen.«

Schräg gegenüber von ihrer offiziellen Mietwohnung in Faro hatten sich *der Monteur* Nuno Vieira mit dem lockigen Haar und *der Bote* Ricardo Cabral eine Airbnb-Wohnung genommen, die alleine über vier Schlafzimmer plus Dachterrasse verfügte.

Nun waren sie zu fünft in der offenen Wohnküche versammelt. Der große Fernseher zeigte das Video, das Sol mit ihrer Brillenkamera aufgenommen hatte. Die rückwärtige Aufnahme stammte von einer zweiten Minikamera, die in einer Haarspange versteckt war.

Sie hatten sich auf der Couch und den Sesseln verteilt.

César stand an der Küchentheke und mixte ihnen gut gekühlten Tomatensaft mit einem Schuss Tabasco. Und sah sich Sol an, die vorne am Bildschirm saß, die Fernbedienung in der Hand. Er würde sie heute Nacht nicht besuchen. Und wenn es ihn all seine Beherrschung kostete. Nicht wegen seines Bruders, mit dem er sich die gemietete Jacht in der Marina als Schlafplatz vor dem Coup teilte, sondern um in ihren Augen interessant zu bleiben. Um nicht das zu tun, womit Sol rechnete.

Ulisses hatte in einem Sessel rechts zum Balkon Platz genommen.

Er war wie immer still. Nicht abwesend, sondern konzentriert.

»Und wenn der Code an unserem Tag doch ein anderer ist?«, fragte Cabral.

»Dann holen wir ihn zu Hause ab und lassen ihn das selbst einstellen«, sagte César mit einem Grinsen, das verriet, dass er das tatsächlich tun würde.

»Und wie soll das unauffällig gehen?«

»Sol wickelt ihn um den Finger«, sagte Nuno breit lächelnd, »das macht die mit links.«

Er und Cabral blickten sich feixend über die Schulter und sahen Césars grimmigen Blick. Sie schauten umgehend wieder nach vorne, grinsten in ihre Gläser und stupsten sich mit dem Ellbogen gegenseitig an.

»So wird das nicht laufen«, sagte Ulisses harsch und warf seinem Bruder einen seiner gefürchteten verständnislosen Blicke zu, bei dem sein Gegenüber den Eindruck gewinnen musste, minderbemittelt zu sein.

»Und wie dann?«, fragte César, der ausgerechnet vor Sol nicht wie ein dummer Junge dastehen wollte und dem – darüber ärgerte er sich außerdem – keine kluge Replik einfiel. Seine Frage entblößte seine Hilflosigkeit nur, statt sie wie gewünscht zu verschleiern.

»Nicht mit Gewalt. Mit Köpfchen«, sagte Ulisses trocken. »Sol geht zwei Minuten vor Schluss rein. Als letzte Kundin. Und dann«, sprach er sie nun direkt an, »checkst du die letzte Zahl. Und ich wette, es wird immer noch die 2 sein. Nur wenn das nicht so ist, brauchen wir einen. Plan B.«

Sie nickte.

Plötzlich lag es für alle auf der Hand, und sie fragten sich, warum sie nicht selbst darauf gekommen waren.

Ulisses war nicht der gewiefte Schachspieler, seine Züge hatten immer eine gewissen Bodennähe, lieber der schnelle Pragmatismus als der bis in die allerletzte Möglichkeit durchdachte Plan, der ein Jahr lang ausgetüftelt werden musste. Entscheidend aber war: Ihm fiel so etwas immer im richtigen Augenblick ein. Wenn Ulisses Cruz es brauchte.

Er konnte es nicht beeinflussen. Es geschah einfach. Wie eine Fee, die ihn mit einem freien Wunsch versorgte. Und nichts fürchtete Ulisses so sehr wie die Möglichkeit, dass dieses Talent ihm beim nächsten Job einfach abhandenkommen könnte. Denn es unterlag nicht seiner Kontrolle.

Sol startete die Wiedergabe, und alle sahen Pontes dabei zu, wie er die Tür mit dem Schlüssel öffnete, sie aufwuchtete und dann ins Herz der Bank eintrat – in den Raum mit den Schließfächern.

»Stopp mal, was ist das?«

»Was meinst du?«

»Die Tür«, präzisierte Cabral.

Sol stoppte.

César gab einen Schuss, wirklich nur eine hauchdünne Idee, Wodka zum Tomatensaft hinzu, um ihm eine Note Bloody Mary zu geben, bevor er ihn an die anderen verteilte. Dann setzte er sich auf den Sessel, der am weitesten von Ulisses entfernt war und am nächsten bei Sol. Perfekt.

»Danke, Cé«, meinte Nuno.

»Ja, danke, César«, sagte auch Ulisses, bevor er sich an Ricardo Cabral wandte: »Was meinst du genau?«

»Na, wie dick die ist. Bestimmt 30 Zentimeter. Denkst du, die kann man sprengen?«

Nuno schüttelte den Kopf: »Man würde so viel Sprengstoff brauchen, dass das komplette Gebäude gleich mit hochgeht. Unmöglich.«

»Weiter?«, fragte Sol.

Alle vier Männer nickten.

Praktisch zusammen mit Pontes betraten sie den Raum und sahen sich mithilfe der Schwenks, die Sol aufgenommen hatte, nach den Sicherheitssystemen um.

»Stopp!«

Sol stoppte.

Ein schwarzer Punkt an der Decke.

»Zoom, bitte.«

Wieder kam ihnen der Bildausschnitt entgegen.

»Das ist ein Baader-Infrarotsensor an der Decke«, sagte Nuno Vieira, »den müssen wir zuerst ausschalten.«

»Und wie?«, fragte Sol.

Nuno verzog das Gesicht. »Ich überleg mir was.«

»Ein Wärmesensor?«, fragte César.

Nuno nickte: »Reagiert auf Körperwärme. Hochspezielles Teil.«

»Können wir nicht ein Kühlinstrument mitnehmen und die Temperatur auf einem bestimmten Level halten?«, fragte Cabral.

»Darum geht's nicht«, sagte Nuno. »Das Ding ist kein einfaches Thermometer. Funktioniert wie eine Wärmebildkamera. Der Sensor erkennt Objekte an ihrer Wärmesignatur. Dann müssten wir den Raum nicht runterregeln, sondern rauf, auf komplett 36 oder 37 Grad, sprich Körpertemperatur. Das geht nicht in ein paar Sekunden. Es muss was sein, das in ein paar Sekunden funktioniert.«

»Gut. Du überlegst dir was«, entschied Ulisses mit der Selbstverständlichkeit eines Mannes, dem Widerspruch fremd war, »weiter, bitte, Sol.«

Sol startete die Wiedergabe, zwei Schwenks später hob Ulisses die Hand: »Stopp. Was ist das in den Ecken, Nuno? Bewegungsmelder?«

»Geh mal näher ran, Sol.«

Nuno Vieira stand auf und ging ganz nah an den Fernseher ran. Er zückte sein Smartphone und benutzte die Lupenfunktion, um aus dem Zoom auf dem Schirm noch mehr rauszuholen.

»Ja. Ein Trichy 400. Die sind brandneu.«

»Ist das ein Problem?«

»Jein. Wenn sie einmal laufen, können wir sie nicht ausschalten. Die sind schneller als wir«, erklärte Nuno. »Während der Geschäftszeiten sind die natürlich ausgeschaltet. Aber wenn dein Verehrer, Sol, als Letzter den Tresor dichtmacht und alle die Bank verlassen haben, werden die aktiviert. Dann sind die scharf. Wenn wir die Tür dann nur einen Zentimeter öffnen, schlagen die Alarm. Ist also dein Job, Sol.«

»Und wie stellst du dir das vor?«

»In dem Raum sind aus Diskretionsgründen doch keine Kameras.«

»Behauptet Pontes.«

»Nun, ich seh tatsächlich keine. Ich glaube, die sind echt so blöd. Also: Du gehst ja sowieso noch mal zu deinem Schließfach. Da musst du doch auch einen persönlichen Code extra für dein Fach eingeben, oder?«

Sol nickte: »Drei Ziffern, dann der Schlüssel«, sagte sie und hielt den Schlüssel hoch.

»In einem unbeobachteten Moment sprühst du Haarspray auf die Bewegungssensoren. Geruchloses, klar.« Und als sie ihn fragend anschaute, sagte er: »Vertrau mir. Gibt nichts Besseres für den Zweck. Ist transparent, dichtet aber alles ab. Niemand wird erkennen, dass die Sensoren blind sind. So kommen wir auf jeden Fall schon mal in den Raum, ohne dass die Dinger anschlagen.«

Nuno erntete anerkennende Blicke. Er wirkte immer etwas schlicht, aber das täuschte. Er war ein begnadeter Hacker, und seine technischen Kenntnisse machten ihn zu einem unersetzbaren Teil des Teams, das Ulisses zusammengestellt hatte.

Nuno setzte sich wieder auf die Couch neben Ricardo Cabral und nahm einen Schluck von seinem Drink, prostete César zu: »Perfekte Mischung, Mann.«

»Weiter?«, fragte Sol.

»Dein Job, Ricardo«, sagte Ulisses.

Aus der Perspektive von Sol konnten die Männer nun das Öffnen des Schließfaches und die Beschaffenheit der kleinen Tür und des Innenraums dahinter begutachten, in den Sol den Schmuck ablegte.

»Halt mal an«, sagte Cabral. Wieder fror das Bild ein. Er betrachtete die kleine Tür des Schließfaches.

»Kann ich mal den Schlüssel haben?«

Sie reichte ihn ihm. Cabral hielt das Ende zwischen Daumen und Zeigefinger und drehte den Bart vor seinen Augen, warf dann wieder der Tür auf dem Display einen nachdenklichen Blick zu, um sich schließlich an Sol zu wenden: »Die Oberfläche des Faches, ist die aus Metall oder aus Kunststoff?«

Sol senkte den Blick, um sich zu konzentrieren. Sie hatte es berührt, mit den Fingerspitzen der linken Hand über die Oberfläche gestrichen. Und sie war … nicht kalt gewesen.

»Kunststoff.«

»Gut so«, sagte Cabral. »Wenn du erlaubst, würde ich mir den Schlüssel gerne für einen Abdruck ausleihen.« Er grinste breit.

Sol drückte wieder auf Play. Sie verfolgten ihren und Pontes Weg bis zu dem Moment, als sie den Raum verließen und der Bankangestellte die Tresortür schloss.

»Noch irgendwelche Anmerkungen?«, fragte Ulisses.

»Von mir keine«, sagte Cabral.

»Von mir auch nicht«, schloss Sol sich an.

»Nein«, sagte Ulisses knapp. »Nuno?«

»Ich auch nicht, aber …«

»Ja?«

Alle blickten auf ihn. Er strich sich nachdenklich die Locken aus der Stirn.

»Bewegung, Wärme, Licht, Kontakt. Das sind die vier Klassiker. Bewegung und Wärme haben wir. Der Kontakt ist ein Magnet in der Halterung der Tresortür. Kriegen wir über ein Tape neutralisiert, man muss nur schnell sein. Noch einmal genau anschauen sollten wir uns allerdings …«

»Den Faktor Licht«, beendete Ulisses seinen Satz.

»Ja.«

»Dann also von vorne.«

Mit höchster Aufmerksamkeit sichteten sie erneut das Band, und César, der sich besonders anstrengte, weil er als Einziger noch nichts Wertvolles beigetragen hatte, wurde tatsächlich fündig. Mitten in einem Schwenk – nur ganz kurz zu sehen, weil Pontes den Sensor dann verdeckte –, beim Hinausgehen.

Kurz vor der Tür. Oder genauer gesagt: darüber.

»Natürlich«, sagte Nuno, »über der Tür, im Rücken sozusagen angebracht, wenn man den Raum betritt.«

Es dauerte keine Minute, dann war auch dieses Sensormodell mithilfe von Zoom und Smartphone-Lupe identifiziert.

»Eine Valk-Gleba 4.0. Die ist extrem empfindsam. Da reicht schon ein diffuses, indirektes Licht, und die dreht auf.«

»Du überlegst dir was?«, vermutete Ulisses.

Zum ersten Mal zögerte Nuno. Das war ungewöhnlich. »Ich glaube nicht, dass mir was einfällt, Ulisses«, sagte er schließlich.

Der ältere Cruz-Bruder nickte bedächtig. Kurz blickte er hinaus auf die Stadt, die Straße, die Menschen. Alles floss vorbei.

»Vielleicht fällt mir was ein«, sagte er dann, als spreche er zu einer unsichtbaren Person dort draußen.

Cabral warf erst Sol, dann César einen fragenden Blick zu. Stimmte was nicht mit ihrem Leitwolf?

César hatte Grund, verärgert über seinen Bruder zu sein, aber letztlich war Blut eben doch dicker als Wasser. Das Übliche. Das, was ihr Vater ihnen schon gesagt hatte. Aber auch nur, bis Ulisses zurückgeschlagen hatte. Gerade mal sechzehn, begehrte er gegen die körperliche Züchtigung, die in einer kräftigen Ohrfeige bestand, auf. An diesem Tag hatte der Vater ihn noch besiegt. Aber anderthalb Jahre später hatte das anders ausgesehen. Da war Ulisses doch drahtiger, wendiger, wich aus und griff an wie ein Puma, und es bestand keinerlei Zweifel, dass es dieses Mal entschieden werden wollte, dass Ulisses siegen oder halb tot geprügelt werden musste. Und Ulisses siegte und ging.

Vater und Sohn sahen sich erst viel später wieder, als es dem Alten mies ging, als die Leberzirrhose ihn dahinraffte.

Es war das einzige Mal, dass César seinen Bruder als erwachsenen Mann weinen sah. Er weinte, als der Vater ihm vergab. Oder vergab er seinem Vater?

Ja, er war verärgert, aber erhob nicht das Wort gegen Ulisses – nicht vor den anderen.

Im Gegensatz zu Sol.

»Und darauf sollen wir uns verlassen?«

Ulisses schien aus tiefen Gedanken gerissen, doch dann richtete er seine Augen auf sie, er war völlig klar und nickte: »Genau«, sagte er.

Nichts weiter. Und wieder der Ton, der keinen Widerspruch duldete.

Aber so wollte Sol sich nicht abspeisen lassen. Nuno und Ricardo, die zwar nichts sagten, machten auch keine besonders glücklichen Mienen.

»Und wie sollen wir überhaupt da reinkommen? Das Haupttor ist zu. Der Eingang über das Parkhaus geht nur mit Karten der Mitarbeiter. Stehlen?«

»Drucken«, sagte Ulisses und hielt einen Funkscanner hoch. Ein nur handtellergroßes Gerät mit einer Antenne, über das alle Frequenzen in einem bestimmten Umkreis abgehört werden konnten. Eigentlich ideal für das Abhören von Polizeifunk.

»Ich hab die modulierten Signale des Zugangs beim Betreten von drei Mitarbeitern aufgezeichnet und die entsprechenden Karten im Darknet geordert. Sesam, öffne dich.«

Nuno und Ricardo mussten grinsen – das war eben Ulisses. Immer für eine Überraschung gut.

Auf dem Weg zurück zur Marina gingen die beiden Brüder einträchtig nebeneinander her. Sie rauchten und trugen Sonnenbrillen wegen der Helligkeit und weil das für sie und ihre Pläne ohnehin nie eine schlechte Idee war. Sie atmeten den Geruch von Algen ein und von Salz. Es gab Leute, die das störte. Sie mochten das. Sie waren weiter oben im Norden aufgewachsen, im *Bairro do Mouraria*, dem Maurenviertel von Lissabon. An die fünfzig Nationen hockten da dicht aufeinander. Heute strömten Touristen da hin. Damals wagte sich die Polizei nur ungern hinein in die engen Gassen, zu den Menschen, die so bitterarm waren, dass sie wenig fürchteten, und vor der Polizei hatten sie ganz gewiss keine Angst.

Das Viertel hatte Ulisses gelehrt, dem Kampf wenn möglich auszuweichen. Und wenn das nicht ging, kein Zögern an den

Tag zu legen. Erst lernte er diese Lektion, dann César. Der hatte aber das Ausweichen nicht begriffen, der mochte die Konfrontation. Ab einem gewissen Alter (und einem gewissen Ruf) machte man ihnen Platz, wenn sie zusammen durch die Gassen des *Bairros* gingen.

Als César nach ihrer Videosichtung mit Sol auf dem Balkon gestanden und eine geraucht hatte, hatte sie wie beiläufig gesagt: »Er behandelt dich wie einen kleinen Jungen.«

Sie sagte es ohne jede Aufregung, sie hob dabei nicht mal die Stimme. Sie ließ es beiläufig fallen wie eine Bemerkung über etwas Nebensächliches. Aber doch nicht so nebensächlich, dass sie nicht doch eine Spur Spott hineinlegte und lächelte – über ihn. Kokett zwar und neckend, aber sie lächelte.

»Wann wird der kleine César denn groß genug sein, hm?«, fragte sie und kam näher, strich ihm grinsend über die Brust und gab ihm einen sittsamen Kuss auf die Wange. Und obwohl Sol es auf diese Art verpackte, stand doch klar im Raum: zu Ulisses war sie gewohnt aufzuschauen und zu ihm … eben nicht.

Das Gift dieser kleinen Demütigung entfaltete seine Wirkung in langsamen Dosen. Das spürte er jetzt, als er neben seinem Bruder ging und sie beide schwiegen. Denn es war etwas dran. Sols Spott und seine Ohnmacht vermischten sich zu einem unheilvollen Gebräu.

Als sie den ersten Steg betraten, sagte er deshalb: »Du musst ein bisschen aufpassen, Ulisses.«

»Aufpassen? Inwiefern?«

»Was du sagst.«

Sein Bruder schaute ihn fragend an.

»Als ich das mit Pontes gesagt hab vorhin. Dass ich ihn abhole, damit er die Tür aufmacht, wenn der Code nicht stimmt.«

»Und was hab ich gesagt?«

»Du hast gesagt, wir machen das lieber mit Köpfchen. Ich steh dann nicht besonders gut da, wenn du so was sagst.«

Ulisses blieb stehen und César notgedrungen auch. Und erst

da – wie immer im Nachhinein – wurde ihm bewusst, wie Ulisses alleine durch diese Geste schon wieder das Kommando übernommen hatte.

»Weißt du«, sagte er, nahm die Sonnenbrille ab und schob sie ins Haar. »Ich möchte, dass nicht immer alles auf meinen Schultern liegt. Du musst mich ersetzen können, wenn mir was passiert. Das ist wichtig.«

»Wenn *was* passiert?« César schaute ihn an. Die Vorstellung daran war so unwirklich. Niemals wäre er auf den Gedanken gekommen. Verletzt, ja, das konnte passieren. Aber … Niemals.

»Wenn es mich erwischt. Dann musst du die Nummer zu Ende bringen«, fuhr Ulisses fort, »und alle heil rausbringen. Du musst Pläne machen, César, die Sachen überdenken, ein Auge auf die Jungs haben. Schauen, ob einer nicht bei der Sache ist. Ob einer abspringen will. Ob einer gerade andere Sorgen hat und deshalb nicht voll dabei ist. Du musst zusehen, dass keiner Scheiße baut, wenn's soweit ist.«

Ulisses legte ihm die Hand auf die Schulter. »Du musst die richtigen Leute zusammenstellen, die müssen miteinander können. Wie ein Orchester, verstehst du? Du kannst die beiden besten Spezialisten haben, wenn die sich nicht leiden können, geht's in die Hose. Dann nimm lieber die beiden aus der zweiten Reihe, die miteinander können. Du musst ein offenes Ohr für sie haben. Du musst aber auch sagen, wo's langgeht. Wenn wir eine Nummer wie oben am Berg haben, dann kannst du keinen an deiner Seite gebrauchen, der wegläuft oder so was. Das Instrument muss am Tag X so fein gestimmt sein, dass jeder Ton sitzt. Danach … ja, danach kann jeder seiner Wege gehen.

Und damit jeder Ton sitzt, muss einer das Kommando haben. Das bin ich. Und das wirst du mal sein. Die Jungs gehen mit dir nur durch dick und dünn, wenn sie Respekt vor dir haben und dir vertrauen. Und wenn du dann sagst, *dann hol ich den Pontes selbst ab und der soll das dann machen,* dann haben die keinen Respekt vor dir, weil das ein plumper Haudrauf-Vorschlag ist. Sei nicht immer die Axt im Walde, Cé. Denk nach, bevor du den Mund aufmachst.«

Und bevor César darauf etwas erwidern konnte, ging Ulisses einfach weiter. Schon wieder bestimmte er den Zeitpunkt, an dem das Gespräch endete. Aber da fasste César ihn am Handgelenk.

Ulisses blieb stehen, wandte sich zu ihm um. Schaute auf die Hand. Aber César dachte nicht daran, sie wegzunehmen.

»Das ist alles ganz toll, wie du das machst, Ul, aber du sollst mich ab jetzt nicht mehr vor den Jungs so behandeln. Hast du's?«

Ulisses musterte seinen Bruder, versuchte in seinem Gesicht zu lesen, bis er glaubte zu verstehen, was los war.

»Kann es sein, dass es hier gar nicht so sehr um die Jungs geht, César?«

Er schenkte ihm ein verständnisvolles Lächeln.

»Lenk nicht ab – du sollst mich vor den anderen nicht dumm dastehen lassen.«

»Das mach ich nicht, das machst du selbst. Du hast einen Trottel-Vorschlag gemacht. Das begreifen die anderen ganz von alleine. *Du selbst* lässt dich dumm dastehen.«

Der letzte Satz saß. César spürte einen Stich. Er ließ den Arm seines Bruders los.

»Ich bin also dumm? Willst du das sagen?«

Ulisses musterte ihn, seine Körperhaltung. Ganz starr. Wie ein Hund, der plötzlich wie eingefroren steht in der Sekunde, bevor er zubeißt.

»Das hab ich nicht gesagt.«

»Lass es uns austragen. Jetzt gleich.«

In seinem Blick lag bodenlose Wut.

»Ich schlag mich nicht mit dir, César.«

»Hast du Angst?«, fragte César, aber er kannte die Antwort schon.

Ulisses Cruz schüttelte den Kopf. Nein, es gab eigentlich

nichts, wovor er sich fürchtete. Man starb nur einmal – das war beschissen genug. Man musste nicht Dutzende unsinnige Tode davor durchleiden.

»Dann lass es uns austragen.«

»Nein.«

César lauerte, was jetzt passieren würde. Ulisses trat ganz dicht an ihn heran, ihre Nasen trennten nur wenige Zentimeter. Dann nahm er ihn in die Arme.

Und das entwaffnete César von einer Sekunde auf die andere, die ganze Körperspannung wich.

»Wir sind unsere Familie, César, die einzige, die wir haben.«

César schwieg. Schaute seinen Bruder an. Der lächelte.

»Wir sind unsere Familie«, sagte César schließlich.

»So ist es. Wir teilen alles.«

»Alles.«

»Keine Geheimnisse.«

»Keine Geheimnisse.«

Er log.

Sein älterer Bruder log. Sol hatte ihm prophezeit, dass das die Antwort sein würde, und César hatte es nicht geglaubt und Ulisses vor ihr in Schutz genommen.

Aber sie hatte recht behalten. Ulisses wollte ihn ausbooten.

21.

Miguel Duarte setzte den Fuß auf den neuen, alten Grund seines Gedächtnisses am 27. September in Bias do Sul. Und zwar in dem Augenblick, in dem er das ihm zugedachte Besucherhaus betrat. Sie hatten es noch in der Nacht davor mangels einer zündenden Idee *Esquerda* getauft, was ganz schön klang, aber nichts weiter als *links* bedeutete. Es war das linke der beiden Besucherhäuschen.

Ein Bett, ein Tisch mit Stühlen und einem Fernseher. Eine Küchenzeile und davon abzweigend ein Badezimmer, über dem Bett ein Stück verglastes Dach, über das man nachts im Bett liegend in den Sternenhimmel blicken konnte. Miguel blieb nach zwei Schritten mitten im Raum stehen. Auch Soraia und Leander verharrten hinter ihm auf der Türschwelle. Duarte öffnete den Mund und die Augen.

Staunen, dechiffrierte Lost den Gesichtsausdruck des Kollegen. Und die Reaktion war durchaus berechtigt. Die Wände waren bis auf den letzten Quadratzentimeter mit Fotos gepflastert. Mit Augenblicken aus Miguel Duartes Leben.

Der kleine Miguel mit Schultüte in Sevilla. An der Hand der Mutter beim Entenfüttern, beim Segeln, mit seinem Bruder auf einer Parkbank, auf einem offiziellen Foto bei einem Abschluss, Arm in Arm, mit der ersten Freundin auf einer Party. Ein Kaleidoskop persönlicher Momente, Dutzende an Erinnerungsauslösern, die Duarte nun bestaunte, als sehe er sich in einem Museum um.

Toninho und Zara hatten die ganze Nacht hindurch geklebt.

»Das bin ich, ja?«, fragte er und schaute auf das Foto, das ihn mit seiner ersten Freundin zeigte.

»Ja.«

Interessiert sah er sich die anderen Fotos an. Das mit der Frau und ihm als Kind.

»Wer ist das?«

»Ihre Mutter.«

Duarte löste seinen Blick von den Fotos und sah Leander an. »Woher haben Sie die Fotos?«

»Von Ihrem Vater.«

Er hatte ihn gestern in Sevilla angerufen und gebeten, ihn mit allen Fotos zu versorgen, die potenziell in der Lage waren, bei Miguel Duarte einen Flash auszulösen.

Miguel ging weiter die Wand entlang, betrachtete nun ein Bild genauer: Ein Mann in einer hautengen Tracht mit prächtiger Schmuckjacke, dessen Haltung enorme Körperkontrolle verriet. Wie eine Studie von da Vinci. Jede Faser gespannt.

Ein rotes Tuch in der Hand.

Ein Torero.

Lost wusste, dass die Stiere die rote Farbe gar nicht sahen, sondern lediglich auf die Bewegung des Tuches reagierten.

»Ist das mein Vater?«

»Ja«, antwortete Soraia und trat neben ihn, »er war Torero.«

»War er gut?«

»Er sagt, er war der Beste.«

»Das klingt so, als sei er ziemlich von sich eingenommen.«

Miguel beugte sich weiter vor. Als wollte er hineinkriechen durch dieses Fenster in seine eigene Vergangenheit.

Plötzlich ein merkwürdiges Rauschen in seinen Ohren.

Dann kam ein bildhafter Splitter im Kopf; Splitter deshalb, weil er schmerzte, weil er durch den Kopf fuhr wie ein kaltes Stück Metall. Das Rauschen schwoll an, es war Jubel. Er brandete auf, und dann war es vorbei.

Duarte starrte auf den Mann auf dem Foto, seinen Vater. Dann wandte er sich um zu Lost und Soraia.

»Ich hab mich an was erinnert«, sagte er dann.

»Das ist gut!«, sagte Soraia mit aufmunterndem Ton.

»Hm«, antwortete Duarte, und es schien, als sei er sich da weniger sicher als sie.

»Torero«, sagte er dann, »in Spanien?«

»Ja.«

Er suchte weiter. Weiter nach einem anderen Foto an der Wand, das vielleicht auch einen Splitter bereithielt.

Aber er war zu erschöpft, um sich so intensiv auf weitere Personen oder Details einzulassen. Ihm brannten die Augen. »Können wir eine Pause machen?«, fragte er.

Sie setzten sich an den Pool.

Ein junger Mann mit lockigem Haar und Lederarmband trat in Begleitung einer jungen Frau zu ihnen an den Tisch, Duarte musterte sie konzentriert, konnte sie aber ganz offensichtlich nicht einordnen.

»Ich bin Toninho, das ist Zara, wir kennen uns«, stellte der junge Mann sie vor. Ihn schien etwas zu belasten, er wich Duartes Blicken aus, dann suchte er sie wieder.

»Hallo. Sie müssen verzeihen – ich erkenne Sie nicht wieder.«

»Die beiden haben das Casinha mit all den Fotos ausgestattet, Miguel«, erklärte Soraia.

»Oh, das war sicher viel Arbeit. Herzlichen Dank.«

»Keine Ursache. Wir freuen uns, wenn wir irgendwie helfen können.«

Stille trat zwischen sie. Und während Leander das recht angenehm fand, weil die meisten Gespräche ohnehin zu nicht viel mehr gut waren, als die Ruhe zu stören, erfasste Miguel Duarte, dass es sich um keine natürliche Stille handelte. Er spürte, was Leander entging: Es lag etwas in der Luft.

»Ich möchte mich bei Ihnen entschuldigen«, sagte der junge

Mann schließlich. Seine Worte kamen so, als müssten sie durch tiefen Morast gehen. Jedes einzelne kostete Mühe und Kraft.

»Weshalb?«

»Sie sind getroffen worden, als Sie mich in Deckung gezerrt haben.«

Er erklärte, dass es sein erster Tag bei der GNR gewesen war, als Praktikant. Es fiel ihm dabei sichtlich schwer, die Fassung zu bewahren. »Die hatten automatische Waffen und Sie alle nur Pistolen und deshalb wollte ich Ihnen Maschinenpistolen bringen und habe sie bergauf geschleppt …« Er stockte, schaute Duarte an. »Ihnen helfen. Und dann gab es diesen Feuerstoß …« Seine Augen füllten sich mit Tränen. »Es tut mir so leid.«

Zara drückte seine Hand.

Miguel Duarte stand auf und nahm ihn in die Arme. Zara und Soraia stutzten.

»Sie haben Ihr Leben für uns riskiert. Ich bin froh, dass ich Ihres schützen konnte. Machen Sie sich keinen Vorwurf, bitte.«

Die Anwesenden wechselten erstaunte und auch etwas beschämte Blicke: Niemals hätten sie mit so einer Reaktion durch Miguel Duarte gerechnet. Dass er sich in seinem Leben noch einmal anders verhalten könnte, als sie es so gut und häufig unangenehm kennengelernt hatten – arrogant, unempathisch, egoistisch –, hatte niemand für möglich gehalten. Nicht einmal Leander. Aber vielleicht … war es ja gar nicht mehr der Duarte, den sie gekannt hatten.

»Die Espadrilles zu Ihrem Anzug«, sagte er plötzlich. »Warum tragen Sie die, Senhor Lost?«

»Weil sie bequem sind.«

»Ich verstehe. Und der schwarze Anzug?«

»Man hat mir gesagt, dass er mir steht.«

Das war vor rund 20 Jahren gewesen, zur Beerdigung von Herrn Winterberg, dem Heimleiter. Heike hatte es gesagt, nein, ihm ins Ohr geflüstert und ihm dabei ihren mächtigen Busen ins Kreuz gedrückt. An dem Tag, an dem Herr Winterberg von dieser Welt verabschiedet wurde, hatte Leander seine Unschuld verloren. Unschuld war so ein dummer Begriff, schon damals, er implizierte, dass man sich bei den ersten Intimitäten schuldig machte. Wessen? Vor wem?

»Senhor Duarte«, sagte Soraia, »Sie können frei wählen, wo Sie heute Nacht und auch die folgenden Tage verbringen möchten. Wir können Sie gerne in Ihre Wohnung nach Faro bringen. Sie könnten uns jederzeit anrufen, wenn Sie etwas brauchen. Oder Sie können hier im Casinha Esquerda bleiben, solange Sie möchten.«

»Ich möchte gerne hierbleiben«, entschied Duarte ohne zu zögern. »Die Einrichtung ist gemütlicher.«

So intensiv sich Graciana, Carlos und Isadora auch die Fotos von Karen Riemann vornahmen, sie fanden keinen Anhaltspunkt.

»Vielleicht hat sie was gesehen, was nicht auf den Fotos zu sehen ist«, vermutete Isadora.

Carlos und Graciana hatten sie am Nachmittag in ihrem Arbeitsbereich aufgesucht, um mit ihr die Fotos zu analysieren.

»Dagegen spricht, dass genau diese Bilder gelöscht wurden«, entgegnete Carlos und nahm einen tiefen Zug an seiner Zigarette. »Es muss etwas geben, das wir übersehen.«

»Oder aber«, sagte Isadora Jordão, »der Täter will, dass wir genau das denken. Um uns in eine Sackgasse zu schicken. Und zu vertuschen, worum es eigentlich ging.«

»Von so vielen Eventualitäten krieg ich Hunger«, sagte Carlos.

»Karen Riemann muss etwas gesehen haben, was den unbekannten Mann belastet«, sagte Graciana. »Sonst hätte er sie bestimmt nicht mit Zigaretten traktiert und anschließend ermordet.«

Isadora nickte: »Sicher, ja. Aber wenn ich meine Spuren verwischen wollte, würde ich genau das tun: drei völlig harmlose

Bilder aus der Cloud und von dem Handy löschen und damit die Ermittler in den Wahnsinn treiben.«

»Dann sind wir also wieder da, wo wir angefangen haben. Bei null«, sagte Carlos und rieb sich die Augen.

»Was wäre«, begann Graciana, »wenn der Mann doch etwas aus dem Haus von Madame Deveraux gestohlen hat. Und Karen Riemann hat es gesehen.«

»Oder«, sagte Carlos, »sie hat etwas gesehen oder belauscht, was mit dem Überfall auf den Werttransporter am nächsten Tag zusammenhing. Die Route oder so was. Oder die Information, dass sich der Schmuck in dem Fahrzeug befindet.«

Carlos schüttelte den Kopf: »Die Sendung war jedenfalls seit einer Woche angemeldet. Allerdings scheint mir das alles ganz schön aufwendig für die am Ende doch eher überschaubare Beute.«

»So kommen wir nicht weiter.«

Als sei das das Stichwort, klingelte ihr Handy. Eine unbekannte Nummer aus Faro. Sie nahm ab. Es war der Gefängnisdirektor: »Senhor da Silva lässt ausrichten, dass es sich bei dem gesuchten Mann um Gonçalves Amado handelt. Gemeldet in der Rua Misericordia No. 4 in Santo Tirso.«

»Ich würde sagen: Das ging schnell«, sagte Graciana und wiederholte noch einmal laut Name und Meldeadresse. Wie erhofft jagten Isadoras Finger über die Tastatur.

»Obrigada«, sagte Graciana. »War das alles, was er hat ausrichten lassen?«

»Nein. Den Rest würde er Ihnen aber gerne persönlich erzählen.«

»Im Besucherraum? Heute?«

»Nein. Er würde Ihnen das gerne draußen sagen.«

Graciana merkte auf.

»Verstehe ich Sie richtig?«

»Ja. Wenn Sie die Verantwortung übernehmen, hat das meinen Segen. Eine Stunde, nicht mehr.«

»Hat er einen Ort vorgeschlagen?«

»Nein. Ihre Wahl. Was sagen Sie?«

Sie wählte das *O Castelo*, ein etwas in die Jahre gekommenes Restaurant mit dunklem Holzboden und schweren Stühlen. Eigentlich nur eine schmale überdachte Terrasse, direkt am Meer.

Um die Marina herum gab es neuerdings diverse Rooftop-Bars, gerne als oberer Abschluss der mehrstöckigen 5-Sterne-Hotels. Mit Pools und Musik und Cocktails. Das *Castelo* war gewissermaßen das Gegenteil davon. Man erreichte es nur über ein paar verwinkelte Gassen, niemand, der es nicht kannte, verirrte sich hierher. Die meisten Gäste waren daher Einheimische.

Das Meer war ruhig, als sie an einem der Tische Platz nahmen. Da Silva schaute aufs Wasser und lächelte. In seinen Augen lag diese Prise Schwermut, die aus dem Wissen um die Endlichkeit dieses Besuchs resultierte. Aber es war nur ein Schuss Melancholie, mehr nicht. Viel mehr überwog der Genuss, sich für eine Stunde wie ein freier Mann zu fühlen. Er trug die Kleidung, die er am Tag seiner Einweisung getragen hatte: Jeans, ein bordeauxrotes Hemd, ein dunkelbraunes, leichtes Jackett, alles etwas zu weit geworden. Er sah gut aus, wenn auch etwas aus der Zeit gefallen. Die Mode hatte sich weiterentwickelt.

Carlos hatte über Eck Platz genommen, während Raul und Graciana sich gegenübersaßen. Carlos' Glock hing an seinem Gürtel, aber Graciana und er wussten, dass sie ihre Dienstwaffen nicht brauchen würden. Ein Fluchtversuch wäre unter da Silvas Würde. Und außerdem würde er ihr Vertrauen nicht missbrauchen.

»Was kann ich Ihnen bringen?«, fragte die Kellnerin.

Raul da Silva wies – ganz Gentleman – auf Graciana.

»Ein Wasser.«

»Für mich ein Bier«, sagte da Silva. »Wenn das in Ordnung ist.« Er schaute Graciana an, und sie nickte.

Alkohol war ihm in der Haftanstalt natürlich verboten. Und bei diesem kleinen Ausflug sowieso, aber wer hatte schon Anlass oder gar Absicht, dem Direktor später davon zu berichten?

»*Para mim também*«, schloss Carlos sich an. Der Wind spielte in seinen Locken. Er zündete sich eine an, bemerkte dann Rauls Blick und trat die Zigarette wortlos an ihn ab. Dann steckte er sich eine zweite an. Mit einem Lächeln sah er dabei zu, wie da Silva den Rauch inhalierte und dann übers Meer blickte und wegen der Sonne die Augen zusammenkniff. Blass war er geworden.

Ein paar Segelschiffe durchquerten die Lagune – zum Atlantik hin oder von dort kommend. Da Silva betrachtete sie kurz, nahm noch einen Zug, dann kam er ohne weitere Umschweife zur Sache. »Der Tote«, sagte er, »Gonçalves Amado, ist aus dem Norden. Ich habe gehört, er ist an mehreren Raubüberfällen beteiligt gewesen. Kannte sich mit Explosivstoffen aus. Gut möglich, dass er es war, der die Hintertür des Transporters aufgesprengt hat. Was wurde verwendet?«

»C4«, sagte Graciana.

»Darauf hätte ich gewettet.« Er ließ den Blick über das Meer schweifen. Atmete die salzige Luft ein, wie um sich all das einzuprägen. »Ich habe gehört«, fuhr er fort, »er ist nicht der Kopf hinter den Jobs. Er wird hinzugezogen, engagiert. Nun ja, er ist tot. Gestorben durch eine Polizeikugel, korrekt?«

»Die Kollegin aus Portimão. Rafaela Romão.«

Da Silva nickte. Die Kellnerin stellte die Getränke ab.

»*A nossa saúde*«, sagte ihr früherer Chef und hob das Glas. Sie stießen auf ihrer aller Gesundheit an. Raul da Silva trank in langen Zügen. Man hätte nur, dachte Carlos, ein Handyvideo aufnehmen müssen, und es wäre die perfekte Bierwerbung gewesen. Da Silva, der jetzt das Glas absetzte, stand der Genuss ins Gesicht geschrieben.

»Es gibt da jemanden, den ich gerne dazuholen würde«, sagte er dann. »Er weiß mehr über Amado.«

»Jetzt?«

»Ja.«

»Wie lange braucht er?«

»Keine Minute. Er sitzt da drüben, am letzten Tisch.«

Graciana und Carlos blickten hinüber. Ein Mann hob freundlich lächelnd die Hand.

»Wer ist das, Raul?«, fragte Graciana.

»Eusébio. Er ist einer von uns.«

Von uns. Graciana sah, wie Carlos dabei aufmerkte. Von uns. In seinem Innersten empfand Raul da Silva sich also noch immer als einer von ihnen. Als Polizist.

»Und der kennt Amado?«

»Er weiß was über ihn, das euch interessieren wird.«

Graciana sah zu Carlos, der kaum merklich nickte und damit sein Einverständnis erklärte.

»Gut, lass ihn kommen«, sagte Graciana.

Der Mann war extrem rundlich, trug eine Nickelbrille und ein weites Hawaiihemd. In der Buchhaltung einer Firma wäre er nicht aufgefallen (abgesehen vom Hemd).

»Ich bin Eusébio«, sagte er. »Darf ich mich setzen?«

Carlos grinste. Er würde ein Monatsgehalt darauf wetten, dass sein Vater Fußballfan war. Eusébio war ein Nationalheiligtum. Alleine 478 Tore in seinen Spielen für Benfica Lissabon. Unerreicht. Cristiano Ronaldo strampelte sich gerade dabei ab, bei den »erzielten Toren während einer WM« mit Eusébio gleichzuziehen.

»Bitte«, sagte er und schob den Stuhl zwischen Graciana und sich zurück, damit er Platz nehmen konnte.

»Möchten Sie auch was trinken?«, fragte die Kellnerin.

»Nein, danke. Obwohl … einen Medronho.«

»Raul?«, fragte Carlos.

Da Silva lächelte und nickte.

»Noch zwei dazu«, sagte Carlos.

»Das sind die Sub-Inspektoren Rosado und Esteves«, stellte da Silva sie vor.

»Erfreut«, sagte Eusébio und lächelte freundlich, deutete auf die Lagune. »Was für ein schöner Ausblick, ich sollte öfter herkommen. Aber … oh.«

Schon standen drei volle Schnapsgläser auf dem Tisch.

»*A nossa.*«

Die drei Männer tranken, und da Silva lächelte in sich hinein, während ihm vom Rachen bis tief hinab in den Magen die Speiseröhre brannte.

»Gonçalves Amado«, erinnerte Graciana ihn an den Grund seiner Anwesenheit, »was können Sie uns über den erzählen?«

Eusébio nickte und holte tief Luft, denn die brauchte er: »Sagen wir mal so: Ich weiß ein bisschen was über ihn. Er konnte gut mit Sprengstoff, mit Elektrik. War in der Armee. Da hat er das alles gelernt. Auch den Umgang mit Waffen. Soll ein netter Kerl gewesen sein, aber nervös, ein bisschen ängstlich. Typ Mitläufer.«

»Ängstlich inwiefern?«

»Schwache Nerven. Aber man hat ihn nie gekriegt, er war eben immer nur *dabei*. Nie der Kopf. Wahrscheinlich hat er deswegen auch nie viel verdient bei den Sachen, aber er ist auch immer unterm Radar geblieben, nicht wahr? Kein einziges Mal hat man ihn festgenommen.«

»Und deshalb ist er auch nicht in der Datenbank«, sagte Raul da Silva.

»Wie hast du ihn gefunden?«, wollte Carlos Esteves wissen und zündete seinem ehemaligen Chef und sich selbst zwei weitere Zigaretten an.

»Über die Wäscherei«, sagte da Silva. »Da gab es einen, der meinte, er kennt ihn. Der hat einen Cousin, der in Lissabon einsitzt, und der kannte jemanden, der jemanden kennt – letztlich hat ihn einer aus Porto identifiziert. Die sind zusammen zur Schule gegangen und so. Eindeutig identifiziert, jedenfalls.«

»Und was haben Sie damit zu tun?«, fragte Graciana an Eusébio gewandt.

»Unser Freund hier war verdeckter Ermittler«, sagte Raul, und Eusébio deutete grinsend einen militärischen Gruß an.

Mit einem Schlag war Carlos und Graciana alles klar – der Mann hier war aufgrund seines Erscheinungsbildes für den Job prädestiniert. Verdeckte Ermittler setzten die Polizeibehörden gerne ein, wenn sie es mit kriminellen Netzwerken zu tun hatten, denen sie mit den üblichen Methoden nicht beikamen. Entweder, weil es sich um Familienclans handelte oder um spezialisierte Gruppen aus dem Bereich der Organisierten Kriminalität, die per se das Misstrauen für sich gepachtet hatten.

Um diesen Leuten etwas nachzuweisen, mussten Zeugen, die später die Straftaten vor Gericht bestätigen konnten, in diese Zirkel eingeschleust werden. Mit denselben Methoden, mit denen die Kriminellen arbeiteten: also mit gefälschten Lebensläufen, Pässen. Sozialversicherungsnummern und vielerlei mehr. Einen verdeckten Ermittler irgendwo einzuschleusen, war eine sehr komplexe, kostenintensive und zeitaufwendige Sache. Und ihr Job hochriskant. Sie mussten Stück für Stück das Vertrauen der Kriminellen gewinnen, damit ihre Einschleusung in solch kriminelle Netzwerke gelang. So ein Einsatz konnte sich über Monate ziehen – manchmal über Jahre. Verdeckte Ermittler waren charakterlich daher aus einem ganz besonderen Holz. Und sie waren – wenn möglich – die Unscheinbarkeit in Person.

»Gonçalves Amado war ein *Tippgeber*«, sagte Eusébio und wirkte auf einen Schlag deutlich seriöser. »Bei einer Nummer im Sommer 2015 in Braga. War nicht landesweit in den Zeitungen, aber für Braga war das schon ein Ereignis. Die haben ein Stellwerk lahmgelegt, deswegen musste ein Zug bremsen und stoppen. Er sollte eine halbe Million Bargeldbestand überführen. Hat er aber nicht.«

»Weil?«, fragte Carlos.

»Weil Gonçalves Amado kalte Füße bekommen hat. Die PJ in Porto hatte ihn wegen Sprengstoffbesitzes festgenommen. Dann hatte er in seiner Wohnung auch noch den Koran rumliegen. Zu der Zeit hat der IS auch seine Anschläge in Europa verübt. Also sind Spezialisten vom Innenministerium gekommen, die haben gedacht, der führt sie zu IS-Anhängern, und sie können dann IS-Zellen hoppnehmen. Dabei war der Koran von seinem Onkel, und Gonçalves hatte ihn unter den Kühlschrank geschoben, weil die Schubfächer immer nach vorne aufgegangen sind. Mit dem Buch hat Amado den Kühlschrank stabilisiert. Und das haben die vom Innenministerium nur so lange geglaubt, bis sie den Sprengstoff gefunden hatten. Also keine IS-Zellen, die vom Innenministerium waren natürlich stinksauer«, Eusébios Augen glänzten vor Vergnügen, »die dachten, sie hätten den großen Fisch an der Angel, dabei hat der Fisch mit dem Koran nur den Kühlschrank abgestützt.«

Er gab ein raues Lachen von sich, und auch Raul da Silva grinste jetzt breit.

»Und weiter?«, fragte Graciana, was die allgemeine Belustigung dämpfte. Ihr stand offensichtlich nicht der Sinn nach solchen Anekdoten. Während Eusébio weitersprach, musterte da Silva sie immer wieder behutsam. Graciana, »sein Mädchen«, die ihr Handwerk von der Pike auf gelernt hatte, erst in der GNR in Moncarapacho, bis die Sache mit ihrem Vater passierte. Die private Katastrophe der *familia Rosado*.

»Ein Kind sollte nicht vor seinen Eltern gehen.«

Das war alles, was Raquel Rosado jemals wegen Elias' Tod über die Lippen kam. Und damit blieb nichts ungesagt, und jedes weitere Wort war überflüssig.

In der Tat gab es in Fuseta niemanden, der Raquel oder Antonio nach der Beisetzung auf Elias angesprochen hatte. Es war eine Wunde, die nie ganz verheilen würde und an deren Vorhandensein sich die Rosados irgendwann gewöhnt hatten.

Nach der Sache war Graciana Rosado zur Kripo gewechselt, zur Polícia Judiciária, und Carlos Esteves folgte ihr binnen Jahresfrist.

Wegen dieses zeitlichen Vorsprungs war sie bis heute seine Vorgesetzte.

Da Silva war immer ein Rätsel gewesen, wie Esteves, der ständig Hunger hatte und Bier trank, verhältnismäßig schlank hatte bleiben können. Vielleicht waren seine undurchsichtigen Frauengeschichten der Grund, denn uneitel war er natürlich nicht. Rauls Blick auf ihn war sanft, er hatte ihn immer gemocht und geschätzt. Vor allem, wie lange er trotz seiner leidenschaftlichen Art ruhig bleiben konnte. Man musste ihn lange provozieren, bevor er aus der Deckung kam, aber wenn jemand Carlos Esteves bis an diesen Punkt getriezt hatte, wuchs danach ganz gewiss kein Gras mehr.

»Und weiter?«, fragte Graciana.

»Die Kollegen haben seine Angst gerochen«, sprang Raul da Silva ein. Und Graciana begriff sofort. Es gab Lügner, die taten den lieben, langen Tag nichts anderes. Sie waren so versiert im Behaupten anderer Wahrheiten, so abgekoppelt von der Wirklichkeit, dass sie beim Lügen nicht ins Schwitzen kamen. Und es gab die, die schwitzten. Offenbar gehörte Amado zur zweiten Gruppe. Und hatte schlecht geblufft. »Wir hatten ja den Sprengstoff«, erklärte Eusébio, und dann haben wir ihm erzählt, wie das Leben so ist in einem überfüllten Gefängnis, und dass man mit den Neuen seine derben Späße treibt. Na ja, alles eben, damit er eingeknickt ist. Und dann hat er vier Leute verpfiffen. Die haben wie geplant den Zug überfallen und sind in eine Falle getappt.«

»Vier Festnahmen«, vermutete Carlos.

Eusébio deutete ein Kopfschütteln an: »Nein, nein. Die waren aus anderem Holz, die haben sich auf einen Schusswechsel eingelassen. Einer starb, einer ist verwundet worden, zwei konnten fliehen.«

»Unerkannt?«, fragte Graciana.

Eusébio nickte.

»Und der Verletzte?«, fragte Raul da Silva. Er wirkte hellwach und fokussiert, war mittendrin, seine Zelle im Gefängnis schien in diesem Moment vergessen zu sein. Das war fast wie früher, wenn er mit Graciana und Carlos im Team gearbeitet hatte.

»Der hat bis zuletzt dichtgehalten. Hatte keine Vorstrafen und ist nach fünf Jahren rausgekommen.«

»Wie heißt er?«

»Hieß. Er ist bei einem Überfall in Salamanca erschossen worden.«

Drei Tote, drei Sackgassen, dachte Graciana Rosado. Gonçalves Amado, der oben am São Miguel sein Leben gelassen hatte. Der am Zug und der in Salamanca. Recht günstig für die beiden Täter vom Zugüberfall, die geflohen waren, denn niemand konnte sie mehr verpfeifen oder belasten.

»Die zwei, die abhauen konnten …«, begann Carlos, aber Graciana grätschte ihm dazwischen: »Sind ja nicht bekannt, oder?«

»Nein«, bestätigte Eusébio.

»Eine Sache interessiert mich doch«, sagte sie und beugte sich vor. »Wenn Sie und Ihre Kollegen damals Gonçalves Amado hochgenommen haben, dann müsste er doch deswegen in der Datenbank hinterlegt sein. Erkennungsdienstlich behandelt wegen Terrorverdachts mit DNA-Probe und allem Drum und Dran – er ist da aber nirgendwo gelistet.«

Eusébio nickte. »Guter Punkt. Des Rätsels Lösung ist, dass die Staatsanwaltschaft in Porto ihm einen Deal angeboten hat. Er sollte über den bevorstehenden Überfall auspacken. Im Gegenzug würde er straffrei davonkommen. Und ohne jeden Eintrag. Juristisch gesehen, hatte er danach wieder eine reine Weste.«

Nach einem weiteren Medronho verabschiedete sich Eusébio und fuhr auf einem knatternden Roller davon.

Der Freigang war bereits seit einer guten Viertelstunde überschritten. Carlos und Graciana wechselten einen kurzen Blick. Es fiel ihnen sichtlich schwer, den Schritt zu tun und das Treffen zu beenden, also nahm da Silva es ihnen ab. »Ich glaube, wir sollten jetzt aufbrechen.«

Ihnen allen war klar: ein Hinauszögern würde nichts bringen. Da Silva musste ja doch zurück, so oder so. Und bei aller Vertrautheit und auch echter Sympathie durfte nicht vergessen werden, dass er ein rechtmäßig verurteilter Doppelmörder war.

Carlos stand auf und meinte: »Ich geh mal bezahlen und noch mal austreten. Genießt ihr noch kurz die Aussicht.«

Den kurzen Moment, in dem Graciana mit Raul allein war, nutzte sie, um eine weitere Bitte an ihn zu formulieren. »Die zwei, denen bei dem Überfall mit dem Zug die Flucht gelungen ist«, sagte sie.

»Ja?«

»Ich muss wissen, wer die sind.«

22.

Nachdem Leander Lost ihren neuen Gast fünfmal in Folge beim Memory-Spielen besiegt hatte, gab Soraia ihm zu verstehen, dass es für jemanden, der sein Gedächtnis verloren hatte, niederschmetternd sein konnte, ausgerechnet bei diesem Spiel ständig zu verlieren.

Sie hatte ihn unter einem Vorwand ins Haus gebeten – ein paar Petiscos aus der Küche mit nach draußen zu nehmen –, um ihm das zu sagen.

»Ja, das verstehe ich«, entgegnete Leander.

»Du könntest absichtlich verlieren.«

»Aber das wäre gegen die Regeln.«

Leander *liebte* Regeln.

»Außerdem bin ich zu ehrgeizig«, fügte er hinzu.

Soraia musste unwillkürlich lächeln. Ein Mann, der nicht lügen konnte!

Seine schonungslose Ehrlichkeit, die vor ihm selbst nie haltmachte, wärmte Soraia auf jene spezielle Weise, die man empfand, wenn man in einem Augenblick wusste, dass der andere der Richtige für dieses Leben war. Beschwingt und gerührt gleichzeitig gab sie ihm einen Kuss auf den Mund.

»Ah, *Pimientos del Padrón*«, analysierte er den herben, salzigen Geschmack ihrer Lippen. Sie hatte tatsächlich eben von den kleinen, grünen Paprika probiert, kaum größer als ein Zeigefinger, angebraten in Olivenöl und mit Meersalz bestreut.

Sie schauten hinaus und sahen, wie Duarte heimlich unter ein paar verdeckte Karten sah.

»Das ist gegen die Regeln.«

»Vielleicht kann er sie sich nicht merken.«

»Doch«, widersprach Leander, »sein Kurzzeitgedächtnis funktioniert. Er erinnert sich an die Karten, die wir angehoben haben. Eben nur nicht so gut wie ich.«

»Du bist Eidetiker, du bist im Vorteil.«

»Ja, deswegen spiele ich das so gerne.«

Nach der siebten Niederlage hatte Miguel die Lust verloren. Sein Blick fiel auf die beiden Werke von Dan B. Tucker.

»Das Buch, das Sie da lesen ... ›Das Kompendium der sinnlosen Sätze‹. Wozu lesen Sie es, wenn die Sätze sinnlos sind?«

»Um für Small Talk gewappnet zu sein.«

»Zum Beispiel?«

»Schön, Sie zu sehen.«

»Das ist Small Talk?«

»Ja. Man sagt es auch dann, wenn es nicht der Wahrheit entspricht. Was unsinnig ist, denn es vergeudet Zeit. Zeit ist das wichtigste Gut, über das ein Mensch verfügt, und dieses Gut verliert jede Sekunde an Substanz. Sie für Small Talk zu verwenden, ist streng genommen ein Höchstmaß an Verschwendung. Small Talk soll eine angenehme Gesprächssituation schaffen, aber – um eine Redewendung zu benutzen – wer A sagt, muss auch B sagen, kurz: Small Talk ufert gerne aus. Es kann dazu führen, dass ein Gespräch nicht zu einem Austausch von Information führt – was der Sinn von Kommunikation ist –, sondern zu einem Austausch von Phrasen, sodass das Gespräch am Ende einen semantischen Nährwert von null hat.

Nichtsdestotrotz«, räumte Leander ein, um Dan B. Tucker zu zitieren: »Wie es in den Wald hineinruft, so schallt es heraus. Eine angenehme Gesprächssituation für das Gegenüber kann dazu führen, dass es einen eher an einer Information teilhaben lässt als nicht. Für Polizisten gilt das eben in besonderem Maße. Sonst ist die Information, die man erhält, vielleicht nicht das Gelbe vom Ei. Ohne Small Talk bekommt man sonst den Eindruck, das mit einem nicht gut Kirschen essen ist. Auf der anderen Seite führt Small Talk nicht immer geradewegs zum Ziel. Man sollte also den Tag nicht vor dem Abend loben.«

Duarte hörte gebannt zu.

»Schauen Sie mal, Dan B. Tucker hat sogar einen weiteren Band verfasst, mit dem man das Arsenal von Worthülsen um Redewendungen und Metaphern erweitern kann. Ein Appendix: *Alte Schweden und blinde Hühner.*«

»Darf ich mir das mal ausleihen?«

»Aber gerne.«

Er schob ihm die beiden Bände zu. Alles, worauf Duarte von sich aus ansprang, erschien Leander Lost wenn nicht richtig, so doch wenigstens nicht verkehrt. Denn dort im Gehirn, wo der Impuls geboren wurde, solche Fragen zu stellen, befand sich vielleicht auch das Zentrum für Verknüpfungen und Assoziationen, und Assoziationen ohne Erinnerungen waren unmöglich.

Von den beiden Ladenhütern verlagerte sich Duartes Aufmerksamkeit nun auf Losts Espadrilles und den schwarzen Anzug, von dem Leander das Jackett abgelegt hatte.

»Ich hätte auch gerne solche Schuhe.«

»Espadrilles.«

»Genau.«

Das *O Tradição* lag in Quelfes, was hier wie »Kellfsch« ausgesprochen wurde. Ein Gebiet, das eine versprengte Ansammlung von Häusern und Farmen umfasste, das hier begann und dort endete, keiner wusste wo genau. Manche sagten, sie wohnten in Kellfsch und waren schon nördlicher in Pechão oder südlicher in Bias do Sul.

Das Restaurant war ein flacher, gelber Bau mit roten Tonziegeln und einem breiten Parkplatz aus Sand und Kiesel und ein paar Sagres-Sonnenschirmen. Es sah aus wie eines jener typischen kleinen Lokale, in denen man Erfrischungen kaufen konnte und Snacks, um dann den Weg zum eigentlichen Ziel fortzusetzen. Die Enkelin der Besitzer, Josephine, todhübsch und smart, die mal Architektin werden wollte, trainierte bei Gelegenheit ihr Englisch bei den Gästen. Ihr Vater sah das nicht gerne: »Du musst aufpassen! Das lockt nur Touristen an.«

Man blieb hier jedenfalls gerne unter sich. Carlos und Graciana hatten beschlossen, es sich ein bisschen gut gehen zu lassen und auf dem Weg hierher Leander angerufen, um zu fragen, wie es Duarte ging. Die beiden befanden sich gerade in einem Bekleidungsgeschäft, das keine fünf Kilometer entfernt war, weshalb sie sie kurzerhand einluden, mit ihnen zusammen zu essen.

Carlos und Graciana hatten sich gerade gesetzt und zwei eiskalte Sagres bei Josephine bestellt, da rauschte die dunkelgelbe Ducati Scrambler durch die Kurve. Zwei Männer darauf, beide in schwarzen Anzügen mit weißen Hemden, beide Krawatten, die im Fahrtwind flatterten und die die Blicke der Gäste auf sich zogen.

»Das ist doch nicht …«

»Doch: Miguel.«

Und tatsächlich stiegen Leander Lost und Miguel Duarte zeitgleich von der Maschine und kamen zu Carlos und Graciana an den Tisch.

»*Boa noite*«, begrüßten sie einander.

Carlos und Graciana starrten synchron auf Duartes Füße: Er trug nun ebenfalls Espadrilles.

»Schön, dich zu sehen«, sagte Miguel zu Graciana und blickte zu Carlos, »und dich auch. Wie war euer Tag?«

»Ähm, ganz gut.«

»Ja, wir haben vielleicht eine Spur. Aber genauso wichtig: was macht dein Gedächtnis?«

»Ich erinnere mich an einen Tag in einem Stadion. Ich erinnere mich an meinen Vater. Ich meine: Ich weiß, es ist mein Vater, aber … ich empfinde nichts, nichts Gutes, nichts Schlechtes, einfach nichts. Ich kann ihn nicht einordnen. Als würde ich ihn zum ersten Mal treffen.«

Graciana und Carlos nickten automatisch, aber ihre Vorstellungskraft kam hier an ihre Grenzen: den Vater zu erkennen, aber nichts zu empfinden.

»Eine Spur?«, fragte Leander.

»Vielleicht sollten wir erst mal was zu essen bestellen«, fand Esteves, »es gibt hier einen wunderbaren Lammtopf.«

»Habe ich da Lammtopf gehört?«, kam Josephine an ihren Tisch.

»Ganz genau«, bestätigte Carlos, »für mich bitte eine ordentliche Portion, *por favor.*«

»Da bin ich dabei«, sagte Graciana.

Carlos' Blick wanderte zu Miguel, dessen Aufmerksamkeit aber Leander galt, der gerade die sechs Gerichte auf der Schiefertafel analysierte.

»Das Pica Pau, ist das mit E 620 oder 621?«

»Nein. Bei uns gibt es keine Geschmacksverstärker«, sagte die Kellnerin.

»Und Farbstoffe?«

»Kann sein, den Überblick über alle Zutaten habe ich leider nicht.«

»Aha. Und der Oktopussalat, enthält der Süßungsmittel?«

»Ganz bestimmt, ja.«

Leander war mit der Liste auf der Tafel am Ende, aber dann entdeckte er den Außengrill, an dem Josephines Vater hantierte.

»Dann nehme ich die Sardinen vom Grill. Und einen Salat mit Olivenöl und etwas Zitrone, Salz, Pfeffer.«

»Für mich dasselbe«, sagte Miguel.

»Gut. Was machen die Esel?«

»Bitte?«

»Die vier Esel.«

»Ich verstehe nicht.«

Josephine warf ihm einen irritierten Blick zu.

»Sie sind doch Miguel. Leiter der Kripo von Faro.«

Carlos zog eine Augenbraue hoch.

»Nein, ich bin Sub-Inspektor«, antwortete Duarte und sah zu Leander: »Oder?«

»Das ist korrekt«, bestätigte Leander.

Duarte nickte: »Und das dort ist meine Vorgesetzte, Senhora Graciana. Die Leiterin der PJ ist gerade in Neuseeland.«

»Gut, war wohl ein Missverständnis. Ich hatte Ihnen erzählt, dass ich eine Schwäche für Esel habe, wissen Sie nicht mehr?«

»Nein. Warum mögen Sie Esel?«

»Weil sie so hübsche Gesichter haben. Und flauschiges Fell – und einen eigenen Kopf.«

»Und was habe ich mit vier Eseln erzählt?«

Josephine schaute ihn ungläubig an. Hatte sie das vielleicht nur geträumt?

»Der Kollege hatte gerade einen Unfall«, erklärte Carlos, der ihre Irritation bemerkte, »einige Dinge aus der jüngeren Vergangenheit sind dabei wohl verloren gegangen.«

»Das erklärt auch den Verband«, sagte die Kellnerin, nun wieder selbstsicher. »Ich hoffe, es tut nicht so weh.«

»Schmerzen habe ich keine«, sagte Duarte. »Aber Sie müssen mir bitte auf die Sprünge helfen: Was habe ich Ihnen erzählt?«

»Dass es gebrannt hat, oben in Sinagoga und Sie vier Esel aus einem Stall gerettet haben. Das war so großartig von Ihnen!«

»Ich nehm noch so ein Sagres«, überbrückte Carlos die betretene Stille.

»Sofort«, sagte die Kellnerin.

»Wieder was über mich gelernt«, sagte Duarte, als sie verschwunden war. »Ich mag Tiere.«

»Gut durchgebraten vielleicht«, merkte Carlos an, »und …«

Graciana stupste ihn mit dem Ellbogen an, und er verschluckte den Rest seines Satzes.

Duarte schaute ihn fragend an.

»Reden wir ein anderes Mal darüber, es ist schon spät«, wich Esteves aus.

Duarte wandte sich an Leander: »Waren Sie dabei? Bei der Sache mit den Eseln?«

»Ja.«

»Wie habe ich sie denn gerettet?«

»Gar nicht«, gab Leander zurück, »Senhora Graciana hat das getan.«

Die Verblüffung stand Miguel Duarte so unverfälscht ins Gesicht geschrieben, dass er auf sie nackt wirkte.

»Aber die Kellnerin hat gesagt, *ich* wäre das gewesen.«

»Sie hat wiederholt, was *Sie* ihr gesagt haben«, korrigierte Leander beiläufig, »genauer gesagt, was Ihr Alter Ego ihr gesagt hat.«

Miguel Duarte sah von einem zum anderen.

»Ich habe also gelogen.«

Leander atmete ein, um darauf zu antworten, vermutlich mit einer Bestätigung, aber Graciana empfand Mitleid. Offensichtlich war Miguel über diesen Umstand tatsächlich beschämt. Der Miguel Duarte aus der Zeit vor der Verletzung wäre das nicht gewesen. »Nennen wir es flunkern«, sagte sie rasch.

»Ja«, bestätigte Carlos, »du hast eben die Chance ergriffen, etwas besser dazustehen, als sie dir erzählt hat, dass sie Esel mag. Kann man schon mal machen.«

Aber Duarte schien das nicht zu beruhigen.

»Habe ich so was oft gemacht?«, fragte er. »Mich mit fremden Federn schmücken?«

»So absolut kann man das nicht sagen, oder Carlos?«

»Kann man doch«, sagte Leander. »Statistisch betrachtet haben Sie das ganz ohne Zweifel. Eigene Defizite haben Sie sehr selten eingeräumt. Genau genommen: Seit ich Sie kenne, nie. Sehr wohl aber die eigene Leistung überhöht.«

Schweigen senkte sich über den Tisch.

»Ähm, worüber haben Sie sich denn heute Nachmittag so unterhalten?«, fragte Carlos.

Duartes Miene hellte sich sofort auf: »Über die Kolonialisierung des Mars. Weißt du, wie wichtig das für unsere Spezies ist?«

»Oh, Senhor Lost war schon *mehrmals* so freundlich, uns ausführlich darüber aufzuklären«, blockte Graciana ab.

Die Kolonialisierung des Mars war eines von seinen Lieblingsthemen. Graciana fand das nach wie vor faszinierend, diese Eigenschaft vieler Asperger-Autisten, sich mit absoluter Hingabe in Spezialthemen einzuarbeiten und hineinzudenken. Es konnte alles Mögliche sein, Spektralanalysen von »Roten Zwergen«, Kommunikationssignale der Gemeinen Feldwespe, Zahlungsbilanzen von Stahlwerken in Minnesota oder das Vorkommen von Blaugelb in der Heraldik zwischen 1824 und 1901. Bei Leander war es die Kolonisierung des Mars. Neben Revolverhelden und Abfüllanlagen versteht sich.

Allen war gemeinsam, dass sie *sehr ausdauernd* über ihr Spezialgebiet zu referieren neigten. Und Leander bildete diesbezüglich keine Ausnahme.

Die Sardinen vom Grill wurden auf frischem Weißbrot serviert. Die Fische waren exakt auf den Punkt gegrillt. Die Haut goldgelb, das Fleisch saftig. Ein einfacher Luxus, der Miguel beim ersten Bissen einen genussvollen Seufzer entlockte.

Das Fleisch im Lammtopf war zwölf Stunden mariniert worden und hatte die Aromen wunderbar aufgesogen. Anschließend war es mit Tomaten und Zwiebeln mit reichlich Öl scharf angebraten und danach bei mittlerer Temperatur lange gegart worden, mindestens drei Stunden. Das Fleisch zerging nahezu auf der Zunge. Es gab Köche, die schworen auf Oregano als Gewürznote, aber hier war es Thymian. Und die sonnengereiften Tomaten waren unvergleichlich geschmacksintensiv in dieser Gegend.

»*Desculpe*«, sagte Miguel und wandte sich an Josephine, bevor die den Tisch wieder verließ, »die Sache mit den Eseln.«

»Ja?«

»Das war gelogen«, sagte er ruhig, »ich habe die Tiere gar nicht gerettet. Ich wünschte, ich hätte, aber ich bin es nicht gewesen. Ich, ähm … wollte mich Ihnen gegenüber wohl nur aufspielen. Das ist mir sehr unangenehm, trotzdem möchte ich mich nicht mit fremden Federn schmücken.«

Tucker, S. 67, *Römische Fabeln*, dachte Lost. Seit er einmal verstanden hatte, wofür diese Redewendung benutzt wurde, liebte er sie.

Carlos und Graciana sahen Miguel verblüfft an, als hätte er plötzlich Klingonisch gesprochen. So etwas wäre dem alten Duarte niemals über die Lippen gekommen. War der Mann, der dort im schwarzen Anzug und Espadrilles wie ein Abbild von Lost saß, noch Miguel Duarte oder schon ein anderer?

Josephine, die Duarte genau beobachtet hatte, war sichtlich beeindruckt. Sie bedachte ihn mit einem zauberhaften Lächeln, bevor sie sich umwandte und an einen anderen Tisch verschwand.

»Sie ist sehr hübsch«, stellte Leander Lost fest.

»Sie heiratet bald«, erinnerte Carlos ihn.

»Aber diese Tatsache und die andere schließen sich doch nicht gegenseitig aus«, sagte Lost. »Ich heirate demnächst Soraia, und die Kellnerin ist trotzdem faktisch sehr hübsch.«

»Sie heiraten bald?«, fragte Duarte.

»Ja.«

»Das freut mich. Glückwunsch. Ich habe den Eindruck, Sie passen gut zueinander.«

»Aus welchen Beobachtungen oder Überlegungen schließen Sie das?«, fragte Leander interessiert.

»Weil Sie sich wie zwei Teile so passgenau ergänzen, dass es etwas Ganzes ergibt«, antwortete Duarte. Graciana und Carlos wechselten einen Blick, um sich zu vergewissern, dass seine

Worte dasselbe Gefühl bei dem jeweils anderen auslösten: so etwas Schönes hatten sie von dem *Pfau* noch nie gehört.

Nachdem er mit großem Appetit seine Sardinen verzehrt hatte, tat er etwas, was Carlos Esteves und Graciana Rosado zum Lächeln brachte, obwohl ihm ein Rätsel war, wieso. Schließlich hatte er sich nur den Scheitel mit einem Plastikkamm nachgezogen.

TAG SECHS

23.

Die Flamingos staksten durch die Saline, die man von der Terrasse der Canto do Baleia sehen konnte. Hin und wieder tauchten sie ihre Schnäbel hinab in das Wasser, um nach Krebsen und Wasserschnecken zu stochern. Die Sonne hatte sich erst im flachen Winkel über den Atlantik erhoben, aber ihre Strahlen legten bereits auf alles eine warme Schicht wie eine sanfte und vertraute Berührung. Der Tag würde warm werden.

Eine trockene, klare Hitze.

Leander fischte mit dem Kescher die ersten Insekten aus dem Pool, die dort beim Trinken havariert waren und hilflos in dem Becken ihrem Ende entgegenpaddelten.

Die Zikaden gaben ein vielstimmiges Morgenkonzert, die Blüten der weißen Oleander öffneten sich.

Soraia und Miguel waren auch schon auf den Beinen. Sie standen in seiner Casinha vor der Bilderwand, und Miguel nahm gerade das Foto seines Vaters ab.

»Und nun?«, fragte er Soraia.

»Legst du es dort ab«, sagte sie und deutete mit dem Kopf auf einen Schuhkarton, den sie auf einen Tisch neben dem Eingang abgestellt hatte. Miguel ging zu ihr und legte das Foto hinein.

»Alle, an die du dich erinnerst, kommen dahin.«

»Gut.«

Er trat zurück und studierte erneut die Wand, die mit den Bildern aus seinem Leben tapeziert war. Momente, die wie die

Augenblicke eines Fremden anmuteten, fast zu privat, um daraufzuschauen. Es waren *seine* Momente und doch hatten sie sich aller Bezüge und Kontexte entwunden und waren, ja: frei.

Er ließ den Blick über sie schweifen, aber keines entfaltete eine Wirkung. Bis auf das, das Harrison Ford zeigte. Harrison Ford als Rick Deckard vor seinem Monitor im verregneten Los Angeles. Duarte hatte das Foto selbst geschossen, es war ein Handyfoto von seinem Fernseher, in dem der Streifen gerade gelaufen war.

»Ich kenne den Film«, sagte Duarte gerade, als Leander hinter ihnen das Casinha betrat, »das ist *Blade Runner.*«

Leander nickte und sagte: »Ein Meilenstein der Filmgeschichte, der den Kritikern und dem Publikum aus dem Jahr 1982 intellektuell weit voraus war. Sie lieben diesen Film.«

»Das ist die Szene mit dem Spiegel«, sagte Miguel und nahm das Foto ab, um es zu dem anderen in den Karton zu legen.

Dass es gerade diese Szene war, die das Foto zeigte, war ein Zufall. Ebenso, dass Leander gerade in dem Moment hereingekommen war, als Miguels Blick auf die Aufnahme fiel. Und doch setzte es eine Assoziationskette in Bewegung, die dazu führte, dass die beiden kurz darauf auf der Ducati Scrambler saßen und in nur 20 Minuten bei der Kripo in Faro waren.

Sie marschierten schnurstracks ins Labor von Isadora Jordão, die gerade eine doppelte Bica trank und eine sehr lange selbstgedrehte Zigarette rauchte, die komisch roch.

Doc, ihr Dobermann, begrüßte Duarte wedelnd.

»Sie können doch mithilfe von Mãe Fotos interpolieren«, sagte Lost ohne Umschweife.

Es war keine Frage, sondern eine Feststellung, aber Isadora nickte trotzdem.

»Wie fein?«

»Das hängt vom Ausgangsmaterial ab. Ein Pixel ist ein Pixel. Ich kann einen Algorithmus darauf ansetzen, der neue Pixel generiert und sich an den Farbwerten der existierenden Pixel orientiert. Aber auch das hat seine Grenzen. Physik.«

»Ich erinnere mich an einen Spiegel auf einem der drei Fotos von Senhora Karen Riemann, die der Mörder löschen wollte.«

»Stimmt«, bestätigte Isadora, die sofort erfasste, worauf der *Alemão* hinauswollte, und federte vor, um die Maus ihres Rechners zu bedienen. »Also: fahren wir in den Spiegel.«

Stück für Stück zoomte sie in das zweite Foto (das einzige der insgesamt drei, das den Spiegel zeigte) hinein und damit – Eintrittswinkel gleich Austrittswinkel – in den Bereich abseits der Fotografin. In das, was der Spiegel über ihren Hintergrund offenbarte.

»Eine Kommode und eine Jacke an der Garderobe«, stellte Duarte fest. Er und Leander hatten sich dicht an den Monitor gebeugt.

»Hm. Vermutlich eher nichts, was einen Mord begründet«, sagte Isadora.

Sie änderte die Richtung im Spiegel und fuhr schräg hoch, während ihr hochgezüchteter Rechner Mãe sämtliche Rechenkerne anwarf, um die Unschärfe zu minimieren, die sich bei fortschreitendem Zoom ins Bild hinein ergab.

»Das ist nur der Kühlschrank.«

Sie suchte den Bereich nun weiter unten ab.

»Da glitzert was.«

»Wo?«

»Auf der Kommode.«

Sie zoomte hinein, und tatsächlich: eine Kommode, schräg davon rechts ein Fenster, durch das das Sonnenlicht einfiel und eine blaue Vase von rechts erfasste. Es war die Oberfläche der Vase, die das Licht reflektierte.

»Eine Vase. Wenn die nicht zufällig extrem wertvoll ist …«

Isadora ließ es unausgesprochen.

»Und das daneben?«

Sie vergrößerte weiter den rückwärtigen Raum.

Im ersten Moment wirkte es wie ein großer Untersetzer oder eine Scheibe mit einer Höhe von nicht mal einem Zentimeter. Etwas von dieser Scheibe spreizte sich als gebogene Linie ab – in der gleichen Höhe wie die Scheibe.

»Könnte eine Rolle sein. Aufgerolltes Material«, identifizierte Duarte den Gegenstand.

»Ja«, bestätigte Isadora, »aufgerolltes Klebeband oder so. Wirkt transparent. Mal sehen, ob wir noch näher rankommen. Ich lasse auf höchster Stufe interpolieren. Wird ein bisschen dauern.« Sie startete den komplexen Rechenvorgang, und kurz darauf startete Mãe die Lüfter. Sie konnten verfolgen, wie die groben, eckigen Pixel sich weiter verfeinerten und Zentimeter um Zentimeter mehr von der Struktur dessen preisgaben, was dort lag.

Nach gut sieben Minuten hatte der Rechner seine Arbeit beendet und den Bildschirmausschnitt in einer Bilddatei abgelegt, die Isadora öffnete.

»Sieht aus wie durchsichtiger Kunststoff«, stellte Lost fest.

»Eine aufgerollte Folie«, sagte Duarte, »und da sind regelmäßige, vertikale Linien.«

Isadora nickte: »Stimmt, gut erkannt, Senhor Duarte. Eine Rolle mit gestanzten Streifen oder Sollbruchstellen.«

»Und da ist etwas in der Folie drin«, erkannte Leander. »Schmutz oder eine Anomalie kann es nicht sein, weil es in den gleichen Abständen auftritt wie die vertikalen Linien. Erkennen Sie, was das ist?«

Die Kriminaltechnikerin schüttelte den Kopf. »Aber ich habe hier noch einen kleinen digitalen Helfer«, sagte sie. »Gestatten: Twin 4.01.«

Sie speicherte das neu errechnete Foto und lud es in das besagte Programm. »Das ist eine Spezialsoftware«, erläuterte sie, »die nach Mustern und Strukturen in Bilddateien suchen kann und sie mit Vergleichsbildern abgleicht, die sie im Netz findet.«

In der Frequenz eines eilig durchgeblätterten Daumenkinos tauchten Vergleichsfotos auf, die ähnliche Formen und ähnliches Material aufwiesen. Klebefolien, Schweißfolien, Etikettenfolien und einige Varianten mehr. Recht zügig ähnelten die neuen Fundstücke immer mehr dem Original. Um schließlich auf einem kristallklaren Foto zu enden.

Es zeigte die auf Folie aufgebrachte Schwarz-Weiß-Zeichnung eines weiblichen Kopfes, der nach rechts blickte.

»Das ist Europa aus der griechischen Mythologie«, erkannte Leander Lost als Erster, »das Motiv stammt aus einer antiken Vase aus Süditalien, es ist über 2.000 Jahre alt.«

»Wow – und wo findet man es?«, fragte Miguel Duarte.

»Auf Eurobanknoten. Als Hologramm.«

24.

»Damit wir einen gemeinsamen Stand haben, die Fakten«, begann Graciana ihre Aufzählung.

Sie hatte alle in den Innenhof der PJ gebeten, wo sie an dem Holztisch mit seinen unzähligen Einkerbungen Platz genommen hatten: Isadora, Carlos, Leander Lost und Miguel. Inwieweit Miguel von Nutzen für die Ermittlungen war, mochte sie nicht beurteilen. Aber es integrierte ihn in die Gruppe, und schaden würde es kaum.

Inzwischen stand die Hitze über der Stadt, die Sonne hatte die Pflastersteine, Mauern und Dächer aufgeheizt, alles strahlte Wärme ab. Schutz boten zu dieser Stunde nur die engen Gassen, in die kaum ein Lichtstrahl drang – oder eben dieser schattige Innenhof.

»Gonçalves Amado hat bei einem Überfall auf einen Zug, in dem sich eine halbe Million Euro befand, seine Mittäter verpfiffen, um selbst straffrei auszugehen«, begann Graciana. »Wir wissen nicht, wer die Mittäter waren, die sich absetzen konnten. Amado selbst war nachweislich in drei Verbrechen involviert: den Überfall auf den Werttransporter, den Schusswechsel mit uns und den Mord an Karen Riemann. Wir wissen nicht, wer Senhora Riemann mit glühenden Zigaretten traktiert hat, um das Passwort zu ihrem Cloud-Speicher zu erpressen und drei Fotos zu löschen, aber sicher ist: Amado hat mit falschen Papieren das Ferienhaus Villa Ria auf dem Resort *Monte Rainha* angemietet.«

»Er hat den falschen Pass benutzt, um seine Spuren in dieser Sache zu verwischen«, fuhr Carlos fort, »aber er war vermutlich nicht mit dem Plan da, Karen Riemann zu ermorden. Dagegen spricht auch, dass er sie allem Anschein nach in der Villa Ria erschlagen und dann im Golfteich versenkt hat.«

»Das heißt, sie ist im Grunde ein Zufallsopfer«, meinte Isadora.

Graciana nickte. »So sieht es jedenfalls im Augenblick aus, ja. Wenn Amado vorgehabt hätte, sie zu ermorden, wäre es unnötig riskant gewesen, das ausgerechnet mitten auf einer Golfanlage zu tun. Er hätte sich in aller Ruhe einen besseren Ort und eine günstigere Situation aussuchen können. Carlos und ich glauben, dass er nach der Entdeckung der Frau in dem Ferienhaus improvisieren musste. Vermutlich hat er auch gesehen, wie sie im Haus fotografiert hat. Der Mord an Karen Riemann jedenfalls ist neben dem Überfall auf den Bilt-Transporter das zweite Verbrechen mit seiner Beteiligung. Und dann gibt es noch ein drittes, das uns im Augenblick Rätsel aufgibt: Er hat am Tag des Mordes an Senhora Riemann einen Einbruch in ein Ferienhaus auf der Anlage begangen. Verbrechen Nummer drei.

Und zwar in das Haus, das zu dem Zeitpunkt von einer gewissen Nadine Deveraux gemietet war.«

»Wir haben die Frau inzwischen überprüft«, schaltete Carlos Esteves sich ein, »ihre Papiere stimmen. Bislang hat sie übrigens keine Probleme wegen eines möglichen Datendiebstahls gemeldet.«

»Wie lange war Senhora Deveraux im *Monte Rainha*?«, fragte Leander.

»Eine Nacht.«

»Dann wäre es wichtig zu erfahren, woher Gonçalves Amado von ihrer Übernachtung auf dem Resort wusste.«

»Das ist der nächste Punkt – sie hat einen Senhor João Coelho getroffen, seines Zeichens Kunstexperte. Wir haben seine Kontaktdaten vor zwei Stunden von ihrer Sekretärin bekommen:

Es stimmt nichts an diesem Mann, seine Handynummer nicht, sein Adresse, seine Mail. Eine falsche Identität.«

»Ein bisschen viele Männer mit falschen Pässen am gleichen Abend im *Monte Rainha*«, fand Isadora.

»Genau«, pflichtete Graciana ihr bei, »dieser Mann war vermutlich ausschließlich dazu da, um sicherzustellen, dass sie an diesem Abend tatsächlich im *Monte Rainha* übernachtet und sich eine Unterkunft nimmt. Laut der Aussage der Sekretärin von Nadine Deveraux hat ihr Gesprächspartner Coelho den Treffpunkt und die Uhrzeit vorgeschlagen. Und sie ist darauf eingegangen. Möglicherweise stecken Amado und dieser Senhor Coelho, mit dem sie im *O Céu* zu Abend gegessen hat, unter einer Decke.«

»Wissen Sie, was Madame Deveraux beruflich macht?«, hakte Leander Lost nach.

»Sie arbeitet für Saint Rivage. Die helfen Unternehmen, die in wirtschaftliche Schieflage geraten sind. Und Daten von denen sind auf ihrem Laptop.«

Lost deutete ein Nicken an: »Wäre es wohl möglich, von Senhora Deveraux eine Liste der Firmen zu bekommen, von denen sie Material auf ihrem Laptop hatte?«

»Die haben wir vor 15 Minuten bekommen«, erklärte Graciana Rosado und hielt einen USB-Stick hoch. »Ein Terabyte Datenmaterial, und wir wissen nicht, wonach wir suchen sollen.«

»Darf ich das kopieren, bitte?«

»*Claro.*«

Sie reichte ihm das kleine Speichermedium.

»Haben Sie einen Ansatz, Senhor Lost?«, fragt Carlos interessiert. Alle Blicke richteten sich auf Leander Lost.

»Ja.«

Stille. 21, 22, 23 …

»Und welchen?«, lieferte Graciana nach, weil sie keine offene, sondern eine geschlossene Frage gestellt hatten, mit deren

Beantwortung der *Alemão* keinerlei Anzeichen sah, dass eine Äußerung darüber hinaus erwünscht war.

»Das Hologramm mit dem Kopf von Europa ist das von der 50-Euro-Banknote der Europa-Serie des Euros. Die erste Serie erstreckt sich auf den Zeitraum 2003 bis 2013. Ab 2013 sind neue Sicherheitsmerkmale in die Banknoten eingearbeitet worden, um sich gegen Falsifikate zu schützen. Der 50-Euro-Schein der Europa-Serie ist 2017 in den Markt eingeführt worden.

Das, was wir heute Morgen auf der Kommode in der Villa Ria auf dem Foto entdeckt haben, sind vermutlich Tausende oder sogar Zehntausende von Hologrammen. Ganz offensichtlich gibt es ein Verbrechen Nummer 4, in das Gonçalves Amado ebenfalls verwickelt war und zu dessen Ausführung es noch nicht gekommen ist: der Fälschung von 50-Euro-Banknoten. Vielleicht ist eines der Unternehmen, das Saint Rivage übernommen hat, in die Herstellung einer weiteren Komponente für den Druck involviert.«

»Und am nächsten Tag überfallen die dann zusammen einen Werttransporter, um Schmuck für 60.000 Euro zu erbeuten?«, fragte Carlos. »Macht das Sinn? Ich meine: Dafür lassen die sich auch noch auf eine Schießerei ein und verlieren einen ihrer Leute. Und das, obwohl sie Millionen an Falschgeld herstellen könnten? Die sind ja nicht dumm, das passt doch nicht.«

Leander lächelte plötzlich: »Da liegt der Hase im Pfeffer. Warum sollten Kriminelle, die Millionen an Euros drucken könnten, so ein großes Risiko für einen überschaubaren Wert an Schmuck eingehen?«

Graciana deutete ein Achselzucken an: »Weil es gar nicht um den Schmuck ging?«

Die Gesichter der anderen gerieten in Bewegung, ihre Blicke streiften durch den Innenhof, über die Wände, die Bäume, deren Blätter, ohne etwas davon wahrzunehmen, weil sie so hoch konzentriert waren, die Dinge durch diesen Filter neu zu bewerten: es ging nie um den Schmuck.

»Dann war was anderes in dem Transporter«, stellte Miguel Duarte fest und warf Leander einen unsicheren Blick zu.

»Ja. Ihnen hat für die Fälschung ein Bestandteil gefehlt. Ein Bestandteil, der sich auf seinem Transport von einem sicheren Ort zum nächsten befunden hat. Und der Werttransporter war zwischen A und B das leichteste Ziel für die Täter.«

»Aber es fehlt außer Schmuck nichts«, wandte Carlos ein und fragte sich gerade nebenbei, ob man sich Hunger auch einbilden konnte.

»Natürlich nicht«, sagte Isadora, »so, wie auch bei Senhora Deveraux nichts gefehlt hat. Die zuständigen Stellen oder wir sollen nicht merken, was fehlt. Der Schmuck ist nur eine Nebelkerze.

Und Madame Deveraux hätte von dem Einbruch auch nicht erfahren. Wüssten wir das alles nicht, würden wir immer noch von Tätern ausgehen, die hinter dem Schmuck her waren.«

»Aber der Schmuck war nur die Tarnung für das, um was es wirklich geht«, fasste Graciana zusammen.

»Das ist meine These«, bestätigte Leander, »im Fall Deveraux ging es vermutlich um die Erstellung einer Kopie, die sie nicht bemerken sollte. Und beim Werttransporter ist erneut etwas entwendet worden, ohne dass der Empfänger den Verlust bemerkt haben kann. Wir müssen die Liste noch mal durchgehen, Senhor Esteves. Es gab etwas in dem Transporter, was nicht fehlt, aber was für die Fälschung von Banknoten absolut unverzichtbar ist.«

25.

São Brás de Alportel lag hinter der großen ersten Hügelkette der Algarve, sprichwörtlich im Hinterland. Von hier zur Küste dauerte es mit dem Auto mindestens eine halbe Stunde. Ulisses Cruz hatte sich vierzig Minuten Zeit genommen, obwohl er die Strecke auf einem Motorrad zurücklegte – er wollte nicht auffallen und hielt sich akribisch an jede Geschwindigkeitsbegrenzung. Auch die Papiere, die er dabeihatte, waren in Ordnung und auf seinen echten Namen ausgestellt. *São Brás*, wie die Einwohner den Ort abkürzten, gehörte zwar offiziell noch zur Küstenregion der Algarve, von seinem Wesen her aber eher schon ins Alentejo, jenes nur spärlich besiedelte Gebiet, dessen Bevölkerungsdichte immer weiter abnahm, je mehr man sich ins Landesinnere bewegte.

Dass die Korkherstellung hier noch einen großen Platz in der regionalen Wirtschaft einnahm, war ein Indikator für die enge Verzahnung des örtlichen Handwerks mit der Tradition der Gegend. Tatsächlich stammten die Korken der Champagnersorte *Moët & Chandon* aus São Brás. Und die wenigen Individualtouristen, die sich hierher verliefen, wanderten gerne den *Rota da Cortiça*, der zu den Korkeichen führte.

Ulisses' Vorhaben führte ihn ins Museu de Traje, das Trachtenmuseum, das bei der Hitze vermutlich nur von Menschen besucht wurde, die sich einen Moment in klimatisierten Räumen und im Schatten aufhalten wollten, dachte er. Drinnen jedenfalls gab eine Langweiligkeit der nächsten die Hand. Schaufensterpuppen in Kostümen unterschiedlicher Epochen lächelten puppenhaft ins Nichts. Von einer Gruppe Puppen aus der Zeit des Art déco ging es unvermittelt hinüber zu dem Verkauf regionalen Honigs und zu einer Ausstellung von Kutschen und Pferdegespannen.

An einer Ecke stand eine französische Touristenfamilie mit Flyern in der Hand. Vater und Sohn wetteiferten gerade darum, wer die meisten Fotos einer Offiziersuniform schoss. Ihre Begeisterung hatte für Ulisses etwas Unheimliches.

Anschließend besuchte er die altehrwürdige Kirche am Südrand der Stadt, ein großes, verschachteltes Gebäude, das sich an einem Hang befand. Nach Süden hin hatte man von hier einen weiten, ungestörten Blick über die Hügellandschaft. Kindergeschrei drang von weiter unten zu ihm hinauf, was Ulisses erstaunte.

Er schlenderte an der halbhohen Mauer entlang, bis er den Grund für die Stimmen sah: das örtliche Freibad, das bei den gut 30 Grad im Schatten überquoll vor Besuchern.

Auch er konnte nun eine Pause von der Hitze gebrauchen und trat in das Innere der Kirche mit ihren typischen Holzbänken, dem Altar, der Kanzel, den Seitenschiffen. Im Sommer war die Temperatur hier drinnen angenehm, denn die Wände strahlten eine bemerkenswerte Kühle ab. Im Winter allerdings musste es den Gläubigen beim Gottesdienst erbärmlich kalt gewesen sein. Ulisses war es ein Rätsel, warum man sich so etwas antat. Er glaubte nicht, dass da nach dem Tod noch was kam. Und es erschien ihm unsinnig, wider seine Natur zu leben, um den Geboten eines merkwürdigen Wesens zu genügen, das sich nie blicken ließ und überhaupt nur erfunden worden war, weil Menschen mit ihrer Endlichkeit nicht klarkamen und froh waren, dass ihnen jemand ein Hintertürchen bastelte.

Er musste an Sol denken und lächelte. Seine kleine Agnostikerin. Die daran auch nicht glaubte, aber sicherheitshalber eine Kerze kaufte und anzündete, wenn es sie aus irgendwelchen Gründen mal in ein Gotteshaus verschlug. »*Kann ja nicht schaden*«, sagte sie dann. Sie hielt sich eben auch ein Hintertürchen offen.

Zwei alte Frauen, ein alter Mann, eine junge Frau mit ihrem Kind, das waren die Besucher, die außer ihm noch da waren. Sie beteten oder blickten nach vorne zu der Christusgestalt am Kreuz.

Ulisses Cruz ging in eines der Seitenschiffe und nahm dort Platz.

Er sah sich in Ruhe um und entdeckte an der Skulptur einer Heiligenfigur, die aus einem Einlass in der Wand auf ihn hinabblickte, wonach er suchte.

26.

»*Nous sommes presque sûrs qu'une de vos entreprises fabrique des faux billets. Nous devons savoir laquelle*«, sagte Isadora am Telefon.

Die einzigen Mitarbeiter der PJ, die fließend Französisch sprachen, waren Isadora Jordão und Leander Lost. Die beiden hatte Graciana für den Informationsaustausch mit Saint Rivage in Bordeaux abgestellt.

Es war bereits Samstagnachmittag, aber auf Veranlassung von Nadine Deveraux kümmerten sich zwei Mitarbeiter von Saint Rivage nun auch am Wochenende um die Belange der portugiesischen Polizei. Nicht ganz uneigennützig, denn Deveraux witterte mittlerweile Industriespionage oder gar den Raub eines Patents. Es galt womöglich, massiven Schaden von Saint Rivage abzuwenden.

»Die Firma, die wir suchen, muss unter Sicherheitsvorkehrungen gearbeitet haben«, erklärte Lost seinem Gesprächspartner auf Französisch, »wenn Sie das als Suchkriterium benutzen, dürften nur noch wenige Firmen übrig bleiben.«

Es dauerte einige Augenblicke, bevor der Franzose antwortete: »Das stimmt. Es sind lediglich zwei.« Die eine Firma arbeitete an der Entwicklung eines Freund-Feind-Systems für die französische Luftwaffe, was Leander allerdings zu spezialisiert erschien für ihren Fall. Übrig blieben *Didier et Fils*, eine Farbmanufaktur, die inzwischen allerdings nicht mehr existierte.

Eine von Saint Rivages Risikoinvestitionen, die sich nicht rentiert hatte. Der Vorgänger von Nadine Deveraux war für dieses Unternehmen verantwortlich gewesen. Die Daten, die ihr Vorgänger damals zur Firmenevaluation zusammengetragen hatte, existierten aber nach wie vor in einem Archivordner. Solche Bestände wurden für einige weitere Jahre aufbewahrt, falls es noch einmal zu einem Gerichtstermin oder irgendeiner juristischen Zankerei kommen sollte.

«Warum gab es damals die Sicherheitsvorkehrungen?«, fragte Lost.

»*Pardon,* da muss ich nachfragen.«

Während der Mann in Bordeaux sich bemühte, weitere Details herauszubekommen und Leander und Isadora auf seinen Rückruf warteten, nahmen sich Carlos und Graciana noch einmal die komplette Liste der Güter vor, die sich zum Zeitpunkt des Überfalls in dem Bilt-Werttransporter befunden hatten und von denen weder von den Absendern noch den Empfängern eines als verloren gemeldet worden war. Wenn Losts These zutraf, musste sich etwas im Wagen befunden haben, das für die Kriminellen viel wertvoller gewesen war als der Schmuck. Etwas, das aber offenkundig nicht fehlte. Vielleicht auch eine Festplatte, die nicht entwendet, sondern kopiert worden war. Oder etwas, dessen Wert sich nicht auf den ersten Blick erschloss. Hier könnte die entsprechende Versicherungssumme ein Indiz sein, weshalb sie sich im ersten Durchgang schließlich darauf verlegten. »Das hier«, hatte Carlos schließlich gesagt, »ist ziemlich hoch versichert für ein Ersatzteil mit der Bezeichnung T17/13-04.«

»Was soll das sein?«

»Bei Inhalt steht: *Verbindungsstück für Turbolader.*«

»Und die Versicherungssumme?«

»50.000 Euro.«

Graciana schnalzte anerkennend mit der Zunge.

»Und eine auffallend unauffällige Bezeichnung«, merkte Isadora an.

»Absender und Empfänger?«

»Absender ist eine Firma in Lissabon«, antwortete Carlos, »Empfänger eine in Faro. Bei beiden geht keiner ans Telefon, hab ich eben schon probiert und eine Nachricht auf den Anrufbeantwortern hinterlassen. Bilt hat allerdings vermerkt, dass die Sendung wohlbehalten beim Empfänger angekommen wäre.«

»Wie heißt die Firma hier in Faro?«

»Pereira Ltd.«

»Sagt mir nichts«, bekannte Graciana.

Auch die anderen schüttelten die Köpfe.

In dem Augenblick klingelte Leanders Telefon. Es war der Mann aus Bordeaux. Er hatte tatsächlich jemanden aufgetrieben, der möglicherweise weiterhelfen konnte: der Sohn des letzten Besitzers der Farbfirma, die bankrottgegangen war. Sein Name war François Didier, und er war mittlerweile auch schon 66 Jahre alt.

»*Oui, oui,* an die Sicherheitsvorkehrungen erinnere ich mich noch genau«, sagte der Mann, der sofort an den Apparat gegangen war, als Leander seine Nummer wählte. Das sei kurz vor seinem eigenen Ruhestand gewesen. Er hatte die Firma nach dem Tod seines Vaters fast zehn Jahre lang geleitet, bevor sein Schwiegersohn sie übernahm. Er war in gutem Glauben an diesen Mann gewesen, aber seine Tochter hatte noch nie Glück gehabt bei der Wahl ihrer Begleiter. »Diese Person war ein Fiasko! Ein Fantast, er hat alles in den Abgrund gerissen«, schimpfte Didier. »Wenigstens ist er am Ende konsequenterweise von einer Brücke gesprungen – aber nur ins Wasser. Sehr theatralisch. Unseren Betrieb hat's nicht gerettet, wär ja zu schön gewesen, und wir reden hier nicht von einer x-beliebigen Firma, wie sie an jeder Straßenecke auf- und gleich wieder zumachen, *non, non, non, Didier et Fils* blicken auf eine sechshundertjährige Tradition zurück! Damals hat man noch in den Wäscheeimer gepinkelt, um Indigo herzustellen.«

»Das ist mir bekannt, Monsieur«, sagte Leander. »Farben haben mich schon immer interessiert.«

»Sie belieben zu scherzen, Monsieur«, sagte der Mann leicht irritiert.

»Keineswegs«, sagte Lost. »Von der Indigo-Herstellung stammt auch der Ausdruck ›Blau machen‹. Die Färber haben häufig Bier getrunken, damit sie genug Harndruck bekamen, um auf die blaufärbende Pflanze Indigo urinieren zu können. Sie waren wegen ihrer Tätigkeit meist betrunken. ›Blau‹.«

»Mein Respekt, Monsieur Lost. Diese Geschichte kennen nicht viele. Nun – unser Familienbetrieb lässt sich bis ins Jahr 1421 zurückverfolgen. 1421 – das war 400 Jahre nachdem Leif Eriksson Amerika entdeckt hat und 71 Jahre, bevor man es Kolumbus zugeschrieben hat. Und seitdem erklärt man den Kindern in der Schule, dass es Kolumbus gewesen ist. Aber es war Eriksson.«

Ein heiseres Lachen.

»Ich weiß.«

»Ach, ja? Wissen Sie auch, wo er in Neufundland gelandet ist?«

»In L'Anse aux Meadows.«

Eine kurze Pause in der Leitung.

»Sie wissen eine Menge, wie mir scheint«, sagte der Franzose mit Respekt in der Stimme.

»Ich merke mir Dinge.«

»Das ist interessant. Ich fange gerade an, eine Reihe an Dingen zu vergessen. Das ist manchmal unschön, weil einem dann und wann Namen nicht mehr einfallen, jedenfalls in dem Moment nicht, wenn man sie braucht, aber es hat auch was Erleichterndes. Man löst sich von Ballast. Wissen Sie auch, was 1653 geendet hat?«

»Ja.«

»Und?«

»1652.«

Wieder das heisere Lachen.

»Sie machen mir in zwei Minuten mehr Spaß als mein Schwiegersohn in seinem ganzen Leben. Na ja, wie auch immer, ich vergeude Ihre Zeit, Monsieur Lost: Was brauchen Sie noch mal?«

»Den Grund für die Sicherheitsvorkehrungen.«

»*Ah, oui*, das war's. Nun: Unser Betrieb hatte sich in den letzten Jahren spezialisiert auf, sagen wir mal, *besondere Farben*. Spezialfarben für Spezialaufträge in der ganzen Welt. Der wichtigste Auftrag meiner Karriere kam 2011 – die fluoreszierende Farbe für die Smaragdzahl auf den Eurobanknoten. Wenn Sie einen Euroschein gegen das Licht kippen, sehen Sie es. Die Farbe habe ich selbst mit meinen Mitarbeitern entwickelt, viele Wochen im Labor. Ich klinge vielleicht nicht so, Monsieur, aber ich bin promovierter Chemiker!«

»Beeindruckend«, sagte Lost. »Wie kommt es, dass Ihre Firma in finanzielle Schwierigkeiten geraten ist mit so einer Spezialqualifikation?«

»Sagte ich das nicht schon? Mein Schwiegersohn!«, rief François Didier. »Er hat unser Geld mit Hochrisikofonds durchgebracht. Wir waren pleite.«

»Diese fluoreszierende Farbe«, frage Lost, »für die Eurobanknoten. Wer kannte die exakte Formel?«

»Nun, so etwas ist natürlich ein streng gehütetes Firmengeheimnis, mit so was geht man nicht hausieren. Wir. Die Zentralbank. Und am Ende natürlich auch Saint Rivage, die unsere kompletten Patente und Mischungen im Rahmen der Firmenevaluation eingesehen haben. Aber jetzt ist es egal, denn die Europa-Serie endet, und die Serie für 2024 wird bereits vorbereitet mit neuen Farben. Didier et Fils wird aber nicht mehr davon profitieren.«

»Halten Sie es für möglich, dass Madame Deveraux die exakten Mischungsangaben auf ihrem Laptop hat?«

»Sie ist für uns zuständig, wenn wir noch Gelder erhalten. Ja, ich nehme an, sie hat das alles auf ihrem Rechner.«

Wenig später bekamen sie Besuch im Präsidium: Rafaela Romão, wie üblich Boots und Jeans, und Gabriel Alves, der seinen verletzten Arm immer noch in einer Binde trug. Sie hatten die beiden seit der Schießerei nicht mehr gesehen und begrüßten sich herzlich.

»*Olá é boa noite!*«

»He, was macht der Arm?«, fragte Carlos und stand auf, um Alves vorsichtig die Hand zu schütteln.

»Schmerzt nicht mehr – nur das Duschen ist immer noch abenteuerlich.«

»Das kann ich mir vorstellen, Mann. Ich hoffe, du hast es bald hinter dir. Was treibt euch her?«

»Wir haben den Kollegen Duarte besucht, um zu schauen, wie es ihm geht«, sagte Rafaela. »Er hat erzählt, dass ihr alle hier seid, und da wollten wir mal Hallo sagen, aber gar nicht lange stören. Wir sind eigentlich schon auf dem Sprung zurück nach Portimão.«

»Ihr stört nicht.«

»Wir sind erleichtert«, sagte Alves, »Duarte in so guter Verfassung zu sehen. Nur komisch, dass er bei der Hitze einen schwarzen Anzug trägt.«

»Lange Geschichte«, sagte Carlos. »Wollt ihr was trinken?«

»Eigentlich gerne«, sagte Rafaela Romão, »wir sind auch nicht im Dienst. Aber wir müssen tatsächlich gleich wieder los. Eines bloß: Wir haben gehört, der … Mann ist identifiziert.«

Sie sprach es an, als würde sie es lieber nicht ansprechen, aber es doch wissen wollen.

»Gonçalves Amado«, antwortete Graciana, »kanntest du ihn?«

Sie schüttelte den Kopf.

»Hatte er Familie?«, fragte sie. Es war deutlich zu spüren,

dass sie die Geschichte nicht kaltließ. Natürlich nicht. Sie hatte ihn in Notwehr erschossen und sorgte sich, ob es da vielleicht eine Frau gab, die sie zur Witwe gemacht hatte, und Kinder, die jetzt Halbwaisen waren. Wie fein von ihr.

Carlos Esteves schüttelte den Kopf: »Nein, mach dir keine Gedanken, jedenfalls nicht deswegen.«

»*Obrigada*«, sagte sie.

»Und die anderen?«, fragte Alves.

»Von denen fehlen jegliche Anhaltspunkte«, sagte Carlos.

»Also«, sagte Gabriel Alves, »wann immer wir gebraucht werden …«

»Kurier erst mal deinen Arm aus«, sagte Graciana zum Abschied. Ihr Handy vibrierte, und sie schaute aufs Display – die JVA in Faro. Sie war augenblicklich hellwach.

»Die Liste Bilt-Transporters«, wandte sie sich an die anderen, »wir müssen die akribisch auf besondere Sendungen überprüfen. Stichwort: unangemessen hohe Versicherungssumme. Auf geht's.«

Sie selbst verschwand mit ihrem Handy in der Damentoilette, nahm ab.

»Sofort?«, fragte sie.

»Ja, sofort«, antwortete die Stimme.

Das Gefängnis von Faro war nur ein paar Minuten mit dem Auto von dem Kommissariat entfernt. Graciana ging die paar Meter zur Hauptstraße und nahm dort ein Taxi, damit sie ihren Dienstwagen nicht vom Parkplatz bewegen musste, was später zu Fragen geführt hätte. Der Besucherraum wirkte nachts im kalten Neonlicht, das von der Decke auf sie herabstrahlte, noch mal abweisender. Und da Silva um zehn Jahre älter. Der Gefängnisalltag hatte tiefe Furchen in sein Gesicht gegraben.

»Die Schließer müssen gehen.« Er deutete mit dem Kopf auf die beiden Vollzugsbeamten, die für Gracianas Sicherheit sorgten.

»Nein«, sagte der Mann ihm gegenüber.

»Ist in Ordnung«, sagte Graciana ruhig und zückte ihren Dienstausweis, »Rosado, PJ. Sie verlassen jetzt beide diesen Raum und warten vor den Türen, bis ich Sie rufe. Das ist eine Dienstanweisung.«

Die beiden jungen Männer verständigten sich über einen kurzen Blick, dann verließen sie den Besucherraum.

Da Silvas Augen lächelten.

»Es ist viel passiert, und ich habe wenig Zeit«, begann sie ohne Umschweife. Ihr alter Chef nickte.

»Es gibt Leute, über die hört man nur auf Umwegen«, sagte er dann, »deswegen hat es einen Moment gedauert.«

Moment war gut, dachte Graciana. Sie hatten sich gestern erst gesehen. Wenn stimmte, auf was sie hoffte – Klarnamen –, dann arbeitete das Informationsnetzwerk der Gefängnisse schneller und verlässlicher als die Kripo.

»Gonçalves Amado hatte wohl mit denen zu tun. Und wie man hört, bleiben die gerne beim gleichen Personal.«

»Und wer sind *die*?«

»Zwei Brüder. Ulisses und César Cruz. Schon mal gehört?«

»Nein.«

»Waren damals bei dem Überall auf den Zug beteiligt. Die Jungs, deren Aktion euer Amado verpfiffen hat – ohne Namen zu nennen.«

»Die beiden haben sich aus der Sache herausgeschossen?«

»Genau«, sagte Raul da Silva und fügte nicht ohne Grund hinzu: »Obwohl alle Polizeieinheiten auf so ein Szenario vorbereitet waren.«

Graciana blickte ihm direkt in die Augen, um darin die Bestätigung für ihre Annahme zu finden, und fand sie: Diese Leute waren brandgefährlich. Einmal in der Falle, schossen sie sich notfalls den Weg frei. Wer einmal damit davonkam, blieb dabei. *Es passte.* Es passte zu den Tätern auf der N 125. Es passte zu denen vom São Miguel.

Sie war nah dran. *Nah*. Sie spürte es. *Ulisses und César Cruz*.

Amado belastete bei dem Bahnüberfall in Braga die Brüder Cruz, um seine Haut zu retten.

Ein Mittäter wurde erschossen, der andere verurteilt. Der Verurteilte starb Jahre später in Salamanca. Und zwar …

»Die Sache in Salamanca«, wandte Graciana sich an da Silva, »*drei in eins*, wann war das?«

Raul da Silva war von dem Gedankengang überrascht, aber dann nickte er, als ihm klar war, wie schnell ihr Verstand die Dinge verknüpfte.

Drei in eins hatte selbst Wellen bis nach Portugal geschlagen.

»Drei Banken in einer Stunde«, sprach Raul da Silva es aus, »ziemlich abgebrüht. Das war 2017 in Salamanca. Du denkst, die waren das, ja?«

»Ja.«

Denn auch das passte.

2017 – sieben Jahre nach dem Überfall auf den Geldtransporter auf der N 125 und Elias' Tod.

Ein toter und ein querschnittgelähmter Polizist. Die Zeitungen hatten berichtet, Elias war trauriger Höhepunkt in den Abendnachrichten. Das Innenministerium hatte eine beträchtliche Summe für Hinweise auf die Täter ausgelobt. Vergeblich.

Vielleicht waren die schon längst außer Landes, überlegte Graciana. Hatten sich mit dem Bargeld nach Spanien abgesetzt und waren da abgetaucht, während man in Portugal jeden Stein nach ihnen umdrehte. Und drei Jahre später war ihnen das Geld ausgegangen.

Da hatten sie es 2015 in Braga versucht – der Überfall auf den Zug, der gescheitert war. Und dann hatten sie in Salamanca zugeschlagen.

»Und jetzt sind sie zurück«, fasste sie eher für sich zusammen.

Da Silva nickte, sie spürte seinen Blick auf sich, auf ihrem Gesicht, das er so gut kannte.

»Ich denke, du wirst morgen früh in die *do Municipio* fahren und dir ansehen, was es über die Brüder Cruz im Rechner zu finden gibt.«

Graciana verzog keine Miene. In seinen Augen lag Sorge.

»Ich würde vieles geben«, sagte er, »wirklich viel, um rückgängig zu machen, was ich getan habe.«

Er ließ den Satz stehen, die Worte klangen nach. Wie eine Gitarrensaite, die in nachlassender Intensität einen Ton in die Welt schickt.

Graciana Rosado deutete ein Nicken an: Ja, sie glaubte ihm.

»Jemanden auszulöschen, löscht auch dich selbst aus. Lad dir das nicht auf.«

Graciana schwieg. Blickte auf ihre Hände, die sie auf dem Tisch zusammengelegt hatte.

Raul da Silva, der spürte, wie sie ihm entglitt, wie seine Worte nicht die erwünschte Wirkung entfalteten, legte nach: »Es macht niemanden wieder lebendig.«

Jetzt schaute sie ihn direkt an, und ihre Augen blitzten.

»Mich schon«, sagte sie.

Miguel Duartes Kopf schmerzte. Was kein Wunder war so kurz nach der Verletzung. Aber noch etwas anderes bereitete ihm Kopfschmerzen. Es gab zwei Fotos an der Wand in dem Besucherhaus, an die die Erinnerung zurückgekehrt war. Und nun wie aus dem Nichts eine weitere: die Erinnerung an ein Tor. Doch die Spieler, an die er sich erinnerte, gehörten nicht zum FC Porto, von dem er ja Fan war, wie der Kollege mit dem zerknitterten Hemd und dem Dauerhunger ihm erzählt hatte, sondern zu Real Madrid!

Kurz war er irritiert gewesen, denn er sah das Tor von Cristiano Ronaldo – der Portugiese war. Und obwohl er das war, spielte er für Real Madrid an diesem Tag, an den er sich erinnerte. Und plötzlich stürzten viele Erinnerungen auf ihn ein, in denen er Carlos Esteves damit aufgezogen hatte – *Warum spielte der beste Portugiese für einen Club in Madrid, hm?*

Ronaldo schoss das Tor, es war ein Elfmeter. Es war das Spiel des Jahrzehnts: die Erzrivalen Real Madrid gegen Atlético Madrid im Lissaboner Stadion da Luz. Finale der Champions League. Und mittendrin zwei spanische Top-Clubs, die alle anderen europäischen Clubs nach Hause geschickt hatten. Ja, ganz genau: Die Spanier machten es unter sich aus, sie spielten in ihrer ganz eigenen Liga. Beim Stand von 1:1 ging es in die Verlängerung, und dann fielen drei – drei! – Tore. Das letzte in der 120. Spielminute durch Ronaldo, der diesen großartigen Sieg mit dem vierten Tor krönte.

Die Feier in Lissabon und dann – Sevilla. Die Stadt, das Haus, die Freude, die Restaurants, die Clubs, die Frauen … Für einen Moment war es klaustrophobisch: so viele Erinnerungen und so wenig Platz. Wo sollte er die alle unterbringen? Er bekam Herzrasen und stolperte aus dem Casinha.

Soraia, die gerade die Außendusche am Pool reparierte – eine tolle, sehr patente Frau, wie er fand – kam ihm entgegen.

»Ich glaube, ich sterbe«, murmelte er und ging in die Knie.

»Was hast du, Miguel?«, fragte sie ernsthaft besorgt und griff schon nach ihrem Smartphone für den Notruf.

»Zu viele Erinnerungen. Ich bekomme schwer Luft, mein … Herz …«

»Leg dich auf den Rücken.«

Er tat es. Er tat es, weil sie es in einem Ton sagte, der ohne Panik war und in dem die Gewissheit mitschwang, das Richtige zu tun.

»*Bom*«, sagte sie und beugte sich über ihn, »es ist gut, dass sie kommen, die Erinnerungen, Miguel, lass es zu.«

»Es sind so viele. Was ist … mir platzt vielleicht der Kopf. Es ist nicht genug Platz …«

»Nein, das geht nicht. Sie kommen ja nicht neu dazu. Sie sind schon da gewesen. Du brauchst keinen zusätzlichen Platz, verstehst du? Du öffnest nur die Türen zu ihnen.«

Sie lächelte so voller Mitgefühl und strich ihm nun auch

noch beruhigend über die Wange. Ganz sanft. Er kannte sie, er kannte sie von früher, das wurde ihm nun klar. Wie hatte er übersehen können, wie attraktiv sie war?

Miguel erinnerte sich, den *Alemão* komisch von der Seite angesehen zu haben, weil das Gerücht umging, er habe sich unter anderem in ihre Grübchen verliebt und für wie dämlich er das damals gehalten hatte. Aber jetzt verstand er. Er fühlte es.

Er kam mit dem Oberkörper hoch und küsste sie auf den Mund, er musste es einfach tun. Und wenn der Preis dafür sein Leben gewesen wäre (seinen Hang zur Dramatik entdeckte er bei dieser Gelegenheit auch gleich wieder).

Soraia wich erstaunt, aber auch belustigt etwas von ihm zurück.

»Verzeihung«, sagte er schnell, »ich weiß nicht, ich musste es einfach tun.«

»Schön, jetzt hast du's getan. Und jetzt? Geht es dir besser?«

»Ja«, antwortete er, nachdem er kurz in sich hineingehorcht hatte und ebenso erleichtert wie überrascht war, »ja, es geht besser.«

Er machte Anstalten aufzustehen, und Soraia half ihm hoch. Kurz war er ihr wieder nahe. Sie schenkte ihm ein Lächeln, in dem kein Vorwurf lag. Tatsächlich trug sie es ihm nicht nach.

»Ich gehe mal ein paar Fotos abhängen«, sagte er.

»Ja, das ist gut.«

Er blieb noch einen Augenblick lang stehen, dann machte er kehrt und verschwand im Casinha.

27.

Das Parkhaus war zu dieser Uhrzeit praktisch leer. Die Geschäfte waren geschlossen, die Leute hatten ihre Einkäufe erledigt und nach Haus gebracht, nur in den Bars und Restaurants herrschte Hochbetrieb. Es war Samstag, das Ende einer anstrengenden Arbeitswoche. Die Nacht war noch recht jung, die Hitze war einer angenehmen Abendwärme gewichen.

Sol Pinho ging ins *Columbus*, der angesagtesten Cocktailbar in Faro. Im Erdgeschoss eines Altbaus untergebracht, standen die Tische und Stühle nicht nur im eigentlichen Innenraum, sondern auch in einem luftigen, meterhohen weißen Arkadengang. Und davor. Auf diagonal angeordneten Streifen weißer und schwarzer Pflastersteine, geebnet und poliert von Abertausenden Fuß- und Schuhsohlen, standen Reihen weißer, runder Tische. Von hier aus konnte man durch den angrenzenden Park auf die Marina und die Ria Formosa blicken. Nur wenige Meter entfernt lag die Banco de Portugal. Und der Zugang zu deren Tiefgarage.

Paare flanierten hier entlang, blieben stehen, rauchten, küssten sich, trafen Freunde. Ein Gewirr von Gesprächsfetzen hing in der Luft, veränderte sich in Ton und Lautstärke, ebbte ab und vermischte sich mit der Musik aus dem *Columbus*: moderner Fado. Sentimental, ja, aber nicht ganz so resignativ, sondern kraftvoll.

Sol hatte an einem der kleinen, runden Tische draußen einen Platz reserviert und bestellte bei dem Kellner einen Cocktail. Dann zündete sie sich eine Zigarette an und ließ den Blick ein wenig schweifen. Ihre Augen streiften dabei immer wieder die Frontseite der Bank und die Einfahrt der Tiefgarage. In ihrer Ohrmuschel befand sich ein winziger Lautsprecher, über den sie mit den anderen verbunden war. Sie hatte ihr kurzes, blondes Haar so gekämmt, dass es die Ohren weitgehend verdeckte. Das winzige Gegenstück, das Mikro, klemmte neben dem obersten Knopf ihrer Bluse. Sie hörte sehr deutlich die Geräusche der drei, die gerade mit einem Van in die Tiefgarage gefahren waren und kein Wort wechselten.

Das hatte Ulisses ihnen eingeschärft: »Kein Wort, bis ihr drinnen seid.«

Sie dachte an ihn, stellte ihn sich vor, horchte in ihr Inneres. Doch da war nichts. Er hatte keinen Platz mehr in ihrem Leben. Neben César wirkte er alt und verbraucht. Ein sinkender Stern. César würde der Vater ihrer Kinder werden. Und bei allem ungezügelten Temperament würde er ein liebevoller Vater sein, das spürte sie.

Und Ulisses?

Der Löwe im Winter, das gefiel ihm ja so. Das erschien ihm so passend. Dabei passte das gar nicht zu ihm. Er machte sich nichts aus Dichtern und Poesie. Sie hatte gestutzt. Etwas hatte sie stolpern lassen bei seinem Faible für den Film mit diesem seltsamen, aber sehr einprägsamen Titel. An der Art, wie er darüber lächelte. In sich gekehrt.

»Er hat seinen eigenen Plan, Cé«, hatte sie heute Morgen im Bett gesagt, seine warme Haut neben ihrer, sie strich ihm mit der flachen Hand über die Bartstoppel und musste lachen, weil es kitzelte und sie die Hand nicht wegziehen wollte.

»Was für einen?«

»Ich verrate es dir heute.«

»Jetzt?«

»Nein, du musst es selbst sehen. Heute Abend, Cé.«

César hatte den Van mit den abgedunkelten Scheiben in das Parkhaus gefahren und den *Monteur* machen lassen. Der teilte sich die Rückbank mit Ricardo Cabral, der wie sie einen Anzug trug.

César konnte sein Smartphone und einen Computer bedienen, aber Nunos Job war für ihn Hexenwerk. Vorgestern schon hatte der sich in das Netz der Überwachungskameras gehackt. Das war wohlgemerkt nicht das Netz der Banco de Portugal – sondern das eines externen Sicherheitsdienstes, der die audiovisuelle Überwachung des Inneren übernahm.

Nuno zeichnete eine halbe Stunde lang das Bild der sechs Überwachungskameras und zweier Mikrofone auf, über die die Treppe und der Vorraum zum Tresor mit seinen Schließfächern überwacht wurde. Nach diesen 30 Minuten ersetzte er die Liveaufzeichnung von Bild und Ton durch die 30 Minuten, die er mitgeschnitten hatte. Wer immer die Monitore jetzt gerade überwachte, sah sich immer wieder dieselben 30 Minuten an. Und hörte die Stille des Treppenhauses.

Ulisses hatte sich für den Samstagabend entschieden. Wenn sie die Nummer erfolgreich durchzogen, würde das bis Montagmorgen um acht Uhr nicht auffallen. Da wären sie schon längst über alle Berge. Aber viel wichtiger: Heute spielte Benfica Lissabon gegen Manchester United. Wer also nicht mit der Familie im Restaurant saß, klebte vor dem Fernseher. Auch Wachleute, die eigentlich einen Blick auf die Überwachungsmonitore haben sollten.

»Wir können rein«, sagte Nuno.

César warf einen Blick auf die Uhr des Autos: 22:32.

»Gleich. Drei Minuten noch.«

In der Rua Aníbal Rosa da Silva No. 36 in São Brás de Alportel befand sich ein städtisches Grundstück, auf dem Busse und Transporter für den Bauhof über das Wochenende abgestellt wurden. Nur wenige Meter weiter ragte der Wasserturm sandfarben hoch in den Himmel. Das Gelände wurde am Wochenende nicht bewacht und außerdem tobte das Fußballspiel. Der ganze Ort saß zu Hause oder in den Bars und Restaurants vor dem Fernseher.

Ulisses ließ im Schutz der Dunkelheit mit einem Sprung und einem Klimmzug den Maschendrahtzaun hinter sich. Die Zugangstür für den schmalen Aufgang innerhalb des Wasserturms ließ sich mit einem Dietrich öffnen – er hatte es vor drei Wochen getestet.

Oben angekommen verschluckten ihn die Nacht und die Konstruktion der Turmspitze. Ein großes Rondell, das sich in länglichen Schlitzen nach allen Seiten öffnete – wie Schießscharten. Von hier aus hatte Ulisses alles im Blick: das langweilige Trachtenmuseum, die Kirche, einen Abfallbehälter mit Restmüll.

Die Straße runter, nach Westen, befand sich ein kleines Lokal mit einer grünen Holztür und Tischen auf dem Gehweg und dem Vorplatz, das gut besucht war, wie er von hier oben erkennen konnte. Der einzige GNR-Posten der Stadt lag am anderen Ende im Westen, praktisch am Ortseingang.

Ulisses warf einen Blick auf seine Uhr, eine Rotonde de Cartier. Er erlaubte sich nur diese eine Extravaganz: das Geldausgeben. Sie zeigte fünf nach halb.

Mit einem Funksignal brachte er den Sprengsatz im Trachtenmuseum zur Explosion, der ein gutes Drittel des Daches wegriss und in die Nachtluft katapultierte, von wo die Teile auf die umliegenden Gebäude und Straßen hinabregneten. Beeindruckend, dachte Ulisses und ertappte sich dabei, dass er den Anblick berührend schön fand: dieses plötzliche heftige Glühen im blauen Abendhimmel.

Nach einer Schrecksekunde waren sofort die Leute auf den Straßen, er konnte sehen, wie unzählige Handys gezückt wurden. Die allermeisten filmten das Gebäude, aus dem Stichflammen und Qualm aufstiegen, nur wenige hielten ihr Handy ans Ohr.

Gut zwei Minuten später sah Ulisses das Blaulicht des GNR-Fahrzeugs, das sich weithin sichtbar von dem Revier ins Ortszentrum bewegte – in Richtung Museum. Als der Einsatzwagen noch zweihundert Meter von dem Museum entfernt war, zündete er den Plastiksprengstoff im Mülleimer.

Man konnte den Blitz bis hierher sehen. Der Schall erreichte ihn mit kurzer Verzögerung.

Die Detonation hatte sich hinter dem Wagen der GNR ereignet, das Blaulicht verlangsamte stark. Ulisses stützte den Lauf des Sturmgewehrs auf den Beton des Wasserturms. Er nahm die aufgeregten Besucher des Lokals ins Visier, die telefonierten und herumliefen. Einige rannten zu ihren Autos, die gegenüber vor der Kirche geparkt waren.

Er zielte hoch, ein gutes Stück über die Köpfe, um niemanden zu treffen. Dann gab er zwei lange Feuerstöße ab.

Die Salven jagten über die Menschen hinweg und knallten in die Hauswand dahinter. Putz und Gestein splitterten, Staub stieg auf. Die Menschen schrien auf, gingen in Deckung oder warfen sich zu Boden.

Ulisses wechselte die Position und bestrich eine leere Gasse ebenfalls mit einem Feuerstoß. Er traf zwei Autos und ein Straßenschild. Einige Projektile schlugen auf dem Pflaster auf und prallten als jaulende Querschläger ab.

Spätestens jetzt, wusste er, würden die Funkfrequenzen der Polizei glühen.

Er klappt das Schulterstück der Waffe ab und verstaute dieses wie den nun warmen Lauf samt Magazin im Rucksack, den er wieder schulterte. Bevor Ulisses Cruz sich auf den Weg zurück nach unten machte, wo keine 30 Meter entfernt sein Motorrad auf ihn wartete, zündete er den Sprengsatz im Seitenschiff der Kirche.

Ohne einen Blick auf die Uhr zu werfen, wusste Sol Pinho, dass Ulisses oben in São Brás zugeschlagen hatte.

Erst klingelte nur ein Handy ein paar Tische weiter, dann zwei weitere, dann viele. Ein Gast lief nach drinnen ins Lokal und redete auf den Besitzer ein, der vom Fußballspiel auf einen Nachrichtenkanal umstellte. Dort gab es aber noch nichts zu sehen. Einig Gäste standen von ihren Tischen auf und begannen zu telefonieren. Keine zwei Minuten später bog ein GNR-Fahrzeug mit Blaulicht ab, um sich auf den Weg nach Norden zu machen. Es würde, das wusste Sol, bei Weitem nicht das einzige bleiben.

»Das kann ich Ihnen nicht sagen.«

Graciana sah von dem Mann zu Leander, der reglos neben ihr stand. Sie hatte nur ihn mitgenommen und Carlos und Isadora im Büro gelassen, damit sie mit der Überprüfung der Liste fortfuhren. Sie wollte ganz sichergehen, dass es keine weitere Sendung gab, die ebenfalls von Interesse gewesen wäre.

Ihr kleiner Ausflug in die JVA zu Raul da Silva war offenbar wie von ihr erwünscht unbemerkt geblieben.

»Ich kann es Ihnen nicht sagen«, wiederholte der Mann.

»Stimmt das?«, fragte sie ihn.

»Nein«, sagte Lost.

Der Blick des Mannes wanderte von Graciana zu dem seltsamen Polizeibeamten im schwarzen Anzug. Tiago Pereira wirkte verärgert. Der Mann war um die 50, trug eine beige Hose, Segelschuhe, knallblaues Hemd und silbernes, halblanges Haar. Eine drahtige, würdevolle Erscheinung im Licht des Torbogens, das zu seinem Anwesen führte. Eine geduckte Villa, die klare Kanten vermied und in einem sanften Braunton gehalten war. Vielerlei indirekte Lichter, maurischer Stil.

Leander erwiderte seinen Blick, ohne zu blinzeln. Er konnte seinen Mitmenschen scheinbar minutenlang in die Augen schauen, er empfand das nicht als unangenehm, denn er blickte einfach auf deren Nasenwurzel.

»Möchten Sie sagen, ich lüge?«, fragte Pereira und schaute weg.

»Ich habe gar kein Bedürfnis, etwas über Sie zu sagen«, stellte Lost klar, »ich beurteile Ihre Aussage. Es entspricht nicht der Wahrheit, dass Sie uns keine Antwort geben könnten. Sie können. Sie wollen oder Sie dürfen bloß nicht.«

Pereira musterte den relativ blassen, schlaksigen Kerl noch einen Augenblick unschlüssig, bevor er sich an die Inspetora wandte: »Ja, er hat recht. Ich kann, aber ich darf nicht.«

»Es ist wichtig, Senhor. Es geht um eine Überfallserie, in deren Verlauf zwei Menschen ums Leben gekommen sind. Ich muss wissen, was in dem Werttransporter an Sie geliefert wurde.«

Er musterte sie und bemaß wohl die Dringlichkeit der Sache, denn danach nickte er: »Also gut. Ich muss telefonieren. Wie kann ich Sie erreichen?«

»Wir warten.«

Er schenkte ihr ein verzeihendes Lächeln, als sei sie ein Kind, das einem Erwachsenen einen naiven Vorschlag unterbreitet hatte. Dann sagte er: »Das wird nicht ganz unkompliziert, fürchte ich. Die Sache wird ein wenig Zeit in Anspruch nehmen.«

Die Entscheidung, ob sie sich darauf einlassen oder zu einer anderen Maßnahme greifen sollte, wurde Graciana durch einen Anruf aus der PJ abgenommen. Es war Carlos: »In São Brás hat es Explosionen gegeben. Und jemand hat auf ein Lokal geschossen!«

»Alles, was verfügbar ist und ein Blaulicht hat, ist jetzt gerade auf dem Weg nach São Brás de Alportel«, sagte Nuno, der den Polizeifunk abhörte. »Wie es aussieht, brennt irgendein Museum.«

César nickte. Alles lief exakt so, wie Ulisses es vorhergesagt hatte.

Auch hier unten im Parkhaus war jetzt mehr los. Paare und auch Familien kamen und stiegen in ihre Autos, um nach Hause zu fahren. Die meisten telefonierten.

»Dann los«, sagte er und stieg aus.

Nuno und Ricardo Cabral folgten ihm zu der Seitentür, die César mit der gefälschten Plastikkarte öffnete – der Weg für die Angestellten. Sie schlüpften hinein und gingen das Treppenhaus hinunter. Dann durch die erste Brandschutztür und von dort in den Gang, der nach einer weiteren Tür in den Vorraum des Tresors führen würde.

Jetzt war Cabral an der Reihe. Mit einer Akkuflex umging er das Schloss der Sicherung auf brachiale Weise und schnitt sich den Weg frei. Kurz checkte er die Sicherungen, dann deaktivierte er eine davon.

Prompt erlosch das Licht.

Sie setzten sich Nachtsichtgeräte auf und gingen weiter.

Kurz darauf stand das Trio vor der riesigen, massiven Tresortür.

Wie verabredet, war Sol die letzte Schließfachkundin des Tages gewesen. Nicht nur, um die Bewegungsmelder mit dem Spray schachmatt zu setzen, sondern Pontes ganz genau bei der Eingabe des Codes zu beobachten.

Wie Ulisses prognostiziert hatte, drehte der Bankangestellte zwar eifrig an den Rädchen, aber die voreingestellte Nummer blieb letztlich dieselbe. Und das bedeutete: Sie brauchten den Code nicht. Das Personal behielt ihn aus Bequemlichkeit einfach bei.

Was sie benötigten, war der Schlüssel mit dem langen Stiel und dem speziellen Bart, den Sesam-öffne-dich.

28.

Cabral hatte aus dem Abdruck, den sie von einem Mann aus Lissabon erhalten hatten, eine Kopie aus Metall angefertigt. Unter der Lupe hatte er den Bart gefräst. Millimeterarbeit.

Der Mann aus Lissabon verfügte über besondere Talente. Er nannte sich Manuel Ronaldo, was ganz gewiss nicht sein echter Name war. Er verlangte nicht weniger als zehn Prozent dessen, was sie heute abräumen würden. »Sie besorgen nur den Schlüssel«, hatte César ihn bei ihrer Verhandlung über die Bezahlung abblitzen lassen. Mal wieder eine vorschnelle, unüberlegte Reaktion, wie man an Ulisses' Miene ablesen konnte.

Ronaldo hatte nachsichtig gelächelt: »Nur den Schlüssel? Haben Sie mal ein Theaterstück besucht, nein? Wissen Sie, was es an Können erfordert, den Text für eine Rolle von drei oder vier Stunden einzustudieren? Für diese Zeit in die Haut eines anderen Menschen zu schlüpfen. Sehen Sie, man sitzt da im dunklen Saal und weiß doch, dass es eine Aufführung ist. Meine Senhora wird das nicht wissen. Ich spiele die Rolle nicht für drei oder vier Stunden, schminke mich dann ab und gehe nach Hause, ich spiele sie über Wochen. Ohne Pause, immer.

Ich bin der Mann, auf den die Senhora nicht mehr gehofft hatte. Ich muss ihn jede Minute verkörpern. Ich muss ihr Vertrauen gewinnen. Ich muss ihre Freundinnen von meinen hehren Absichten überzeugen. Es darf nirgends Nahrung für einen Zweifel geben. Gibt es nur den geringsten, bleibt ihr Safe für mich verschlossen. Und Ihre Unternehmung, meine Herren, geht den Bach runter, bevor sie begonnen hat.«

Nach diesem Monolog machte »Senhor Ronaldo« eine kurze Kunstpause, bevor er sie vor die Wahl stellte: »Ich offeriere die zehn Prozent aus einer Geste der Freundschaft gegenüber Ulisses. Ich werde für gewöhnlich mit 15 Prozent beteiligt. Und Sie können sicher sein: Ich werde mich nicht dort aufdrängen, wo ich nicht erwünscht bin.«

Also engagierten sie ihn.

»Das, was wir mit der Axt machen, macht dieser Mann mit dem Florett«, hatte Ulisses gesagt.

Und so hatte Clara Miranda die beste Zeit ihres Lebens gehabt. Senhor Ronaldo beobachtete und analysierte seine Opfer aufs Genaueste, ihre Gewohnheiten und Ticks, ihre Abneigungen und Begierden – seine Recherche glich einer kompletten Durchleuchtung. Einer Inventur. Am Ende wusste er alles, was man über eine Person herausfinden konnte, ohne jemals selbst mit ihr gesprochen zu haben. Und das war viel.

Clara Miranda liebte Diderot. Das war durchaus speziell, aber für Senhor Ronaldo eine Routinesache: Er wartete in ihrer Lieblingsbuchhandlung (sie wohnte direkt darüber) und blätterte sich die Finger wund in einem Diderot, bis sie ihn sah und sofort Interesse zeigte.

Einmal angebissen, wusste er exakt, welche Knöpfe er zu drücken hatte. Er präsentierte sich als gebildeter, belesener Mann, sportlich, aber auch musikalisch (Klavier), sagte, dass er nur leidlich koche, und kochte dann großartig, also auch noch ein Gentleman, dessen zweite Natur das Understatement war. Er machte sich rar, er ließ sie kommen, er war – ganz wichtig – ein guter, einfühlsamer Zuhörer. Und – als es dann so weit war – ein leidenschaftlicher und rücksichtsvoller Liebhaber.

Clara hatte, wie ihre Mutter das genannt hatte, als sie noch lebte, nie ein glückliches Händchen bei Männern gehabt. Genau genommen hatte sie in den letzten Jahren dann gar kein Händchen mehr dafür gebraucht, weil sie keine mehr kennengelernt hatte. Die Hoffnung auf Mr Right hatte sie längst aufgegeben, und natürlich hätte sie weit von sich gewiesen, dass ihr zum Lebensglück was fehlte. Sie hatte Erfolg im Beruf und besetzte eine äußerst respektable Position. Und sie war zufrieden allein. Dachte sie. Und dann kam er. Und sie hatte die Zeit ihres Lebens mit ihm. *Die beste Zeit*.

Er war Kunst- und Schmuckhändler, ein für sie fremdes, aber faszinierendes Gewerbe. Und es lag einfach nahe, dass er eine besonders kostbare Diamantbrosche, die er kurzfristig erworben hatte und sicher unterbringen musste, in ihrem Safe aufbewahrte. Neben dem Tresorschlüssel für die Banco de Portugal, deren Direktorin sie war.

Und eines Morgens waren alle drei weg: der Schlüssel, die Brosche und Senhor Ronaldo.

29.

Und jetzt war der Moment gekommen: Cabral führte den nachgemachten Schlüssel ein und drehte ihn ganz langsam. Klack. Er erstarrte und die Körper von César und Nuno neben ihm ebenfalls. Aber kein Alarm ertönte, kein grelles Scheinwerferlicht erfasste sie.

Cabral zog jetzt an dem Bügel der Tür, und weil sie so schwer war, unterstützte César ihn dabei.

Die Tür schwang auf, fast meinte man dabei den Sog von Luft zu hören. Nuno fixierte die Magnete der Türsicherung mit den Klebebändern. Der Raum mit den Schließfächern lag vor ihnen. Durch ihre Nachtsichtgeräte wirkte alles grau und grün und wie ein grobkörniger Kinofilm in einem Provinzkino. Kurz waren sie alle drei von dem Anblick ergriffen, von dem Moment.

»Wärmesensor«, sagte César dann leise, während er seinem Rucksack eine Teleskopangel entnahm.

Vieira und Cabral steuerten jeweils zwei Styroporquadrate bei, die sie jetzt mit Gaffertape zu einem großen Quadrat verklebten und mit dem Ende der Teleskopangel verbanden.

Dort stand das Viereck nun im rechten Winkel ab. César entnahm seinem Rucksack einen Betonsockel mit einem schmalen Betonrohr, das aus seiner Mitte aufragte wie ein Ständer für einen Sonnenschirm.

Das reichte er an Cabral.

»Dicht bei mir«, wies César ihn an und ging langsam in den

Raum hinein. Die Styroporfläche hielt er hoch bis fast an die Decke – das war ihr Schutzschild gegen den Wärmesensor, der nicht erfassen sollte, dass nur anderthalb Meter unter ihm zwei Wärmequellen eindrangen. Das Styropor ließ die Körperwärme zur Seite driften und schirmte den Sensor ab.

»So ist gut.«

Cabral setzte den kleinen Betonsockel ab und führte das untere Ende der Stange in das dafür vorgesehene Loch.

Vorsichtig ließ César nun die Angel los, die mithilfe der Halterung alleine im Raum stand.

Für einige endlose Sekunden verharrten sie alle drei.

»Es funktioniert«, flüsterte Ricardo Cabral schließlich, und alle atmeten auf.

»Tape.«

Sie machten sich nun alle drei daran, die Lichtsensoren in der absoluten Dunkelheit, die hier unten herrschte, mit Klebestreifen zu umwickeln.

»Da darf kein Millimeter unbedeckt sein«, ermahnte Nuno Vieira sie, »macht sicherheitshalber mehrere Lagen drauf.«

Nachdem sie das getan hatten, ging Cabral zurück zu dem Sicherungskasten und überbrückte die elektrische Leitung wieder, die er zuvor unterbrochen hatte, worauf das Licht anging und sie die Nachtsichtgeräte absetzen und sich an die Arbeit machen konnten. Immerhin warteten gut dreihundert Schließfächer auf sie.

Sol Pinho hätte Lust auf einen zweiten Cocktail gehabt, aber sie musste konzentriert bleiben. Also bestellte sie eine Bica und ein Wasser. Als sie wieder nach vorne blickte, stand dort eine Gestalt an ihrem Tisch. Ein Mann, der sie anlächelte.

»Darf ich mich setzen?«

Maximilian Pontes. Wie konnte das sein?

»Oh, Senhor Pontes«, sagte sie und versuchte, erfreut und nicht zu überrascht zu wirken. »Aber natürlich, bitte.«

»Ich war gerade in der Gegend«, sagte er. »Und da habe ich Sie entdeckt. Und da dachte ich …«

»Bitte, nehmen Sie Platz. Ich freue mich, Sie zu sehen.«

Sie kam gar nicht auf die Idee, ihn abzuweisen. Lieber lenkte sie ihn ab und würde sich kurz zur Toilette entschuldigen, falls sie mit Ulisses oder César Kontakt aufnehmen musste. Die ganze Aktion lief auch ohne sie, sie war bloß die Sicherung der drei Männer, zu denen Ulisses bald dazustoßen würde.

Der Kellner übersah zweimal Pontes erhobene Hand, aber das schien ihn nicht weiter zu verunsichern, es war einfach Teil seines Lebens als jener Niemand, als der er sich empfand. Sol Pinho dagegen musste nur den Kopf anheben, einen Blick auf den Kellner werfen, und schon stand er am Tisch.

»Mein Banker möchte etwas trinken«, sagte sie.

Mein Banker.

Das ging ihm runter wie Öl.

Er bestellte ein Bier und einen Medronho.

»Sie tragen gar keine Brille«, sagte er.

Und das war das erste Mal, dass auch sie ihn nicht nach seinem Äußeren beurteilte, einem ältlichen, etwas ungeschickten und völlig unscheinbaren Bankmitarbeiter. Er sah regelrecht, wie ihre Antennen ausfuhren und sich ganz fein auf kleinste Wellen ausrichteten.

»Manchmal setze ich sie aus Eitelkeit nicht auf, manchmal vergesse ich sie – heute hab ich sie vergessen.«

Sie wusste um ihren Charme. Noch dazu, wenn er mit Selbstironie garniert war. Dann entfaltete er seine größte Wirkung.

Pontes nickte mit einem Lächeln, während der Kellner ihm das Bier und den Medronho servierte. Er betrachtete die Senhora und gab sich dabei größte Mühe, nicht zu starren. Sie faszinierte ihn. Wobei der Begriff streng genommen zu schwach war. Wenn er ehrlich war, hatte er eine waschechte Obsession für Senhora Sol entwickelt. Schon bei ihrem ersten Treffen am Bankschalter war es um ihn geschehen. Und auf gewisse Weise gefiel ihm das auch noch. Es hatte etwas von einer schicksalshaften Unabwendbarkeit.

Wie in einer griechischen Tragödie.

Maximilian Pontes hatte etwas getan, was den Mitarbeitern der Banco de Portugal schwerstens verboten war: Überwachungsvideos zu kopieren oder sogar mit nach Hause zu nehmen. Er hatte beides getan. Einfach, weil er sich an Sol Pinho nicht sattsehen konnte. Wenn er schon nicht an ihrer Seite sein konnte, dann wollte er sie wenigstens anschauen dürfen.

Außerdem hatte er ihre Adresse.

Heute Abend, vor knapp einer Stunde etwa, hatte er sich den neuesten Mitschnitt angesehen. Denjenigen, auf dem sie hinter seinem Rücken etwas auf die Bewegungssensoren sprühte.

Und das hatte ihn sehr nachdenklich gemacht.

30.

Halb São Brás war auf den Beinen. Und alle waren aufgewühlt und ängstlich. Was waren das für Explosionen gewesen? Würde es noch weitere geben? Die Feuerwehr versuchte das Trachtenmuseum zu retten, aber die alten Sachen brannten wie Zunder. Die Stichflammen schossen lichterloh aus zerborstenen Fensterscheiben in den Nachthimmel.

Viele waren zu ihren Autos gelaufen und versuchten, einfach erst einmal wegzukommen. Raus aus dem Hexenkessel.

Alles, was an der Algarve an Einsatzkräften von PJ und GNR verfügbar war, wurde von Graciana Rosado nach São Brás de Alportel geschickt. Sie ordnete die Sperrung sämtlicher Straßen an. Nicht nur der Ausfallstraßen, sondern auch aller Nebenstraßen und Feldwege. Strengste Kontrollen. Nicht stichprobenartig, sondern wirklich jedes einzelne Fahrzeug.

Isadora Jordão untersuchte bereits die Explosion in der Kirche. Carlos zog aus den Garben der Einschüsse neben dem Lokal Rückschlüsse auf die Position, von der aus gefeuert worden war. Dabei geriet auch der Wasserturm in seinen Blick. Er wurde dabei von Rafaela Romão und Gabriel Alves unterstützt, die per Funk auf ihrem Weg zurück nach Portimão von den Ereignissen erfahren hatten und – Polizisten halten zusammen – sofort umgekehrt waren.

Vor die Entscheidung gestellt, den Ort evakuieren zu lassen, weil vielleicht Terrorgefahr bestand und weitere Anschläge nicht auszuschließen waren, hörte Graciana auf ihren Bauch: drei Explosionen, zwei Ziele, die vermutlich mit automatischen Waffen unter Feuer genommen worden waren – und kein Verletzter. Da war etwas faul.

Der Ort wirkte – auch durch die vielen Polizeieinheiten, die sie aktiviert hatte – wie ein Kriegsschauplatz. Während überall das Blaulicht aufleuchtete und GNR-Einheiten mit Schutzwesten und Maschinenpistolen Stellung bezogen, stellte Graciana sich in einen Hauseingang, von dem sie sich jene Anonymität versprach, die sie jetzt benötigte.

Jeder, der sie die ganze Zeit über ansprach – sollen wir GNR-Einheiten aus dem Norden holen? Sollen wir noch mehr Blutreserven anfordern? Was ist mit Luftüberwachung? Brauchen wir Rettungshubschrauber? – raubte ihr die Konzentration auf das, was war.

Sie musste die Sache sezieren.

Und deshalb hatte sie Zuflucht in diesem Hauseingang gesucht. Nach all dem Lärm richtete Graciana Rosado ihre Aufmerksamkeit nun auf die Stimme ihres Bauches, auf ihre Intuition, die sie noch nie getrogen hatte.

Keine Verletzten.

Glück?

Oder … Kalkül?

Da bemerkte sie nur drei Meter weiter, nämlich im Hauseingang neben sich, eine Bewegung. Sie beugte sich vor. Es war Lost.

»Olá.«

»Olá. Ist bei Ihnen alles in Ordnung?«

»Nein, ich habe gerade eine Reizüberflutung.«

Zeigefinger und Daumen seiner linken Hand tippten in hoher Frequenz gegeneinander.

»Kann ich Ihnen helfen, Senhor Lost?«

»Nein, Sie sind nur ein Reiz mehr.«

Ihr Telefon klingelte.

»Auch das noch.«

»Wer ist es?«

»Eine Nummer aus Lissabon – ich nehme an, der Kontakt von Senhor Pereira.«

»Ich könnte das Gespräch entgegennehmen.«

»Aber …« Sie sah ihn verwundert an. »Das ist doch ein weiterer Reiz?«

»Ja«, sagte Lost. »Aber wenn ich mich ganz auf diesen einen konzentriere, kann ich die anderen vielleicht abschirmen.«

»Okay.« Graciana glaubte nicht wirklich daran, aber da es nichts zu verlieren gab, reichte sie ihm ihr Handy.

»Sub-Inspektor Lost, Apparat Rosado, PJ?«

Graciana schaute ihn an, wie er das Handy an sein Ohr presste und zuhörte. Und tatsächlich verringerte sich das Tippstakkato von Zeigefinger und Daumen allmählich.

Bereits ein Durcheinander von Stimmen bei einer hitzigen Diskussion im Büro oder etwa auf dem Marktplatz oder in einer überfüllten Bar konnte jemandem wie Lost schwer zu schaffen machen. Was für andere Menschen eine ganz normale Situation darstellte, verlangte ihm alles an Beherrschung ab, die er aufbieten konnte. Und das alles nahezu unsichtbar für seine Mitmenschen – es sei denn, sie hatten ihn zu lesen gelernt. Wie Soraia. Und in Ansätzen auch wie sie, Graciana, oder Carlos. Was eine vollkommen chaotische Stresssituation, die auch ihr selbst heftig zu schaffen machte, für eine Wirkung auf ihn haben musste, konnte sie sich nicht ausmalen.

»Senhor Leander Lost?«, hakte eine weibliche Stimme am anderen Ende der Leitung nach. »Hören Sie mich?«

»*Sim.*«

»Gut. Mein Name ist Luisa Barbosa. Ich habe mich kurz über Ihre Einheit in Faro informieren lassen. Senhora Rosado hatte um diesen Rückruf gebeten. Sind Sie in die Sache mit Senhor Pereira involviert?«

»Ja.«

»Es geht um diese Sendung, die mit dem Service von Bilt transportiert worden ist. Und Sie müssen aus Gründen einer wichtigen polizeilichen Ermittlung wissen, worum es sich bei der Sendung gehandelt hat. Korrekt?«

»Ja.«

»Können Sie das ein wenig konkretisieren? Warum müssen Sie das für Ihre Ermittlung wissen?«

In kurzen Worten schilderte er ihr sowohl von der Raubserie und dem Fund der Hologramme als auch von ihrer These, dass hier Vorbereitungen für eine groß angelegte Fälschung getroffen wurden. Und dass das auch die Sendung an die Pereira Ltd. betraf, die ungewöhnlich hoch versichert worden war. »Was befand sich darin, bitte?«, fragte er zum Schluss.

Für einen Augenblick herrschte Stille in der Leitung. Bis auf das Atmen von Senhora Luisa, das Lost sehr wohl wahrnahm.

»Wissen Sie, was ein Staatsgeheimnis ist, Senhor Lost?«, sagte die Frau.

»Tatsachen, Gegenstände oder Erkenntnisse, die nur einem begrenzten Personenkreis zugänglich sind und vor einer fremden Macht geheim gehalten werden müssen, um die Gefahr eines schweren Nachteils für die Sicherheit Portugals abzuwenden.«

»Ganz genau. Geheimnisverrat wird in Portugal mit bis zu zehn Jahren Freiheitsstrafe geahndet. Haben Sie verstanden, Sub-Inspektor Lost?«

»Die Leitung ist einwandfrei.«

»Also: In der fraglichen Sendung hat sich der Prägestock des Wasserzeichens für den Euro der Europa-Serie befunden.«

»Und hat er den Empfänger unbeschadet erreicht?«

»Ja.«

Leander war sofort klar, was das bedeutete: Sie lagen richtig mit ihrer Vermutung. Einer der Männer hatte lediglich einen Abdruck von dem Prägestock angefertigt. Denn erst nach ihrer Ankunft war ein Maskierter aus dem Werttransporter gesprungen.

Deshalb hatten sie einen Schusswechsel in Kauf genommen. Wenn der Überfall von Erfolg gekrönt sein sollte, dann nur, wenn es dem Mann im Transporter gelang, den Abdruck anzufertigen. Der Prägestock war im Anschluss von Bilt unbeschadet bei Senhor Pereira abgeliefert worden, der deshalb keinerlei Anlass hatte, sich an die Polizeibehörden zu wenden – oder ans Finanzministerium.

»Warum wird dann der Prägestock für das Wasserzeichen der Europa-Serie an die Pereira Ltd. geliefert?«, fragte er. »Die Europa-Serie des Euros wird in Portugal bei Lissabon gedruckt.«

»Ich sehe, Sie sind informiert.«

»Auch ein blindes Huhn findet mal ein Korn.«

»Wie bitte?«, sie klang kurz irritiert. Doch dann fuhr sie einfach fort. »Wie auch immer: Die Pereira Ltd. ist eine Druckerei, die den Sicherheitsstandards der EU entspricht. Sie wird die Europa-Serie drucken.«

»Aber die ist zu Ende«, entgegnete Lost.

»Ja, Pereira Ltd. soll die letzte Tranche von 200 Milliarden Euro für uns drucken. Die Bundesdruckerei in Lissabon druckt die Geldscheine der neuen Serie. Die Offsetplatten werden gerade ausgetauscht. Ein enormer Aufwand.«

»Warum schicken Sie nicht alles in einer Sendung?«

»Weil die Kapazitäten hier nach und nach abgebaut werden. Eine Druckplatte wird nicht mehr gebraucht? Verschicken. Eine Woche später: Der Prägestock wird nicht mehr gebraucht? Verschicken.

Alle Bestandteile einzeln zu verschicken, erhöht die Sicherheit, dass nicht alle abgefangen werden können. Kurz: Jemand, der die Druckvorlagen für die ausgehende Europa-Serie stehlen wollte, könnte nicht alle mit einem einzigen Handstreich stehlen, sondern müsste mehrfach zuschlagen. Das würde aber sehr bald bekannt werden.«

»Die Täter haben mit Sicherheit die beste aller Fälschungen im Sinn: die Herstellung einer echten Banknote. Dazu benötigen sie die originalen Komponenten. Diese Situation, die Verlagerung von Lissabon hierher nach Faro, ist dafür eine ideale Gelegenheit. Deshalb benötigen wir die Liste.«

»Ich veranlasse das umgehend.«

»Noch ein Detail, Senhora Barbosa: Wer genau organisiert den Transport der Komponenten von Lissabon nach Faro?«

»Meine persönliche Assistentin, Senhora Joana Cardoso.«

»Wir benötigen dann auch eine Übersicht über die weiteren geplanten Lieferungen.«

»Gut.«

»Und die Hologramme – wann sind die geliefert worden, wissen Sie das?«

»Ja, das ist mir bekannt, weil ich die Organisation kurzfristig von Senhora Cardosos Vorgängerin übernommen habe.«

»Das heißt, die Vorgängerin hat die Transporte geplant und organisiert?«

»Das ist korrekt.«

»Kann sie mir vielleicht beantworten, ob die Drucke für Offset und Stichtiefdruck schon in Lissabon abmontiert und verschickt worden sind?«

»Nein, bedauere. Senhora Maria Coelho ist im Sommer bei einem Verkehrsunfall ums Leben gekommen.«

Leander wusste, dass hier ein »Das tut mir leid« angebracht war, eine Geste der Höflichkeit, die rein gar nichts über den tatsächlichen Gefühlszustand aussagte, aber nichtsdestotrotz erwartet wurde. Eine gesellschaftliche Konvention. Ihm tat es aber nicht leid, denn er hatte Maria Coelho nicht gekannt. Vielleicht war sie eine schreckliche Person gewesen, mit deren Ableben die Erde eine schönere Gegend geworden war. Er wusste es nicht, und er konnte so eine Lüge nicht über die Lippen bringen.

»Das ist Ihnen sicher auf den Keks gegangen«, sagte er deshalb etwas unbeholfen.

»Nun, das ist nicht ganz … treffend, aber … ja, es hat einige Unannehmlichkeiten organisatorischer Art mit sich gebracht.«

»In welcher Form hatte Senhora Coelho denn die Daten und Transporte festgehalten?«

»Als Liste.«

»Und wer hat darin Einblick?«

»Senhora Coelho, Senhora Cardoso und ich.«

»Wird für die Transporte immer die gleiche Firma beauftragt?«

»Nein. Jede Firma wird nur einmal beauftragt. Das gehörte zum Sicherheitskonzept von Senhora Coelho.«

»Sie sagten, sie sei verunglückt.«

»Ja.«

»War das Eigen- oder Fremdverschulden?«

»Sie ist mit hoher Geschwindigkeit in eine Kurve, das Heck ist ihr ausgebrochen – das Auto ist mit einem Strommast kollidiert, sie war sofort tot.«

»Hatte sie die entsprechende Liste an diesem Tag bei sich?«, fragte Leander.

»Ja. Ich habe sie mir sofort aushändigen lassen.«

»Wo hat sich der Unfall ereignet?«

»An der Schnellstraße bei Cerro Gordo. Das ist kurz vor Portimão.«

»Ich verstehe. Sie haben vor zwei Minuten gesagt, dass Sie wissen, wann die Hologramme geliefert worden sind. Wann war das?«

»Das war am 19. August.«

Leander Lost stutzte. Das war vor gut sechs Wochen gewesen. Gonçalves Amado aber hatte die Rolle mit den Hologrammen in der Villa Ria auf dem Gelände des Golfresorts abgelegt. Wozu? Sie würden für die Herstellung der Fälschungen benötigt werden. Mit Sicherheit hatte die Bande einen Ort vorbereitet, wo die falschen Banknoten hergestellt werden würden. Dort und nur dort war es sinnvoll, die dafür notwendigen Bestandteile zu horten. Im Sinne einer Risikominimierung war es unsinnig, die Hologramme mit in ein Feriendomizil zu nehmen.

»Ist die Herstellung der Hologramme kompliziert?«

»Absolut. Aber ich befürchte, auch für so etwas findet sich ein Spezialist im Darknet. Hören Sie, ich habe gleich eine Konferenz mit Brüssel, Senhor Lost. Mit Emanuel Macron. Ich würde sagen, wir vertagen uns jetzt. Ja, hier kommt schon ein Anruf rein und …«

»Senhora Barbosa, geben Sie mir noch eine Minute, bitte. Richten Sie Emanuel einen Gruß von mir aus, dann wird er vielleicht Verständnis für die Verzögerung haben.«

Eines der gängigsten Prämissen der Täuschung war die Obrigkeitshörigkeit, wie Leander wusste. Ganze Generationen von Betrügern führten deswegen ein auskömmliches Dasein.

Er hatte ja nicht gesagt, der französische Staatspräsident und er seien per Du, aber indem er einen Gruß an ihn richtete und dabei ausschließlich dessen Vornamen benutzte, erzeugte er genau diesen Anschein.

Das war keine Lüge. Sondern eine Finte!

Er platzte fast vor Freude darüber, dass sie aufzugehen schien. Neurotypische täuschten einander (und die Königsklasse: sich selbst!) den lieben langen Tag, und er stand Zeit seines Lebens außen vor. Es gab in Leander kaum ein größeres Verlangen, als endlich nicht mehr aufzufallen und Teil der Gruppe zu werden. Der Gruß an Emanuel war ein Schritt in diese Richtung. Das Herz schlug ihm hoch bis zum Hals.

»Sie, ähm, kennen Monsieur Macron?«

»Natürlich.«

Jeder kannte ihn, oder?

»Ah ja.«

Das war eine Nullaussage. Um daraus eine Quadratur zu machen: eine lupenreine Nullaussage.

Tucker hatte alleine 26 eng beschriebene Seiten in seinem Erstling »Das Kompendium der sinnlosen Sätze« mit Nullaussagen gefüllt. Von *Ah ja* über *Soso* bis hin zu *Was Sie nicht sagen*. Nullaussagen, schrieb Dan B. Tucker, verschaffen dem, der sie nutzt, Zeit. Der hintergründige Witz dabei – zumal nahm Leander diese Intention bei Tucker an –, dass die Definition der Nullaussage selbst eine war.

Aber Barbosa wusste mit der so erkauften Zeit nichts anzufangen, denn sie seufzte: »Also schön.«

»Wohin sind die Hologramme geliefert worden? An die Pereira Ltd.?«

»Nein. An die Filiale der Banco de Portugal in Faro.«

Jetzt war es Leander, der stutzte.

»Und sie sind noch dort?«

»Davon gehe ich aus. Ein Diebstahl ist uns nicht gemeldet worden.«

Und in den Zeitungen hatte auch nichts gestanden, ergänzte er in Gedanken. Die Filiale hatte sich auch nicht an sie, die Kripo, gewandt.

»Ich benötige bitte die Nummer des betreffenden Schließfachs und den dazugehörigen Code.«

»Das geht nicht kurzfristig.«

»Machen Sie es bitte irgendwie möglich, wir müssen das umgehend überprüfen.«

»Ich bemühe mich.«

»Noch etwas: Ich muss Sie bitten, über unser Gespräch Stillschweigen zu bewahren – auch gegenüber Ihren engsten Mitarbeitern. Das heißt, Sie müssen sich bitte selbst um die Liste und die Fragen kümmern, die ich Ihnen gestellt habe.«

Kurz war es still in der Leitung.

»Sie vermuten, jemand aus dem Finanzministerium steckt hinter dieser … Sache?«

»Irgendjemand hat den Tätern sehr wahrscheinlich Zugang zu der Liste verschafft. Wir werden hier überprüfen, was von unserer Seite aus möglich ist. Indem Sie im Ministerium und Ihrem Umfeld nichts weitergeben, weiß die undichte Stelle nicht, dass wir auf das Motiv der Raubserie gekommen sind. Es sei denn, Sie sind diese undichte Stelle.«

»Es wäre sehr töricht von mir, nicht wahr? Ich habe noch politische Ambitionen, die ich nicht gefährden will.«

»Ich nehme Ihre Aussage zur Kenntnis. *Obrigado*«, sagte er und beendete das Telefonat.

Als er sich zu Graciana umdrehte, war sie fort.

In seiner direkten Umgebung herrschte nach wie vor Aufruhr, Menschen waren unterwegs, die rauswollten aus dem Viertel oder sicherstellen, dass es ihren Freunden oder Verwandten gut ging. Die Sirenen der Feuerwehr waren zu hören. Aber Lost war nun wieder ruhig. Das Telefonat hatte ihn fokussiert.

In einiger Entfernung entdeckte er seine Chefin. Sie stand auf der Straße gegenüber und sprach mit einer Person, die in einem Pick-up saß. Als Lost sich näherte, sah er, um wen es sich handelte. Es war ihr Vater.

Antonio Rosado saß hinter dem Steuer seines umgebauten Wagens, in den er sich mittels zweier montierter Haltegriffe hineinhieven und anschließend den Rollstuhl zusammengeklappt neben sich ablegen konnte. Auf diese Weise hatte Antonio Rosado sich seine individuelle Mobilität bewahrt. Wozu er in puncto Fortbewegung noch in der Lage war, das tat er.

Leander lief zu ihnen, während weiter hinten ein Feuerwehrwagen mit ohrenbetäubenden Sirenen entlangdonnerte.

»Welche Polizeieinheiten sind noch in Faro?«, sagte er ohne Umschweife, als er sie erreichte.

»Keine. Wieso?«

»Ich habe Grund zu der Annahme, dass in diesem Augenblick die Banco de Portugal ausgeraubt wird.«

»Warum das?«, fragte Graciana. Ihr Vater musterte ihn ernst.

»Weil die Hologramme, die Gonçalves Amado im Ferienhaus

hatte, sehr wahrscheinlich nicht die echten sind – sondern eine Fälschung, die statt der Originale in der Bankfiliale hinterlegt werden sollen. Wir müssen dort jemanden hinschicken.«

»Wir haben niemanden vor Ort …«

»Ich kann fahren«, sagte ihr Vater.

»Nein.«

»Wir sollten versuchen, jemanden von der Bank zu verständigen. Damit die den Sicherheitsdienst aktivieren können«, schlug Leander vor.

Graciana überlegte kurz, dann schüttelte sie den Kopf: »Wenn das stimmt, was Sie sagen, und es sich um dieselben Täter handelt, die den Werttransporter überfallen haben, dann würden wir die Leute vom Sicherheitsdienst einer zu großen Gefahr aussetzen. Auf einen Überfall mit automatischen Waffen sind die nicht vorbereitet. Die Bank muss kontaktiert werden, natürlich. Aber wir fahren selbst hin«, sagte Graciana und öffnete die Beifahrertür des Pick-ups. »Und ich hole meinen Wagen und sammle Carlos ein. Wir treffen uns hier in etwa zwei Minuten. Versuchen Sie bitte, das mit der Bank zu regeln.«

Sie fuhren davon, und Lost verständigte die Zentrale, damit die die Verantwortlichen in der Bank informierten. Er ließ ausrichten, dass auf keinen Fall ohne Rücksprache der eigene Sicherheitsdienst aktiviert werden durfte.

Als er gerade aufgelegt hatte, sah er Gabriel Alves und Rafaela Romão auf sich zukommen.

»Senhor Lost, wo ist Graciana?«

»Sie holt ihren neuen Dienstwagen, wir fahren nach Faro.«

»Jetzt?«

»Ja.«

»Aber das hier in São Brás ist möglicherweise ein Terroranschlag«, sagte Gabriel Alves verblüfft.

»Wir gehen eher davon aus, dass es sich um ein Ablenkungsmanöver handelt.«

»Aber wofür?«, fragte Rafaela erstaunt.

»Einbruch in die Filiale der Banco de Portugal in Faro.«

»Wenn das hier ein Ablenkungsmanöver ist, dann meinen die das tatsächlich ganz schön ernst«, sagte Gabriel besorgt.

»Alle verfügbaren Polizeieinheiten sind hier. Wir benötigen jetzt mit Sicherheit 20 Minuten bis nach Faro. Wenn der Überfall mit dem Zünden der Sprengsätze vor 30 Minuten begonnen hat, haben die Täter mindestens 50 Minuten Zeit. Und falls sie einen Alarm auslösen, können sie relativ sicher sein, dass ihnen ebenfalls 20 Minuten bleiben, bis jemand dort eintrifft, der ernsthaft in der Lage ist, sie festzunehmen.«

Ein aschgrauer Kombi schoss um die Kurve, unter dessen Kühlerhaube das tiefe Herz eines V6 schlug: *a fera*. Das Biest.

»Wir unterrichten Sie später«, sagte Lost, während der Kombi mit Carlos auf dem Beifahrersitz vorfuhr und die hintere rechte Tür aufschwang. »Wünschen Sie uns Glück.«

31.

Sie hatten den RS6 einem jungen Engländer abgenommen, der sich seinen Lebensunterhalt mit Drogenschmuggel finanzierte und bei einer Flucht ums Leben gekommen war. Der Audi stand die meiste Zeit in der Tiefgarage der Kripo und wartete auf Ansprüche, die Opfer an den toten Briten stellen würden. In dem Fall würde der Wagen versteigert und von dem Erlös die anstehenden Entschädigungen beglichen, Aber bis jetzt hatte sich noch niemand gemeldet.

Nachdem Gracianas Mustang zerschossen worden war, hatte sie sich für diesen Wolf im Schafspelz entschieden: In 3,6 Sekunden war er auf hundert. Sie hatten die Typenbezeichnungen und den auffälligen Lack auf den Bremssätteln entfernt. Da es sich noch dazu um einen Kombi handelte, wirkte er auf den ersten Blick wie ein Familienauto, aber unter seiner Haube schlummerte eine Urgewalt, die Graciana jetzt konzentriert durch diese Kurven der N 2 zirkelte, einer Landstraße, die bisweilen einen unübersichtlichen Verlauf hatte.

Sie hatte die Sirene nicht angeschaltet, nur das Blaulicht. Mehrmals überholte sie einige Autos am Stück. Carlos saß neben ihr, Leander hinten.

Carlos fühlte sich wie in Abrahams Schoß. Graciana verfügte über eine sehr gute Intuition. Präzise. Wie ein Seismograf nahm sie die allerkleinsten Schwingungen ihrer Mitmenschen wahr. Beim Autofahren verschmolz sie mit dem jeweiligen

Fahrzeug in einer Art Symbiose. Sie wusste ganz genau den Punkt abzupassen, an dem das Heck ausbrechen würde, sie nahm beinahe jede Kurve auf der Ideallinie. Es war, als würde ihre Intuition auch den Wagen erfassen, die Technik, die Bestandteile, das ganze System. Sie konnte fühlen, wann der Wagen ausbrach. Sie spürte, wie weit sie den Fuß vom Gaspedal lupfen musste, damit es nicht zu einem Unfall kam und damit sie gleichzeitig nicht mehr Tempo einbüßte als unbedingt notwendig.

Darauf vertraute er blind.

Lost hingegen wusste, dass ein Unfall bei diesen Geschwindigkeiten einen schnellen Tod bedeuten würde. Das war nicht jedem vergönnt, und an irgendwas musste man schließlich sterben. Warum also nicht so? Ganz unvermittelt, von einem Wimpernschlag zum nächsten?

Sie zogen durch eine lange Linkskurve, der sich eine Gerade anschloss. Graciana drückte das Gaspedal runter bis zum Bodenblech. Der Kombi machte bei 120 einen Satz nach vorne, die Tachonadel kletterte blitzschnell hoch und … ein Esel!

In dem Sekundenbruchteil, in dem Carlos ihn aus den Augenwinkeln sah, riss die brutale Verzögerung sie alle massiv nach vorne. Die Gurte klackten und strafften sich durch Gracianas geistesgegenwärtige Vollbremsung, das ABS griff und der RS6 verewigte sich trotzdem mit einem massiven Reifenabrieb auf dem Asphalt.

Nach verbranntem Gummi riechender Qualm stieg auf.

Mit 60 Sachen wäre die Kollision erfolgt, aber sie nahm den Fuß von der Bremse und wich dem Esel aus, um dann zu stoppen. Ihre flache Hand flog auf den Warnblinker.

Carlos sah sie fragend an. Aber da war sie auch schon aus dem Auto gesprungen und zu dem Tier gelaufen. Einige Meter weiter befand sich ein Gatter mit zwei weiteren Eseln. Das Tor war offen und schwang sanft im Wind. Graciana nahm den Esel am Halsband und führte ihn zurück zu den anderen Artgenossen, bevor sie das Tor wieder schloss und zum Audi zurücklief.

Bargeld in rauen Mengen. Euros, Dollars, Pfund und Yen. Mit jedem weiteren Schließfach meißelte sich ein breites, ungläubiges Grinsen tiefer in ihre Gesichter.

»Unfassbar«, sagte Cabral, »davon ist doch praktisch nichts versteuert.«

»Wir bestehlen nicht die Falschen«, bestätigte ihn eine Stimme hinter ihnen.

Die drei im Schließfachraum erschraken. Aber es war nur Ulisses, der den Raum nahezu lautlos betreten hatte. Er steckte wie sie ebenfalls in einem Anzug. Mit einem kurzen Blick überprüfte er die Vorrichtung aus Styropor an der Decke, mit einem zweiten die Lichtsensoren. Dann erst erfasste er den Fortgang ihrer Bemühungen.

Von den dreihundert Schließfächern war bald die Hälfte geöffnet. Deren Inhalte: Geld, Schmuck, Dokumente, externe Festplatten – häufte sich bereits in zwei Sporttaschen. Das Geld würden sie durch irgendwelche Käufe waschen. Wohnungen, Autos, Uhren, Luxusartikel. Den Schmuck über ihre Hehlerin verkaufen. Und die Dokumente – was mochte wohl so wichtig sein und trotzdem nicht zu Hause aufbewahrt werden? Also ideale Unterlagen für gezielte Erpressungen. Das galt selbstverständlich auch für die Festplatten.

Mit etwas Glück konnten sie sich allein schon dadurch zur Ruhe setzen.

»Hab ich zu viel versprochen?«

»Du bist der Beste, Ul«, sagte Cabral. Seine Stimme war frei von Ironie.

Ulisses Cruz warf einen Blick auf seine Rotonde.

»Noch fünf Minuten, dann ist Abflug.«

Die drei sahen ihn überrascht und enttäuscht an.

»Dann schaffen wir den Rest nicht.«

»Ich weiß, aber so ist es. Wir sind aufgeflogen – fünf Minuten.«

Cabral und Vieira nickten sich entschlossen zu und arbeiteten jetzt noch schneller.

Nur Anfänger, die ihre Gier nicht unter Kontrolle hatten, würden es drauf ankommen lassen.

Ricardo Cabral hatte aus dem offiziellen Schlüssel, über den Sol Pinho als legitime Besitzerin eines Schließfaches verfügte, eine Art Universalschlüssel hergestellt. Die *Reite*, also den Griff, hatte er massiv verstärkt. Denn der wurde in ein Zugsystem eingehakt, das mit Muskelkraft funktionierte.

Mittels eines herkömmlichen Radschlüssels wurde eine archimedische Schraube in Gang gesetzt, die den Schlüssel, den sie ins jeweilige Schließfachschloss gesteckt und gedreht hatten, Zentimeter um Zentimeter nach hinten zog. Dadurch bogen sie die Schließfachtüren auf, bis deren Kontakt zu den Scharnieren brach. Im Grunde ein großer, individueller Dosenöffner. Damit umgingen sie die zeitraubenden 999 Möglichkeiten für die Eingabe des jeweiligen Zahlencodes.

Es war eine schweißtreibende Schwerstarbeit. Aber obwohl ihnen die Muskeln schmerzten, legten sie sich unermüdlich ins Zeug. Nach jetzigem Stand sah es ganz so aus als seien sie ein Quartett aus Millionären.

»Komm«, wandte Ulisses sich an seinen Bruder, »wir bringen die Taschen ins Auto.«

Sie schnappten sich die Sporttaschen und legten damit den Weg ins Parkhaus zurück, wo sie sie im Kofferraum des Vans verstauten.

»Die sind schon auf dem Weg«, sagt Ulisses, »ich möchte, dass du jetzt aufs Boot gehst. Jetzt gleich.«

César sah ihn erstaunt an: »Wieso?«

»Vertrau mir, Cé. Vielleicht sind nicht alle oben in Alportel. Vielleicht gibt es hier noch ein paar Leute in der Gegend. Mit Sicherheit wenigstens ein Security-Team. Wenn ich verhaftet werde, brauche ich einen draußen, auf den ich mich blind verlassen kann, Ricardo und Nuno sind das nicht. Blut ist dicker als Wasser, hm?«

»Wir schießen uns den Weg frei.«

Ulisses lächelte traurig. Traurig und voller Zuneigung.

»Das machen wir, wenn nichts mehr geht. Aber jetzt haben wir die Initiative noch auf unserer Seite. Ich brauch dich als Sicherheit, César. Geh. Und nimm Sol mit.«

Er hielt seinen Arm mit der Cartier-Uhr hoch: »Wenn ich um Punkt halb nicht da bin, legt ab.«

César musterte seinen älteren Bruder, um ihn zu verstehen. Oder das, was er da tat, mit dem in Einklang zu bringen, was Sol über ihn erzählte. Dass er seinen ganz eigenen Plan verfolgte, in dem César keinen Platz hatte. Aber was für einer sollte das sein? Was sollte Ulisses jetzt ohne ihn in der Bank anfangen? Nuno und Ricardo waren noch da.

»Wie sieht das denn aus vor den anderen?«

»Ich brauche eine Sicherheit draußen, César. Ist das so schwer zu verstehen? Wir alle brauchen das. Auch die anderen.«

»Warum hast du mir das nicht eher gesagt?«

»Weil ich geglaubt habe, wir hätten mehr Zeit. Haben wir aber nicht – sie rücken jetzt an. Geh, bitte.«

César Cruz atmete tief durch, nickte. Ulisses klopfte ihm auf die Schulter. Dann verließ César das Parkhaus Richtung *Bar Columbus*.

Sol saß einem Mann gegenüber, den er kannte.

Maximilian Pontes. Der Bankangestellte aus dem Brillen-Video.

César musste lächeln: was für ein armer Trottel. Stand von morgens bis abends hinter seinem Schalter und verwaltete das Geld anderer Leute. Und am Ende? Würde er mit einer überschaubaren Rente in einem kleinen Apartment hocken und immer noch einem besseren Leben hinterherträumen.

In diesem Leben musste man sich nehmen, was man wollte. Wer auf das Wohlwollen anderer setzte, war hoffnungslos verloren.

»*Boa noite*«, sagte César, gab Sol einen Kuss auf die Wange – damit das mal geklärt war – und nickte Pontes dann zu: »Ich bedaure, aber ich muss Ihnen die schönste Frau auf diesem Platz jetzt entführen.«

Pontes zwang sich zu einem Lächeln, während Sol nickte und sich erhob: »Ah, es ist schon so spät.«

Der Mann, der sich nicht vorstellte, war gut einsneunzig groß. Das Hemd spannte sich über seinem muskulösen Oberkörper. Auf seinem Unterarm prangten Tätowierungen. Sein Blick war klar oder besser: unmissverständlich. Ein Alphatier. Er fand zwar charmante Worte, aber unter seiner Oberfläche schimmerte der Straßenköter aus dem Armenviertel durch.

»Ich wünsche Ihnen beiden einen schönen Abend, Senhor …«

»Ihnen auch.«

César nannte keinen Namen.

Maximilian Pontes schaute ihnen nach.

Natürlich hatte er zunächst darüber nachgedacht, unverzüglich die Polizei zu verständigen, als er auf den Aufnahmen sah, wie die Frau die Sensoren mit dem Spray bearbeitete. Aber dafür hätte er erst einmal erklären müssen, warum zum Teufel er sich die Videoaufnahmen, dazu noch von einer weiblichen Kundin, ohne jeden validen Verdacht angeschaut hatte. Doch da war ihm eine andere Idee gekommen.

Er machte sich auf den Weg zur Bank.

»Noch zwei Minuten«, ließ Ulisses die beiden wissen, als er Nuno an der Vorrichtung ablöste und das Radkreuz zu drehen begann, um das nächste Schließfach zu öffnen. Sie waren jetzt bei Fach 198 angekommen.

»Bringt alles ins Auto, das ist das letzte Fach.«

»Aber wir haben noch zwei Minuten«, entgegnete Cabral.

»Ich mach hier sauber.« Wieder lag diese Endgültigkeit in seiner Stimme. Aber die Aussicht auf die sichere Millionenbeute machte sie nachgiebig.

»Du hast recht«, sagte Vieira, und damit beugte sich nun auch Ricardo Cabral und griff eine der beiden Sporttaschen, die er lässig auf der rechten Seite schulterte.

»Bis später, Ul, die Zeit läuft auch für dich.«

»Ich weiß.«

Er legte alle Kraft in die nächsten vier Drehungen, dann wölbte sich Nummer 198 nach vorne, während Nuno die verbliebene Sporttasche unter das Fach schob. Mit einem metallischen Knirschen brach die 198 auf und offenbarte ein paar weitere Geldbündel, die Nuno Vieira mit einer Handbewegung in die Tasche schob.

Dann schloss er sie und hob sie am Tragegurt an.

»Coole Nummer, Ulisses.«

Der schenkte ihm ein Grinsen.

»Seht zu, dass ihr hier wegkommt.«

Nuno erwiderte das Grinsen und ging.

Keiner der Sensoren hatte angeschlagen. Das Treppenhaus und der Vorraum zu den Schließfächern war leer. Die schwere Tresortür geschlossen. Maximilian Pontes spürte, wie sich eine eigentümliche Enttäuschung in ihm ausbreitete. Hatte er sich das alles nur eingebildet?

Er hatte das Gebäude über einen Nebeneingang mit einem Generalschlüssel betreten, den er immer bei sich hatte. Er war dazu verpflichtet. Ebenso wie die Leiterin der Bank, Clara Miranda. In einem fensterlosen Nebenraum hinter dem Schalterbereich konnte er auf drei Monitoren den Nebeneingang aus dem Parkhaus, das Treppenhaus und den Vorraum vor dem Tresor sehen. Dieser Mitschnitt wurde auch von einem Sicherheitsunternehmen ständig kontrolliert. Und das hätte sich bei ihm oder Senhora Miranda umgehend gemeldet, falls denen irgendetwas aufgefallen wäre.

Trotzdem: Er war sich so sicher gewesen, dass er die Bande auf frischer Tat ertappen würde. Er hätte die Polizei verständigt, und keine halbe Stunde später wäre er der Held der Banco de Portugal gewesen. Mit Sicherheit hätte es einen Bonus gegeben, vielleicht sogar einen Orden. Mit keinem Wort hätte er das Video erwähnen müssen. Es wäre einfach eine günstige Fügung gewesen. Zur rechten Zeit am rechten Ort. Und die Bande hätte gekriegt, was sie verdiente inklusive dieser Frau, die seine Freundlichkeit so schändlich ausgenutzt hatte.

Nichts von alldem würde passieren.

Und wenn er ehrlich war, fühlte er sich jetzt doch auch ein wenig erleichtert. Denn dass die Täter sich kampflos ergeben hätten, erschien ihm unwahrscheinlich.

Als er sich zum Gehen wandte, fiel sein Blick noch einmal auf den Monitor, der das Parkhaus zeigte.

Das Fußballspiel war vorbei und die meisten Leute auf dem Nachhauseweg. Seltsamerweise war das Parkhaus, wie er auf dem Bildschirm sehen konnte, noch ungewöhnlich gut gefüllt. Auch der Wagen des Koches vom Camaleão zwei Häuserecken weiter stand noch auf dem Eckparkplatz, wo er immer parkte. Genau genommen war das ein Behindertenparkplatz, aber das Parkhauspersonal machte ihm keinen Ärger. Was Pontes stutzig machte, war die Uhrzeit. Das Restaurant hatte schon seit wenigstens einer Stunde geschlossen, und eigentlich fuhr der Koch immer direkt nach Hause.

Er beschloss, eine kleine Runde zu drehen. Schaden konnte es nicht.

Er war schon auf dem Weg hinaus, als er plötzlich innehielt. Dann ging er noch einmal zurück und öffnete mit dem Generalschlüssel einen kleinen Safe, in dem sich eine Pistole befand. Sie war hier für den Notfall deponiert worden. Als Möglichkeit, sich vor diesen Kriminellen zu schützen.

Pontes nahm die Pistole in die Hand.

Sie war schwer.

In Filmen wirkten sie immer federleicht.

Sicher ist sicher, dachte er und steckte sie in die Innentasche seines Sakkos.

Als Pontes die Treppe zum Eingang des Parkhauses hinabging, blieb er so abrupt stehen, dass er mit dem Oberkörper beinahe nach vorne gestürzt wäre: Der Behindertenparkplatz war leer!

Sicher, der Koch konnte erst gerade eben weggefahren sein, auch sonst standen kaum noch Wagen auf den Plätzen, ganz anders als auf der Aufnahme.

Eilig und zugleich so lautlos wie möglich ging er die Treppe weiter hinab, an der Brandschutztür vorbei und in den Vorraum. Und da stand ein Mann um die fünfzig, der Handschuhe trug und gerade eine Rolle aus Kunststoff aus einem Schließfach entnommen hatte und eine andere Rolle darin deponierte bevor er das Fach zudrückte.

»Keine Bewegung«, sagte Pontes.

Es klang bloß nicht so entschieden, wie er sich das vorgestellt hatte. Der Mann ihm gegenüber erschrak nicht mal, er wandte sich ihm einfach zu, bemaß ihn kurz mit einem Blick und nickte. Er sah dem anderen von vorhin ähnlich. Möglicherweise waren sie Brüder.

Zwei Drittel der Schließfächer standen auf, allesamt mit verbogenen Deckeln und geborstenen Scharnieren.

Außen ihnen beiden war niemand im Raum.

Maximilian Pontes tastete mit der freien Hand nach seinem Handy.

»Meinen Sie, Sie können das?«

»Was?«, fragte Pontes hektisch.

»Ob Sie denken, dass Sie auf jemanden schießen können, Senhor.«

»Das kann ich ganz bestimmt, wenn es die Situation erfordert.«

»Ja? Wissen Sie, was für Verletzungen so eine Kugel hervorrufen kann?«

»Ich habe eine gewisse Vorstellung.«

Maximilian Pontes versuchte, mit der linken Hand die 1-1-2 zu wählen, ohne den Mann aus den Augen zu lassen oder die Waffe zu senken.

»Schauen Sie mal«, sagte der komplett ruhig. »Ich hab auch eine, aber meine ist leiser.«

Sagte es und zog eine Pistole mit Schalldämpfer.

Pontes wollte abdrücken, aber er konnte es nicht. Einfach auf einen Menschen schießen.

Aber der Mensch da konnte. Und der Schuss, der ihn in den Kopf traf, war wirklich ganz leise.

32.

War es ihre Schuld?

Von außen betrachtet wohl nicht. Der stellvertretende Leiter der Bank, Maximilian Pontes, hätte umgehend den Notruf betätigen müssen. Damit wäre sein Anruf sehr schnell bei ihr im Auto gelandet, und sie hätte ihm geraten, das Gebäude sofern möglich umgehend zu verlassen. Und wenn nicht, sich in einem Raum einzuschließen, bis sie eingetroffen wären. Stattdessen hatte der Mann sich mit einer in der Bank hinterlegten Pistole eigenständig in den Tresorraum begeben, wo er erschossen worden war.

Nichts davon war auf einen Fehler ihrerseits zurückzuführen.

Carlos, der spürte, dass der Tod dieses Mannes trotzdem schwer auf ihr lastete, versuchte sie zu trösten: »Selbst, wenn wir vor der Bank geparkt hätten, hätten wir ihm nicht helfen können. Dazu hätte er sich melden müssen.«

Auch Leander Lost entging nicht, dass seine Chefin etwas bedrückte. Im Gegensatz zu Carlos Esteves hatte das aber nichts mit Empathie zu tun, sondern mit der Dechiffrierung mimischer Signale, die Anzeichen für Ärger und Trauer waren. Die Trauer überwog deutlich: Ihre Pupillen waren stark erweitert, was ihm die Intensität ihrer emotionalen Beteiligung signalisierte. Sie sprach mit tiefer und leiser Stimme, den Blick nach unten gesenkt. Die Augenbrauen-Innenseite war nach oben gezogen. Beteiligter Muskel: innerer Anteil des Frontalis, des Stirnmuskels.

Die Lippen zeigten sich angespannt und schmal – Ärger. Beteiligter Muskel: Orbicularis oris, der Ringmuskel des Mundes. Gleichzeitig war hier der Ansatz des Depressor anguli oris ersichtlich, der Mundwinkelniederzieher, der die Vermischung von Ärger mit Trauer für Lost ablesbar machte.

Im Kontext mit dem toten Bankangestellten und ihren Aussagen ergab sich für Leander, dass der Mord an dem Mann sie persönlich belastete.

Deshalb versuchte er, ihr etwas von ihrer Last zu nehmen: »Egal, was wir getan hätten«, sagte er, »es hätte nichts daran geändert, dass Senhor Pontes auf eigenes Risiko den Raum mit den Schließfächern betreten hat. Im Übrigen weist das Mitführen der geladenen Waffe darauf hin, dass er sich über das Risiko seines Verhaltens bewusst gewesen ist.«

»Danke, ja, das ist alles richtig«, sagte sie. »Und Sie hatten auch recht, was das Ablenkungsmanöver betrifft.«

Lost hatte tatsächlich die richtigen Schlüsse gezogen. Er hatte recht behalten mit seiner Einschätzung, dass die Explosionen und Schüsse oben in São Brás der Ablenkung für den Überfall dienten. Und mit seiner Vorhersage der Ablage der gefälschten Hologramme im Austausch mit den echten.

Senhora Barbosa hatte ihnen inzwischen die Nummer des Schließfaches und den Code per SMS zukommen lassen: Schließfach 236 und Code 236. Das Fach war unbeschädigt, aber die Rolle mit den Hologrammen nicht echt, wie Isadora ihnen umgehend nach ihrem Eintreffen hier hatte bestätigen können.

»Was fehlt denen noch für den Druck von Banknoten, Senhor Lost?«

»Ich warte noch auf die Liste. Aber im Zweifelsfall nur noch eine professionelle Druckerei mit kriminellen Ambitionen.«

Graciana nickte Carlos zu, der ihr Nicken erwiderte: Er würde gleich morgen früh herumtelefonieren und eine Übersicht zusammenstellen.

Pontes' Leiche war schon in die Rechtsmedizin abtransportiert worden, Doutora Oliveira hatte von sich aus angerufen, denn sie wohnte in Estoi und hatte all die Sirenen gehört, die von den Fahrzeugen stammten, die aus allen Himmelsrichtungen nach São Brás ausrückten.

Die Kollegen Alves und Romão hatten den Einsatz in dem Ort die letzte Stunde über geleitet. Nun, da sich Losts Prognose bewahrheitet hatte, orderten sie ihren eigenen Kriminaltechniker zu Isadoras Entlastung an, damit die sich um die Spuren hier an den Schließfächern kümmern konnte.

Sie war vor nicht mal fünf Minuten mit ihrer großen, schwarzen Tasche, der *mala magica*, bei ihnen eingetroffen und hatte gleich mit der Arbeit begonnen.

»Habt ihr eine Patronenhülse gesehen?«, fragte sie.

»Nein.«

»Dann hat der Täter sie mitgenommen.«

Graciana nickte – auch das passte. Die Professionalität und Kaltblütigkeit, die noch warme Patronenhülse aufzusammeln, nachdem man einem Mann in den Kopf geschossen und getötet hatte.

Carlos war an die Schließfächer herangetreten. In einigen von ihnen befanden sich noch Dinge: Kleinkram, Persönliches, Urkunden, Fotos. Ein Teil der Schließfachinhalte lag auch auf dem Boden verstreut herum.

Er schnappte sich sein Handy und rief bei Ana Gomes an, um sie und Rui Aviola hierher zu beordern. Die beiden arbeiteten auf dem Revier der GNR in Moncarapacho und saßen dem Irrtum auf, ihre Affäre sei immer noch geheim, während der gesamte Mittelmeerraum Bescheid wusste. Wollte er beide erreichen, musste er nur ihn oder sie anrufen, weil sie keine freie Minute die Finger voneinander lassen konnten. Er entschied sich für Ana, die vor einer halben Stunde aus São Brás de Aportel abgerückt und vermutlich schon in Fuseta eingetroffen war.

»Jetzt noch? Es ist Mitternacht.«

»Ja.«

Er hörte, wie sie seufzte.

»Und bring Rui mit, es gibt jede Menge zu tun.«

»Ich weiß nicht, wie schnell ich den jetzt erreiche.«

»Ach, das wird schon. Ihr macht hier eine Inventur.«

Und so ging es weiter: Sie mussten Ordnung ins Chaos bringen, Antworten finden und Aufgaben delegieren.

Warum war Pontes hier gewesen? Hatte ihn jemand geschickt? Aus eigenem Antrieb? Warum war er mit der Pistole hier heruntergekommen?

Dann benötigten sie jemanden vom Sicherheitsteam oder der IT: Wieso war kein Alarm ausgelöst worden?

Eine Fahndung einzuleiten, war unsinnig. Sie hatten im Augenblick nicht mal den kleinsten Anhaltspunkt. Keine Zeugen.

Sie wussten nicht, um wie viele Täter es sich gehandelt hatte. Wie sie hergekommen waren – zu Fuß? Mit dem Auto?

»Ja«, stimmte Carlos Esteves ihr zu, als sie es aussprach, »wir haben doch einen entscheidenden Vorteil.«

Graciana warf ihm einen fragenden Blick zu.

»Die wissen nicht, was wir wissen«, fuhr Carlos fort, »die glauben, sie haben es mit Polizisten zu tun, die noch keine Ahnung haben, was genau in São Brás passiert ist. Polizisten, die glauben, es dreht sich hier um einen Bankraub, bei dem die Täter Geld und Wertsachen erbeuten wollten. Die wissen nicht, dass wir auf ihrem Kenntnisstand sind: Millionen im großen Stil drucken. Wir sollen glauben, das sind ganz simple Räuber, aber in Wirklichkeit planen die hier einen Jahrhundertcoup, Grace.«

Sie musste schmunzeln. Er verstand: »Entschuldige.«

»Warum entschuldigen Sie sich?«, fragte Leander.

»Mir ist da was rausgerutscht«, sagte Carlos.

Lost musterte ihn von oben bis unten: »Wo?«

»Nein, Lost. Eine Formulierung«, sagte Carlos und zündete sich eine an und sog den Rauch so stark ein, dass die Spitze hellrot aufglühte.

Es war wie eine sanfte Berührung gewesen, dachte Graciana, nein, nicht mal das, eher wie der Hauch einer Berührung. Ganz sanft.

Grace.

Nur Soraia und ihre Mutter nannten sie so. Ein Kosename.

»Er hat Grace gesagt«, klärte sie Leander auf, während Carlos sich offenbar gerade über sich selbst wunderte und mit großer Hingabe die Schweißnähte der Tresortür betrachtete. Die und seine Schuhspitzen.

»Soraia nennt mich manchmal so, ganz selten auch meine Mutter.«

Sie erklärte es ganz sachlich, weil Carlos den Eindruck machte, als sei er bei etwas ertappt worden und sie ihm die Scham darüber nehmen wollte.

»Es ist eine Art Kosename. Und so etwas benutzt man, wenn man sich besonders eindrücklich oder liebevoll an jemanden wendet.«

»Eindrücklich«, bestätigte Carlos.

Kosename, das sagte Leander was. Statistisch gesehen benutzten niedrige Bildungsschichten bei der Benennung des Partners gerne Begriffe wie »Hase«, »Bär« oder »Maus«. Sie bezeichneten sich also gerne als Tiere. Höhere Bildungsschichten bevorzugten »Schatz«. Möglicherweise begründet in einer monetären Konnotation.

»Und warum … «, setzte Lost an, um jetzt nachzubohren, aber Carlos war hellwach und unterbrach ihn: »Soraia nennt Sie *Le-an-der*. Wie eine Melodie. Ist Ihnen das noch nie aufgefallen?«

»Ich bin unmusikalisch.«

»Ach, kommen Sie.«

»Ich war der Meinung, sie spricht meinen Namen gedehnt aus.«

»Nein«, schloss Graciana sich an, »also: natürlich, ja, das hört sich gedehnt an. Aber es ist wie ein Hauch, eine Melodie,

Le-an-der, das ist wie eine sanfte Brise, die einem über die Haut streicht.«

»Also in etwa, wie Sie Ihre Schwester manchmal ›So‹ nennen«, sagte Leander.

»Ja, genau.«

»Wie«, fragte Carlos, »nennen Sie Soraia denn, wenn Sie gerade sehr ... vertraut miteinander sind?«

»Soraia.«

Irgendwie wunderte das niemanden, und Isadora musste schmunzeln, und als Graciana das bemerkte, sie ebenfalls.

Leander verstand nicht, warum das ein Kosename sein sollte, schließlich war es nur eine Abkürzung, beschloss dann aber, die Sache auf sich beruhen zu lassen und sich wieder auf den Fall zu konzentrieren.

»Vielleicht ergibt sich ja was aus den Spuren in São Brás?«, sagte er.

Carlos wirkte erleichtert.

Die Spuren, die sie in São Brás de Alportel gesammelt hatten, waren zu indifferent, nahm Isadora den Ball an. »Ja, Plastiksprengstoff, so wie beim Transporter-Überfall. Und ja: Munition aus einem Sturmgewehr, Näheres im Laufe des nächsten Tages. Aber das war es auch schon.«

Die GNR in São Brás hatte schon weit über 50 Zeugenaussagen aufgenommen. Leute, die meinten, verdächtige Personen gesehen zu haben.

»Also gut«, sagte Graciana. »Dann warten wir also erst einmal auf die Liste aus dem Finanzamt. Damit wären wir den Tätern zum ersten Mal einen Schritt voraus. Könnten Sie, Senhor Lost, so gut sein, noch einmal Druck zu machen im Ministerium? Jede Stunde kann nun entscheidend sein.«

Sie hatten Glück. Das Ministerium hatte bereits alles Notwendige vorbereitet, die Liste wurde ihnen in einem speziell geschützten PDF zugeschickt.

»Das sind ganz schön viele«, stellte Carlos fest, als sie die Komponenten durchgingen, »ist doch viel einfacher, gute, ich sag mal, normale Fälschungen zu machen?«

»Der Aufwand ist geringer, aber dafür ist das Risiko, damit aufzufliegen, auch deutlich höher«, widersprach Leander. »Wenn es aber tatsächlich gelingen sollte, Falschgeld zu drucken, das qualitätsidentisch mit dem offiziellen Geld ist, hätten die Verbrecher eine nie versiegende Quelle für Bargeld erschlossen. Nicht einmal die Seriennummer wäre ein Schutz. Es wäre einfach nicht zu unterscheiden, was die Fälschung ist und was das Original. Man müsste die komplette Serie zurückrufen, um das Problem zu lösen, und das ist geradezu unmöglich.«

Graciana scrollte herunter. Bei dem vorletzten Eintrag handelte es sich um den Prägestock in dem Bilt-Transporter. Es blieb nur noch ein Eintrag offen, der für den kommenden Tag terminiert war, den Sonntag. »Die Offsetplatten.«

»Also gut«, sagte Carlos. »Wir müssen das Ministerium sofort kontaktieren. Am sichersten wäre vermutlich, wenn sie die Lieferung einfach abblasen.«

»Ich bin mir da nicht so sicher«, wandte Leander Lost ein, und Graciana und Carlos schauten ihn fragend an.

»Es gibt irgendwo eine undichte Stelle. Die Täter kennen diese Liste. Die Frage ist: woher? Vermutlich gibt es jemanden, der sie ihnen überlassen hat gegen Bezahlung oder Erpressung. Wenn sich die undichte Stelle im Finanzministerium befindet, besteht die Gefahr, dass die Täter es erfahren, wenn die Lieferung von offizieller Seite ausgesetzt wird. Und dann tauchen sie ab.«

»Was schlagen Sie vor?«, fragte Graciana.

»Ich habe Senhora Barbosa darauf hingewiesen, Stillschweigen zu bewahren. Wenn wir davon ausgehen, dass die stellvertretende Finanzministerin nicht mit den Tätern kollaboriert, weiß niemand von unserem jetzigen Kenntnisstand. Ich gehe im Augenblick davon aus, dass wir uns auf Senhora Barbosas

Diskretion verlassen können. Anders gesagt: Sie ist vermutlich nicht die undichte Stelle. Aber es gibt eine.«

»Genau«, nahm Carlos den Faden auf, »die Täter wussten von dem Prägestock im Bilt-Transporter. Sie wussten, in welchem Bankschließfach sich die Hologramme befinden. Woher?«

»Entweder, eine eingeweihte Person steht mit ihnen im Austausch«, folgerte Leander, »oder sie sind auf irgendeine Weise selbst in den Besitz der Liste gelangt. Senhora Barbosa sagt, im Finanzministerium sind drei Personen in den Prozess involviert: Sie, ihre Assistentin und deren Vorgängerin. Die Vorgängerin ist allerdings verunglückt.«

»Und hatte sie die Liste bei sich?«, fragte Graciana.

»Ja«, bestätigte Lost, »aber sie wurde dem Ministerium durch die zuständige Polizeidienstelle ausgehändigt. Der Unfall hat sich ungefähr zwei Kilometer nördlich von Portimão ereignet.«

»Verstehe. Also Barbosa, ihre Assistentin oder die Polizisten am Unfallort oder die Besatzung des Rettungswagens«, zählte Graciana auf.

»Und die Kollegen von der Polícia Judiciária?«, fragte Leander.

»Unfall ist GNR, nicht PJ«, stellte Carlos klar, »bei einem Verkehrsunfall war die GNR da. Mit Verkehrsunfällen hat die Polícia Judiciária nichts am Hut. Aber die GNR könnte mit drinstecken.«

»Kennen Sie Senhora Rafaela Romão und Senhor Gabriel Alves gut?«, fragte Lost.

Graciana, Carlos, Isadora – alle drei starrten ihn an, als hätte er etwas Ungehöriges gesagt.

»Das ist absurd«, brach es aus Carlos heraus, »völlig absurd. Wir arbeiten seit Jahren mit denen, wir stimmen uns ab.«

»Sind sie deshalb per se unverdächtig?«, fragte Leander.

»Nein, es ist nur … schwer vorstellbar!«, sagte Carlos.

»Für mich nicht«, entgegnete Leander knapp.

Carlos warf Graciana einen Hilfe suchenden Blick zu.

»Inspektor Alves ist angeschossen worden, und Senhora Rafaela hat einen der Täter erschossen. Wenn sie mit denen unter einer Decke stecken, widerspricht sich das.«

»Auf den ersten Blick möglicherweise«, sagte Lost, »die Schusswunde von Senhor Alves ist allerdings nur eine Fleischwunde. Nichts, was bedrohlich für seine Gesundheit gewesen wäre.«

»Sie meinen als eine Art Alibi?«

»Exakt. Ohne weitere Zeugen könnte man ihm die Wunde mit einem gezielten Schuss aus dem entsprechenden Sturmgewehr beigebracht haben. Ganz sicherlich würde das dafür sorgen, ihn als Mittäter nicht in Betracht zu ziehen.

Sie sagen selbst, die Kollegen sind für die Westalgarve zuständig. Eine PJ mit Sitz in Portimão – wo sich übrigens der Unfall der Frau ereignet hat, die die Liste mit den Transporten bei sich hatte – ist am Tag des Überfalls auf den Werttransporter schneller vor Ort als alle Kollegen an der Ostalgarve. Obwohl sie über 100 Kilometer von ihrem Dezernat entfernt waren.«

»Sie hatten hier zu tun, eine Zeugenbefragung«, entgegnete Carlos Esteves, »das kommt vor. Senhora Graciana und ich sind auch schon im Westen unterwegs gewesen. Sie übrigens auch, Senhor Lost, in Lagos, als es um Flores Yola gegangen ist.«

»Ich erinnere mich, Senhor Esteves.«

Und Graciana erinnerte sich ebenfalls: An dem Tag, an dem ihr Bruder erschossen wurde, gehörten Rafaela Romão und Gabriel Alves zu den ersten Helfern vor Ort. Sie waren zu Elias' Beerdigung gekommen und hatten sich rührend um Antonio gekümmert – aber war das aus Mitgefühl geschehen oder aus Reue?

»Gut«, legte Carlos jetzt nach, »man kann die Verwundung von Inspektor Alves vorsätzlich vornehmen – aber wenn er und Senhora Rafaela mit den Tätern unter einer Decke stecken, dann macht es keinen Sinn, dass sie einen von denen erschießt.«

»Wer hat denn eigentlich bestätigt, dass sie diesen Schuss abgefeuert hat?«

»Sie selbst hat es gesagt. Und das Projektil stammt zweifelsfrei aus ihrer Pistole«, sagte Graciana, die bereits ahnte, worauf Lost hinauswollte.

»Sie könnte die Waffe einem der Täter gegeben haben, damit der den Schuss auf seinen Komplizen abgibt.«

»Und warum sollte der das tun?«, fragte Carlos.

»Amado hat seine Komplizen beim Zugüberfall bei Braga an die Polizei verraten.«

Graciana gab sich Mühe, nicht zu deutlich zu nicken: Die beiden waren höchstwahrscheinlich César und Ulisses Cruz gewesen.

»Die hatten«, fuhr Lost fort, »also noch eine Rechnung mit ihm offen (Tucker, S. 97, Abs. 3) und haben jetzt möglicherweise zwei Fliegen mit einer Klappe (Tucker, S. 66, Abs. 1) geschlagen. Damit hätten sie sich auf elegante Weise seiner entledigt und Rafaela Romão zugleich ein erstklassiges Alibi verschafft. Denn es bedarf schon einer Menge Vorstellungskraft, eine Polizeibeamtin, die einen von drei Tätern erschossen hat, zu verdächtigen, mit den anderen beiden zu kooperieren.«

Esteves musste sich setzen, weil Lost gerade die Welt seiner Überzeugungen aus den Angeln gehoben hatte. Auch Polizisten verließen sich aufeinander. Wenn das nicht gegeben war, war auf nichts mehr Verlass. Und daran wollte er nicht glauben.

»Ich habe mir die Akten angesehen«, fuhr Leander mit Blick auf Graciana fort, »die Inspektoren Alves und Romão sind auch bei dem Überfall als Ersthelfer vor Ort gewesen, bei dem …«

»Ich weiß«, unterbrach sie ihn.

»Ja, stimmt«, räumte Carlos ein, »aber sie haben geholfen.«

»Korrekt«, antwortete Leander, »selbst, wenn sie mit den Tätern von damals gemeinsame Sache gemacht haben, kann man ihnen unterstellen, dass sie den Tod von Elias Rosado und die schwere Verletzung von Antonio Rosado nicht billigend in Kauf genommen haben. Vorhin in São Brás de Alportel hat Rafaela Romão in Bezug auf die Täter die Vermutung geäußert, es seien nicht dieselben, die den Bilt-Transporter überfallen haben. Wörtlich hat sie gesagt, ich zitiere: *Ich glaube nicht, dass die so kaltblütig sind, die haben gerade einen Komplizen verloren, den ich erschossen habe.*«

»Das war eine Lüge. Ich kann Ihnen bloß nicht mit Sicherheit sagen«, sagte Lost, »ob sich die Lüge auf den ersten Teil des Satzes, nämlich die Kaltblütigkeit, bezogen hat oder auf den zweiten. Wenn sie sich auf den zweiten Teil bezogen hat, hat Rafaela Romão beim Schusswechsel nicht Gonçalves Amado getötet. Wie wir wissen, stammte die tödliche Kugel aber aus ihrer Dienstwaffe. Wenn sie also nicht selbst gefeuert hat, kann es nur eine andere Person gewesen sein. War es ihr Kollege Gabriel Alves, gibt es keinen Grund, uns oder anderen das vorzuenthalten. Er hätte sich ja ebenso wenig strafbar gemacht wie sie.

Wenn es die beiden Polizisten vor Ort nicht waren, bleibt per Ausschlussverfahren nur die Möglichkeit, dass es einer der beiden Täter war. Daraus folgt zwangsläufig: Beide Seiten müssen sich abgesprochen haben. Die verbleibenden beiden Täter müssen die Dienstwaffe von Rafaela Romão erhalten und benutzt und – noch wichtiger – sie im Anschluss an die Ermordung von Gonçalves Amado an sie zurückgegeben haben.«

Für einige Momente war es äußerst still.

Die anderen drei folgten nun seinen Gedankengängen und suchten vergebens nach Abzweigungen, die er in seiner logischen Herleitung möglicherweise übersehen hatte. Aber es gab keine.

Carlos' Blick wanderte von Leander hinüber zu Graciana, die an einen weit entfernten Punkt sah und die Sache gedanklich erneut abschritt, um dann daraus zu schlussfolgern, was das bedeutete. Sowohl für den Überfall von damals als auch für die jetzige Situation.

Auf jeden Fall wies sie Leanders These nicht sofort als völlig undenkbar zurück.

»Es gibt einen simplen Weg, um diese Möglichkeit schnell zu verifizieren oder zu widerlegen«, schaltete Isadora Jordão sich ein.

Carlos nickte: »Du meinst, es finden sich vielleicht Teile der Treibladung auf Amados Kleidung.«

»Genau«, sagte die Kriminaltechnikerin, »Rafaela Romão stand ungefähr 20 Meter von ihm entfernt. Es dürften sich bei so einer Distanz keinerlei Partikel mehr finden lassen. Anders sieht das aus, wenn Senhor Lost richtig liegt und eine der beiden Brüder aus kurzer Entfernung gefeuert hat.«

»Kannst du das überprüfen?«, fragte Graciana.

Isadora nickte: »Jetzt, nehme ich an?«

»*Sim*. Lass alles andere liegen. Das hat absoluten Vorrang. Und ich rufe die Doutora an. Nach 20 Metern hat so ein Geschoss schon einiges von seiner Abschussgeschwindigkeit verloren. 20 Meter oder ein Meter machen durchaus einen Unterschied in der Eindringtiefe der Kugel in einen menschlichen Körper.«

TAG SIEBEN

33.

Fuseta lag still da, das Meer war ruhig. In den Gassen brannten nur noch die Laternen und tauchten alles in ein warmes, gelbliches Licht. Straßen und Restaurants waren leer gefegt. Um halb drei nachts musste man weit fahren, um noch eine Bar zu finden.

Leander hatte die Ducati Scrambler die letzten hundert Meter ohne Motor auslaufen lassen, um niemanden in der *Canto das Baleias* zu wecken. Er warf sich das Jackett über die Schulter, lockerte die Krawatte und betrat das Gelände, vorbei an zwei streunenden Katzen und einer Palme direkt neben dem gemauerten Außengrill.

Es waren heute viele Informationen gewesen, die verarbeitet werden mussten. Es hatte ihn ermüdet und ausgelaugt. Ständig die Mimik der anderen zu dechiffrieren und wie ein Spürhund nach Mustern für die Dinge zwischen den Zeilen Ausschau zu halten, während man gleichzeitig mit ihnen sprach oder die Informationen, die sie von sich gaben, klassifizierte und in Kontext zu den anderen setzte, über die sie bereits verfügten.

Ihm war nach einem Sprung in den Pool. Gerne ließ er sich dort nachts mit geschlossenen Augen und nackt zum Boden sinken, um kurz ganz bei sich zu sein und alles andere abschalten zu können. Kein Geräusch, kein Lichtreflex, kein Geschmack, keine Berührung bis auf das Wasser, das einen komplett umschloss.

Stille. Dunkelheit. Vielleicht war es ein Sprung zurück in den Mutterbauch, wer konnte die Herkunft von Assoziationen und Gefühlen schon definitiv entschlüsseln?

Für Leander bot es das Maximum an Geborgenheit. Kompletter konnte er die dröhnende Welt da draußen nicht ausschließen. Deshalb war diese absolute Ruhe vielleicht auch ein Vorgeschmack auf den Tod.

Doch heute war es schon zu spät dafür. Die Casinhas, in denen Zara (und Toninho?) in dem rechten und Miguel Duarte in dem linken schliefen, waren nur wenige Schritte entfernt. Er wollte sie nicht wecken.

Nicht weit von ihm entfernt musizierte eine Grille eifrig, um eine unsichtbare potenzielle Partnerin zu beeindrucken. Bei Grillen waren die Weibchen stumm. Leander zählte die Laute, während er auf seiner Armbanduhr 25 Sekunden abwartete. 57 Laute gab das kleine Tier in diesem Zeitintervall von sich. Nach einer Faustformel war die Anzahl durch 3 zu teilen – was 19 ergab – und mit der Zahl 4 zu addieren. Die Tiere waren nämlich um so agiler, je wärmer es war. Die Anwendung der Faustformel ergab die ungefähre Temperatur: 23 °C.

Leander hatte noch eine andere Idee als den Pool. Eine, die ihm noch mehr Dunkelheit bot.

Am Ende des Grundstücks passierte er eine Pforte, lief ein paar Meter einen Hang hinab und überquerte dann einfach die Gleise der Linha da Algarve, die hier verlief.

Keine drei Minuten später setzte er sich in den Sand vor der Lagune. Der Halbmond stand tief am Himmel, sein Schein spiegelte sich auf der Lagune und dem weiten Ozean dahinter. Leander sah die Lichter der einsamen Fischerboote weit draußen.

Eine Brise fuhr ihm durchs Haar, sanfte Wellen erreichten den Strand. Und weiter vorne, hinter der vorgelagerten Insel, ertönte die Brandung des Atlantiks.

»Störe ich Sie?«

Leander zuckte unwillkürlich etwas zusammen und blickte über die Schulter: Duarte. Anzughose, Hemd, Jackett – aber barfuß.

»Ja«, sagte Leander.

Duarte blieb abrupt stehen und nickte: »Dann entschuldigen Sie, bitte.«

»Gerne.«

Miguel drehte sich um und trat den Rückzug an.

»Wohin gehen Sie?«

»Zurück.«

Leander nickte.

»Weil ich Sie störe«, fügte Miguel hinzu. Er war stehen geblieben und trug die Hoffnung im Gesicht, Leander möge ihn doch zu sich bitten.

»Ja. Aber die Störung hat sich nun ereignet. Sie können sich gerne hier hinsetzen, wenn Sie möchten. Mich würde interessieren, wie es Ihnen geht.«

Duarte setzte sich neben ihn. Ein paar wundervolle Augenblicke der Stille blickten sie auf das Meer und den Nachthimmel.

Duarte legte ihm einem Impuls folgend plötzlich den Arm um die Schultern.

Und Leander, der das so sehr genoss wie den Hautkontakt mit einer Anakonda, hielt es dennoch aus. Er hielt es aus, weil er sein Empfinden vor dem Bedürfnis des Mannes an seiner Seite nach Nähe zurückstellte.

»Ich ertaste mir mit ihrer aller Hilfe gerade diesen Miguel Duarte, der ich war und … der ich wieder sein werde.«

»Ja«, sagte Leander.

Der Leuchtturm weiter im Westen, auf Culatra, sandte sein Signal an all die Fischer und Seeleute, die sich unsicher waren, wo sie sich befanden, hinaus in die Nacht.

Wie eine tröstende Berührung.

»Ich habe eine Erinnerung wiedergefunden. An meinen Onkel. Und wissen Sie, was daran erstaunlich ist?«

»Dass Sie sich erinnern?«

»Nein, das heißt: Ja, auch. Es kommen ja einige zurück. Erstaunlich daran ist: Er ist dement geworden im Alter.«

Miguel nahm – vielleicht wieder einem Instinkt folgend – den Arm von Losts Schultern.

Der seufzte unwillkürlich.

»Es waren zunächst so kleine Dinge. Entfernte Verwandte nicht mehr erkennen. Den Wecker in den Kühlschrank stellen. Ein Wort nicht mehr finden. Habe ich eigentlich geraucht? Vor meinem – Unfall?«

Hatte er. Leander ignorierte die Frage mit Rücksicht auf Duartes Gesundheit und fragte stattdessen:

»Was war mit Ihrem Onkel?«

»Im Grunde war es wie bei mir. Mit einem großen Unterschied. Mein Onkel hatte keine Wahl. Und es gab kein Zurück. Wie ein Boot, das am Kai vertäut ist, und bei dem Seil für Seil gekappt wird, bis es unwiederbringlich ins Meer hinaustreibt.«

Sie schwiegen einen Moment. Schauten in die leichte Brandung. Sie hörten die Wellen, die ans Ufer schlugen. Den Rhythmus der Nacht.

»Wenn ein Kind aufwächst«, sagte Duarte, »dann nimmt es Zug um Zug Dinge an, formt sich, unterscheidet sich, reift zu einem Charakter. Viele Eigenschaften sieht man schon früh, andere bilden sich später aus. Die Demenz hat meinem Onkel all das wieder geraubt. Als hätte sie akribisch jede einzelne Errungenschaft am Ende wieder eingesammelt. Jeden Tag etwas. Ein bisschen. Und noch ein bisschen, und am Ende eines Jahres waren vier, fünf Merkmale einfach verblasst, verloren. Wie in einer Sumpflandschaft untergegangen. Versunken.«

Man konnte einfach im Sand der Lagune sitzen und der Brandung zuhören, dachte Lost, und wer ihr zugehört hatte, *einmal wirklich* zugehört hatte, wusste, dass keine Brandung mit einer anderen vergleichbar war. Das, was man jetzt hörte, konnte später von einem anderen nicht mehr gehört werden. Die Brandung gab es nur im Augenblick. Nicht davor, nicht danach. Glücklich, wer sie hörte und darum wusste.

Miguel zauberte einen kleinen Kamm hervor und zog sich den Scheitel nach. »Es ist so«, nahm Miguel Duarte den Faden wieder auf, »dass der Miguel Duarte, der ich war, einige … unvorteilhafte Facetten in sich vereint. Ich hab irgendwo Pavão aufgeschnappt. Pfau. In meinem Gedächtnis. Irgendwo. *Pavão,* fiel das mal im Zusammenhang mit mir?«

»Mehrfach.«

Duarte lächelte mit einer Traurigkeit: »Ja, dachte ich mir. Es ist so, Senhor Lost: Der Duarte von früher, der war kein angenehmer Zeitgenosse. Für Sie nicht, nicht für die Abteilung. Ich erinnere mich an Sachen, die nicht schön sind.«

»Das freut mich«, sagte Lost. Duarte sah ihm in die Augen und nickte jetzt, er lächelte.

»Ich merke, dass ich wieder zu ihm werde. Mit jeder neuen Erinnerung schlüpfe ich in ihn zurück. Und mit jeder neuen Erinnerung übernimmt er mich. Und ich kann nichts dagegen tun. Ich weiß aber, dass der Miguel Duarte von früher … nicht einfach war.«

»Ja«, sagte Leander.

Stille. Die Brandung. Und keine Grillen.

»Das ist wie mit meinem Onkel – ich werde das vermutlich nicht mehr wissen. Dass es einen kurzen Moment gab, in dem ich diese Eigenschaften nicht besaß und auch nicht mochte. Ich werde wieder der alte Miguel sein.«

»Das ist doch gut.«

Plötzlich hatte Miguel Tränen in den Augen, und da Leander nicht wusste, wie er damit umgehen sollte, klopfte er ihm mit der flachen Hand dreimal auf den Rücken. Wie Fußballspieler das miteinander machten. Etwas zu fest vielleicht.

»Das wird schon«, sagte er aufmunternd (Tucker, Appendix II, *Blödsinnige Ermunterungen*).

»Ich möchte ein besserer Miguel Duarte sein. Aber … ich

fürchte, wenn ich mich an immer mehr erinnere, werde ich wieder der alte sein. Der alte Miguel Duarte war arrogant.«

»Das könnte man so sagen«, wusste Lost. »Ihre Arroganz ist nach meinem Dafürhalten hauptsächlich eine Folge Ihres Minderwertigkeitskomplexes. Das ist nichts Schlimmes, ich habe selbst eine Menge davon. Aber ich habe sie gut sortiert. Alphabetisch natürlich.«

»Ist es … mein Vater?«

»Ganz recht.«

Ein Geräusch. Sie schauten sich beide über die Schulter.

Es war Carlos. »Dachte es mir. Wegen der offenen Pforte. Zum Glück hab ich drei Gläser dabei.«

Er nahm neben Miguel Platz, sodass der sich nun in der Mitte befand, zog eine Flasche aus einer grünen Plastiktüte und goss ihnen eine helle Flüssigkeit ein. Duarte nippte daran.

»Ist das Portwein?«

»Ganz recht. Weißer. So was gibt es nur in Portugal. Spanier kennen so was nicht.«

Sie tranken.

»Oha.«

»Mein Lieber.«

»Gut.«

»Kann ich noch einen?«

»Gerne, Miguel«.

Carlos goss ihnen ein.

»Du erinnerst dich wieder an Sachen.«

»Ja. Es kommen allmählich immer mehr Erinnerungen zurück. Du hast gesagt, ich bin ein Fan vom FC Porto.«

»Es war ein Versuch, dich von guten Sportlern zu überzeugen.«

»Aber ich bin ein Fan von Real Madrid. Ich hab mich erinnert.«

»Jeder kann sich mal irren.«

Carlos grinste, und Miguel Duarte begriff die Art von Scherz.

»Senhor Lost, Sie haben eine sehr hübsche Freundin.«

»Ja«, sagte er. »Sie hat schöne Grübchen.«

»Ich habe ihr einen Kuss gegeben. Es war ein … Reflex. Der Miguel von früher hätte das vielleicht verschwiegen. Aber ich wollte … einen besseren Anfang für uns.«

»Hat sie den Kuss erwidert?«, fragte Leander.

»Nein.«

»Dann ist es gut.«

»Auf uns, Amigos.«

Das sanfte Klirren der Gläser. Sie tranken. Setzten ab. Den Blick aufs Meer.

»Ich kann mich nicht sattsehen daran«, sagte Carlos. Und nach einer kurzen Pause: »Eben, als ich kam, habt ihr gerade über deinen Vater gesprochen, hab ich recht?«

»Ja.«

»Weißt du was, Miguel: Hör auf, deinem Vater genügen zu wollen, wenn ich dir den Rat geben darf. Dann bist du ein freier Mann.«

»Aber …«

»Ja?«

»Er … er müsste mich ja gar nicht kümmern. Ich habe mich an Situationen mit meinem Vater erinnert. Er hat mich verletzt, um mich zu – gestalten. Er hat mich zu was formen wollen … zu seinem Idealbild seines Sohnes oder so. Mein jüngerer Bruder hat sich in ein Kloster verkrochen, auch daran habe ich mich inzwischen erinnert. Also hat mein Vater sich voll und ganz auf mich konzentriert.«

»Was willst du denn von ihm, Miguel?«, fragte Carlos.

Duarte überlegte und zeichnete dabei mit den Fingern Linien in den Sand.

»Ich weiß nicht. Er war ein berühmter Torero. Ein richtiger Mann. Asketisch, klug, und … ja, unbarmherzig.«

»Finden Sie das erstrebenswert«, fragte Leander, »Unbarmherzigkeit?«

»Nein«, sagte Duarte.

»Was bewunderst du denn an ihm?«, fragte Carlos.

»Tja, ich …«, begann Miguel und musste kurz nachdenken, »seine Unbarmherzigkeit gegen sich selbst. Er tritt in eine Arena und ist bereit zu sterben. Das sagt er nicht, er sagt so was überhaupt nicht. Es wird *über ihn* gesagt, und es stimmt. Er geht hinaus in die Arena und ist bereit zu sterben. Er ist dazu bereit, und ich bin es nicht. Und das macht den Unterschied. Und vielleicht blickt er deshalb auf mich herab.«

»Noch ein Schlückchen?«, fragte Carlos.

»Warum nicht.«

»Seine Liebe werden Sie erst bekommen, wenn Sie aus seinem Schatten treten«, sagte Lost. »Wenn Sie tun, was Sie tun, weil Sie das so wollen. Und nicht um seiner Anerkennung willen. Dann und *nur dann* wird er Sie akzeptieren. Sofern er das überhaupt kann.«

Carlos war überrascht.

»Woher wissen Sie das?«

»Ich habe darüber gelesen.«

Natürlich.

»Hat Ihr Vater Sie *so* geliebt?«, fragte Miguel Leander interessiert.

»Ich weiß nicht, wer mein Vater ist – oder war.«

»Das tut mir leid«, sagte Miguel. Und Leander sah, dass es stimmte.

»Und deiner, Carlos?«

»Ich denke schon«, antwortete der und lächelte in die Nacht, um sich dann Miguel Duarte zuzuwenden, »er hat mich ebenso geformt wie dein Vater dich, Miguel. Und er hat mich dann und wann auch verletzt dabei. Das kommt vor. Väter sind auch nur Menschen. Sie sind in der Sache ja auch erst mal Novizen. Aber sie würden sich nicht die Mühe geben, wenn wir ihnen einerlei wären, hm?«

Miguel schluckte leer. So hatte er das noch nie betrachtet.

Oder vielleicht doch und konnte sich gerade bloß noch nicht daran erinnern?

Er hielt Carlos sein leeres Glas hin: »Ich brauch noch einen, glaube ich.«

Carlos schenkte ihm ein, und Duarte trank.

Leander stand auf und entledigte sich nach und nach seiner Kleidung.

»Gehen Sie schwimmen?«

»Ja.«

Eine Minute später rannten drei nackte Männer – einer mit einer grünen Plastiktüte auf dem Kopf – auf die Lagune zu und warfen sich ins Wasser, und Miguel und Carlos lachten und prusteten. Es war noch angenehm warm und trotzdem eine Erfrischung. Genau richtig.

Sie kraulten hinaus, vorbei an kleinen Booten, die hier ankerten, sie stoppten etwa in der Mitte zwischen dem Ufer und der vorgelagerten Insel und gingen einer nach dem anderen und ohne sich miteinander abzusprechen in die Rückenlage. Mit dem Sternenhimmel über sich trieben sie im Wasser. Und als ihre Augen sich an die Dunkelheit gewöhnt hatten, sahen sie das Band der Milchstraße vom Horizont bis hoch hinauf ins Himmelszelt.

Sie sprachen nichts, sie ließen sich nur von der sanften Strömung tragen und lauschten dem leichten Wind. Auf seltsame Weise waren sie eins mit der Lagune.

»Mir wird kalt«, sagte Duarte nach einer Weile.

»Ich komme mit raus«, schloss Carlos Esteves sich an.

Lost sagte nichts. Er blickte hoch zur Andromeda-Galaxie.

»Kommen Sie auch mit raus, Senhor Lost?«, fragte Duarte.

»Ich tauche noch.«

»Man kann doch unter Wasser gar nichts sehen.«

»Eben.«

Und damit tauchte Leander ohne ein weiteres Wort und ließ

sich auf den Grund sinken. Seine Zehen hatten Kontakt mit dem sandigen Untergrund, die Dunkelheit war nahezu absolut.

Einige Momente lang hörte er noch die Schwimmgeräusche der beiden Kollegen, die sich auf den Rückweg zum Ufer gemacht hatten. Dann war es still. Es gab für ihn keinen größeren Frieden. Leander lächelte mit geschlossenen Augen, er hätte jauchzen können vor Freude – aber dann hätte er ja Wasser geschluckt.

Am Morgen des 30. September, die Sonne kündigte sich im Osten an, torkelte der alte Miguel Duarte von Carlos und Leander gestützt ins Casinha Esquerda. Der neue, der er gewesen war, blieb minütlich verblassend am Ufer zurück. Als sie Miguel auf sein Lager in dem kleinen Häuschen betteten, bemerkte Leander, wie viele Fotos er schon von der Wand genommen und in dem kleinen Karton gestapelt hatte.

Zusammen mit Carlos trat er wieder hinaus.

»Wir haben noch ein Gästezimmer, das Sie benutzen können«, bot er Carlos an.

»Danke, ich schlafe gerne zu Hause, wenn ich alleine bin.«

»Und wenn nicht?«

»Das war ein Scherz, vergessen Sie's.«

»Aber Sie haben doch Portwein getrunken – wollen Sie noch fahren?«

»Wer soll mich denn kontrollieren, hm?«, entgegnete Carlos und knöpfte sich das Hemd zu, damit er unauffällig nach unten blicken und Lost so belügen konnte, ohne dass der es bemerkte, weil der keinen freien Blick auf Esteves' Gesicht hatte: »Ich geh zu Fuß.«

»Das ist sehr vernünftig.« Als er zu Soraia unter das Moskitonetz schlüpfte, wurde sie wach und umarmte ihn schläfrig. Leander vergrub seine Nase in ihrem Nacken und atmete sie ein. Und er hätte schon wieder jauchzen können, weil er das Gegenteil von Saudade empfand.

Aber er erschauerte auch bei dem Gedanken, sie könne eines Tages vor ihm gehen, und wie die Erde dann wieder ein kalter und öder Ort würde.

Als Carlos Esteves seine Wohnung in der Rua Miguel Bombarda betrat, die keine Minute vom Kanal in Fuseta entfernt war, sah er ihre Schuhe direkt im Flur stehen.

Er fand sie auf seiner Dachterrasse, wo er sich eine gemütliche Junggesellenecke zusammengestellt hatte. Mit Grill, Hängematte, kleinem Kühlschrank, Couch und einer Matratze auf gestapelten Paletten. Über diesen Platz hatte er ein Segeltuch gespannt, das mittlerweile Patina angesetzt hatte. Nach Norden war es durch die Dachmauer geschützt. Links durch den Aufgang aus dem obersten Zimmer. Und auf der anderen Seite hatte er drei Töpfe mit ausuferndem, weißem Oleander gestellt.

Die ersten Schwalben zogen ihre Bahnen.

Auch bei ihm gab es drei Nester unter dem Vorsprung eines Dachaufbaus. Fuseta war voll von Schwalbennestern.

Graciana war barfuß und lag auf der Matratze.

Sie blinzelte, als er näher trat.

»Ich wollte nicht alleine sein«, sagte sie.

Was unausgesprochen bedeutete, dass sie sich dagegen entschieden hatte, zu ihren Eltern oder Soraia zu gehen.

Er legte sich neben sie auf die Matratze und zündete sich eine Zigarette an.

Graciana wandte sich ihm zu. Ihre Miene war sehr ernst.

»Es stimmt. Rund um das Einschussloch sind lauter Partikel aus der Treibladung. Und Doutora Oliveira hat in Abstimmung mit Isadora den Schusskanal vermessen. Die Kugel ist aus nächster Nähe abgefeuert worden.«

Er brummte etwas, was niemand außer Graciana verstanden hätte. Es war eine Art »Aha«.

»Es … tut mir leid«, sagte sie leise.

Carlos schaute sie an, dann nickte er: »Ich hatte gehofft, dass du das sagst.«

Graciana war irritiert. »Was meinst du?«

»Wir wissen es doch schon die ganze Zeit. Dachtest du, wir alle reden nicht miteinander? Wir wissen doch längst, dass das vermutlich die Mörder von Elias sind, die Brüder Cruz.«

Sie schauten sich direkt an, ihre Augen begegneten sich. Graciana hielt seinem Blick stand, obwohl sie den Impuls spürte, wegzusehen.

»Ich hab dich immer im Blick«, sagte er.

Ob er dabei die letzten Tage meinte oder ihr ganzes Leben, konnte Graciana nicht sagen, aber beides war wahr.

»Ich wollte es für mich behalten«, sagte sie. »Aber … ich kann nicht. Es zu verschweigen, wäre, als würde ich dich belügen, Carlos.«

»Und du belügst mich nicht.«

»Nein. Nie.«

Er nickte. Soweit er das beurteilen konnte, stimmte das.

»Hast du sie dir angeschaut?«, fragte er.

»Ja.« Sie zog einen Laptop unter der Decke hervor und klappte ihn auf. »Komm zu mir.«

Carlos setzte sich dicht neben sie, sodass sie beide bequem auf den Monitor schauen konnten. Er steckte sich noch eine an, während Graciana sich in die Datenbank der Kripo einloggte und dort *Ulisses Cruz* in die Suchmaske eingab.

Sofort erschienen Fotos von ihm und seinem Bruder César samt Daten, Orten und Delikten, mit denen die beiden sich hier verewigt hatten.

Im Gegensatz zu Gonçalves Amado hatten die Brüder Cruz eine deutliche Spur in der Datenbank der Polizei hinterlassen.

Sie schauten auf vier Fotos, die die Brüder bei ihrer letzten Festnahme einmal frontal und einmal im Profil zeigten.

Der Jüngere, César, wirkte kräftiger und irgendwie mehr unter Strom. Mit einem Blick, als wolle er den Fotografen jeden

Augenblick verprügeln. Die Ader, die senkrecht über seine Stirn führte, war geschwollen.

»Niedrige Hemmschwelle«, schätzte Graciana ihn ein.

Carlos nickte: »Auf jeden Fall gefährlich. Der fackelt nicht lange.«

Graciana hatte keine Probleme, sich vorzustellen, wie dieser Mann – César – ohne zu zögern das Feuer auf Polizeibeamte eröffnete.

César Cruz war 42 Jahre alt. Sein Bruder Ulisses 49, sah aber älter aus. Er blickte gelassen in die Kamera. In seinen Augen lag ein hintergründiger Glanz.

»Der Ältere macht mir aber noch mehr Sorgen«, sagte Carlos.

Dieses Mal nickte Graciana: »Ja«, antwortete sie aus dem Bauch heraus. »Der führt die Truppe.« Ein Planer. Aber kein kalt-rationaler Schachspieler, sondern jemand, der seiner Intuition vertraute – so wie sie.

Der polizeiliche Lebenslauf der Brüder las sich typisch für unangepasste Jungs aus schwierigem Elternhaus, denen niemand rechtzeitig eine Grenze zog. Aber nur die wenigsten eskalierten so konsequent und heftig: Diebstahl, Schulverweis, Körperverletzung, Jugendamt, Heim, Überfall, Nötigung, schwere Körperverletzung, bandenmäßiger Diebstahl, flankiert von Autodiebstählen und Geschwindigkeitsübertretungen, Drogenbesitz, Raubüberfall. Dann ein Totschlag, für den die Indizien nicht reichten und zwei Zeugen ihre Aussagen knapp vor Prozessbeginn zurückzogen.

Wie eine Silhouette, die sich aus dichtem Nebel näherte, nahmen diese beiden Männer mit jeder weiteren Information vor Gracianas inneren Augen immer mehr Konturen an.

»Der Banküberfall war 2003«, sagte Graciana. »2008 sind sie entlassen worden.«

Sie hatte einen sachlichen Gesichtsausdruck aufgesetzt, aber Carlos konnte ihre Gedanken förmlich lesen: *Zwei Jahre.*

Zwei Jahre später hatte es den Zwischenfall mit Elias Rosado gegeben.

»Mein Gefühl sagt, die beiden waren das beim Überfall«, sagte sie.

»Ja«, sagte Carlos. »Wo sind die gemeldet?«

Sie blätterte auf dem Bildschirm vor. Die Meldeadresse befand sich in Chiado, einem angesagten Viertel von Lissabon. Zwei Wohnungen. Wie Google Maps zeigte, lagen die Luftlinie keinen Kilometer voneinander entfernt.

»Laut der Akten sind sie seit dem Banküberfall nicht mehr als straffällig in Erscheinung getreten. Glauben wir das?«

»Nie im Leben«, sagte Graciana. »Die haben sich nur nicht mehr erwischen lassen. *Drei in eins*. Das war …«

»Ich weiß«, unterbrach er sie. »Ich habe mit Raul gesprochen. Die sind nach Spanien abgehauen, sind da untergetaucht. Die Banken in Salamanca – das waren vermutlich auch sie.«

»Du hast mit Raul gesprochen? Wann?«

»Auf dem Weg hierher. Er hat mich angerufen. Hat sich Sorgen gemacht, du würdest das Recht vielleicht in die eigene Hand nehmen und die beiden zur Rechenschaft ziehen.«

»Und was hast du gesagt?«

»Niemals, hab ich gesagt.«

Carlos Esteves wusste, welche Knöpfe man drücken musste. Die Kunst bestand in der spielerischen Beiläufigkeit, mit der er das tat.

34.

Es war die Gier.

Nuno Vieira und Ricardo Cabral hatten sich abgesetzt. Auf sein Klingeln hin an der Wohnungstür hatten sie nicht geöffnet. Jetzt stand Ulisses Cruz in der Ferienwohnung, die sie in aller Eile verlassen hatten. Samt der Sporttaschen mit … ja, was? Millionen sicherlich.

Ulisses ging in die Küche und machte sich einen Espresso. Dann trat er hinaus auf den Balkon.

Vieira und Cabral hatten beschlossen, nicht mit ihnen zu teilen. Damit war eingetreten, worauf Ulisses spekuliert hatte. Mit so viel Geld vor der Nase hatten sie schneller zugegriffen, als ihr Verstand arbeitete.

Was dachten sie? Dass er sie nicht finden würde, wenn er gewollt hätte? Weil sie ihre Handys weggeworfen hatten?

Er musste den Kopf schütteln, aber er lächelte dabei. Er würde ihnen nicht nachstellen. Aber er würde auch nicht teilen.

Gier, hatte sein väterlicher Mentor im Gefängnis gesagt, *wird niemals satt.*

Er hatte geirrt. Ulisses war satt.

So wie Cabral und Vieira. Die beiden würden immer denken, sie hätten Ulisses ausgetrickst. Dabei war es andersherum.

Genau so funktionierte der perfekte Trick.

»Falschgeld?«

»Genau.«

»Wozu? Wir haben gerade eine gute Million mitgenommen. Mehr noch.«

Sol Pinho lächelte über seine kindliche Begrenztheit. Noch empfand sie es als ein positives Attribut seines Charakters, das im Laufe der Zeit hoffentlich jener Abgeklärtheit weichen würde, die Ulisses unter anderem ausmachte.

»Mit den Druckvorlagen kann er sich in zwei, drei Tagen zum Milliardär machen, *das* ist der Unterschied, César. Und niemand merkt es, denn niemandem fehlt was. Der Prägestock? Ist da. Die Spezialfarbe? Niemand hat die Formel dafür entwendet – glaubt man bei der Banco de Portugal.«

»Aber die Hologramme, von denen du gesprochen hast.«

»Ja, sie fehlen. Aber in der Druckerei wird man es erst bemerken, wenn die Vorbereitungen für den Druck getroffen werden und die falschen Hologramme aus der Bank bei ihnen eintrudeln. Ich sage dir, wann sie anfangen: am 1. Dezember. Ulisses hat jetzt gute zwei Monate, um rund um die Uhr Geld zu drucken, bevor die Sache auffliegt. Mehr muss er nicht drucken, mehr kann man im Leben nicht ausgeben.«

»Das ist genial«, befand César, der trotz seiner Verärgerung darüber, nicht über den großen Plan informiert worden zu sein, nicht umhin konnte, die Klugheit seines Bruders zu bewundern.

Sol und er befanden sich auf der gemieteten Jacht. Sie stand neben dem großen Steuerrad und rauchte eine dieser dünnen Zigaretten. César saß an dem kleinen Esstisch. Nun nahm sie ihm gegenüber Platz.

Die Linien ihres Gesichts, die Wimpern. Wie ihr Körper sich unter dem Stoff abzeichnete – er konnte schwer an was anderes denken.

»Nuno und Ricardo haben keinen blassen Schimmer. Und du hattest auch keinen – oder?«

»Nein«, gab er zu.

»Warum wohl, hm?«

Er spürte eine Art Verzweiflung in sich aufsteigen. Verzweiflung darüber, dass es darauf eigentlich nur eine einzige Antwort geben konnte. Dann fiel ihm die Rettung ein: »Woher weißt du davon?«

»Nicht von Ulisses. Ich hab die Liste gefunden, ich wollte einkaufen, hab Geld aus seinen Sachen genommen. Und auf der Liste waren Transporte, die sich mit den Daten und Orten gedeckt haben, wo wir zuletzt zugeschlagen haben. Also hab ich mich mit Alves und Romão getroffen, von denen kam die Liste.«

»Woher wusstest du das?«

»Wusste ich nicht. Ich habe es vermutet. Und gepokert. Es war was Offizielles. Und die beiden hatten sich nach fünf Jahren wieder bei Ulisses gemeldet und ja auch damals bei der Sache mit dem Transporter mitgespielt. Für die beiden ein enormes Risiko. Da passte die Liste ins Bild. Jedenfalls: Die haben die Geschichte bestätigt. Im Gegenzug musste ich versprechen, Ulisses und auch sonst niemandem was zu sagen. Auf jeden Fall nicht Nuno und Ricardo. Damit dürfte klar sein, dass Ulisses die absichtlich im Unklaren belässt. Er will sie nicht beteiligen. Hat er dir was erzählt? Mir? Nein. Im Gegenteil, er hat mich abserviert.«

César schaute auf seine Hände. Konnte das wahr sein? Er suchte nach einem Grund, nach einer Entlastung für Ulisses, nach etwas, was sein Verhalten in einem anderen Licht darstellen würde. Aber er konnte es drehen und wenden, so viel er wollte, ihm fiel nichts ein, was es erklärt hätte. Nichts als das, was Sol schon vor ihm gefolgert hatte – sein Bruder plante die ganz große Nummer ohne sie.

»Heute ist das Finale.«

»Also geht es nicht um Schmuck.«

»Nein, es geht um eine Offsetplatte. Dann sind alle Teile zusammen, die man für den Druck braucht.«

»Und die Hologramme?«

Sol schenkte ihm ein warmherziges Lächeln: »Die Hologramme? Du hast es noch nicht verstanden. Der Überfall auf die Bank in Faro hatte nur den Zweck, die dort lagernden echten Hologramme zu stehlen und durch die gefälschten zu ersetzen, die Gonçalves besorgt hat. Es ging nicht um die Kohle und Wertsachen in den Schließfächern. Ulisses hat die echten durch die gefälschten Hologramme ersetzt. Das war der ganze Sinn des Banküberfalles.

Es gibt auch keinen Auftraggeber für den Raub des Schmucks, der wegen der ersten Ausbeute enttäuscht gewesen ist, César. Die Sache ist nur ein Vorwand. Die Polizei überprüft nur, was gestohlen worden ist, nicht aber, was noch da ist. Die denken also nach wie vor, es geht um Geld oder Schmuck.«

César verstand. Die Polizei war ebenso ahnungslos wie er selbst und Nuno und Ricardo.

Eigentlich hätte er mordswütend sein müssen. Zutiefst enttäuscht. Aber er empfand Bewunderung für seinen großen Bruder.

»Ich glaube nicht, dass er uns am Leben lässt, Cé«, sagte Sol.

»Das wird er nicht machen«, César schaute sie an. »Niemals krümmt er dir oder mir ein Haar.«

»Und wenn doch?«

César schwieg.

»Dann musst du schneller sein«, sagte Sol, als sie Schritte auf dem Deck hörten.

»... kann mir gut eine Auszeit vorstellen, weit weg von hier«, improvisierte sie, als Ulisses die Kajüte betrat. Sie schauten auf.

»Und?«, fragt César Cruz, der genau wusste, wie schwer es war, seinen Bruder zu täuschen, und ihm deshalb gleich den Ball zuspielte, damit der reagieren musste.

»Es ist Zeit, Cé«, gab Ulisses zur Antwort und öffnete ein Staufach im Boden, aus dem er eine Kettensäge entnahm.

Sol stutzte, weil die Fugen der Staufächer so filigran in den Boden eingearbeitet worden waren, dass ihre Existenz dem normalen Betrachter verborgen blieb – wie ihr.

Der Werttransporter fuhr mit moderatem Tempo durch die hügelige Landschaft. Das Gebiet rund 10 Kilometer nördlich von Faro war sehr dünn besiedelt.

Gemäß den Sicherheitsbestimmungen des Finanzministeriums – kein Kurierdienst durfte in dieser ganzen Angelegenheit zweimal beauftragt werden – stammten der Wagen sowie seine zwei Wachmänner von der Firma 307-Security.

Der Sinn der Firmenbezeichnung erschloss sich Carlos nicht.

»307-Security, was soll das heißen?«

»Das ist vermutlich so tiefsinnig, dass es niemand versteht«, sagte Graciana.

Sie trugen beide Jacketts. Für die war es eigentlich viel zu warm, aber unter ihnen fielen die Schutzwesten am wenigsten auf.

Sol Pinho hatte ein weiteres Staufach im Boden der Jacht entdeckt. Sie kniete daneben und begutachtete jetzt den Inhalt. Zwei Pässe. Sie blätterte den ersten auf und war überrascht, sich selbst darauf zu sehen.

Mit einem fremden Namen: Lucia Navarro. Geboren und wohnhaft in Toledo. Es handelte sich um einen spanischen Reisepass.

Sie verstand nicht auf Anhieb, aber die schreckliche Ahnung, Ulisses Unrecht getan und einen viel größeren Masterplan als den mit dem Geld übersehen zu haben, kroch in ihr hoch.

Hektisch öffnete sie den zweiten Pass.

Das Foto von César. Er war auf Javier Navarro ausgestellt. Ebenfalls in Toledo geboren und … dieselbe Adresse wie sie: Plaza Amador de los Ríos.

Sie schaute in das Staufach. Kein dritter Pass. Aber ein Kuvert, das sie mit zitternden Fingern öffnete.

Als sie das Schreiben überflog, schossen ihr Tränen in die Augen. Eine Heiratsurkunde. Lucia, geborene Jimenez, und Javier Navarro. Ausgestellt am 04.12.2018 in Toledo.

Ein weiteres Kuvert, prall gefüllt mit Geldscheinen. Sol zog einen hervor: marokkanische Dirham.

Und dann, weiter unten ein Behälter mit Spritzen und kleinen Ampullen. Sol biss sich auf die Lippe. Es war Morphin.

Und mit einem Mal war ihr alles klar.

Kein Kind. Die Trennung. Sie und César. Sie im Ungewissen zu lassen. Das Geld, die Pässe, neue Identitäten für Marokko. *Der Löwe im Winter.*

Im Winter seines Lebens. Und das hier war gleichzeitig sein Testament, Erbe und Geschenk.

Es schüttelte sie und aus der Tiefe ihres Körpers entwand sich ein verzweifeltes Schluchzen.

Um alles in der Welt hätte sie dieses Kind von ihm trotzdem haben wollen!

Das Handy.

Nein, sie waren jetzt natürlich nicht zu erreichen, ihre Smartphones waren ausgeschaltet.

Sol schnappte sich die Pistole und rannte hinaus, rannte über den Holzsteg der Marina, rannte so schnell, wie sie in ihrem Leben noch nie gerannt war, und ignorierte die Blicke der Leute auf den anderen Booten, bis sie die Straße erreichte, wo ein Mittdreißiger gerade in seinen Mercedes steigen wollte.

Sie zielte auf seinen Kopf: »Schlüssel.«

Wie vor einer knappen Stunde besprochen, zog Leander Lost in seinem Anzug mit Krawatte auf der gelben Scrambler an ihnen vorbei und nach einer Kurve auch an dem 307-Transporter.

Sie hatten sich schon früh hinter den gepanzerten Wagen geklemmt, der von Lissabon aus gestartet war und den fünf Stopps von seinem Ziel in Faro trennten. Bei Monte Novo, wo die Algarve ins dünn besiedelte und oft hügelige Alentejo überging, hatte er das letzte Transportgut an Bord genommen.

Wie der Zufall es wollte, lag São Brás de Alportel jetzt gut drei Kilometer vor ihnen.

Leander Lost sollte vor dem Transporter nach verdächtigen Autos oder Personen Ausschau halten. Sie hatten ihn zuvor über die neuen Erkenntnisse informiert, zu denen Raul da Silva ihnen verholfen hatte, und auch die Datenbank gezeigt.

Der Streckenverlauf war ihnen bekannt. Die Wachmänner im Transporter hatte Graciana nicht eingeweiht, da nicht auszuschließen war, dass sie selbst Teil des Plans waren.

»Da kommt kein Gegenverkehr mehr«, ließ Leander sie nun über Funk wissen. »Die Straße ist frei.«

»In Ordnung. Dann vermutlich inszenierter Unfall oder Sperrung«, sagte Carlos.

Graciana nickte.

»Halten Sie die Augen offen«, gab sie zurück, um im gleichen Augenblick zu realisieren, was sie da für einen Unsinn redete.

»Das ist im Straßenverkehr generell geboten«, kam es auch prompt retour.

Er zog durch eine lange Kurve und verlor den 307-Transporter hinter sich aus dem Außenspiegel. Und so auch die 20 Meter hohe Pinie, die kurz darauf mit einem markerschütternden Krachen quer über der Fahrbahn landete, ohne dass er es mitbekam.

Der Transporter legte eine Vollbremsung hin, was wiederum Gabriel Alves und Rafaela Romão aus sicherer Entfernung von einer Anhöhe aus durch ein Fernglas beobachteten.

Zur selben Zeit raste Sol Pinho die Ausfallstraße hoch, überholte auf dem Standstreifen, das Hupen kümmerte sie nicht. Die Tachonadel überquerte die 200er-Marke. Sie war noch vielleicht fünf Minuten von dem Ort entfernt, an dem der Transporter gerade vor dem umgestürzten Baum zum Stehen gekommen war.

Der Fahrer setzte sofort zurück, aber dann donnerte eine zweite Pinie hinter ihm über die Fahrbahn und jagte eine Wolke aus Nadeln, berstenden Ästen und Zweigen durch die Luft.

Damit saß der Transporter in der Falle. Vorne und hinten war er durch die Baumstämme blockiert, rechts durch den Pinienwald selbst, links durch eine Reihe Felsblöcke.

Zwei Gestalten traten aus dem Waldstück, beide groß, kräftig, maskiert. Die eine hielt ein Sturmgewehr. »Keine Sorge«, sagte der ältere Wachmann auf dem Beifahrerplatz zu dem jüngeren Kollegen am Steuer, »die Türen und die Scheibe halten dem Beschuss aus einem Schnellfeuergewehr stand. Die Zentrale hat den Notruf erhalten, Polizei ist auf dem Weg. Wir müssen nur die Nerven behalten.«

Der Mann mit dem Sturmgewehr machte keinerlei Anstalten, sie mit der Waffe zu bedrohen, sondern zauberte aus seiner Umhängetasche zwei Parkkrallen hervor, mit deren Hilfe er einen Vorder- und einen Hinterreifen fixierte. Dann schwenkte der zweite Maskierte etwas hoch, was er hinter seinem Rücken versteckt hatte: eine Panzerfaust.

Und mit der visierte er den Fahrer an.

»Wie sieht es damit aus?«, fragte der Jüngere.

»Merda«, sagte der Ältere. »Mach sofort hinten auf.«

Der Fahrer bediente einen gesicherten Schalter, und eine der beiden Doppeltüren öffnete sich mit einem Klacken.

Der Kerl mit dem Sturmgewehr verschwand im Inneren des Transporters, während der andere sie weiter mit der Panzerfaust in Schach hielt.

Und nun auch noch eine Pistole zog.

»Was macht der da?«, fragte der Fahrer.

»Keine Ahnung.«

César zog die Waffe, weil Sols Worte in ihm weitergearbeitet hatten. Alles sprach dafür, dass Ulisses sie beide hintergehen würde. Und vielleicht noch mehr: sich ihrer für immer entledigen wollte. Möglicherweise auf der Jacht. Heute Nacht noch. Wer sollte die Schüsse da draußen schon hören? Und César wusste, sie hätten keinen Verdacht geschöpft – wenn Sol ihn nicht durchschaut hätte.

Es hatte ihm das Herz gebrochen auf dem Weg hierher. Das Lächeln seines Bruders.

»Alles klar, Cé?«

Leander bremste ab.

Er war an einem Schild angekommen, das auf der Gegenfahrbahn stand und zur Seite – zu einer Abzweigung – deutete. »Umleitung« stand darauf.

Deshalb also hatte es keinen Gegenverkehr gegeben.

»Hier ist ein Umleitungsschild«, meldete er, »circa zwei Kilometer von São Brás de Alportel, deshalb gibt es keinen Gegenverkehr, und …«

»Der Transporter steht, er ist von umgestürzten Bäumen blockiert, kommen Sie zurück«, wies Graciana ihn an.

Ein Mercedes donnerte ungeachtet des Umleitungsschildes an Leander vorbei.

In diesem Moment empfing Ulisses ein paar Hundert Meter weiter einen Funkspruch von Rafaela Romão: »Die PJ Faro ist im Anmarsch, haut ab!«

Er stand im Lagerraum des 307-Transporters, hatte gerade die Offsetplatten eingesteckt und sich den Rucksack wieder übergestreift.

Es ging also los. Allerdings deutlich schneller, als er geplant hatte.

Die Situation war sofort klar.

Graciana und Carlos sahen die gefällten Pinien, dazwischen den Transporter und eine Gestalt mit Panzerfaust.

Sie trat auf die Bremse, der Wagen stoppte.

»Raus.«

Fahrer- und Beifahrertür flogen auf. Carlos lief geduckt nach rechts in den Pinienwald hinein und bewegte sich parallel zur Straße über den feinen, federnden Boden aus alten Kiefernadeln voran.

Graciana suchte nicht den Schutz der Bäume, sondern ging direkt auf die umgestürzte Pinie zu. Dort hielt sie kurz inne und sondierte die Lage.

Es waren zwei Maskierte.

Der eine mit der Panzerfaust und ein weiterer kräftiger Typ mit Rucksack, der jetzt aus dem Transportraum des Kurierfahrzeugs sprang, ein Sturmgewehr in der Hand.

Das mussten sie sein: die Brüder Cruz. Graciana schwang sich über den Stamm und marschierte mit erhobener Dienstwaffe auf die beiden zu.

»Polícia Judiciária! Auf den Boden!«

Bevor die beiden Brüder Anstalten machen konnten, in den Wald abzuhauen, wo ihre Motorräder versteckt waren, eröffnete Graciana das Feuer.

Die Projektile schlugen links und rechts von dem Maskierten in die Seite des Transporters ein, woraufhin sich der Mann mit dem Rucksack ihr zuwandte und noch aus der Drehung eine Salve verschoss.

Ein geübter, guter Schütze.

Er traf sie kurz über dem Solar Plexus, die Wucht fegte sie von den Beinen und ließ Graciana hart aufschlagen. Sie keuchte. Aber die schusssichere Weste erfüllte ihren Zweck.

Ulisses drehte sich um – zu seinem Bruder.

Der die Panzerfaust abgelegt hatte und seine Glock im Anschlag hielt. Und auf ihn zielte: Ulisses.

»Cé.«

César schloss die Augen. Er wollte abdrücken, ja. Aber er konnte nicht. So wie Maximilian Pontes. Er öffnete die Augen wieder und senkte die Pistole.

Und sah den ungläubigen, zutiefst verletzten Blick seines großen Bruders. Ulisses war fassungslos. Solch einen Ausdruck – so eine unendliche Enttäuschtheit – hatte César noch nie zuvor gesehen.

Er senkte die Waffe. Alles, was er jetzt noch wollte, war, Ulisses in Sicherheit zu bringen.

Graciana feuerte noch auf dem Boden liegend. Die Kugel prallte am Werttransporter ab. In diesem Moment hörten sie einen Motor aufheulen und dann verstummen. Ein Mercedes war direkt vor der Pinie vor dem Transporter zum Stehen gekommen und wendete nun. Eine Frau saß hinter dem Steuer. Graciana war jetzt wieder auf den Beinen.

Carlos sprang aus dem Waldstück auf die Straße, als César gerade auf Graciana anlegte. Ruhig.

Graciana drückte zuerst ab. Der Schlitten ihrer Glock verhakte sich. Das war der Sekundenbruchteil, in dem sie schutzlos war.

Ulisses schoss.

Carlos war nur noch zwei Meter von ihr entfernt. Er feuerte nicht, sondern er sprang. Das war die einzige Chance. Wenn er Glück hatte, erwischte es Graciana nicht am Kopf und ihn an der Schutzweste.

Er hatte kein Glück.

Die Kugel drang ihm seitlich über die Schulter in den Brustkorb. Er krachte auf den heißen Asphalt. Der Schmerz war heftig und stechend und raubte ihm sofort den Atem. Er spürte, wie das Blut aus seinem Körper auf die Fahrbahn floss.

Aber Graciana war unversehrt geblieben.

Und diesmal spielte ihre Glock mit. Sie schoss. Einmal. Zweimal. Beide Kugeln trafen César an der Brust, aber auch er trug eine schusssichere Weste.

Er strauchelte zurück, machte vier Stützschritte, zwei pro Treffer.

Hob die Waffe.

Gracianas dritter Schuss erwischte ihn höher.

Er stürzte zu Boden, griff sich an den Hals und wand sich. Sofort war die Frau bei ihm, die aus dem Mercedes gesprungen und über die gefällte Pinie geklettert war.

Graciana packte Carlos, und schleifte ihn zur Seite ins Wäldchen, in Deckung. Sie erschrak, als sie sah, wie stark er blutete.

Ulisses rappelte sich auf und lief zu seinem Bruder, der am Hals verwundet worden war.

»Schnell ins Auto, du fährst.«

Er packte César und schleifte ihn mit Sols Hilfe über den Stamm der ersten Pinie und packte ihn auf die Rückbank.

»Los, los!«

Sol sprang auf den Fahrersitz und gab Gas, während Ulisses noch halb draußen stand. Er zog sein Bein hinein und schloss die Tür. Ungefähr 15 Meter vor ihnen hatte eine Ducati Scrambler gestoppt. Der Fahrer stand auf der Fahrbahn mit gehobener Waffe und zielte auf sie. »Stehen bleiben! Polícia Judiciária!«

Sol steuerte direkt auf den Mann zu. Der feuerte zwei Schüsse ab, die in den Kühlerrost einschlugen, dann sprang er zur Seite.

Kaum war der Mercedes an ihm vorbei, federte Leander hoch und entleerte sein ganzes Magazin. Er erwischte mehrfach den Kofferraum und zweimal die Heckscheibe. Aber der Wagen stoppte nicht.

Als er das Ersatzmagazin einrasten ließ, war der Mercedes bereits hinter der nächsten Kurve aus seinem Sichtfeld verschwunden.

Er entdeckte Graciana Rosado am Waldrand. Sie kniete neben Carlos Esteves und gestikulierte hektisch in seine Richtung.

Lost lief auf sie zu, und auch die beiden blassen Wachmänner kamen zu ihnen rüber.

»Geht schon«, sagte Carlos. Sein Hemd war blutdurchtränkt. »Ist nicht so schlimm.« Er grinste sie an: »War ja auch ein langer Tag.«

Graciana kämpfte die Tränen herunter, die ihr in die Augen schossen, sie konnte es nicht verhindern. Ihr Herz raste, die Hände waren ihr kalt.

Sie reichte Leander den Autoschlüssel.

»Holen Sie den Wagen so nah wie möglich zu uns, Senhor Lost. So schnell wie möglich.«

Lost lief los.

»Stehen Sie da nicht so untätig rum«, hörte er Graciana die beiden Wachmänner anbrüllen. »Bringen Sie mir Mullbinden!«

»Fahr in die Klinik«, wies Ulisses Sol an.

Er saß immer noch hinten und hatte den Kopf seines Bruders auf seinem Schoß gebettet. Mit der Hand presste er die Wunde an dessen Hals zu, aber das Blut sprudelte zwischen seinen Fingern hindurch. Vermutlich war es die Halsschlagader.

»Wo seid ihr?«

Das war der Funk. Alves' Stimme.

Sol nahm das Funkgerät vom Beifahrerplatz und antwortete: »Auf dem Weg nach São Brás, in die Klinik.«

»Seid ihr wahnsinnig? Die müssen Schusswunden melden. Dann ist es vorbei!«

»Ist mir scheißegal«, sagte Ulisses mit gepresster Stimme, »dann ist es eben vorbei.«

»César ist verletzt«, sagte Sol. »Schwer.«

»Dann … liefern wir ihn ein. Wir kommen euch entgegen«, hörten sie nun Rafaela Romão.

»Es muss schnell gehen.«

»*Sim.*«

»Ich schaff das nicht«, sagte César leise.

Ulisses schaute ihn an, mit der freien Hand hielt er den Kopf seines Bruders.

»Ich lass dich nicht gehen.«

»Warum hast du …«, brachte César mühsam hervor.

»Nicht reden, Cé.«

»… hast du uns nichts gesagt, warum hast du …«

Ulisses begriff. *Das* hatte ihn umgetrieben. Das hatte ihn misstrauisch werden lassen.

»Um alle zu schützen, Cé. Ihr wärt alle für viel weniger verknackt worden. Mich hätten sie drangehabt. Mich. Nicht euch. Und ich wollte, dass keiner quatscht, verstehst du?«

César flüsterte etwas.

Ulisses beugte sich zu ihm hinab: »Hm?«

»Tut mir leid.«

Er weinte jetzt.

»Das muss es nicht.«

Wieder flüsterte er etwas.

»Ja?«

»Und Sol?« Es war nur mehr ein Wispern.

»Das war richtig so, wie es war. Und jetzt … reiß dich zusammen. Wir schaffen das, Cé. Wir kriegen das hin. Weißt du noch die Hafenkneipe in Valencia? Wie die mich auseinandernehmen wollten?«

»Ich … Ich hab's den beiden ordentlich gegeben«, sagte César Cruz mit einem Lächeln, »ich hab dich da rausgeholt.«

»Hast du. Du bist mein Bruder. Du schaffst das jetzt.«

»Ich schaff das … jetzt. Ich schaff …«

Sein Blick brach.

»Cé! Bleib wach!«

Ulisses schüttelte ihn, aber er wusste es schon. Césars fand nicht mehr zurück in diese Welt. Und eine andere, da waren die Brüder sich stets einig gewesen, gab es nicht.

»Halt an, Sol.«

Sie stoppte den Wagen rechts am Fahrbahnrand.

Sie wagte kaum, nach hinten zu schauen, tat es dann aber trotzdem. Ulisses war starr. Er blickte hinab auf seinen toten Bruder. Er weinte nicht, er sagte nichts, er rührte sich nicht.

Dann endlich hob er den Kopf und sah sie an. Sanft griff er nach Césars Kopf und hob ihn leicht an, damit er unter ihm zur Seite rutschen und aussteigen konnte. Er zog seine Jacke aus und bedeckte damit das Gesicht seines Bruders.

Sol stieg nun auch aus, ihre Hände zitterten. Egal, was jetzt würde, es würde nie mehr annähernd sein wie früher. Die Zeit mit den Brüdern war vorbei. César hatte einfach auf dem Rücksitz dieses geklauten Autos ein letztes Mal ausgeatmet. So ein kräftiger, vitaler Mann. Ein winziges Stück Metall in seinem Hals, und nun war all das, was er hätte werden können, vernichtet. Es würde nie geschehen.

Und Ulisses? Ein Todgeweihter.

Er nestelte in seinem Rucksack, dann hatte er gefunden, wonach er suchte, und reichte ihr den Druckzylinder. Sol sah ihn fragend an.

»Geh in Tanger in die Avenue Ennakhil No. 17. Der Name ist Rami. Er ist ein Freund. Ich kenne ihn aus dem Knast in Porto. Er wartet auf das hier. Die Druckmaschinen stehen dort und warten auch.«

»Und du?«

»Gib den beiden Bullen stattdessen das Metallstück, das im Kühlschrank der Jacht liegt.«

Bevor sie eine Frage dazu stellen konnte, stoppte der zivile Wagen von Alves und Romão neben ihnen am Straßenrand. Die beiden stiegen aus. Der Arm von Gabriel Alves lag immer noch in einer Binde.

»Was ist mit César?«

»Er ist tot«, sagte Sol tonlos.

Die Blicke der beiden Polizisten wanderten zu Ulisses.

»Das tut mir leid«, sagte Rafaela.

Ulisses nickte: »Nehmt Sol bitte mit runter an die Marina.«

»Gut«, sagte Alves, »machen wir. Und du?«

»Ich geh zurück.«

Alle drei starrten ihn verblüfft an. Aber bei Sol hielt die Verblüffung keine Sekunde. Sie verstand es, sie bedauerte es und sie wusste von der Unumstößlichkeit dieser Entscheidung. Mehr noch: Sie hätte sie eigentlich vorhersagen können.

»Denk nach, Ulisses. Du bist außer dir, ich versteh das. Aber wenn die dich hochnehmen, dann fliegt alles auf. Alles, die Sache mit dem Druck und auch …«

»Ihr.«

»Ja, auch das. Auch wir. Warum willst du gehen?«

»Ich will das hier klarstellen.«

»Es macht ihn nicht lebendig.«

»Trotzdem.«

»Nein.«

Gabriel Alves hatte seine Pistole gezückt und die Mündung auf Ulisses gerichtet.

Der wirkte unbeeindruckt.

»Sei vernünftig und steig bei uns ins Auto.«

Ulisses schüttelte den Kopf: »Ich gehe.«

Damit öffnete er die Fahrertür des Mercedes.

Alves schoss und traf ihn an der Hüfte. Die Wucht des Schusses riss Ulisses Cruz herum und schleuderte ihn gegen den Wagen, aber er blieb auf den Beinen. Wie schon vor wenigen Minuten am Transporter hatte er sofort eine Pistole in der Hand und erwiderte das Feuer.

Alves wurde am Bauch getroffen und machte zwei Stützschritte rückwärts, während nun auch Rafaela Romão ihre Dienstpistole aus dem Holster riss. Ulisses ging direkt auf Alves zu. Er feuerte dreimal und traf mit jeder Kugel. Alves sank auf seine Knie und kippte vornüber auf die Straße. Romãos Schuss auf Ulisses kostete den das rechte Ohrläppchen, aber er zuckte nicht mal. Und als er sich ihr zuwandte, stürzte sie von zwei Schüssen getroffen nach vorne auf den Asphalt und rührte sich nicht mehr. Sie gab dabei den Blick auf Sol Pinho frei, die hinter ihr stand mit gehobener Waffe.

Ganz kurz fühlte Ulisses sich an die Zeit in Salamanca erinnert, als sie alle drei, Sol, César und er, ein eingespieltes Team gewesen waren.

Das war vorbei.

»Nimm den Wagen der beiden und leg mit der Jacht ab.«

»Ich warte auf dich, Ulisses.«

Er schüttelte den Kopf: »Setz dich ab. Nach heute suchen sie auch dich. Wir sehen uns in Tanger oder gar nicht.«

Ulisses wusste, wohin er jetzt musste. César hatte einen von ihnen angeschossen. Sie würden mit ihm in die nächste Klinik fahren. Und da würde natürlich auch die Frau sein, die seinen Bruder getötet hatte.

35.

Er war immer wieder neben ihr auf dem Rücksitz weggedämmert, während Leander Lost den RS6 über eine Ausweichstrecke nach São Brás de Alportel steuerte. Graciana schüttelte ihn ganz sanft, sodass er wieder aufwachte.

»Bin nur kurz eingenickt, alles gut«, sagte Carlos, als er ihren besorgten Blick auffing.

Und dann weckte sie ihn nicht mehr, weil es für seinen Gesundheitszustand unerheblich war, ob er schlief oder wach war.

Und jetzt wartete sie mit Leander Lost auf dem Flur der Klinik von São Brás de Alportel. Vor etwa 20 Minuten war die Doutora Oliveira dazugestoßen, um das Team im Operationssaal zu unterstützen. Sie hatten sie vor rund einer halben Stunde beim Eintreffen in der Klinik angerufen.

»Carlos ist angeschossen worden. Wenn Sie irgendwie …«

»Wo sind Sie?«, unterbrach die Ärztin sie, »ich komme sofort.«

Und tatsächlich. Sie war im Nu bei ihnen gewesen und sofort zu den Ärzten im OP gestoßen.

Nun kam sie durch eine Glastür, hinter der Graciana auf einer Besucherbank saß. Lost hatte einen Anruf bekommen und telefonierte ein paar Schritte entfernt.

Oliveira setzte die OP-Maske ab: »Wir haben das Projektil entfernt, die Blutungen konnten gestillt werden. Er muss sich da jetzt durchbeißen, aber er hat ein kräftiges Herz.«

Und ein großes, dachte Graciana, während Oliveira wieder Richtung OP-Raum ging. Carlos hatte sich vor sie geworfen. Er war bereit gewesen, sein Leben zu geben.

Für wen tat man das schon?

Es kostete sie nicht den Bruchteil einer Sekunde, um zu wissen, dass sie im umgekehrten Fall ebenso gehandelt hätte. Ohne darüber nachzudenken.

Leander trat zu ihr. »Ich weiß, man sollte bei den verletzten Kollegen bleiben«, sagte er. »Aber Senhor Esteves' Zustand ist stabil, er ist narkotisiert und wir können nichts weiter für ihn tun. Deshalb würde ich gerne ein paar Lebensmittel einkaufen.«

»Lebensmittel?«, fragte Graciana erstaunt.

»Ich bin sicher, die Krankenhauskost wird ihm nicht sonderlich schmecken. Und sich aus seiner Sicht auch überschaubar gestalten. Wir könnten ihm was mitbringen, auf das er Appetit hat. Wenn er wach wird. Und für die Tage danach.«

»Das ist … sehr nett von Ihnen, Senhor Lost. Aber im Augenblick sollten wir uns um die beiden Männer kümmern, die geflohen sind.«

»Es ist nur ein Mann. Und eine Frau. Der zweite Mann ist tot«, sagte Lost.

Graciana sah ihn erstaunt an.

»Ist das sicher?«

»Ja. Senhor Alves und Senhora Rafaela sind mit Schusswunden Richtung São Brás de Alportel aufgefunden worden, das wurde mir gerade telefonisch mitgeteilt. Sie war bewusstlos, wird es aber überleben. Er dagegen ist tot. Senhora Rafaela wird vor Ort notversorgt und kommt dann auch hierher. Sie hat gesagt, dass César Cruz nicht überlebt hat und sein älterer Bruder geflohen ist. Die Frau, die den Fluchtwagen gesteuert hat, ist anscheinend mit dem Dienstwagen der Kollegen davongefahren.«

César Cruz war tot. Und sie hatte ihn erschossen. Sie horchte in sich. Suchte nach einem Gefühl. Aber all das, was Graciana von diesem Augenblick erhofft hatte, blieb aus. Keine Genugtuung, keine Erleichterung. Nichts. Sie empfand einfach nur Leere.

Kein Mensch ist eine Insel, ganz für sich alleine, kamen ihr die Zeilen von John Donne in den Sinn, die ihre Mutter so liebte. Sie hatten sich auch ihr für immer eingeprägt.

Jedes Menschen Tod ist mein Verlust, denn ich bin Teil der Menschheit; und darum verlange nie zu wissen, wem die Stunde schlägt; sie schlägt dir selbst.

Auch sie selbst mochte das Zitat sehr gerne.

Aber erst hier, hier und jetzt, verstand sie es zum ersten Mal in seiner ganzen Tiefe und Gänze.

In dem Augenblick sah Graciana draußen einen Mercedes vorfahren, dessen Heckscheibe fehlte und dessen Karosserie einige Einschusslöcher aufwies.

Der Mann, der daraus ausstieg, war Ulisses Cruz.

Ulisses hatte Tanger nie als Ziel für sich vorgesehen.

Er hätte sich mit César und Sol dort verabredet, wäre dort aber nicht aufgetaucht, sondern hätte sie auf das Staufach im Boden der Jacht hingewiesen, in dem er die Pässe für ihre gemeinsame Zukunft hinterlegt hatte.

Er selbst wäre an seinen Lieblingsplatz gefahren: nach Sydney. Ins Hyatt mit dem Dachpool, von dem aus man über den Hafen blicken konnte und auf die Oper. Er hätte sich zum Jahreswechsel das Feuerwerk angesehen. Und wäre dann gegangen. Er war Ulisses Cruz. Er würde sich vom Tod auf seinen letzten Metern nicht das Heft aus der Hand nehmen lassen.

Er hatte alles dabei, was es für diese Reise brauchte: den falschen Reisepass auf den Namen Lino Rocha, eine Amex-Kreditkarte auf den gleichen Namen mit ausreichendem Kontostand sowie den gefälschten Dienstausweis, der ihm den Status als portugiesischen Polizeibeamten bescheinigte.

Und der die nette Dame an der Rezeption der Klinik gerade dazu verleitet hatte, ihm zu sagen, dass der verletzte Kollege –

sein Name war Esteves, wie er erfuhr – sich im zweiten Stock befand, noch im OP. Und dass es direkt davor einen Raum für Verwandte und Angehörige gab.

Dort also, wo er die Polizistin vermutete, die César das Leben gekostet hatte.

Er nahm die Treppe, zwei Stufen auf einmal. Er hatte das Gefühl, Kraft für ein Dutzend Stockwerke zu haben.

Im zweiten Stock angekommen, ging es rechts auf die Intensivstation und links zum Warteraum. Er trat in den Aufenthaltsbereich, als er von rechts Bewegung wahrnahm.

»Keine Bewegung.«

Ulisses wurde starr. Der Kerl im Anzug war hier und stand praktisch direkt neben ihm. Die Mündung von dessen Pistole war keine Armlänge von seiner Schläfe entfernt. Er musste ihm dort aufgelauert haben.

Gleichzeitig drehte sich die Frau am Wasserspender um, die mit dem Rücken zu ihm gestanden hatte – und legte ebenfalls auf ihn an. Sie war es, wegen der er gekommen war.

Ulisses wusste sehr genau, was Entschlossenheit war und wo man sie ablas. An den Augen. Diese Frau da wartete nur auf eine falsche Bewegung seinerseits. Aus irgendeinem Grund brannte sie darauf, auf ihn zu feuern. Auf jeden Fall würde sie keinen Moment zögern.

Fast musste er lächeln. Auf gewisse Weise sah er sich mit seinem Pendant konfrontiert.

Der Mann im schwarzen Anzug zog ihm die Waffe aus dem Gürtel und ließ sie zu Boden fallen. Auch er machte keinen Fehler, denn er gab der Pistole mit dem Fuß einen kräftigen Schubs, sodass sie in Richtung der Frau schlitterte. Die natürlich keine Anstalten machte, sich danach zu bücken.

Die Tür links neben ihm schwang auf, eine Schwester mit einem Tablett wollte den Raum passieren. Ulisses tauchte mit dem Kopf weg. Der Anzugmann schoss nicht – aber die Polizistin. Doppelt.

Die Scheibe hinter ihm splitterte, der andere Schuss riss ihm den kleinen Finger weg. Aber da hatte er die Schwester, die aufschrie, schon gepackt und als Schutzschild herumgerissen. Er griff sich eines der Skalpelle aus den Metallschalen, die sie trug und die nun zu Boden schepperten. Dann warf er sie dem Mann im Anzug entgegen, der die Frau auffangen wollte.

Ulisses sprang vor, griff den Mann an, schlug ihm die Pistole aus der Hand. Zu dritt stürzten sie zu Boden.

Die Polizistin lief mit der Waffe im Anschlag auf sie zu. Lost schlug einen *Shutō*, einen Handkantenschlag im Liegen auf den Kehlkopf des Angreifers. Ulisses drehte sich noch rechtzeitig um wenige Zentimeter, sodass der Schlag ihn am Hals traf, ihm aber nicht den Kehlkopf zertrümmerte. Er riss Lost hoch und hielt ihm das Skalpell an die Halsschlagader.

Graciana war nah genug heran, um Losts Pistole beiseitezutreten, damit der Mann sie nicht greifen konnte.

»Stehen Sie auf und gehen Sie raus«, forderte sie die aschfahle Krankenschwester auf, »schnell.«

Das ließ die sich nicht zweimal sagen.

»Leg sofort die Waffe hin«, sagte Ulisses Cruz ruhig und kalt.

»Nein.«

»Ich schlitz ihn auf.«

»Gut, dann hab ich freies Schussfeld.«

Die Frau verzog keine Miene. Ulisses spürte, dass sie es ernst meinte. Todernst. Und das irritierte ihn.

Graciana hob die Waffe leicht, sie suchte einen festeren Stand.

Ulisses beobachtete, wie sie ausatmete. Wie sie bewegungslos wurde. Es sah ganz so aus, als würde sie trotz des Kollegen nach einer Lücke suchen, um auf ihn zu schießen.

»Wissen Sie, wer die Kollegin hier ist?«, wandte Lost sich an Ulisses.

»Mund halten«, zischte der, und dann an Graciana gewandt: »Ich sag's kein zweites Mal. Waffe runter.«

Die Frau nahm jetzt genauer Maß. Sie schloss ein Auge, um besser zielen zu können.

»Ihr Name ist Graciana Rosado«, fuhr Lost unbeirrt fort, »sie ist die Schwester des jungen Mannes, den Sie und Ihr Bruder 2011 bei einem Überfall auf einen Geldtransporter erschossen haben. Und die Tochter des GNR-Mannes, den Sie beide so schwer verletzt haben, dass er seitdem querschnittsgelähmt ist.«

Jetzt begriff Ulisses. Unwillkürlich lockerte er den Druck des Skalpells an dem Hals des Mannes. Er begriff die Entschlossenheit. Es war dieselbe, die ihn hierhergeführt hatte. Es ging ihr um Rache. Deshalb waren sie beide hier.

»Woher wissen Sie das?«, fragte Graciana.

»Senhor Esteves hat mich heute Morgen informiert. Senhor Cruz, wenn Sie mich töten, sind Sie der Nächste, der stirbt. Ich bin als Schutzschuld für Sie völlig sinnlos. Eigentlich gibt es keine Steigerung von *sinnlos*. Aber es scheint den Betroffenen dann besonders gut nachvollziehbar zu sein, wenn man es mit *völlig* trotzdem versucht.«

Ulisses Cruz wusste, dass jedes einzelne Wort der Wahrheit entsprach.

»Sie haben mir meinen Bruder genommen – und ich Ihnen Ihren«, sagte Graciana.

»Dein Vater verliert heute auf jeden Fall noch seine Tochter«, erwiderte Ulisses.

»Wenn ich Ihnen meine Waffe gebe, lassen Sie dann meinen Kollegen gehen?«

Ulisses überlegte kurz – was sollte das? War das eine Finte? Aber wenn ja, wofür? Ulisses wollte sich der taktische Sinn ihres Angebots nicht erschließen. Auf der anderen Seite: Er konnte seine Position nur verbessern.

»Ja.«

»Ich habe gehört, Sie sind ein Mann, der den Wert eines gegebenen Wortes kennt.«

»Da hast du richtig gehört.«

»Also schön.«

Sie senkte die Pistole und ließ das Magazin mit den Patronen aus dem Knauf schnellen und legte es beiseite. Damit befand sich noch eine Kugel im Lauf, wie sie alle drei wussten.

Graciana nahm den Finger vom Abzug und fasste die Waffe am Lauf, um damit auf Ulisses und Leander Lost zuzugehen.

»Ich dachte, wenn ich Rache nehme für das Unrecht und das Unglück, das Sie und Ihr Bruder meiner Familie und mir angetan haben, dass es dann gut wird. Ich habe heute Ihren Bruder getötet. Soll ich Ihnen was sagen? Ich dachte, ich empfinde Genugtuung. Oder Triumph. Aber … nichts davon hat sich eingestellt.«

Sie hatte einen Tisch erreicht, der sich zwei Meter von Ulisses Cruz und Leander Lost befand.

Dort legte sie jetzt ihre Pistole ab und richtete den Blick wieder auf Ulisses Cruz.

»Mein Bruder ist immer noch tot und mein Vater immer noch gelähmt. Es hat sich nichts zum Besseren gewendet. Im Gegenteil: Es ist schlimm, ein Leben auszulöschen. Ich trete jetzt zurück und habe Ihr Wort: Sie lassen meinen Kollegen gehen. Die Waffe gehört Ihnen. Sie haben den einen Schuss. Aber … César bleibt Ihnen verloren. Für immer.«

»Tun Sie das nicht«, beschwor Leander sie.

Graciana ging rückwärts. Einen Meter, zwei.

Ulisses trat mit Leander vor und nahm die Pistole. Dann senkte er das Skalpell und drückte Lost beiseite, der sicherheitshalber ein weites Stück wegrückte.

»Gehen Sie, Senhor Lost«, sagte Graciana.

»Nein.«

Paragraph 12, Absatz 1. Das war Befehlsverweigerung.

»Sie sollen gehen.«

»Nein.«

»Ich befehle es Ihnen.«

»Ich habe Soraia mein Wort gegeben, Ihnen nicht von der Seite zu weichen. Ich beabsichtige nicht, mein Versprechen zu brechen.«

Graciana wollte nicht, aber ihr schossen wieder Tränen in die Augen. Sie überwanden die Wimpern und flossen ihr über die Wangen.

»Wer zum Teufel ist Soraia?«, fragte Ulisses, der die Waffe auf sie richtete und vorbereitet sein wollte, falls diese Frau auch noch auftauchte.

»Meine Schwester. Sie ist keine Polizistin, sie ist Kindergärtnerin.«

Das traf Ulisses unvermittelt. Er hatte mit einer Vorgesetzten gerechnet und nicht mit … Familie.

»Und du?«, fragte Cruz an Leander gerichtet. Der wusste mit der Frage nichts anzufangen, weshalb Graciana einsprang: »Senhor Lost und meine Schwester werden heiraten.«

Cruz deutete ein Kopfschütteln an wegen der Verwunderung, die er empfand. Familie. Dieser Zusammenhalt, der über all das andere hinausging, war hier offensichtlich tief verwurzelt.

Vielleicht wäre er in dieser Familie der Rosados glücklich geworden – wer weiß? Aber ihm war ein anderer Platz zugewiesen worden.

»Wenn Sie meinen, dass Sie jetzt schießen müssen, Senhor Cruz, müssen Sie das tun«, sagte Graciana, ging auf Leander zu und schob ihn zusammen mit sich selbst in Richtung Tür.

Ihre Art nötigte Ulisses Respekt ab.

Sydney – er hatte das Feuerwerk schon gesehen. Er war Ulisses Cruz. Er ließ sich von dem Tod nicht die Initiative nehmen. Ulisses richtete die Mündung kurzerhand in seinen Rachen und drückte ab.

EPILOG

Am Morgen des 2. Oktober bekam die Beschwerdestelle der Polícia Judiciária in Lissabon einen Anruf aus Faro von einem gewissen Sub-Inspektor Miguel Duarte, der um die Annullierung einer von ihm eingereichten Beschwerde bat. Und seinen Kollegen Sub-Inspektor Leander Lost stattdessen für eine Beförderung vorschlug (der nicht entsprochen wurde).

Ungefähr zur gleichen Zeit betrat Soraia Rosado das Casinha Esquerda, um es leer vorzufinden. Auf einem alten Holzstuhl fand sie einen schwarzen Anzug, fein säuberlich zusammengelegt. Und am Boden ein Paar schwarze Espadrilles.

Daneben ein Zettel: »*Obrigado! Es ist, bei allem Bemühen, nicht mein Stil. Es scheint, als würde ich nun wieder der Mann, der ich war. Deshalb möchte ich Ihnen allen in der Canto das Baleias danken, dass ich für die Dauer meines Aufenthalts ein Familienmitglied sein durfte.*«

Die erdrückende Beweislage führte zu einem Geständnis von Rafaela Romão: Bei einem tödlichen Verkehrsunfall kurz vor Portimão war ihnen die Liste in die Hände gefallen, auf der die Transporte der Bank von Lissabon nach Faro für die Weiterverwendung der Druckvorlagen akribisch aufgeführt waren.

Von finanziellen Sorgen geplagt, beschlossen Gabriel Alves und Rafaela Romão, in den goldenen Ruhestand zu gehen – und reaktivierten die Gebrüder Cruz, mit denen sie 2011 schon einmal gearbeitet hatten. Daraufhin kehrten diese aus ihrem Exil in Salamanca zurück.

Die geplante Hochzeit wurde von Soraia und Leander verschoben – ohne ihren Trauzeugen Carlos Esteves wollten sie sich nicht auf die größte aller Reisen begeben.

Sol Pinho erreichte Tanger, und dort verlor sich ihre Spur.

Auch das Amtshilfeersuchen der PJ aus Faro an die Kripo in Tanger blieb erfolglos. Sie war einfach verschwunden.

Miguel Duarte traf seinen Vater am 4. Oktober zum Frühstück in dessen Stammlokal. Das heißt: Er überraschte ihn mit seiner Anwesenheit. Der alte Mann war über den Gesundheitszustand des Sohnes erleichtert.

»Ich dachte schon, ich hätte dich verloren.«

»Ja, aber ich bin ein Kriminalist in den Diensten der portugiesischen Polizei. Ich bin kein Nobelpreisträger geworden oder Mittelstürmer oder wenigstens Kriegsheld. Aber ich mach meinen Job gerne, Papa. Du hast mich nicht verloren. Du hast mich gerade gewonnen.«

Noch in der gleichen Nacht nach diesem ereignisreichen Tag saßen Soraia und Graciana Rosado einträchtig auf der Dachterrasse der *Canto das Baleias* zusammen.

»War es Notwehr, als du diesen César Cruz erschossen hast?«, fragte Soraia ihre Schwester.

Graciana nickte und legte ihr die Hand auf den Unterarm: »Ja, So. Das war Notwehr.«

Drei Wochen später verkauften Raquel und Antonio Rosado die Villa Elias.

NACHWORT

Als Drehbuchautor war ich an der filmischen Aufbereitung einiger realer Geschehen beteiligt, die Geiselnahme von Gladbeck etwa oder die Flugschaukatastrophe von Ramstein.

Das sind rechercheintensive Projekte. Und man dringt dabei immer auch in Bereiche vor, in denen Antworten schwierig zu finden sind. In denen Beteiligte vielleicht nicht alles sagen. Manchmal aus persönlichen Gründen, aus juristischen oder auch aus Aspekten der eigenen Sicherheit.

Man bekommt mit den Jahren ein Gefühl dafür, wer einem gegenüber sitzt. Wie man zuhört, wie man nachhakt und auch, wann man es lässt. Gemein ist all meinen Quellen gewesen, dass sie wissen wollten, was für einen Film man da eigentlich macht. Und wie man ihre Informationen darin nutzen möchte.

Ich fahre hier immer einen einfachen Kurs: Ich bin ehrlich. Und ich gebe immer die Möglichkeit, alles Gesagte im Drehbuch zu überprüfen und auch, es zu widerrufen.

Deshalb hielt ich es auch für klug, im Zuge der Recherche für diesen Roman bei der Bundesdruckerei in Frankfurt anzurufen und zu fragen, wie man den Euro wohl am besten fälschen könnte. Nachdem man dort meine Identität gecheckt hatte, ließ man meine Naivität und mich durch einen der Pressesprecher mit ein paar Allgemeinplätzen freundlich abblitzen.

Also informierte ich mich daraufhin auf der anderen Seite: In Köln, bei einer echten Größe, Hans-Jürgen Kuhl (vielen Dank an dieser Stelle, eine meiner lehrreichsten Telefonate), der seinerzeit Dollarnoten in einer Qualität gefälscht hatte, die später selbst die CIA lobend hervorhob.

Trotzdem schließt sich irgendwann mal das Zeitfenster der Recherche, und es bleiben Lücken. Die habe ich am Ende nach dramaturgischer Notwendigkeit gefüllt.

Wer inspiriert durch die Lektüre von »Dunkle Verbindungen« meint, den Euro fälschen zu wollen und die Schritte der Cruz-Brüder als Leitfaden nimmt: Es fehlen mit Sicherheit ein paar kleine Details, die mir mittlerweile bekannt sind, die ich aber ausgespart habe.

Nach diesem Ausflug in die Gefilde der Banknotenfälschung können Sie sicher ahnen, wie die Ausbeute auf meine Frage an der Algarve ausfiel, über welche Sicherheitssysteme eine übliche portugiesische Bank verfüge. Genau: höchst übersichtlich. Natürlich wurde nur mit ein paar Allgemeinplätzen rausgerückt.

Vielleicht ist es zwanghaft, aber der Rechercheur in mir möchte eben trotzdem sichergehen und diesen Punkt abhaken.

Ich habe mich daraufhin sehr detailliert an einem berühmten Bankraub in Antwerpen orientiert, bei dem mehrere hundert Millionen Euro erbeutet und einige Täter bis heute nicht gefunden worden sind. Details dazu sind im Internet zu finden.

Was ich in diesem Roman nicht zweifelsfrei recherchieren konnte, habe ich erfunden.

Gil Ribeiro, September 2022, São Brás de Alportel

DANK

Zunächst möchte ich mich bei meinem neuen Lektor Jan Valk bedanken, der meine bisherige Lektorin nach deren Abschied aus der Buchbranche ersetzt hat. Sie hat sehr große Fußstapfen hinterlassen, die es zu füllen galt. Herr Valk hat dies auf seine ganz eigene Art gemacht, die ich sehr schätze: umsichtig, höflich, klug und dramaturgisch sehr kompetent. Dabei immer unaufgeregt.

Dann bei meiner Frau Ira. Sie und mein Lektor haben sich hier sehr gut ergänzt, ohne das voneinander zu wissen. Sie begleitet meine Arbeit mittlerweile seit Jahrzehnten und hat ein feines Gespür für die emotionale und psychologische Befindlichkeit der Figuren und legt diesbezüglich den Finger immer wieder treffsicher in die Wunde. Sie ist mein Sicherheitsnetz und meine erste Anlaufstelle, wenn ich nicht weiter weiß.

Außerdem ist da noch Christoph Höver, mein *Senhor Léxico* vor Ort und Testleser Nummer eins, der schon lange Zeit mit seiner Frau in Fuseta lebt und alles, was ich über diesen Ort und den portugiesischen Alltag behaupte, kritisch beäugt und kenntnisreich verbessert.

Für medizinischen Rat habe ich immer meinen persönlichen *Doutor* in der Hinterhand, der als Arzt schon lange in Schleswig-

Holstein praktiziert: Dr. Reimar Daniel Vogt. Wir sind seit über 40 Jahren Freunde, und er tut das, was ein Arzt im Idealfall auch tut: Er hilft immer sofort.

Dank für das Gegenlesen und für die dramaturgischen Tipps gebührt auch Dr. Simone Höller, mit der mich neben der Verfilmung von »Lost in Fuseta« auch die Arbeit an einigen anderen Filmen verbindet.

Weitere Fälle für den deutschen Kommissar an der Algarve

Leseproben und mehr unter www.kiwi-verlag.de